九歌一〇三年——散文選

主編　阿盛

九歌一〇三年散文選
年度散文獎得主

葉國居

〈禾夕夕〉

得獎感言——如酒如歌

葉國居

感謝九歌。我五十歲生日快到了，一個多麼美好的生日禮物。九歌，是我在散文世界裡久久的歌，恍若兒時，母親坐在床邊，在我耳畔唱的兒歌，如今一個念頭就會唱回從前。有好一陣子，九歌出版，床頭堆疊，如酒如歌如吟如唱，伴我度過青春的夢。

年度散文獎得主，這個頭銜讓我愧不敢當。散文這條路，我曾經從迷戀到迷途，在愛不釋手和養家活口間自我困鬥。長達十年的時間，我因為碌碌兼差教授書法，曾經澈底把它冷落。有一回，吳晟老師到我新竹縣文化局辦公室，叫我別再教了，他說看我的文章〈動物的證明〉後，他覺得我兼差是生命的揮霍。那個夜晚我徹夜未眠。轉念，人生的路就轉彎，我再從迷途轉回迷戀，失而復得要比一路擁有更為富有。這個獎，超過了我所有的殊榮，再謝九歌。

〈禾夕夕〉就是如此。很多人曾經跟我一樣天真，以為占有就是擁有，享有就是富有。父親問我什麼是移屋，我回答還是太快了，說是蝸牛搬家，以為保有一個空間的完整，就是保有一個家，如今想起來真是大錯特錯。房子除了空間的完整，它更與土地緊密相連，房子離開了土地的根，家，就再也回不去了。

別對移屋存有太多的幻想，畢竟人不是植物。就算複製的土樓，在臺灣生根，我們依舊看不到客家。土地、人、房子的情感是天生地成的。移屋了，卻找不到回家鑰匙的人，我要告訴他們，那把鑰匙，在我的手上。我要請他們繼續的移，不要有終點，否則到了目的地，那唯美的幻想將會破滅。

真正的藝術，永遠在路途中。這個獎，讓我文學的路不能停歇。謝謝尊敬又景仰的阿盛老師，慧眼獨具，我只見過他一次，他的文章卻影響我一生。也謝謝在我寫作路上的貴人，詩人李進文，作家顏崑陽，廖玉蕙，愛亞，吳晟老師。教育家高天極，金鐘主持人鄭朝方，傳世建設董事長廖文讚先生。還有爸媽哥姐，以及二十多年來，不斷揚言她在忍受一個怪異作家的枕邊愛人。

目錄

附錄

《九歌一〇三年散文選》編序

五十六顆新真珠

——阿盛

原本，長年習慣天天閱讀各報副刊，文學類雜誌也選著看，輕鬆愉悅，有些作品略讀或略過，是無所謂的。受託主編一〇三年度散文選後，從元旦開始，閱讀副刊雜誌變成職責，既要選文，至少散文類都得仔細讀，這就沒那麼任意隨興了。

散文數量多，選編期間因此少讀了一些副刊雜誌的小說作品，自覺可惜。但還是注意到了，二〇一四年發表的小說似乎較往年增加，可喜。發表量最大的仍是散文，如果印象沒錯，數十年來皆然。

整一年，各報副刊必定逐篇點閱，文學雜誌按期購買（或接受贈送），但沒去計算發表的散文總篇數。選文的方式，大致如此：每讀到一篇認為可選之作，先複製存檔，依日期序排，沒有電子檔的則保存紙本，皆標記某些符號，備忘，選擇時不論題材是否類同，也不避重複作者。隔一兩月即再讀所選存的作品，偶或改變標記，但不刪除任何一篇。將近年底，共累積八十餘篇，復逐篇讀，同作者的作品擇出一篇（作品量多且質優的作者不少，例如：蔣勳、宇文正、劉克襄、吳鈞堯、方秋停、黃錦樹、吳敏顯、楊明、鍾文音等，若非依例一人只能選一篇，會很樂意多選）；文學獎得獎作品本欲多選，再思，選出五篇，作者是：陳栢青、包子逸、楊隸亞、黃胤誠、姚秀山。初步選出六十餘篇。送交出版社之前，又全部閱讀一遍，作最後的考量，終於選定五十六篇。

與全年發表的作品相較，五十六篇，比例很小，篇數是一再斟酌後決定的，實在不能再少了。出版社方面自始至終沒有就選文之事給予任何意見，包括要選幾篇，直到交稿後才彼此聯絡商量後續的作業程序。以前主編《散文三十家》時，情況大致相同。與九歌合作多年多次，一向愉悅。

選編與評審，性質相近，心情相類。總會覺得名額不夠多。當評審，受邀之際就同時接下責任，半點不敢自我放縱，每篇作品仔細反覆看，畢竟是作者們的心血結晶，必須莊重評量，大意不得。名額不夠多，也無可奈何，遊戲規則是主辦者訂立的，客隨主便，理所當然。選編雖單獨作業，自律心態完全相同，而假設今年度散文選由編選者無限制選文，肯定能編出兩本，且品質同樣好，唯，銷售量如何無法保證。一直認為，關於欣賞閱讀、選購書籍，讀者也要負些責任、力爭上游。

提到銷售量，如今寫作者與出版業的處境，大家都很明白。堅持文學真是辛苦，但還是要樂觀以待，文學大河容得下船多，順風逆風沒有一定，自在揚帆心情較好。是，器識決定高度。梭羅的第一本散文集印刷一千本，賣出兩百十九本，贈人七十五本，出版社乾脆將餘下的七百零六本送給他，他在日記中如此記載：「我的藏書有九百多本，其中七百本是我寫的。」臺灣的作家境遇比他好很多了，以是，樂觀是有理由的。目前猶孜孜寫作的人、猶經常閱讀文學書的人，都算是樂觀者，他們保有較健康的價值觀，大可樂觀期待這一類人會愈來愈多，尤其應該期待年輕的寫作者與閱讀者。

近二十年來，作者數出版數讀者數都大幅增加，然，電子媒體興起，閱讀習慣改變，書籍內容多樣，紙本讀者群乃分類分散了，有人因此認為，如今很多人不讀文學書。但就所知，以前讀文學書的人也很少。不妨將歷年文學書籍（含翻譯作品）出版量統計一下，析對之，當會發現，牽扯所有人，特別是點指年輕人，極可能誤判了。文學閱讀人口總是低調的存在各年齡層，他們一直都在，安安靜靜讀著，左右采之、歡喜甘願。所以，寫作者與出版者也應該投桃報李、甘願歡喜。

數十年閱讀副刊雜誌，贊歎之情一直維持。文學，不為堯存亦不為桀亡，改世換代等閒事，恆有書香在人間。寫作，本不是一條富貴路，甚至須先有「寂寞無人問」的覺悟，耐心毅力要能長續，否則難以為功。但還是不斷有人踏上寫作路，不受外在環境氣氛條件的左右，委實精神可嘉。教學二十年，經常問年輕朋友：為何想寫作？絕大多數的回答都不是堂皇理由，而是率直以對的簡單兩個字：喜歡。莫小看文青，他們喜歡寫，旁人可以臧否其文，但不宜動輒潑冷水，老前輩們也都曾經是文青。文青，於此是正面佳詞。

徵文比賽類文學獎，包括政府民間主辦的，有幾項已經退場或轉型，目前還是不少。過去，針對徵文比賽提出來的正反看法都有，不曉得該如何完整評說這件事，因為牽涉廣泛，再怎麼檢討也永遠不能得出一致的結論。平心究之，文學藝術所獲得的社會資源一直都相對的少，所以，但凡提供資源給文學藝術之事，皆值得肯定。畢竟文學藝術不同於鋪馬路立路燈，馬上通車、立竿見影，得耐心累積始見成果，在講求快速見效、放煙火式的現代社會，仍有人願意實際鼓勵這種近乎抽象的「慢工細活」，那是頗為可貴的善意美行。

三十餘年來，因文學獎的激勵而踏上寫作長途的人，真多，《聯合報》、《中國時報》、《自由時報》舉辦的文學獎比賽，挖掘造就出來的優秀寫作者，大家眼見了。站在文學發展的立場上看，文學獎比賽的正向影響值得高度肯定，因此不用太過擔心此舉帶來的某些「副作用」。

前陣子，文友們在聚會時閒談，言及齊邦媛先生長久致力於英譯臺灣文學作品，厥功甚偉；又，捷克於前兩年已翻譯出版四本臺灣小說作品，今年再推出三本臺灣當代作家的作品。數人乃提出一個臺灣文學外銷的問題，大意概略是：進口的外國文學作品那麼多，當然是好事，但臺灣也沒有理由自輕，好作品絕不缺乏，如果有基金會願意實際為之，詳細規畫，逐步擴大推動，系列持續翻譯本地文學作品並推銷到外國是行得通的；縱或無人願為，當成加強概念宣示，期之來者可也。

文友們且以「盛大文學」網站為例，各表看法。該網站成立於二〇〇八年，是中國最大的網路文學平臺，營利頗豐。大家討論此模式是否可能在臺灣複製，然意見概分正反兩極端。文友們同時又討論：是否可能設立專門網站，精選已斷版的小說散文新詩，經作者同意，分類整理貼上，讓寫作者與閱讀者研究者都獲益。同樣大家意見兩極。

另次聚會談及稿費獎金等等。其一謂：國藝會之出版寫作獎助名額宜大幅增加，鼓勵更多寫作新人，目前，寫作新人常常受制於市場條件或所謂知名度，明明作品甚佳，卻難以出版，給予機會，合理合情；然，須慎重評鑑審核申請者的作品，以免流於名實不符，防止僥倖應付。

不確定以上三事是否實際可行，文學人有時候很單純，但單純未必淺見。錄之於此提供參考。

認真說來，閱讀，同時也會學習到一些他人的優點。應該感謝所有的報紙副刊、文藝雜誌編輯與發表作品的寫作者，他們的努力，正是臺灣文學得以持續發展的本因。副刊雜誌編輯的選文能力，確實足以被信服，而眾多寫作者的自我負責態度，也很明顯呈現在作品內。臺灣的文壇，寫作者一向都是各自開花各結果，憑本事闖蕩文學江湖，沒什麼圈圈流派（也不可能有），隨心所欲自由創作，這樣很好。長年閱讀，心得未變，果然山川秀氣不會獨鍾三兩人，王鼎鈞先生於三十年前所形容的「千山千水千才子」，昔日適用，今日依然。

副刊一向是文學創作的最主要園地，近年來各報副刊增多專訪書評，推薦文學藝術文化新書，相當可喜。而臺北紀州庵（與文訊雜誌社合作）、臺北故事館（與《聯合報》合作）、臺灣文學館、各地二手書店、民間社團等定期或非定期舉辦的文學朗讀會、新書發表會與講座文藝營等等，皆有助於擴展文學閱讀風氣。目前文學雜誌較少，應是緣於市場有限，或許他日能夠轉變。

應該一提。有一種說法：寫散文與新詩較容易，所以寫作者與作品較多，寫小說較不容易，所以寫作者與作品較少。姑且勿論所謂容易不容易該怎麼定義判別，此說實在讓人笑啼兩難。簡單比喻，稻米、大麥、水果，種植哪一種較容易？再做個延伸比喻，屬獅子座較不容易而屬魔羯座或天蠍座較容易？

另，長久觀察心得：小品文若獨立一類（仿文學獎徵文例），每年專門編選成冊，也是很好。有心的出版社不妨一試。

本書選入的文章，都經由作者同意收錄，這是選編者與出版社的榮幸。因為題材多樣，不易分門歸類，所以全書之編輯整理由出版社考量。至於這本選集中的文章，讀者自會發現美善之處，編選者不另列舉作者作品補充說明，文章會自己說話，聆聽空間則留給讀者，讀者自是內行，閱讀與寫作同位階，長於讀與長於寫一般好。

年度文選，大部分選編者都會在序文中提及「遺珠之憾」或類似言語。常識，任何編選者的精神時間皆有限，平面與電子媒體上的文章，海浪似的波來濤往，當然有些會漏失注目，歷來選編者坦誠以告，究實是負責任的做法，非故用套話。但，既然許多編選者都說過了，於此就可以不用再說一次，反正大家皆明白其中道理。

做為選編者，亦即做為職業型讀者，必須承認有主觀見解，然，這主觀必是累積無數客觀見解而致，凡人盡然。可以這麼說，今年的散文寫作確實稱得上豐收，同時，應該這麼說，這本散文選集中的每一篇文章都是真珠。這可不是套話，因為衷心同等信任作者與讀者。

●

一〇三年度散文獎，葉國居〈禾夕夕〉。

這幾年來，葉國居的書寫看起來應是有規畫的，從《髻鬃花》散文集可以見出，他企圖仔細描繪一個即將消失的老世代。他的人生與老世代有不少的重疊，就寫作而言，這算是一種幸運、資產，他剛好來得及擠上臺灣最後一班傳統列車。〈禾夕夕〉文中的父親，正是老世代臺灣人典型之一。文字帶有一些古典韻味，揉合活潑白話，語意精準。父親的真實形影，在兒子的眼中久久存留，雙方的心情繁複，要以筆墨點染之，可不容易。真摯入文，這一點極重要，葉國居確實做到了。

葉國居筆下的父親對故居故園的眷戀，有許多層次的深刻涵意，而表達技巧恰合內容。寫一個人等於寫出一個世代，那個世代的老農一輩子都在跟土地打商量，冀望不大，韌性很強，卻總是被漠視被放棄被犧牲，甚至被強迫離開連心的土地。然而，正是這一代恆常匍匐前進的老臺灣人用雙手與肩膀舉高了兒女們，所以，兩代合體，遠觀近看都高大。

文學寫作者大可選擇不與流行新潮同步，理由：長期觀察、思考、沉澱都是必須的。〈禾夕夕〉描寫的老人老事當然「不合時宜」，但，讀後，足以令人有悟，生發新想。可以期待，葉國居在此類「老」題材上會有更多的展現。

晨起

黃志聰

臺灣屏東人，現任職於工程業。喜歡閱讀，並嘗試以文字記錄人生風景，療癒生活困境。

曾獲國軍文藝金像獎散文類、桐花文學獎、懷恩文學獎。作品入選《二〇一三飲食文選》。文章散見各報副刊。

清晨五點半，設定謝金燕歌聲的手機鬧鐘準時喚我起床，隔五分鐘盡責一次。推開窗，夜色如墨，冷風趁機跑進屋內逗弄風鈴，掀翻日曆，日子一下子飛快走到年尾。

下了樓，天人交戰了一個多月，終於肯開始洗腎的母親不知何時已坐在客廳，十指交叉環扣，軟軟地垂在肚腹，眉頭深鎖，五官像一團揉皺的紙張，似乎在煩惱些什麼，又或者思量著日後該如何面對殘缺的後半輩子。

上次回診，醫生看完電腦螢幕中的各項檢驗數據，然後端視母親蠟黃臉色和水腫的小腿，用近乎命令的口氣告訴她不洗腎真的不行了。母親像一頭被誘捕的獵物，傷痕累累，又無路可逃，只好心不甘情不願地就範。隨後護理師問母親搭不搭醫院提供的專車，是免費的，極便利。母親想了一下，回說小孩工作很忙碌，可能沒那個美國時間載她來來回回，所以應該是會搭乘啦！母親話語中最後幾個字的尾音微微上揚，像課本中畫上了紅線條的重點提示。站在她身後的我搔著頭陪著笑臉掩飾尷尬，護理師見狀，趕緊轉移話題，想必已看穿這個問題暫時無解。

記得阿姨幾個月前私下告訴過我，母親曾說若必須洗腎，她不想坐車體印著某某醫院字樣的專車，因為她不要被左鄰右舍指指點點，更不需要行禮如儀的同情與安慰。走出診間，穿越靜靜的長廊時，我對母親說來回程通通我來載妳，我是沒有美國時間，但有很多臺灣時間，妳不用替我操煩。母親表情淡然，沒有搭腔，像入定的僧侶。

當時，我猜想母親已得到了她想要聽的答案。結婚之前，我和母親講話很直接，不會拐彎抹角，意見相左時就把話說開，逐字拆解也行，甚至用答嘴鼓溝通，不藏話，也藏不住話。然而，曾幾何時，我發覺母親想說的話都會選擇性上鎖，設定了長長的密碼。或許母親認為我已成家立業，身邊多了老婆和年幼的孩子需要照顧，經濟又長年不景氣，飯碗更是得牢牢顧緊，不能動不動就請假載她去看病或拜拜。這件事應該已在她心上琢磨多時，最後索性不說。

很多人說兒子娶妻之後就變成老婆的，母親也這樣認為吧！但既然兒子都先開口了，感覺她也樂得順水推舟；因為我們母子間的默契向來是不回答即代表不反對，於是事情就此拍板定案。

發動引擎，母親上了車，準備出發到醫院。以前會這麼早出門，通常是載母親到機場坐飛機，跟妹妹那一向好福利的通信公司出國旅行；或者與媽祖婆、王爺公、濟公禪師……等神佛一起到廟宇會香求平安。而這次，早起的原因已經不同，母親臉上的表情完全變了個樣。我想她可能會跟我一樣，駝鳥心態般的停留在往昔的錯覺裡，不肯離開，只因我們至今仍不願相信她得終身洗腎的事實。

早上六點鐘的天色還很暗，陰陰鬱鬱，整條路像烏漆墨黑的烏賊腸管，兩枚亮眼的車燈投射出細微的懸浮塵埃。車子轉了個彎，原本在路旁的蟾蜍突然跳到路中央，我連忙緊急踩煞車，身體慣性往前傾，車內吊掛的媽祖寶像及裝飾品像鞦韆般盪啊盪的，後座堆積的報章書籍重重撞擊椅背，抱枕與食物四處飛散，一片狼藉。我目送肥蟾蜍慢吞吞跳進路邊的草叢裡之後，再重新入檔起步。眼前的交通號誌燈不是動物世界的文明，牠們既不懂，也沒有遵守的必要。

而母親在年輕時也不曾遵守過體內臟腑亮起的紅燈，但她沒有蟾蜍幸運，虛驚一場之後全身而退。母親日復一日地勞動，晚睡卻早起，像償還永無止盡的役期。有時硬撐到極度不舒服了，也頂多到附近中藥鋪抓幾帖水藥煎服，以為補補氣提提神便沒事，要不便歸咎於不順遂的流年。如此日日月月年年重複循環，直到一紙異常的檢驗報告攤在她眼前，然而為時已晚。看似複雜的人生，最後卻被簡化成幾組染紅的阿拉伯數字狠狠重擊。醫生說雖然要洗腎了，還是得按時服用某些特定藥物，輔助調節身體其他機能，作息盡量正常，維持規律運動；吃食不要太鹹、少油炸，又說多愛自己一些不會太困難的。

只是母親這輩子極少愛自己，因為她把愛全給了家人。考慮母親可能灰暗的心情，太悲太苦的歌不想讓她意識到車內顯得沉悶時，我打開音響聽CD。因此幾天前便從電腦網路抓一些比較陽光，鼓舞人心的歌曲燒錄進光碟片裡。聽了兩首後，母親抱怨無滋無味，像是在吃沒放鹽巴、沒撒味精的湯頭菜肴，還板著臉說聽歌又不是什麼大不了的事，是怕她會突然想不開喔。我心虛否認，但趕緊退片改按廣播節目；未料陳盈潔正在唱〈海海人生〉，略微沙啞的嗓音，飽含生活滄桑。唉呀！我在心裡大叫不好，前功盡棄了。母親跟著旋律哼唱，並且說歌詞有唱到她心坎裡，還對我露出詭譎的笑容，彷彿在說你再算計啊，人算不如天算呢。

車行到市區的大馬路，兩旁高聳的木棉樹穿戴一身橘紅，煮飯花、檳榔花也陸續醒來了，吐露淡雅醉人的清香味。忽然想起我最喜愛，卻已被我冷落多時的玫瑰花。母親遭醫生宣判得洗腎之後，太陽溫馴，氣候涼爽怡人的秋天突然變得異常感傷。中秋夜悄悄中斷了烤肉飲酒狂歡的慣例，就像節慶之外的尋常日子一樣，晚飯後大家各據客廳一隅，妹妹將電視音量開得很大聲，綜藝節目裡的主持人竭盡所能地搞笑，但沒人認真聽，沒人認真笑，應景的月餅柚子也失寵了。同樣的，屋旁角落的花卉像是被遺棄的孤兒，無人關心，無人聞問，亦不知此刻到底是開得沸沸騰騰，抑或雜草叢生，甚至因久未澆水施肥而凋零枯萎了呢？

停紅燈時，我不經意看了母親一眼，她的頭髮已經從鬢角開始泛白，像剛冒出零星白花的七里香，而什麼時候會轟然盛開呢？到了醫院門口，母親堅持要我先去停車，她自己可以慢慢走進去報到。母親自從置換了人工髖關節之後，雖然腿骨不痠痛了，但也留下長短腳的後遺症，導致身體慣常傾斜一邊，走約三十度的斜坡道顯得格外吃力。

不忍卒睹，卻又移不開視線。

——原載二〇一四年一月六日《自由時報》副刊

貪看白鷺橫秋浦

—— 蔣勳

福建長樂人，一九四七年生於西安，成長於臺灣。中國文化大學史學系、藝術研究所畢業，一九七二年負笈法國巴黎大學藝術研究所。曾任《雄獅》美術月刊主編、東海大學美術系主任、聯合文學社長。

多年來以文、以畫闡釋生活之美與生命之好。寫作小說、散文、詩、藝術史，以及美學論述作品等，深入淺出引領人們進入美的殿堂，並多次舉辦畫展，深獲各界好評。近年專事美學教育的推廣。

入秋以後，惦記著島嶼各處剛剛開始抽出的、泛著銀粉色嶄新亮光的芒花。一簇一簇，一片一片，隨風翻飛在田陌、山頭、河谷、沙渚。翻飛在墓地、路旁，翻飛在廢棄的鐵道邊，也翻飛在久無人居住的古厝院落。

那銀白泛著淺淺粉紅的芒花，波浪一樣，飛揚起伏，閃爍在已經偏斜、卻還明亮晃耀如金屬的秋日陽光裡。

島嶼一年四季有花，初春二月，最早開的常常是苦楝。淺淺淡淡的粉紫，在高大喬木青翠葳蕤的葉間搖晃。一片迷離、朦朧、若有若無的粉粉淺紫的光。遠遠看去，不確定是色彩，還是光。如果是坐火車，走花東縱谷，過了瑞穗，一路上，遠遠近近，就都是早春苦楝的花，爛漫搖曳，輕盈而且歡欣。

苦楝之後，通常是白流蘇，也是小小的花絮，團團簇簇，遠看像雪片紛飛，也如苦楝，迷離成一片。

杜鵑過後，木棉開的時候，通常已近節氣的立夏了。木棉花色豔而肥大，開在葉子稀疏橫向生出的長枝上，一朵一朵，像燃燒的火焰，強烈而醒目，掉落到地上，也「啪」的一聲，冷不防驚動樹下走過的行人。

苦楝、流蘇花蕾都細小，在風中飄零消逝，常去得無影無蹤。沒有覺察，抬頭看樹上濃綠葉蔭，茂密扶疏，已不見花的去向，已沒有了初春的蹤影。

木棉掉落地上，輕易不容易消失，一個完整厚重的花型，觸目心驚的顏色，經人踩踏，常常黏在人行道水泥地上，許久許久，髒了，爛了，還是不容易去得乾淨。

木棉過後，就輪到莿桐了。比木棉要深豔濃烈的紅，每一朵花像一隻側面的鳥，飛揚著羽翅。我童年時臺北多莿桐，孩子們也喜歡摘莿桐花做成飛鳥，取其花瓣如鳥之翼吧。不知為何莿桐在市區裡不多見了，我散步的河邊倒有幾株，盛豔的紅色，彷彿提醒夏天的來臨。

高速的交通工具多起來之後，不容易瀏覽凝視車窗外的風景了。偶然一瞥，驚覺到正過大安溪，河床卵石、沙渚間應該可以看到新起的芒花了，然而速度太快，匆匆一瞥，只是剎那的印象，總覺得遺憾。

我想看芒花，也順便去清水找裝池裱褙的蘇彬堯先生，坐了一段高鐵到烏日站，再轉乘接駁的支線火車經追分、龍井、沙鹿，到清水。支線火車速度慢，每一站停留時間也長，沿路就看到許多芒花。

新綻放的芒花果然一叢一叢，連民家社區的院落轉角，甚至磚瓦縫隙，也都有芒草，如果在大都市，可能早被拔除了吧。

這一路支線的火車建設於日治時代，許多火車站還保有上個世紀二〇、三〇年代的古樸風格。簡單的候車室，簡單的月臺，月臺上站著年歲不小的站長，灰藍制服，大圓盤帽，恭敬地向乘客鞠躬。火車緩緩進站，緩緩離去，他都一樣敬禮，像是半世紀來一直站在月臺上的雕塑。同樣的、單純的動作，如果重複三十年、四十年，就像默片時代的影片吧，每一格看起來都一樣，但連接起來，也就是一個人的一生了吧。

年代久遠的支線小火車站，常都有花圃，隨意種一點扶桑、月桃、茉莉、桂花、羅漢松，或者荒廢無人照料了，就自生自滅長起一叢叢芒草，在這季節也開著一片芒花。

我很高興，不只是來清水找蘇先生裱畫，也一路看了島嶼初秋最華美潔淨的芒花。

清水車站也是老建築，一九二〇年代，日本就已經發展了島嶼海線的火車交通。原有的清水老車站在一九三五年中部地震時毀壞。目前清水車站是地震後重建，也已經有七十幾年的歷史了。

今年走過幾次花東縱谷，發現老車站都在重建。怪手開挖，毫不留情，許多時間的記憶，許多人與人相見與告別的空間記憶，霎時間片瓦無存，令人愕然。

島嶼許多記憶的快速消失，使人愕然。記憶突然消失的驚愕，或許常常是煩躁焦慮的開始吧。上一代的記憶，無法傳遞到下一代，下一代也無法相信自己建構的世界可以天長地久。我們毀壞了過去，我們建構的一切，不會被下一代毀壞嗎？怪手開挖，很輕易摧毀積累半世紀、一世紀歲月的建築，歲月與記憶一起被摧毀。人對物無情，常常也就是對人無情的開始嗎？因為沒有任何事會長久，也就難以有堅定的信仰。

如果，不能天長地久，粗暴與優雅、野蠻與文明、殘酷與溫柔，戰爭與溝通，會有任何差別嗎？

「天長地久」是漢字文明多麼久遠就建立的信仰，然而，站在一件一件拆除的廢墟上，還能重建天長地久的信念嗎？

蘇先生在車站門口接我，我回頭看車站，看到三條不同高度平行而不同長短的水平屋脊的線，覺得安靜穩定，毫不誇張造作，連飛簷的張揚都沒有，內斂而含蓄。彷彿它如此安分做一個小鎮的車站，素樸，不奢華誇大，可以安安靜靜在七十幾年間讓許多人進進出出而不喧譁。

目前清水車站大致還保有老的建築格局，雖然加設了突兀的天橋，破壞了原來安靜的天際線。雖然站前計程車停車位置太逼近建築體，干擾了原來列柱的簡單比例。但是，還是敬佩七十年前島嶼建築工作者的人文品質，有如此不誇大張揚自我的教養。

清水鎮蘇彬堯先生的家我很愛去，不只是為了裝裱字畫，也常在他家品茶、喝酒、吃極鮮美的魚與青菜。他的家，也常給我天長地久的寧謐安定的感覺。蘇先生沉默不多言語，蘇太太細心介紹一包鐵觀音，超過六十年武夷山的老岩茶，水好，茶好，坐在他的客廳，喝著有歲月的老茶，也覺得眼前歲月都如此靜好，樸素無喧譁，醇厚淡遠，不疾不徐。

今天來，喝茶的空間牆壁上多了一件肅親王的書法。我仔細看，墨韻極好，線條邊緣，墨色與紙泛成一片沉靜的光，也像這秋日午後的清水小鎮，如此天長地久。

我一面喝茶，一面看字，蘇先生說這是新收到的條幅，還是日本原來的裝裱。他指給我看條幅上下金色綾子的「錦眉」，單一金褐色纏枝牡丹花草織錦，是唐代影響到日本的久遠織品，極華麗貴氣，卻還是沉靜不喧譁。

我對日本裱工不熟，知道日本裝裱常維持唐風畫軸上端兩條可以飄飛的「驚燕」。中國到宋以後，飄飛的「驚燕」功能消失，固定成裝飾性的兩條，稱為「宣和裱」。

蘇先生跟我說日本裱裝背後，多用楮樹樹皮抄製的紙，纖維長，紙質細而薄，托在背後，拉力平均，使畫幅可以更平正。

這件作品日本的原裝原裱，或許對蘇先生研究裱褙的材質技法有許多專業的驚喜吧。

「也是有緣，遇到了。」他淡淡地說。

——原載二〇一四年一月十日《聯合報》副刊

所有東西都黏在身上

——李欣倫

一九七八年生，中央大學中國文學博士，現為靜宜大學臺灣文學系助理教授。著有散文集《藥罐子》、《有病》、《重來》與《此身》。

一踏出大賣場，就被一名推銷信用卡的男子圍住。他拿出一張A4大小的看板，上面放了許多照片：行李箱、旅行用的小枕頭、提袋、隨身碟和許多東西。經他說明，才知道那些都是贈品，只要填妥個人資料，立即辦卡，就可以當場選一樣帶回家。

通常遇到這種情況，我都解釋已經有張常用的信用卡了，但這對眼前的推銷員來說並不構成問題，他建議我先辦卡、拿贈品，三個月後若使用率不高，再向銀行退掉卡片就好了，「至少已經拿到贈品了。」他立刻從身旁推出紅色行李箱，我瞥了一眼，倒是評價很好的廠牌，材質看起來不錯，紅色也挺時髦的。男子見我打量行李箱，立刻追加一句：「這是最後一個了，妳要，我就留給妳。」

這是最後一個了，這句話似乎常聽見。在我狂熱買東西的全盛時期，每次聽到店員說「這是最後一件囉」，便毫不猶豫地立刻買下，但後來卻看見同一款式的衣服再度掛在櫃上，於是問專櫃小姐，妳賣給我的不是最後一件了嗎？她們總向我眨眼：因為賣太好了，才從其他分店調貨。因此我的衣櫃裡幾乎都被所謂「這是最後一件囉」的衣服所填滿，毫無空隙。

但對現在的我而言，這句話一點都不構成威脅，我推著賣場推車繼續往前走，銷售員還在後頭追著說，小姐，這真的是最後一個行李箱了，只要填一下資料就立刻送妳……最後，他用幾近哀求的口吻大喊，只要三分鐘，立刻將行李箱帶回家……

他也許不理解，為何我無法像那些從賣場走出來的男女一樣，圍在那兒填寫個人資料，然後將領回來的小枕頭、行李箱、杯盤組合還是平底鍋之類的東西堆放在已堆得不能再高的推車上面。這些家庭的推車裡幾乎都有：一兩串的衛生紙、牛奶或豆漿、幾大包零食、冷凍肉片……然後推著堆滿物品的推車走向停車場，回家消耗，或擱置囤積那些暫時用不上的東西。銷售員並不懂，我不需要行李箱，我通常背大背包，而且僅鍾愛那只從我十八歲背到現在；陪我遊山玩水的登山背包，即使那真是一口不錯的行李箱，但我不需要。我不需要一只行李箱，我很確定。

我不需要旅行用的小枕頭，我不要提袋，我不要多一張信用卡。我不需要的東西很多，這點讓我有充足的自由感。走出大賣場，外頭送來夜晚的風，我只買了立刻用得上的棉花棒，這讓我輕鬆許多。

大學時代的我倒很喜歡逛大賣場。當時，我最愛在周五晚上或周六下午，和小情人騎機車到大賣場。小情人停妥機車，我從口袋摸出十元硬幣，將硬幣推進手推車的凹槽，然後快樂地推著手推車，用幾乎是華爾滋的步伐滑進賣場。進入賣場，光是盯看所有用得上用不上的東西整齊排列於架上，就讓我精神為之一振，更令人興奮的是比價，將不同廠牌的東西拿起來，看看標價，又放回去，接著再拿起旁邊的商品，看看標價，又放回去，這樣浪費時間的事卻令我渾身是勁，尤其是衛生紙和衛生棉，我常用計算機估算出每一張、每一片的價格，斤斤計較到小數點第二位，即使根本沒差多少，但是坦白說，噢，這真令我意亂情迷。就這樣，時間一分一秒過去，我將架上嶄新的東西一一放進推車裡，然後推車多了衛生紙一串、衛生棉幾大包、洋芋片（海苔和原味口味各一）、加了大量的糖與化學添加物的果汁、低脂牛奶、穀類麥片、牙膏、棉花棒、洗面乳和很多特價優惠、難以回收但也難以消滅的不環保商品。

再來是保養品和化妝品。碩士班階段，開始打工的我賺了點錢，就愛在百貨公司周年慶或母親節檔期，和一群女人擠在專櫃前搶特惠品，不管賣的是什麼，也不細究那些盛在美麗瓶罐裡的液體霜狀物為何，只見打折後是原價的四、五折，便像不慎闖進建築物裡的麻雀亂撞那般瞎買，因此常買到不知所以的玩意，如搽在隔離霜和粉底間的可疑凝露、塗在指甲四周皮膚的乳霜以及避免暑熱的噴霧瓶（親愛的，妳真的禁得住這般層層堆疊？），原是特惠組合所隱含的巧妙陷阱：乍看實惠，實則夾帶完全用不上、最後通通丟掉的東西。此外，百貨公司專櫃總燦亮喧譁，多彩的瓶罐幾乎像誘人的甜食，每個守在櫃後的女人全像芭比，通體裹了亮粉還是糖粉，臉上流轉著光，在散發夢幻感和製造瘋狂歡樂漩渦的所在，我像被催眠般地買下森綠色的眼影、銀亮白唇膏和若干命名神祕、發音奇特的保養品，後來回到真實世界搽在臉上，出了門，見了光，唉呀簡直張牙舞爪好可怕。

逛家具店更是如此，尤其商家最善於營造出溫暖的家庭氣氛，我以為只要照單全收買了色澤柔暖的立燈（特價五九九），買了小巧的原木几（促銷價八九〇），買了同組的椅子（連同原木几只要一六五〇），買了原木几上頭那只無害的藍色細長小花瓶（特價十九，而且還大量地堆放在最靠近結帳區的地方，經過那裡的顧客看到價錢都不得不拿起一只），買了襯著桌椅的大地色系織毯（原價：六五〇，上頭畫了個憤怒的紅色的叉，下頭標著特惠價：三九九），我以為買了這些那些，便可好整以暇地在一個無人來訪的周末黃昏或人聲隱沒的深夜，翻開去年還是前年逛誠品書店時特價七九折的書，好整以暇地讀完。然而，這天卻一直沒來，書在架上發出刺痛雙目的嶄新色澤，這些立燈啦小几啦椅子啦地毯啦花瓶啦倒是很快就舊了、髒了，尤其當織毯上編綴著灰塵和無數髮絲，我連洗都不想洗，只想全部扔進垃圾桶。

家具賣場總給人這樣的錯覺。在那一方布置得精巧的空間裡，有同色系的茶几、沙發、地毯、各式各樣的燈組、書櫃、電視櫃、音響，牆上還掛了幾幅看不懂在畫什麼但這並不是重點的畫作，讓整個空間散發著穩妥的家居感，召喚著每一個因工作壓力太大的靈魂，它們說：「親愛的，你需要我，把我帶回家吧。」於是我將這些茶几啦地毯啦燈組啦蠟燭啦還有始終不知道在畫什麼的複製畫帶回家，過了一陣子，我又繼續帶回一批不同色系與款式的家當，卻發現新東西和舊東西完全格格不入，最後要不是將就混擺一氣，就是全塞在櫃子裡或堆在亂得不能再亂的儲物間，眼不見為淨。

現在想起來，那些標記著不同情感年份東西全堆在不見光的地方，成為始終讓我想躲想逃的舊日回憶。

時間一分一秒的過去，推車上的嶄新東西成為垃圾場的一部分，不可燃，無法分類。小情人變成別人的丈夫和父親，在周末黃昏帶著老婆孩子，推著可以把一家子連同小狗小貓裝載進去的推車，繼續將糖分過高、添加了色素三號或五號、加了起泡劑、石化活性介面劑、螢光劑的東西統統放進推車，順便在出口處辦了一張三個月後就要停掉的卡（最後一個行李箱，最後一個。請把握最後機會，最後一個），推著這些那些進入停車場，回到擁擠不堪的家。

噢，過去的情人變成了別人的丈夫或父親。時間一分一秒地過去，我們無助地讓所有東西黏在身上。

從高雄坐火車回臺中的路上，左前方的一名婦人正翻閱著某量販店的年度家具目錄。由於和我有段距離，無法窺見型錄上有什麼新鮮貨，不過可以確定的是，那本型錄不外乎是書櫃、衣櫃、沙發、床、地毯、牙刷組、穿衣鏡、立燈等，這些東西以「舊瓶裝新酒」式的姿態（配合年度流行的款式、顏色或材質）重現，試圖侵入你的新年，告訴你又到了年度大血拚的時間，該為勞苦功高的自己添置一套新家具，還有浴巾，還有花瓶，還有椅子，還有目錄裡散發著魅惑氣味的種種，你都該替你——是的，就是你，你該學會好好疼惜自己，看看你，過去一年的你像牆角哀傷的拖把——添點新東西，包括浴巾、包括花瓶、包括椅子，甚至拖把，我保證你一定可以買到搭配你家牆壁顏色的拖把；親愛的，疲憊、心碎、憤怒、委屈的你需要這些東西。

在臺灣的火車上，人們通常讀《蘋果日報》，這是我第一次看到有人在旅行途中閱讀量販店家具目錄，我仔細玩味其中的衝突：移動與安居，不安與穩定，減少與累積，累積與減少。於是我將之視為上天示現。在我看到閱讀目錄的中年婦人之前；在這班車開動之前；在我和SY邊嬉鬧著邊快速奔進第九節車廂之前；在友人用休旅車載我們到車站之前；我們正坐在那對夫婦的家——坐落於精華地段的大樓，室內二十多坪的空間——欣賞著他們精心布置的一切：光滑的木地板、開向蔚藍天的整面牆的窗、電視櫃、沙發、雙人床，讓我既激動又羨慕。我不想再泡在一堆家具完全搭不起來的空間，我要簇新的裝潢與擺設，同色系的這些那些，例如沙發，例如立燈，例如地毯。

在我購買慾火力全開的時期，這樣的物質慾經常折磨我，像微小但尖銳的鋸子，來來回回穿透於腦神經，迫使全身千萬個毛孔大聲喊著：我要，我要，我要。無論是鞋子還是地毯，只要我無法立刻將它們帶回家，慾望便化為魔，潛入夢裡，化成魘。物質慾望是架在喉頭上的刀，加速我的血液和脈搏，脅迫著我。

然而，這名在車上閱讀家具目錄的婦人讓我突然清醒，她姿態中兩股衝突的力量——旅行與家居——暫時讓我從洶湧的慾望之海掙扎地浮出水面，喘了一口氣。瞬間，突然想起那對夫妻家中有兩臺昂貴的自行車，然因為工作壓力或其他因素，其中被保養得很好的一臺車始終架在車架上，望著窗外斜陽。隨即，我想起農曆年前從北騎腳踏車向南，某夜借住親戚家，他們擁有氣派豪華的家和庭院和所費不貲的家具，然而當我們從風雨離去的早晨，她微弱的嘆息中似乎有對即興出走的渴慕。離開她家後，我思索究竟是什麼困住了她，拖住了他？可能是孩子，可能是工作，但恐怕正是華美的家：最可怕的是一張太過舒適的床與沙發，一盞太柔美的燈，一雙溫暖腳底的毛茸茸室內拖，它們想方設法地把你——是的，就是你，親愛的，看看你，過去一年的你像過度使用的牙刷一樣——留在家中，將你與外在世界的危險和未知隔離開來，彷彿羊水穩妥地接住你。更火上加油的是，你只要操控滑鼠，全世界的購物目錄便來到眼前，供你盡情在線上消費。你義無反顧地買，買了一張沙發，一包又一包讓你邊看電影邊吃到睡著的洋芋片，你買，不停地買，你讓所有的東西黏在身上。

有人說，出走需要勇氣。但當身邊朋友紛紛去建立所謂的「家」時，我卻以為有知覺地抵抗物質的全面侵入；留意不讓這個由物質組構而成的「家」崩壞你寧靜的身體髮膚，才真正需要勇氣。

在我被孩子拖累之前；在我滿心歡喜地看著新沙發運送到家中客廳之前；在我窩在沙發裡邊看電影邊吃洋芋片吃到睡著之前；在一切的一切黏在身上之前，我得先乘著風，乘著光，行走，前進。

於是我對銷售員說，我不需要一張信用卡（即使三個月後可以任意停掉），也不需要一個行李箱（即便免費、顏色誘人）。我不需要一只行李箱，現在不要，以後也不要，我不要將它暫時收納在儲物間，等候下一場可能派上用場的旅行。雖然喜歡行走，但我已有了一只願意陪我走千山萬水的舊背包，這已太富足。我要行旅，要騎著自行車到處探訪，我要蹲下來凝望一個小女孩深邃的眼，我會在擁擠的電車裡碰觸到異國女子的冰涼肌膚。

我確知，我不需要一張信用卡，一只免費的行李箱，我不想將令我臃腫的這些那些放進推車裡，不讓所有的東西黏在身上。

——原載二〇一四年一月二十日《聯合報》副刊

盤子總是會破的

——宇文正

本名鄭瑜雯，福建林森人，東海大學中文系畢業、美國南加大東亞所碩士，現任聯合報副刊組主任。

著有短篇小說集《貓的年代》、《臺北下雪了》、《幽室裡的愛情》、《臺北卡農》；散文集《這是誰家的孩子》、《顛倒夢想》、《我將如何記憶你》、《丁香一樣的顏色》、《那些人住在我心中》、《庖廚食光》、《負劍的少年》；長篇小說《在月光下飛翔》；傳記《永遠的童話——琦君傳》及童書等多種。作品入選《臺灣文學三十年菁英選：散文三十家》、《庖廚食光》獲選「二〇一四年開卷美好生活書」。

幼年時我住的影劇六村有個公共廁所，後來看相聲瓦舍「戰國廁」的段子，拿咱們村子來消遣，他們已經藉「影劇六村」之名編了一系列眷村故事了，我笑說：「馮翊綱又在糟蹋我們村子了！」兒子追問：「你們眷村真的有公共廁所嗎？」這等於坦白自己出生於如何古早的年代，我很不情願地承認：還真的有，我很小的時候也使用過，忘了幾歲開始，慢慢家家都有抽水馬桶了，才不再去公廁。但記憶裡，直到我們家搬出眷村，那個公廁一直還在，我不記得什麼人負責打掃，只記得公廁外頭有個水龍頭，有些人會把碗或衣服拿到那裡洗。

那天我玩耍經過，鄰居小姐姐在那裡洗碗，一邊跟我講話，不知怎麼，匡啷一聲，我眼睜睜看見盤子從她手裡滑落摔在地上，破了。我驚恐地望著她，隔好久才說出話來：「怎麼辦？妳會不會被妳媽罵？」她的表情倒是鎮靜，沒覺得大不了的樣子。這時她母親（是蔡媽媽？劉媽媽？……我想不起他們家的姓了……）從廁所裡走出來，微笑地對我說：「為什麼要罵？盤子總是會破的。」我緊張地離開肇事現場跑回家，雖然盤子不是我打破的，還是覺得自己闖了禍。

連她們家姓什麼都忘了，這個畫面、她媽媽的那一句話卻深深刻在我的心上。在那個年代，這個媽媽太另類了，那時眷村裡家家都窮，即使普通的盤子，也不至於打破可以毫不心疼的。而那年代的子女教養，打罵是尋常，打破了盤子，至少一定會被數落一番吧？如果是我媽，「你怎麼那麼不小心?!」「做事那麼不謹慎！」就算恰好是她心情最好的時候，起碼也會念上一念，她媽媽竟然說：「盤子總是會破的。」太意外，我回到家猶然怔怔想了又想。

小時候當然不知道這話對自己人生觀所產生「當頭棒喝」的效果，是後來，這偈語般的七個字時而在一些關頭浮上腦海，才慢慢懂得它對我產生的效應。我母親嚴厲，我總有不敢犯錯的無形壓力。母親的有趣是在她的「紀律感」常常與眾不同，比如她不認為孩子上學非得穿制服，她對有些制度、形式是很叛逆的；但如果功課很爛你試試看！我曾有九十七分的考卷不敢拿給媽媽看的經驗，因為錯的那題明明是早就會的，只是粗心錯了，粗心是不可原諒的。這個鄰居媽媽卻說：盤子總是會破的。

有時候是面對別人，有時是面對自己，這句話有種寬容的力量。我常被認為是個好脾氣的人，儘管其實個性急躁，有時粗心、神經大條，更有許多事情能力不足，但通常不會遷怒別人，對小孩尤其有耐性，也因此少有人見過我發脾氣。尤其對於物的損失我很少放在心上，幾乎沒有戀物癖。太喜歡孩子、動物，所以也不收藏什麼，便不怕「打破」。家中桌、椅、櫥、櫃的腳被小兔子啃是難免的。喜歡的書，赫拉巴爾《過於喧囂的孤獨》一度經常擱在床頭看了又看，某日發覺小狗認真啃食一個四方物體，從狗嘴裡搶下，精裝書背已經咬出花絮，唉，書總是會被啃的！

我後來讀到一個算命的故事，說某人算出自己某日他珍愛的那個杯子將會摔破，他想挑戰「宿命」，那天一早起來，便盯著那個杯子，心想，我牢牢看著它，它能在我眼下破掉嗎？那一整天他哪也不去，連他老婆喊他吃飯也不理。到晚上，他老婆火大了，跑到他書房一把拿起那杯子：「有什麼好看，一整天看這個破杯子！」往地上一摔，果然摔成了破杯子。那人先是一愣，繼而撫掌大笑：「原來如此啊！」這還真是個宿命的故事。

連杯子、盤子都有它們的宿命嗎？

前年（二〇一一）黃公望〈富春山居圖〉兩岸合璧展之前，反覆讀到此圖收藏者吳洪裕臨死前（清順治年間）囑家人焚以為殉，從子吳靜庵「疾趨焚所」，從火中搶出畫卷的故事。畫已燒去部分，斷為前後兩截，前段「剩山圖」藏浙江博物院，後段較長的「無用師卷」藏臺北故宮。兩岸合璧讓臺灣觀眾看到了這長卷畫作的開頭，雖然還是不完整了。畫有生命，也要無奈一嘆：畫總是會被焚燒的啊！然而經過火殉，破壞了完整，卻增添了故事，人生一次一次的毀壞、裂痕是否亦如此？

我鄰居媽媽的話語只是單純出於對孩子無心之過的寬容；當人們以一則傳奇看待火殉後的畫作，遺憾裡，有對「不完美」留下的想像空間哲學上的領悟，那就是對歷史、對藝術、對美的寬容了。

——原載二〇一四年一月二十二日《自由時報》副刊

召魂戲——吳鈞堯

出生金門昔果山，中山大學財管系畢，東吳大學中文所碩士，《火殤世紀》寫金門百年歷史，獲文學創作金鼎獎。《遺神》描風獅爺身世，收錄九歌出版社年度小説獎作品〈神的聲音〉。曾獲《聯合報》、《中國時報》小説獎及梁實秋、教育部等散文獎，多次入選年度小説與散文選，兩次獲頒發五四文藝獎章，現任《幼獅文藝》主編。著有《火殤世紀》、《遺神》、《熱地圖》等十餘種，繪本作品《三位樹朋友》獲第三屆國家出版獎。

初秋，暴雨。氣象報導，潭美颱風引西南氣流進，我抬頭看天，若不注意，很難看見雲與天的層次。天，白漠漠，當底色，烏雲淺一點，雲絮於上流動，快、輕、薄，連嘆息都比它濃。

好幾次回返故鄉，烈日與藍天當道，總不見雨。樹與作物無法遮蔽。幸好無法遮蔽。天晝弧。無論向東扯、往西推，都是大大一個弧。彷彿有一個不解的曲度，守在不變的天底。入夜，星點亮、月弦出，不同的光，譜不同的密語。我總是守候中庭，等待它們出來，尋民宿的開關，一一關上。

我有時候，也在等待不該出現的事物。尤其在農曆七月。參加金門國家公園舉辦的夜行軍活動。雨後樹，水珠掛滿。無風，它們該靜靜懸掛，忽然急急灑落，我悄聲搭孩子肩，該不會是軍鬼吹不動哨子，只好集眾鬼氣力，蹬踩樹枝？午後，和平鐘紀念園區覷靜無人，我跟孩子說，不要只看到戰車的鏽、碉堡的空、渠道的乾，而要想像戰車驅動大砲，遙指天，轟隆一聲如雷鳴。紅光帶火，火光帶紅。它們寫了一身的「凶」。沒有黃道吉日。

還得想像碉堡擠滿士兵，一等、二等與上等兵，少尉、中尉以及上尉，他們階級不同，命運都串在一塊了。至少要想像渠道的兩種氣候。溼的與乾的。雨水來，士兵於渠道，若夏熱則蚊多，若冬寒，水流襲面如浮冰。

孩子沒有應允我說的，倒是門板無風自動，輕嘆一聲，彷彿點頭稱是。

我總在返鄉時，召喚老事物。事過了、物老了，人心常新，總巴望有一點事沒有過去，有一些物件留駐以往。它們的斑駁是對我的吟唱。它們的枯朽只是自然，反倒是我，總想在逆風中，聞取一些什麼。

帶孩子回鄉參加夜行軍活動，專程帶了乒乓球，在水頭社區中心打；帶了棒球手套，在日落的后湖海灘、在天陰的垵湖國小，棒球一來一往拋，漏接了跑步追回，投歪了修正補好。人生畢竟不是球路，一拍擊去，有了軌道，也有了軌道之外。

多次繞遠，從水頭往山外用餐，陳姓鄉友於太湖路開設食館，它在湖邊，面對湖，也面對即將成為金門最大商旅的飯店前。食館主人解釋，樓舍劃分為精品與住宿，我騎車帶孩子從傳統的復興路老街而入，沒到底，即見飯店新穎而立。它還沒蓋妥，已見龐然，構建完畢，宛入天，我回頭大聲與孩子說，新與舊分界僅十多公尺。楚河漢界般。只是你、我不是敵國，而是傳統與摩登的對奕。我想像河流上、下，前進新穎、後退迂迴。這是一條新的金門河流。日後，它的沖積會有它的三角洲，會有另一批戀舊者，如我前來踏訪。他們踏進來，也如我，前進與退後都是時間。

騎車載孩子。不過兩年前，他矮身端坐我座前，背後載著妻。兩長一少，環島尋風獅爺。兩年後，孩子身子忽然拉長，再也移不回機車的前座了。我車騎環島東西南北路，到山外、古寧頭等，都不走大道，而取小徑。我專程騎到「藍天戲院」前。戲院已拆了招牌，迷彩當年衣，留未盡的落漆，只明白人，明白它的前世今生。

藍天戲院收納我的童年。與爺爺從昔果山老家出發，轉蜿蜒路、過斷崖處，日正當中，影子濃短，不多時與馬路接道，再走不久，見軍人參差，一群草綠，三三兩兩購票，走進迷彩的藍天。稍長，改與玩伴進軍戲院。沒錢買票，只好伺機尾隨士兵身後，輕拉衣角，喬裝同夥，走進兩道欄杆圍起的入口，蒙混進場。一個搭一個。最後，玩伴三、四人陸續入關，我們在戲院中，笑得奸巧。

我後來想，驗票人員居高臨下，何嘗不知小友們的手段，卻在我們通過時，選擇眨眼。半秒或一秒，看似短，卻非常長，足以讓我們在戲院中，做兩個小時的夢；足以讓我懂得日常的一天，有日常的美好。他、他跟他，我都不記得了，但我知道一旦坐上了驗票的高椅，姿態可以更低。

一個秋日，七、八年前，我返鄉，路經藍天戲院，見戲院老闆張貼海報，戲院外，並寫著晚上的放映時間。我驚喜莫名，與老闆閒談，得知他租了戲院，不定期播放電影。我走進戲院。三十多年來，第一回踏進場中。廳不大，不過百餘人容量，但記憶中，戲院是大的。彷彿座位並排而接連，達到千人之譜。無論它，是大是小，都不能成為一種衡量。座次硬而擠，朝前看，螢幕灰漠，但只要投影機在後頭啟動，將有一束光，打在前邊。打在我的童年。

沒待入夜，我回返戲院，卻見老闆撕著海報。連排的營房隔環島南路，與藍天戲院比鄰。士官兵三五人，神情興奮，站在營舍外，營中餐廳，不時有喧嚷傳出。我愣愣盯看，難以理解兩者的關聯。老闆認出我，嘆氣說軍營進行懇親會，許多役男的父母、朋友從臺灣來，擇在晚上聚餐。電影因懇親會而取消了，難道不能改天聚餐、難道不能晚一點、難道不能為一個懷念藍天戲院的人播放電影？我的許多個難道，都沒有說出來。

我跟孩子說著這些，也解釋了為何得趁金馬影展在金門舉辦，專程到文化局演藝廳，看一場電影。

我帶孩子觀賞陳玉勳導演的《熱帶魚》。陳的《總鋪師》我在臺北看過試映，並邀了放暑假的孩子同往。先看新片，後賞舊品，新與舊，都裹濃厚的鄉俚趣味，「感情放一邊」的檳榔店招，讓我想起六〇、七〇年代，男子漢的漂泊。那是一個打拚的年代，離鄉背井，大哥、大姐都曾為了遠行之需，到金城的「金馬照相館」拍攝黑白沙龍照，旁白「勿忘影中人」，分贈親友。感情，哪能真正放到一邊去。

沒有驗票人，只有贈票者，起初稀疏幾十人，不久，後頭士兵竟坐滿。他們安靜而來，不鬼祟，但如鬼。他們不是我要找的「鬼」。我要找的鬼已經很老了。若，鬼有情，必當常常回返藍天戲院，召喚我，召喚他看得懂、或看不懂的武俠片、愛情片和黃梅調，在招式與歌調之間，想起我的惦念。

爺爺沒有來，也可能他來了，我沒看見。

電影散場。颱風過境，它的作用力還沒有過境。天埋陰、霞遁走，明天就要離去，月還不露臉，直到夜半，民宿客人逐一退出中庭，我守著幾杯高粱，漸漸地被高粱包圍。這時，月上屋簷，伴流日的遺光。我回房，要跟孩子說月娘還是出來了。孩子已睡熟。凌晨兩點，他該睡熟的，曲右臂，輕貼頰，一如小時候；他再也回不去的小時候。

回中庭，洗淨杯子前，再斟一杯。月皎潔、酒浮月，一口乾掉天上人間。它們載了滿杯的戲。當戲演出，都是黃道吉日。

——原載二〇一四年二月七日《中國時報》副刊

周而復始

——瓦歷斯・諾幹

臺灣原住民族 Atayal（泰雅）族，一九六一年八月二十二日出生於臺中縣和平鄉 Mihu 部落（今自由村雙崎社區）。一九九〇年起主持臺灣原住民文化運動刊物《獵人文化》及「臺灣原住民人文研究中心」。

曾獲鹽分地帶文學獎散文獎首獎，時報文學報導文學類首獎及詩類推薦獎，《聯合報》文學獎、《聯合文學》小說新人獎，臺北文學獎散文首獎、文學年金，陳秀喜詩獎及年度詩獎。

侯澔／攝

第一日

現代的故事總是重複古老的歷史，也許只是換個場景、人物、時代，我們能不能化繁為簡，讓故事走進日常生活，如飲冷暖？

慶幸我們活著，因為遠方的死亡不乏缺貨。這是個膽顫心驚的說法，也是一句恐怖的玩笑，你可以一邊喝著紅葡萄酒，一邊觀看勾魂者飄然遠行，但是在某些地方，在不遠的國度，你如常吃著簡陋的木薯泥，一顆要命的子彈找上了眉心，還來不及吞嚥第一口維持一天能量的早餐，生命直如螻蟻，在一記清脆的槍響中結束。死者已矣，獨留悵然若失的親人，哀悼成了生活常態，正如你在享用早餐，純白的鮮奶、兩片吐司、鮮黃色澤的蛋黃，在空調宜人的餐廳，想像著遠方山腰樹叢背後，筆直堅韌的黑色槍管發出橢圓形子彈，飛過清冷的空氣，以一條數學演算過的微小弧線，突破光潔的玻璃窗，簡潔的結束你的一生。於是有些人，是一大群人、一個民族，竟然渴望簡單生活，渴望平凡而安全的一生，卻只能在世界的另一個界面尋找，這就是加薩走廊難民營的一日之始，以哀憐啟動，又以哀憐落幕。

第二日

在難民營，我們以為在地震、颱風、土石流災後的流離失所已經是生存的極限了，於是我們乞憐，盼望大有為政府啟動災後救援機制，接著是安置災民，從餐風露宿升級到寺廟、學校、軍營，然後是全民一心的重建進程。在加薩難民營，救援、安置、重建，都只是各國和談角力的政治詞彙，從聯合國安全理事會第242號、338號、465號決議、《大衛營協定》、埃及——以色列和平條約框架、阿拉伯和平倡議到以色列路線圖回應，這些關於「和平」的詞彙最後總是成為語言的廢墟。在難民營的巴勒斯坦人，如常度日，如常在高牆圍堵的占領區通往唯一的檢查站，左臂膀掛上白色識別徽章，乞憐於以色列屯墾區猶太老闆的工作賞賜，因為難民營依戰時占領區規定是不允許有任何具備「發展」的工作，巴勒斯坦人必須到以色列屯墾區成為「外國工人」，即便屯墾區是巴勒斯坦人土地。在加薩，曾經是漁民的巴勒斯坦人，在西向的地中海海域，現在已成為以色列軍管下的禁區，沒有漁民、沒有魚蝦、沒有船隻、沒有漁網，只有略帶鹹味的海風吹來，沙灘也不許進入，沙灘下埋設流動的誘雷，國際紅十字會救援運補船艦也不得其門而入，國際人道的重量比不上以色列一紙輕盈的軍管律令。

流離了三十年後才奉准返鄉的巴勒斯坦詩人穆里．巴爾古提在《回家》一書中寫著：「占領迫使我們必須維持老舊。這就是他的罪行。它們沒有剝奪我們的泥灶，卻剝奪了我們想創造而不可見的明日。」

文學的力量正如巴爾古提栽植出既卑微又無助的花朵，人們只有在不公不義的時代、在眾人皆沉默的時空下，才懂得直接無偽的文學，切切私語或者隱含悲喜，只有能夠真誠直抒、不假他人之口的人才能夠領會朗讀，並因文學的花朵而哭而笑且喜且泣，宛如生命注入了某種不可預知的巨大能量。

第三日

回到我們喜愛的山脈，我們說，這是家園、這是我們賴以生存的山林、這是心靈的歸宿。注視一座你所喜愛的山脈，雪山山脈、中央山脈、大武山山脈，或者是蘭嶼島上矮小的紅頭山，你確知每個時刻山林的變化是多樣繁複，它們由一道光線、特殊的林相、某些動物的路徑、關乎山的氣息、樹葉的飄動或是虎頭蜂巢的位置、岩石的味道、熱烈釋放的汗水，盡乎你的一生也無法找出任何一個時刻它們會出現相同的景致，但你知道那就是繪製在心靈裡的清晰圖像，在任何時間都可以取出來與親朋共享。我們喜愛的山脈自有節奏與時間，而我們方寸心靈所捕捉的正是每一座山脈贈與的禮物。但是在貧瘠的加薩走廊，在一九四八年戰爭中被驅趕到此地的六十五萬難民，經過圈禁、最低發展生存環境、無預警宵禁、集體懲罰與艱難生育下，膨脹到二〇〇九年二百萬人的無國籍難民，他們也會注視著散布在加薩走廊上的小山、丘陵、池塘以及廣袤的地中海景致，他們也一樣在任何時間點找不到相同的圖像，每天的變化由武力與機械力改變土地的樣貌，由美國工兵處監製的高牆圍出繁複的迴圈地景、推土機壓垮可能藏匿恐怖分子的任何一座房屋、水源與池塘規畫為屯墾區、柏油道路嚴禁巴勒斯坦人上路、剷平山頭用以構築監視站，這就是以色列的永駐占領區，劃分為一百三十五個殖民地，皆無償豪奪巴勒斯坦人房舍田地而來，加上七百個軍事檢查站如兵棋散置於約旦河西岸的占領區，再將巴勒斯坦村鎮所有聯外道路層層封鎖。是怎樣的世界讓加薩走廊不忍卒睹，連回想也令人痛澈心扉？這裡已經沒有「土地」，只有倉皇而逝又何其蒼茫的「時間」。加薩走廊的大自然，沒留下什麼禮物給巴勒斯坦人。

第四日

以色列現代史是這樣敘述：

西元七世紀至二十世紀初期，巴勒斯坦一直是在伊斯蘭境域中發展出融合伊斯蘭、猶太教、基督宗教的多元文化。一九四八年五月十五日，不列顛託管政府撤離巴勒斯坦，在前一天，錫安主義者宣布以色列國的建立。一九四八年的「戰爭」，六百萬巴勒斯坦人因戰事發生，被政府疏散至巴勒斯坦以外的非戰爭國家，七十五萬阿拉伯人居住在現在屬於以色列的土地上，十五萬人留下來成為以色列公民。其他的，約六十五萬人安置在難民營，這些是屬於無國籍難民。一九六七年六月「六日戰爭」，以色列軍為抵抗阿拉伯聯軍的入侵，先一步發動閃電攻擊，從敘利亞手中奪下戈蘭高地以及以色列原四倍大土地，包括加薩走廊、西奈沙漠、東耶路撒冷。一九七七年《大衛營和平條約》，阿拉伯國家和以色列締結的第一個和平條約。一九八七年十二月九日，在巴勒斯坦加薩村爆發了「因提伐撻」（Intifada）暴動，此後變成一場又一場建築仇恨之爭的宗教戰爭。一九八八年十一月十五日，阿拉法特在阿爾及利亞宣讀《巴勒斯坦國獨立宣言》，以紅、黑、綠三色為巴勒斯坦國旗顏色。一九九三年以巴雙方簽訂奧斯陸協議，以色列為永駐占領區，以一百三十五個殖民地、七百個軍事檢查站分布於約旦河西岸，以確保以色列國民的安全。

很少歷史是清白無辜的，留下來的歷史總是當權者謀畫的記憶，記憶可以作為國族正義的力量，也可啟動蒙蔽甚至戕害正義的作用。同樣的說話人——巴勒斯坦阿拉伯人——成了「不存在的存在」，選擇遺忘的還有阿拉伯人和猶太人，他們都是同一位先知埃布拉瑪（Ibrahim）的後代子孫。直到今天，以色列是全球唯一沒有正式宣布國界的「民主」國家，整個巴勒斯坦地區為永駐占領區，當然包括加薩走廊及其一百三十五個殖民地。

第五日

書寫確如是：假如所記錄的是公眾事件，這段連續的時間就叫作「歷史」；假如記錄的是私人事件，這段被記錄所打破的連續時間就叫作「生命故事」（life story）。加薩走廊無國籍難民或許就是個沒有歷史的民族，一方面肇因於他們被圈在隔離的多個難民營中，另方面是，記憶已經在無休止的反抗土地掠奪與房屋破壞的日常生活裡磨損殆盡。應該是民族集體的記憶，被分割為一個個家庭的生命故事。記憶裡的「事件」總是那些殘酷到麻木的——只好認為——瑣事，千篇一律的非法監禁、推土機進行集體懲罰的摧毀房屋、將時間消耗在等待軍事管制區的等待放行上、非法搜索、斷續不定的停水、阿帕契攻擊型直升機以導彈殲滅巴勒斯坦領導人、F-16戰鬥機準確的朝向人群房屋橄欖樹林等站著或走動的「不明物體」掃射、在失業與貧窮間掙扎、遭遇持續性或巨或微的羞辱、梅卡瓦主戰坦克奔馳在難民營泥濘的走道上……以及——各種想像不到的暴力。

我們同意歷史必須有相對應的「指稱」，而這些指稱是可以被追溯、指認的。高雄就是以前的打狗、諸羅城是現在的嘉義市、摩里斯山是今日的玉山，在日據時期叫作次高山，布農族呼為Tongku Saveq（東谷沙飛），是大洪水傳說中的「避難所」。但是在加薩、在約旦河西岸的以色列占領區，歷史上的「指稱」全部改易為無法追溯與辨認的名詞，摧毀巴勒斯坦村落換上以色列定居點，村鎮的名稱是一具具嶄新的稱號；以色列境內的阿拉伯人被迫放棄祖先的姓氏，家鄉的河流、山丘、街道、地名，記憶的棲息地飄零為巴勒斯坦人失憶的起源地。我們對歷史之謎能被解開，並不只是因為人們記得，也是因為人們親身經歷在特定的時刻裡，因而抵禦了時間的流逝。就是這樣那樣無休止地、幾乎抹平整個巴勒斯坦生活全紀錄的行動，將幾百萬巴勒斯坦人分割、打散、再編碼，湧入那擁擠得嚇人的彈丸之地，擁擠得容不下歷史書寫或歷史詮釋的空間，即便有一絲絲的書寫餘暉，也只是照亮失落的廢墟。

歷史，對勝利者而言永遠是短暫的，因為他將時時刻刻恐懼於失去所得到的一切。生命故事，對失敗者來說總是意味深長，因為他將時時刻刻綴補那失落、缺損的一切。

第六日

在加薩一處靠近哈拉米須（Halamish）屯墾區的難民營，一個個小男孩必須在太陽還未將露水飲乾之前將一個個靠近草叢的小錫罐取回，這些零星而淺薄的露水很可能就是這一家人一天所需的飲用水。某一天，他懊惱的踢著土石回家，告訴我屯墾區的以色列猶太小孩破壞了上天賜予的活水，而他無法對那些小孩生氣，因為屯墾區定居點的猶太家庭都配備火力驚人、彈藥充足、具瞄準器的美式槍枝，而難民營地裡只有充當「因提伐撻」（在阿拉伯文中，意思是「抵抗」）的石頭。我的歷史知識提醒我，此處何以沒有任何一株巴勒斯坦地景中習見的橄欖樹，小孩回答著：「我叔叔說在很久以前，他們用鏈鋸、推土機毀了橄欖樹。」可惜了，在巴勒斯坦人的傳統文化裡，橄欖樹是對旅行者的餽贈、是新嫁娘的慰藉、是秋天的賞賜、是儲物的驕傲，橄欖樹是巴勒斯坦百代之家的財富，如今，只成潰散無蹤的歷史風沙。

我聽說人生最殘酷的事莫過於死於不義，公平或者諸如正義等普世價值被棄若敝屣。卑微或是貧窮的任何一個人並非無以抗拒的承受命運的重量，他也會擠出最後的希望注視痛苦災厄為何物，反過來說，任何人少了對正義的期待，人世將無幸福可言。加薩走廊此刻哪怕是在最黑暗的時刻，我相信還是會有拒絕不義和懺悔過去不義的人。二〇〇二年，以色列一名下士軍官羅森堡（Eyal Rozenberg），他本著良心做出一個決定——拒絕繼續為以色列國防軍效力。他的軍官告訴羅森堡，每一天結束時，他都會面對鏡子，直到能夠接受鏡中的自己為止。羅森堡回應長官自己為何難以接受鏡中的影像，他說：「如果我繼續與你並肩工作，看著你殺戮一個被征服的民族，那麼我就是活在謊言之中，我將在鏡中看見這個謊言。」這個決定後來具體化為共同聲明，共有五十二名在占領區值勤的後備役官兵連署，共同聲明有段話可以總結以色列自一九四八年驅逐巴勒斯坦人、自一九六七年軍事占領巴勒斯坦土地以迄於今的作為：我們現在已經了解，占領的代價就是讓以色列國防軍人性盡失，讓以色列整個社會腐化。

第七日

古老的歷史總是綿延為現代的故事，也許伊斯蘭、猶太、基督都太累了，因為諸神編織不幸。災難以循環的命運自動運轉，直到哀悼本身成為一種生活，直到不留活人可以去哀悼死人而後已。如果我們願意阻卻災難的周而復始，我們就必須超出暴力的循環來擁抱人性，書寫災難，也就是對正義的回應做出至為卑微的期待。因為我們相信，歷史再如何黑暗，夜空也會點綴星月的光芒；烏雲即使完全遮蔽星月，那些光芒也會安放在人心的某個角落，直到甦醒、直到周而復始的災難戛然而止。

——原載二〇一四年二月十日《聯合報》副刊

臺中人。東海大學生命科學系畢業。正在寫文案。

太早出生的設計師

——李秉朔

某天翻看雜誌，驚見日商無印良品生產一系列臺灣傳統家具。排版技巧高超的刊物運用蘋果綠色塊掮動鄉土味，強調設計師念茲在茲的簡約風格。我手指價格高達四位數的圓凳大呼小叫：「家裡有兩個一模一樣的！」「真的耶，但阿公做的板凳一組只賣八十元……」隨後是一陣尷尬的沉默。無關離譜價差，而是古董家具收藏者眼中的夢幻逸品早被全家人拿來墊腳，殲滅天花板上的蚊子。閒置的長凳同樣時運不濟，只能呆立儲藏室內背負大賣場衛生紙。我們簡直像暴殄天物的珍・柏金，大剌剌背著柏金包上市場盛裝蔬果。

這麼看來，阿公要算設計師了，可惜幾十年前只有一個名詞稱呼他的行業：木匠。初始階段差別不大，但繪妥草圖後，阿公由設計師瞬間變成木工：拉長捲尺丈量木材，接著擎起鐵鋸奮力切割，再拿剉刀及砂紙仔細修整邊緣。當時的設計費稱作工錢，阿公領受微薄的工錢養活九口人，外加因意外事故寄人籬下的伯公一家。食指浩繁，阿公的雙手幾乎不曾停歇。為了不讓漫天飛舞的木屑更躁動，即使夏日炎炎，阿公工作期間堅持不吹電扇；浸泡在汗水中的木屑覆蓋他全身毛孔，徹底阻塞靈魂的出口，於是日復一日各式桌椅櫥櫃陸續成形上漆，伴隨無止盡高分貝的咒罵。阿嬤是無處可逃的受害者，必須小心翼翼察言觀色，趁著丈夫躊躇滿志觀賞剛完成的新作，斗膽開口乞討菜錢和孩子們的學費。

多年後阿嬤不厭其煩描述她的悲慘世界，而我是幸運的既得利益者；阿公老來得孫，每天帶我去他兼差的飯店吹冷氣吃甜筒。我未曾見識過他的木匠影子，工藝課我得克服對車床的恐懼，對付彷彿有自由意志的木塊，阿公純粹負責嘲諷我分數低空掠過的劣作。放下剉刀的阿公就只是普通的阿公，一個不同於鈞特・葛拉斯那類知識分子的憤怒老人。我們共享了壞脾氣基因，兩人隨時準備擦槍走火：阿公添購糖果取悅我同時斥責我滿嘴蛀牙；因我誤喝尚未拜拜的仙草蜜罐頭怒掀供桌；騎車接送我的途中不慎遭排氣管燙傷，在校門口飆罵三字經；甚至他的十根指頭組成兩個巴掌，偶爾賞我耳光。然而這雙大手可以把我的制服折成符合軍營規定的平整方形，在雨天為我的球鞋套上兩個塑膠袋防水，沖泡無數杯烏龍茶幫我撐過無涯學海。

阿公的手也用來煎藥餵阿嬤，卻留下她先走一步。他的靈魂棲身在自己打造的家具。阿嬤手握專屬鑰匙，三不五時便打開她的祕密抽屜，端詳亡夫贈與的戒指、珍珠、金條，並望向如書卷般展開的梳妝鏡，緩緩走出悲慘世界。我承繼了阿公的冬寒夏涼木板床，失眠時就伸手撫觸床頭飾板斷了犄角的梅花鹿，和一對面面相覷，雌雄難辨的鳳凰。我慶幸鹿眼沒有點睛，否則牠會活過來，抖抖尾巴躍出顯然多餘的方框。

二十一世紀大家終於學會從不同角度看世界。阿公的火爆性格擔保他不乏大丈夫氣概；他一板一眼的頑固作風則被譽為「專注完美，近乎苛求」；他不准晚輩吃零食卻自行抓取大把軟糖吞下的行為令人聯想到某機械錶的廣告文案：每個男人的心中都存在一個小男孩。阿公開不起玩笑的執拗彆扭在兩性談話節目僅僅是無傷大雅的剛毅木訥；專家說這款優質型男平日缺乏幽默感，但全心全意奉獻給家庭，必要時義無反顧犧牲性命。而阿公到外地看密醫兼買名產的嗜好正是目前最流行的醫療觀光。倘若他還活著，商業類雜誌會帶著大批記者前來拍攝他的工作實況，採訪他對傳統產業沒落的看法，剪接成懷舊風影片上傳到YouTube供網友點閱。鏡頭極可能停在他滿布皺紋的掌心，特寫生命在他手上刻下的獨特紋路，搭配梅特納溫暖的〈小故事曲〉作為背景音樂。這頭驕傲的雄獅也將樂意開設木工教室，教授成群退休的婆婆媽媽營造生活空間。學員下課後鐵定驕傲地展示雙手不礙事的傷口讓丈夫瞠目結舌；民宿女主人則汲取阿公整套魔幻技法，把小木屋布置成內行遊客盛讚的私房景點。阿公的生活會是現在進行式，毋須我運用選擇性回憶將他修飾得更完美。最起碼我深知自己不必是勢利英國佬口中那種「需要自己買家具的人」。阿公或許還能跟我的室內設計師朋友聊聊利用鏡面延伸空間的騙術，在老人茶裊裊的煙霧中暢談包浩斯「少即是多」的概念。

而我無可避免要上臉書幫阿公設立「憤怒阿公」粉絲團，每天實況報導並貼上照片，更新狀態N次：「憤怒阿公吃早餐不小心撞到桌子，他正在『修理』桌子。」；「憤怒阿公剛才大罵惡意燙傷他的天殺鐵鍋XD」；「某女星說『你可以再靠近一點』，憤怒阿公脫下室內拖鞋砸她的臉，然後拿抹布用力擦電視=_=」。勵志作家或許忍不住過來留言：「生氣是無能之人唯一會做的事。」但無所謂，眾鄉民肯定笑翻，頻頻按讚。阿公的純手工板凳自然不可能在相簿缺席，如果有人誤以為阿公是精品設計師，我不打算澄清。

民國二年生的家具達人趕不上多元時空，幸好他的作品經久耐用，沒必要退休。圓凳自然得繼續協助全家捕蚊，長凳呢，我磕磕碰碰把它搬出暗室，用不沾水的毛巾來回擦上十次，勉強在廚房騰出空間給它，像騎木馬一樣跨坐其上。長凳的一腳曾遭白蟻咬傷，但直挺挺立著，穩若泰山。我想告訴阿公：「你們處女座的男人就是靠得住。」但可以想見他會撇撇嘴：「不正經讀書，講那些幹嘛！」所以我會傳統一點，改說：「你們農曆八月生的人啊……」

——原載二〇一四年二月十二日《自由時報》副刊

臺灣彰化人。臺北醫學大學牙醫學士，現於臺大臨床牙醫研究所進修中，另一身分為牙醫師。書寫詩，偶有散文。曾獲《聯合報》文學獎、臺北文學獎等，並入選《二〇一三年晟景文摘》、《二〇一一臺灣詩選》。作品散見報刊及發表於個人部落格「低調的奢華」http://www.ericqaz.blogspot.tw/

磨

張光仁

病人來到診間告訴我，他的妻總是向他抱怨夜晚發出的惱人磨牙聲。

「我一點也不記得我有磨牙呀？」病人一臉無辜地說。

我請他張開嘴，移動探照燈對準那黑暗的甬道，維持生命的關口。我用口鏡沿著病人上下排牙齒逐一檢視，偶爾翻閱兩頰觀看黏膜，並用戴著橡膠手套的雙手輕觸病人口腔周圍的肌肉：嚼肌，外翼肌，顳肌，並向後延伸至脖子附近的肌群。

病人隨著我的觸壓雖悶不吭聲，但偶爾緊鎖的眉間仍讓我察覺出他無法隱藏的些微痛楚。

「有點酸痛喔？我壓的這邊。」我輕聲詢問他對於我的觸壓是否感覺難受。

「有一點，不過還好。」病人悶悶地說。

檢查了一會兒之後，我請病人漱口，並向他解釋：「我發現你的牙齒有一些明顯的咬耗痕跡；頰側黏膜在咬合面的位置也存在著白色的咬痕，這通常是因為牙齒不正常的互磨以及過度的緊咬所造成。」

「此外，剛剛幫你做的肌肉觸診，雖沒有明顯肥大的現象，但會感覺酸痛有可能是因為咀嚼肌不當的用力所引起。」

曾翻閱過一些醫學期刊，磨牙所產生的問題一直困擾著人們。但真正原因卻一直備受爭論。許多人歸咎於牙齒咬合的干擾，也有人提出神經方面的失調，甚至有人認為是體內寄生蟲的作祟。

然而，對於那夜裡磨牙的患者，真正深受其害的往往是他們的室友或是枕邊人。

試想，在萬籟俱寂的夜晚，全世界都進入了甜美的夢鄉，此時患者發出陣陣尖銳的磨牙聲，恍若嚼食極富韌性的牛肉乾。患者本身似乎津津有味，然而，身邊的人，卻只能獨自與惱人的失眠對抗。若此時將磨牙者喚起，患者往往不覺自己有發出巨響，無謂的紛爭便時常從此處引起。

我告訴我的病人，他確實顯現出磨牙的症狀。他的妻不是故意在深夜夢境正酣甜時，將他喚醒。我告訴我的病人，我也曾經歷一段被深夜磨牙聲驚醒的時光。

母親在父親走了之後的幾年一直睡不安穩。母親本屬淺眠，但追溯其因或許是照顧父親臥床的那幾年所造成。那時父親因癌細胞轉移侵犯至腦部神經而造成行動不便。夜半時分，若需起身如廁便得母親協助才能完成。然而，更多的時候，癌細胞造成的身體不適與疼痛也總讓父親輾轉難眠，日子一久，床榻之間的任何小震動，都足以讓母親從不平順的夢境中醒來。

因此，在我正努力準備大學聯考而熬著濃濃夜色的闃靜時刻，從母親房裡傳來的陣陣尖銳而急促的咯咯軋軋磨牙聲，總讓我無法專心。甚至使我在不敵睡意趴在桌上打盹時，猛然驚醒。

然而，看似細細咀嚼著美夢的磨牙者，其實正處於不佳的睡眠狀態。曾看過研究指出，在磨牙的現象出現前，患者的腦波顯示正從深層的睡眠狀態躍回淺層睡眠的波形；患者會呈現半夢半醒的狀態，夢境變得破碎且片段化。

患者本身，其實也深受困擾。

「我總覺得我睡不飽，每天醒來都好累。」患者向我抱怨。

「或許是因為多夢且睡眠變得不連續的關係，造成你怎麼睡也睡不飽的緣故。此外，磨牙期間，你的肌肉與顳顎關節須承受極為巨大的負擔，因此，會讓你覺得累。」我緩緩地向病人解釋。

我卻想起母親從沒喊過累。

父親病了之後，母親也辭去工作全心照顧父親，曾經病情一度好轉，但狡詐詭譎的癌細胞卻從放射線治療後的鼻咽，往腦部默默潛移，長驅直入，攻占了父親的身體，也擾亂我們全家的作息。

父親的肢體因為癌細胞轉移腦部的緣故，變得僵硬且無法控制，必須讓母親每天陪著復健。而我也為了不再讓母親舟車勞頓地接送我上下課，就近至學校外租賃。

外宿的那一陣子，夜裡不再傳來陣陣碾碎平靜生活的磨牙聲響，但或許是準備考試的壓力過大，總覺得夜夜難眠，清晨醒來猶如未曾入眠一般，日日拖著疲憊身軀上課。

那段日子最常夢見的是父親。

夢中的他健康爽朗，我們全家一起到蝦場釣蝦。那是可以現釣現烤來吃的室內蝦場，父親嗜垂釣，我嗜蝦。夢中的父親不停將釣起的大蝦放到烤架上，另外拿起已烤得紅豔豔的蝦給我。我啃噬，蝦殼堅韌難以咬碎，我使勁雙頰不停咀嚼，直到夢中蝦場已近打烊，我仍未食半蝦……

一樣的夢境不停出現，直到某夜被同寢室友喚醒。

「你還好嗎？磨牙磨得厲害呢！」

我這才發現，在我自以為逃離家中那令人感到孤絕的情景後，能夠回歸單純的生活。卻在夢境的最深處，無人知曉的地方，默默咀嚼著對於疾病以及失去的恐懼。

在夜闌人靜的異鄉，咬緊牙關，發出思念的聲響。

一些有經驗的老醫師曾說，大多的磨牙患者，肇因於心理因素或精神壓力。在面對這些患者求診時，除了提供輔助性的治療外，尚需協助患者釐清是否有無法舒緩之精神壓力與心理困擾。

我為患者檢查過咬合是否有干擾後，便低聲問起最近是否有什麼事困擾著，覺得壓力大？

患者低頭想了想，沉思了半晌後，看著身旁的妻，然後視線慢慢落在他的妻微微隆起的腹部。

「或許是這個吧。」然後與他的妻相視而笑。

我突然了解了他們之間出現的第三者，將是個甜蜜的磨難。因此我請他試著放鬆心情，最近也不要加班，調整一下生活的步伐。下個禮拜我們再回診。

父親沒能看到我考上大學，母親也在父親走後放下照顧病人的重擔，走進信仰的世界。到處至需要幫忙的喪家中協助，誦經，祭拜，處理後事，在每一場陌生人的告別式中默默流淚，送走蓄積心裡的每一寸悲傷。

直到上了大學後的某日返家，夜晚時我與母親並肩而睡，與母親聊天，回憶起許多往事。母親已經可以敞開心與我聊起許多她和父親相處的點滴，而不隨時湧現憂傷，甚至講到一些有趣的事，母親也會笑。

夜色涼如水，電風扇似巡邏員一般來回在墨色裡檢視，認床的我輾轉難眠，但感覺一旁的母親已沉沉睡去。我仔細觀察著母親的睡眠，母親的呼吸平緩有致，偶爾的咕噥聲從喉頭發出，但無傷大雅。我像一部巨大的錄音機，在母親身旁悄悄收著音。一整夜，曾經在夜裡折磨著我的磨牙聲響，已不復聽聞。

母親似乎不再夜夜碾磨著生活中破碎的渣滓。我感覺母親心裡深處的空缺已逐漸填補，悄悄地以她自己的方式痊癒。

——原載二〇一四年二月十三日《聯合報》副刊

採檳榔

鄭麗卿

輔大歷史系畢。曾任職出版社編輯。出版作品：《只要離開，就好》（寶瓶出版）、《回娘家曬太陽》（二魚出版）。

夏日回到鹽埔，巷路上隨地可以見到人家門口高堆著一弓一弓的檳榔梗，男女老小熱熱鬧鬧圍坐著剪檳榔。先剪下一粒粒含鬚的檳榔，在兩三年前還須靠人力一一拔剪那長鬚，現在也有除鬚機器可代勞了。最後，將一粒粒乾淨圓潤發出悅目光彩的「綠金」送去盤商行口交貨。

檳榔樹原是我寄託熱帶地方浪漫風情想像的象徵，在心底的某個角落向來都有姿態美好的檳榔樹在微風中搖曳，植有檳榔樹的風景在我看來總是可喜且美麗，特別能觸動我的鄉情。而如今，檳榔已成為此地重要的收入來源。我鄉原本盛產番薯，甘蔗，香蕉，稻米，棗子，芒果，現在每年從三四月之交開始，農家即熱中於採檳榔。春天有少數開早花的菁仔可採，五六月即進入盛產期，可一直採收到九月。本地的盤商之間也頗有競爭，他們每天騎著摩托車穿街走巷，探尋貨源。農家自然也比較各行口收購的價格，縱使一斤僅五元十元的差別，也要互相走告。

滿嘴檳榔紅汁的盤商夾雜三字經大聲叫嚷著，與農家呼來唬去談好價格，他便先剖菁仔分級，細分為白肉（最好的）、紅肉（比較老）、尖仔和口感不佳的「哈拉籽」，價錢也以幾何級數大幅下滑。檳榔的價格也和其他農產品一樣總是暴起暴跌，我所知道曾經最好的價格是一斤可賣到八百元，那就像意外中了樂透彩一樣，極稀奇而令人歡喜的短暫片刻。現在一般的價格一斤僅一百二十元左右，有時也跌到八十元，同樣是「菜金菜土」的宿命。

剪檳榔是近幾年回鄉時愉快的經驗之一。一家老小圍坐著，有時鄰人空閒，便也坐下來幫忙，也是一段農家好風景。若是堂嬸剛好也過來，那就像一下子多了三五個人，聲浪的碰撞更加翻騰熱鬧了。剪刀喀喀喀不停的響聲中，堂嬸說話音量宏大，跌宕有致，談說著鄉里的各種奇聞傳說，沒有抽象語言，不是宏大敘事，在在都是具體事實與細節，從庄頭到庄尾的大小事項，也就大略都有所聞了。一身浸在汗水中，聽著直白的話語，熟悉的鄉音，說著本鄉生活的點點滴滴和人情世事，圓滿的，不堪的，頹敗的，庸常的，無非是日常瑣碎的事物，家庭的興旺或沒落的事例，讓我有真正回到家鄉的感覺。

我常常覺得，就是在這樣的農事勞動中，才是生活的真實。年輕時候，對於農作常常感到單調乏味，粗重辛苦，雖然我充其量只是一個「腳手」，在農忙最需要人力時做個幫手。然而，農家年年做著這些粗重辛苦的工作，日日過著看似單調乏味的生活，胼手胝足拚得一家溫飽，一分耕耘一分收穫，沒有僥倖，毫無取巧的可能。浮沉於職場多年之後，每每在我回到家鄉，閱讀他們勤奮的身影，褐黑的臉孔，聽他們談桑話麻，便再次明白自己生活的蒼白，腳步虛浮，像一株細弱的植物。往往幾日的鄉間生活，我彷彿進行了光合作用，於是有如蓄滿電力的電池帶著飽滿元氣回到都市繼續打拚。父母親在田地中勞作的身影，一直強有力提醒我不能消沉不可自棄。

屏東氣候炎熱，一棵檳榔樹一年可生長七至八片葉子，開七、八葩花穗，但農家通常只留五至六葩。入夏後隨著氣溫升高而快速成長，以致後期採收的檳榔纖維多，也賣不到好價錢。在採割檳榔之前，要先分辨檳榔是否夠成熟，檳榔菁仔高高掛樹上，現在父親眼力不濟，需由大哥或姐夫先行巡看並做下記號。幾分地的檳榔園走一趟下來，也已一身汗水淋漓。

清早，父親帶著有伸縮桿的割菁仔刀依有記號的樹身割下檳榔梗，並以雙手承接，總是鳥屎毛蟲和有重量的熱氣抱滿懷，以免菁仔粒受損或掉落。早先有一首歌〈採檳榔〉，「高高的樹上結檳榔，誰先爬上誰先嘗」，唱的是小夥子爬上樹去採檳榔。更早的年代在栽種時，樹與樹的間距比較小，以便採檳榔時可以爬上樹稍，抓著溼潤青嫩的長葉，猴子一般藉以一樹爬（盪）過一樹。這情景以歌謠唱來別具風情，事實上若錯抓了乾枯的葉子，從二、三層樓高的樹端摔下來，那可就不是好玩的事了。三十年前，父母親午夜時還在田中的蠶仔寮鋪桑葉，時常看見遠處有鬼鬼祟祟的燈火在閃爍，那常是有人打著手電筒偷割檳榔。回家時去通知人家，待他們趕到園中，宵小卻已滿載檳榔逃之夭夭了。那些年，也有農人夜宿檳榔園看顧，竟也因此與小偷衝突而發生命案。

即使是在屋簷下的陰影裡幫忙剪檳榔，半天的風日下，到晚上洗澡後我才發現雙臂紅吱吱，像一節烤熟的香腸一般。日頭的荼毒，農家深知，因此認為不受風吹日曬雨淋的工作便是好的、幸運的，他們都希望子女從事公教，要不坐辦公室吹冷氣也好過做農。再說，耕作的付出與收穫往往不成比例，現下幾乎沒有人會鼓勵子弟留在鄉村從事農業了。或有從都市回到鄉間者，多半也必須承受鄉民猜疑「都市的失敗者」的眼光。看看眼前熟識的鄉親，從事農業者大約年齡都已超過六十五歲，父親是最高齡，八十三。

由於農村欠缺年輕勞動力，近二十年來鄉裡的水稻田終於被一片片檳榔園所取代，老農為省卻每年翻耕的辛苦，避免颱風來襲時的大損失，栽種檳榔是最省力的選擇了。於是水牛不知在多少年前就從牛稠消失，牛車也閒置在稻埕上任其日曬風化。哺檳榔的歷史由來已久，記憶中，排灣、魯凱族原住民和阿祖和祖母那一輩多有婦人嚼檳榔；在《紅樓夢》中賈寶玉身上常帶著檳榔荷包，襲人無事便拿著針線繡檳榔包，賈璉耍賴搭訕尤二姐也討檳榔吃。檳榔樹生長在南方，熱帶地區，山邊海角，無善無惡，靜靜立在陽光中。檳榔原是一種藥用植物，其萃取物已證實有抗抑鬱的效果，嶺南人以檳榔代茶禦瘴氣，檳榔鹼也曾經用來治療寄生蟲，但也可能致癌。在國內生產的淡季，也以藥材名義自泰國進口檳榔。實際上，現在鄉民中吃檳榔的並不多見，若有，也因著浪費金錢和那一嘴黑牙紅唇一地亂吐的檳榔紅汁，而備受訾罵輕蔑，常常要被貼上流氓惡棍游手好閒者的標籤。

對於檳榔的種植，政府採取不輔導不鼓勵不禁止的政策，但是人們趨利就像植物趨光一樣，當大家年年在躊躇著不知種什麼才好而苦惱時，種檳榔看似省事的誘惑，恐怕大過栽種其他作物的賭注吧。檳榔樹定植後二、三年即能開花結果，通常可存活二、三十年以上。雖說省去了每年每季翻耕的辛苦，在收成之後仍然需要噴灑農藥防治紅蜘蛛、吊丁蟲等病蟲害，秋季要犁溝施基肥，和經常性地施以化學肥料，這些工作老農尚能應付。

在廣闊無人的田園中，父親獨自踽踽巡檳榔，割香蕉，施肥除草鋤地，一生勤勞。近二、三十年來農村與農作雖然大有變化，他仍然依著習慣日出而作，目不旁視，帶著與人無爭無涉自在自適的神氣，彷彿也是田園中的一景，靜靜在陽光中行走活動著。日本時代日本政府在臺徵募「少年工」，父親因祖母反對而未能成行，曾經讀到公學校高等科二年，因家中缺人手，十四歲便輟學開始了農夫生涯。一輩子就住在這座老宅，耕種著幾塊田地，像被農事抽著轉的陀螺，不曾停息，也不曾遠離這片土地。我小時候家裡沒有任何書籍讀物，要說到文字那就是每年一本的農民曆和牆壁上貼著的春牛圖，父親常常站在牆前查看那上面細細密密的小字，彷彿明白了什麼，不驚不疑，便出門駕上牛車下田去了。農夫依循十二月令二十四節氣種植生息，對土地與農作物的知識與經驗，是他們畢生在土地上扎扎實實一步一腳印踩踏實踐出來的，宛如一部農學百科。

田地上萬物生長，井然有序收拾整齊，粗獷中有細緻，自有一份田園野趣的美，看著實在教人感動。在我十幾歲時，父親開始在田壠邊界初種檳榔樹，大約長得比我高出一些，第一次開花，黃嫩嫩的花穗我把它想像成印第安酋長的頭冠，便摘下來把玩。父親見了，不無惋惜地說：你將伊挽落來，伊就不結檳榔菁仔囉。是喔（啊，我是笨蛋）。年年，父親在看見檳榔吐出鮮嫩的花穗時，會停步抬頭欣賞嗎？聞到雨中檳榔花的氣味，會勾起他欣喜的記憶還是一些別的什麼嗎？我猜想父親只是平靜地看著嗅聞著，因為天地有信而感到篤定與安寧吧。

雖過著篤定與安寧的鄉村生活，農家也努力利用檳榔尚未成樹時，在株間種植蔬菜或萬年青黃梔或香蕉以貼補收入。勤勞，永遠是農人最高的生活態度。他們在勞動與收穫之中得到生之喜悅，即使到了晚年，農人對於農事仍然不曾放手，因著習慣，因著顏面與尊嚴，他們關心的是田地不能任其拋荒，總要種點什麼才能安心，彷彿田地的肥瘠即等同於他們生命的豐美與枯朽。但是，父親老了，母親也老了，天地都老了。

在鄉村，有時見到灰白頭髮枯瘦臉頰的老人家閒坐在家門口，混濁的眼睛空洞無神，茫茫然望著街路。在他們日日老化的身體裡藏著一份不那麼安寧且無告的哀傷，彷彿只在等待時間的經過流逝，那神情讓人感到悚然和痛惜。或許老人也並不願意只是無聊地呆坐，有人可以說說話或一起剪檳榔或蒔弄花草的時候，他們的臉色更顯得平和。我常常在想，老人在嘗到歲月的苦澀，而生活尚有餘裕之時，還有其他人生追求的可能否，人究竟要如何來度過老年生活才稱得上美好的ending呢？當我嘗試以時下的老人學，生死學來思考農村老人的休閒、娛樂和保健的問題，我不免要懷疑那是我輩一廂情願的想法，甚至是中產上班族自我中心的時尚。回到農村，看到老人們那麼執著於生存的努力，才會發現原來那些知識是無用與虛妄的。

與老人相處，最不需要就是無用與虛妄的知識和理論了。夜涼風露清，檳榔攤的霓虹燈還在巷路的一頭閃閃爍爍。當家人一同在門口埕乘涼時，話題依然討論著檳榔價格、施肥噴藥的田地桑麻諸事，單純而執著。一種鄉音，千般想頭，星星在夜空裡閃亮著，我體會著他們悲歡哀樂，也感受著從他們身上發散出來源源的生命力。這樣的夜晚，這樣的情景，不知已經延續了多少年月，而又將依然繼續下去。

明日，仍舊有人採檳榔，有人陪著老人一起剪檳榔。

——原載二〇一四年二月二十日《聯合報》副刊

清供——呂政達

一九六二年生，臺大國發所碩士，輔大心理系博士生。出生臺南，大學以前皆在臺南生活、求學，勝利國小、後甲國中、臺南二中畢業，現居臺北。曾任《張老師月刊》總編輯、《自立晚報》藝文組主任及副刊主編、《信誼基金會學前教育月刊》主編、《魅麗雜誌》編輯總監、大學心理學教師等職。

文學創作內容包含散文、論述、心靈小品乃至政治相關書籍。一九九七年開始至今，屢獲多項文學大獎，包括時報文學獎散文首獎和評審獎、《聯合報》文學獎散文大獎、梁實秋文學獎散文首獎、宗教文學獎散文首獎、林榮三文學獎散文首獎，更獲國藝會文學創作補助，並被九歌出版社選為臺灣三十位散文代表作家之一。

媽媽講的故事裡，有一則是關於一間廟。

那間廟叫作姑娘媽廟，位在臺南佳里的菜寮田邊。改制前佳里是個大鎮，但菜寮則位在產業道路旁，產甘蔗和稻米。姑娘媽廟建在甘蔗幢幢聳立的寂寞轉角，沒有香火，遂也少見人跡。寂寞，一直是我的印象。

我不確切知道那位姑娘媽的生平，在以前的鄉下，一名未婚女子的自殉在多年後已從隱痛演變成軼事。照我媽媽說，她託夢給我那當里長的外公，外公遂集資建了這間廟，讓無祀的一抹香魂有個依靠。未婚女孩死後奉祀為「媽」，卻是臺灣家族文化價值的體現。

媽媽說的故事，我倒不知她說的是誰，只說往後菜寮的女兒們心有委屈，感情無處訴，默默的情愫，無力反抗家父長的生涯安排，就會來投靠姑娘媽廟。默默的在店前燒紙錢，供花，女兒們的心事是幽明相通的，虛渺的神格如今成為唯一的安慰。

「那年，村子的一個女子，被父母安排要嫁給她不喜愛的男人，她哭，一個人躲到姑娘媽廟哭，想在黎明前在廟裡頭上吊自殺。」媽媽說。我想，這個故事聽來怎麼這麼沈從文。「女孩哭了一陣後，昏沉沉在殿前睡著，作了一個夢，是姑娘媽來託夢。」（對不起，我好疑的個性想的是：別又來了。）「醒過來時，那個女孩只記得桌上一朵青蓮花，沒有別的供物。」後來，我怎麼追問媽媽也不說結局，雖然我相信那個黎明還是依約來到。

後來呢？媽媽嫁到臺南，離開了菜寮老家。後來是我的登場，（這個順序絕不可搞錯。）我隨行來到菜寮，經過那間姑娘媽廟，此時姑娘的命和廟都是冷的，我瞥見那朵青蓮花，桌上的清供，像凌晨才剛從園裡摘來，猶浸著透明露珠（所以那個黎明確實到來）。我不相信經過那麼多年後，還會是同一朵花。

或許，天地間有一股心意，穿過女兒們像針眼那般的纖細，眼光脈脈，有否含情尚是未定論，落在寂寞廟裡的一株花。寂寞，仍是我唯一的印象。我開始好奇，自己是不是認識薄命的姑娘媽。

在臺南成長的小孩，遲早會對那麼多給女兒奉拜的廟，感覺到一股龐大的磁吸力，相對於傳統的父家長公廟，每間女兒廟總像有說不盡的心事。建業街的臨水夫人廟，那個叫陳靖姑的姑娘晉奉神格，三十六個隨伺奶媽、管家封為「三十六婆祖」，是我後來在其他廟宇都未見到的女性群像，堅持著那個姿勢，那些沒有在歷史留下姓氏和名字的女子一一站成了神。

我後來認真想像，媽媽說的其實是自己的故事，但往事不是甘蔗，實在禁不得啃咬。我擔心追問會變成撕扯，只記得她這樣說：「我原本要嫁到佳里鎮上的，你外公卻說臺南這個男人比較老實，所以呢……」沒有多言，作為一個時代的女兒和妻子的幽怨，清清地供著。

我最後一次造訪姑娘媽廟，卻是推著即將去世的外祖父，時值黃昏，茂盛的甘蔗田攪拌落日的嘆息，從骨子發冷的風。中風的外公停在小廟前，萎坐輪椅，望著他親手建造的廟殿，他每日來換的那朵青蓮花，清供的心事。我突然想起媽媽說的，外公是員外家出身，但他的婚事卻是媒妁之言，「村裡，好多好多女孩子都喜歡你外公啊——」媽媽這樣說道，一副我怎麼沒有遺傳到外公的意味。

我蹲下來，接住外公即將熄滅的眼神，「外公，那個姑娘媽是你以前的……」從甘蔗田吹來一陣寒風，外公望了我一眼，卻不答話。我想這樣也好，想想，取出從園子摘來的青蓮花，為桌上的供瓶換水，插上那朵新鮮的，向著舊日的一種什麼的花朵。

——原載二〇一四年三月二日《聯合報》副刊

水中鞭舞者

薛好薰

高雄人，臺師大國文系畢業，現任高中教師。曾獲時報文學獎、梁實秋文學獎、教育部文藝創作獎、吳濁流文學獎、臺北文學獎、臺北縣文學獎、高雄打狗文學獎、宗教文學獎等，著有《海田父女》。

最初對水母的惡感來自童年所看的〈海王子〉卡通，每當海王子打敗怪物，又通過一次難關，站在海豚背上往下一站出發，手握發光短劍，披風在身後獵獵飄飛，身影逐漸消失在海天間一片光明的湛藍，海底的水母便幽幽地在礁石上敲扣觸鬚，傳遞訊息，一站接過一站，遍及整個海洋，配上那種音調平板的：「海王子來了！海王子來了」一股悚然從腳底直竄而上，遍及每根髮梢，簡直讓人不寒而慄。

後來才知道卡通不全然是編造的，也有幾分事實根據，水母的觸手中確有小小的「聽石」，類似耳朵的功能，當海浪和空氣摩擦而產生的次聲波衝擊聽石時，便刺激牠周圍的神經感受器，尤其是遠方的風暴，在來臨之前的十幾個小時，水母就已經藉由聽石獲知而離開海面，下沉避難。只是這傾聽的觸手是否也具備卡通中像摩斯密碼般，嘟！嘟！嘟！嘟！地敲打訊息，通知同類「颱風來了！颱風來了」的功能，就不得而知。

等到自己開始潛水，屢遭水母偷襲，童年時對水母的恐懼與厭惡也重新喚回。不免疑心：日本漫畫家手塚治虫創作時，除了收集科學資訊之外，是否也吃過水母的虧，選擇腳色才如此貼切？而我有好幾次下水後臉頰隱隱覺得一股麻刺拂掠而過，剛開始以為是緊張而引起的錯覺，接著又被眼前的魚蝦貝珊瑚所吸引，很快便把痛感置諸腦後。隨著潛水時日一久，慢慢才有餘裕注意這種倏忽來去的痛感。水母的螫痛有時僅是感覺到輕輕一劃，有些炙熱，從接觸點神速傳至指尖末梢，起了一陣雞皮疙瘩，過後便留下一道類似被指甲或鐵絲刮過的紅腫，上岸後，如果不小心碰觸了傷口，才會覺得刺癢，大半時候因為無甚妨礙而輕忽了。幾個小時後，便逐漸消褪。對這些幾近隱形的偷襲者，實在難以防範，只能當成大海的防衛犬，對我們這些陌生的闖入者無聲而盡職的吠叫、咬囓。

我慶幸自己對水母的過敏反應僅僅如此。儘管只是微量的刺絲胞毒素，因個人體質不同，會激起輕重不一的反應。有位潛伴只要一接觸水母，臉龐、嘴唇、喉頸等防寒衣和面鏡保護不到的地方，便像挨了凶狠的細鞭，腫起如蚯蚓，縱橫交錯，糾結變形。望著那張嚇人的臉，不免替他擔憂，潛伴則爽朗地自我解嘲：像豬頭臉吧！能這樣以自嘲反過來安慰別人，畢竟災情還不太嚴重。後來翻閱有毒生物的圖鑑，才知道如果遇見的是含有劇毒的箱水母，可就沒那麼幸運了，牠足以在短時間內讓人喪命，比眼鏡蛇厲害。而另一類為水母和水螅的結合體的僧帽水母，體型巨大，觸手可延伸數公尺，簡直像撒下天羅地網，毒性重者則足以在幾分鐘內置人於死，輕者也會導致傷殘，殺傷力和有裝甲大砲的戰艦相比毫不遜色，難怪俗稱「葡萄牙戰艦」。

所幸這些劇毒的水母多半在溫帶海域活動，不在我的潛水範圍，沒有性命之虞，幾年下來，和水母相遇最驚心的經驗，就屬在印尼的時候。那次結束豐盛的潛水饗宴，大夥心滿意足上升至五米處安全停留準備上升，卻毫無預警的，起先只看到幾隻水母，接著，隨海流一波波湧過來，整個水中像布滿密密匝匝的細小水雷，因為數量太多，撥弄不開，也無從閃避，一碰觸便引爆水雷，臉上脖子各處炸開似地灼熱。還好接駁的小船發現異狀及時開過來，等大家狼狽攀逃上船，有人早已處處紅腫，驚魂之餘，回想剛剛的驚險，彷彿誤入了災難片的拍攝場景。

其實水母行動緩慢，要不是借助著風、浪和海流無法迅速到處飄移，我們也不致受到這樣大規模的攻擊。若非親身經歷，很難相信這些看似柔弱的透明傘狀體漂搖著更柔弱修長的觸手，卻擁有毒性。據說有一種勇敢的小牧魚不但不躲避，反而與之共生，平時就緊靠在水母四周，遇到攻擊時便迅速躲回觸手底下接受保護，只要小心不要被捕獲即可。偶而小牧魚也充當誘餌，吸引其他魚讓水母捕食，再撿拾剩下的殘骸。小牧魚戒慎恐懼地提防水母和為牠誘捕食物，與其說是勇敢，毋寧說是為了在冷酷的大海中活下去才無奈妥協。而就水母來說，對這些活蹦亂跳的食物在自己的傘翼下穿梭的忍耐，則是不得不的縱容和算計。英文的jellyfish，除了形容水母外形似果凍之外，還用來形容軟弱無能、意志薄弱的人，不知是否基於輕蔑這樣的妥協、縱容與算計而所作的聯想？

雖擁有毒性自保，但水母也不是毫無敵手。事實上，有種海龜因為表皮厚，刺絲胞無法螫入毒性，牠反過來可以用利齒輕易就扯斷觸鬚，咬破那薄弱輕盈的身軀，彷彿人類吃海蜇皮一般，大啖鮮嫩的美食。連行動笨拙的翻車魚都可以捕食水母，可見水母有多脆弱，多需要武裝自己。

儘管了解牠的武裝脆弱是不得不然，但在潛水時，對牠的存在總是小心戒慎，遠觀而不敢褻玩。只是沒想到，有一次，我竟然可以和水母和平共游，毫無畏懼。

那是在帛琉的水母湖，因為無毒水母而著稱。

我在兩次潛水間的休息空檔去參觀。潛水船直接開到一座無人居住的小島，攀爬上一段崎嶇的珊瑚礁石山路，嶙峋的石灰岩因為眾多遊客的踩踏而變得圓滑，而小徑之外仍然稜角嵯峨銳利，熱帶植物就從堅硬的礁石縫隙中茁長，盎然覆蓋整座島嶼，烈陽被阻隔在闊葉之外，偶而篩落幾片光。因為穿著緊身的防寒衣而舉步受限，在微微發喘中，攀登、下降，終於抵達湖邊。戴上面鏡、呼吸管，便迫不及待滑入寧靜的水中，慢慢往湖心游去，不知不覺水母越來越密集，漸漸就置身於一片舞旋的水母中。

這片原本是珊瑚礁環繞的海，因為幾萬年前地殼變動而隆起，變成一座山中內陸湖，湖中生物遂與外界隔絕，只靠著湖底細小的孔洞和裂縫與外海交流，湖水仍然保持鹹澀。有一些水母也被圈圍住，與大海隔絕，而且幸運地，並未同時留下天敵。失去天敵之後，日久天長，乃不知有漢，無論魏晉，牠也漸漸失去防衛的毒性，只依靠體內寄生藻所產生的糖分便可維持生命。於是，每當陽光普照，水母便彷彿聽到溫暖的召喚，群起湧升湖面進行日光浴，餵養寄生藻和自己。成群的黃金水母在陽光下不斷吸吐，阡陌交通，熙熙攘攘從眼前游過，這個水中的桃花源，物種單純而怡然自樂。令人驚歎生物適應環境的能力真是神奇，尤其適應優渥的環境，想必更迅速吧。

靜觀之後，才發現水母很少筆直地上升，牠們像失去平衡般地歪斜前進，甚至是橫行漂浮、倒立漂浮，像一群醉酒而步履蹣跚的人，但神奇的是，即使再怎麼東橫西斜，牠們彷彿具備了防撞感應，頂多和我擦身而過，不曾親密接觸。我攤展雙手，希望這鵝黃色的精靈能停駐掌心，但牠們卻輕巧滑掠而過，慧黠地不肯稍事停留。

和水母的幾次冷熱交會，讓我對這種生物十分好奇，尤其牠雖然幾近隱形匿跡，卻又以痛的方式讓人警覺到牠的存在，也許牠不喜歡人的靠近，只要來到觸手所及的距離，便要鞭刺人了。我還看過一些水母帶著魅惑人的螢光，忽閃忽閃的，如果忽略毒性，只欣賞牠的泳舞，多半會被牠迷惑，那修長的觸鬚像芭蕾舞者極力踮起的腳尖，柔軟而優雅往不同角度延展，隨著海洋藍色的旋律，有節奏地蜷舒、旋轉、躍升，有時躍升到海平面，我在海中仰望，陽光穿過一片藍碧，在高處散射，熠熠粼光，牠的輪廓忽隱忽現，在偌大的汪洋中彷彿凌波微步，款擺散發藍綠螢光的裙裾飾帶，頓挫、消歇、頓挫……，不可捉摸的夢幻剪影，無法確知牠移向何處，忽焉消失在視線之外，不知所終。

水母的輕盈、漂泊、透明，微微的棘刺，給人豐富的想像，牠只能維持數周的生命，一生簡直輕盈到無感，更引人憐惜與好奇。有段時間夜市裡流行販賣小瓶裝的水母，像個水中精靈不斷地泳動，惹人愛憐，也許會讓人浪漫地納一整座幽邃海洋的玄想於其中，以為在夜市帶回裝著水母的小瓶子，便可以像販者所保證，只要滴幾滴營養液，便能無性生殖出許多透明的小夢。

當然，往往三五日後，這些小夢還來不及出芽，便無聲地夭折了。

——原載二〇一四年三月三日《自由時報》副刊

馬鞍山：趕赴一場杜鵑花的盛宴

——劉克襄

作家、電視行腳節目主持人、生態保育工作者。面對生態環境日益變遷，城市鄉野迅速轉動的社會，不斷嘗試以新的思維，試圖尋找答案。目前，大部分時間於港臺各地從事自然人文旅行和教學講演。曾獲吳三連報導文學獎、開卷十大好書、臺北書展大獎等。晚近代表著作為《11元的鐵道旅行》、《十五顆小行星》、《男人的菜市場》、《裡臺灣》和《四分之三的香港》。

這裡是牛押山嗎？

灰暗的山雲不斷地從懸崖下方滾滾浮升，不時籠罩整個山頭。強大的山風再伴著溼冷的霧氣，一陣陣地快速灌過來。更糟的是，佇立的山頭缺乏山名標示，看不見任何其他山巒。

細雨霏霏，山路溼滑，我們已爬了近兩小時，每個人都有些疲憊。沒想到，抵達最後的山頂時，濃厚的大霧依舊不去。前幾日，得知杜鵑花盛開，氣象局預估今日是好天氣，才興起賞花的雅興，決定一大早攀登馬鞍山，怎知竟遇著如此糟糕的天候。

七個年輕的學生在等我決定。我取出地圖讓他們研究，自己再仔細觀察山頭。周遭僅有一張鐵製的警告牌，上頭寫著：「前往吊手岩和馬鞍山危險，切勿往前。」一般山頭都會有名稱，或者三角椿標示。但這裡什麼都沒有。萬一不是牛押山，我該怎麼辨？

左邊有條稜線，山頭似乎高了些，它通往馬鞍山嗎？右邊則是一條陡下的路，比較像通往馬鞍山的稜線，但為何急速下切？此時若走錯，勢必會吃盡苦頭，甚至帶來難以預測的危險。

我不得不請學生們等候，自己先往左邊稜線探勘。我穿過華麗杜鵑的花海，毫無戀棧觀賞的心情。等靠近那頂峰，再往前，腳下竟是萬丈斷崖，比右邊更為險阻。在迷濛的雲霧裡，倒抽一口氣。此路就算是馬鞍山稜線，我也不想去了。

轉回頭，站在高處，朝學生們呼叫。怎知霧氣迷漫，連呼叫聲都被風淹沒，他們無法望見十公尺外的我。還好他們人多，我可以清楚比較山勢。走回去後，再察看登山地圖。上頭標明牛押山左邊稜線不遠處稍高，一如我的觀察，終於確定腳下即牛押山了。

但到底往哪一個方向前進，這一重要抉擇，不能只靠一二線索立下判定，我再用手機跟通知花開訊息的山友陳旭明求證。幸好，手機通了，他正在上班。

「牛押山有地名標示嗎？」

他回答，沒有。

我再查證，「牛押山是否只豎立一張警告牌，左邊不遠的山頂反而較高？」

他確切地說，牛押山便是如此。山頭確定了，但視線依舊不清，山霧茫茫，風聲呼呼。眼前通往馬鞍山的稜線，我並不熟悉。更擔心，學生的體力能否負荷。我跟他們委婉解釋，天氣不佳，還是按原路爬下吊手岩，以策安全。

學生們也默然接受，畢竟好幾種杜鵑花都看到了。況且，早先有位學生身體不適，未及半途就放棄下山。由於先有這個小小意外，山霧又如此迷濛，大家一路辛苦攀爬，心情難免忐忑。我的壓力愈發增大，不得不下達這個命令。

這個季節馬鞍山清晨雖常山霧籠罩，但近晌午了，還不見方圓五丈外的世界，只有感嘆老天不夠意思。

我們係一大早從恆安站搭乘的士上抵燒烤場，再從家樂徑上山，這是目前觀賞杜鵑花最快的捷徑。為何大清早即出門，原來學生們下午還有課。再者，明天冷鋒即將過境，我擔心第一波杜鵑花期不再，因而趕在冷鋒之前上山。

初始，山路尋常，不久便抵達抓繩攀岩的高聳山壁。香港山巒少有陡峭，但馬鞍山不然。出發前幾日，學生問過山路狀況，我建議他們，最好備便麻布手套。果真，從這裡再攀爬，若無手套，對生手而言，挑戰度頗高。

一路不斷地辛苦陡上，回頭下望，只見燒烤場清楚坐落。不遠處，馬鞍山礦場開採後遺留的裸露地表清楚橫陳。旁邊的馬鞍山村，亦具體在目。

半世紀前，馬鞍山出產磁鐵礦，幾乎全輸送日本。鼎盛時期，山村附近住有數千人，儼然一工業小鎮規模。到了七〇年代，因為石油危機和新市鎮發展等因素，加上開礦成本大增，礦場才告結束。如今剩不到百人，窩集在山谷小村，簡單過活，靠著賽馬會提供的村巴往返。

第一道岩壁冒出華麗杜鵑時，那位放棄登頂的學生便在此感覺身體不適。學生們喜歡晚上熬夜，我猜他因而精神狀況不佳，一時又無法適應攀高。大夥兒遂停下來休息五六分鐘，看看是否有好轉跡象。

他害怕拖累大家，決定放棄。我當下安慰，請他放慢腳步下山。此一位置離燒烤場不遠，登山人很容易遇見，只要沿著唯一的山徑走下即可。分手後，我們保持手機暢通，隨時聯絡。

繼續往上攀登，山霧逐漸濃密，風勢亦增強。我繼續打手機，確定他下山的狀況。直到他抵達燒烤場，才放下心中大石。眼前濃霧卻帶來更大的挑戰，一陣陣霧氣伴著強風，間有雨絲紛飛。若持續惡化，身上衣物恐會溼透。

還好陡峭的山徑旁，不時出現杜鵑花叢，熱情地展現飽滿的瑰麗色彩，一掃心中的大半陰霾。遠方的險崎山壁更是出奇，總在雲霧散去那麼二三秒的縹緲間，露出一團杜鵑花叢璀璨的綺麗，再深鎖回雲霧裡。如此間斷地隱隱現現，彷彿古時山水畫的情境。

杜鵑花生性耐寒，多屬高山植物，同時是個大家族，單在中國境內就有超過五百種。現今城鎮雖已大量園藝化栽種，整個世界仍有百分之七十分布野外。香港的野生杜鵑有六種，分別為香港杜鵑、紅杜鵑、華麗杜鵑、毛葉杜鵑、南華杜鵑和羊角杜鵑。最負盛名的是香港杜鵑，一八五一年在港島發現，但被誤認，直到一九三〇年才以香港正式命名為新種。它們或許沒有栽培種的鮮豔，卻散發著自然美態。那是唯有在山上正面邂逅，才會具體感受。

這一路段粉紅出奇的華麗杜鵑最為常見，每三五步總有那麼小一叢，或三四朵，在半途嬌美地等候。時而又有粉白雪亮的香港杜鵑，從樹叢頂端華麗地恣意迸發。只有即將盛開的紅杜鵑，矜持微微，尚未開展花瓣。此花若綻開，如火焰燃燒，最為耀眼奪目。昔時因而搏得一震懾之名，映山紅。如今它含苞待放，彷彿在預示著，下個月若再來，還會有另一波嘉年華會。

不知何時，百合般優雅的羊角杜鵑也來湊趣了。於是，這叢又那叢，此團或彼團，幾種杜鵑粉粉紅紅映錯著，彷彿煙火施放，在濃密的綠林中，在雲霧的起落裡，燦爛地把整個山頭點燃了。

沿著吊手岩到牛押山，六種杜鵑皆能找到。香港其他山區也有，特別是紅杜鵑和華麗杜鵑。但為何馬鞍山的杜鵑花種類多，特別集中且壯觀呢？我跟告知花訊的陳旭明討教，體悟了好幾個因素。

首先是地形之故。杜鵑花偏好生長在半遮蔽的森林。山勢崎嶇陡峭的環境，人為破壞的機會也相對減少。其二，杜鵑花偏好酸性土壤。馬鞍山曾是香港鐵礦產地。其地質構造裡，有一部分因酸性岩漿侵入含碳酸鈣的岩石，形成變質岩。此一瘦土環境適合杜鵑花的大量生長。再者，杜鵑花偏好溼度高微涼的環境。馬鞍山孤高於一隅，雲霧常繚繞，想來也是杜鵑花集中的重要因素。

如今每年三、四月，為了一睹野生杜鵑的風采，香港岳人無不趨之若鶩地趕來朝聖。山下的馬鞍山市鎮也年年舉辦杜鵑花節，讓各地市民欣賞區內的各種杜鵑花。

濃霧的來去，意外地烘托了杜鵑花海的詭異奇美，讓大家驚喜連連，但它夾雜雨絲，繼續帶來隱隱威脅。山路愈加泥濘了，若不小心打滑，勢必摔得相當嚴重。學生們是否能在強風濃霧下攀上牛押山，我有些信心動搖。

好不容易，雲霧再散開。抬頭仰望，一山之後又一山高聳，好像永無終止。再往下俯瞰，自己彷彿站立百層高樓的牆角，看得教人心驚膽顫。我只能鼓舞大家盡量仰看前方，不要回望。休息時則設法蹲在林叢隱密的位置，避開山頭的迎風面。

終於來到一險峻岩壁，學生逐一在強風中援繩而上。時間拉長，行程逐漸遲緩。看著他們吃力地爬上來，我再度猶疑，如此帶學生登山賞花是否過於躁進？但眼看大家渴望賞花的興致不減，我要宣告放棄嗎？終於抵達一處感覺不能再高的山頭，左右各有一條稜線。大霧中，我隱隱感覺，這兒合該就是牛押山。

但這裡是牛押山嗎？

當我基於安全考量，宣布按原路下山時，幾位修築山徑告示牌的工人剛好走上來。他們十年巡山一回，為郊野的告示牌塗漆固樁。真是奇巧，今天恰好是十年的這一天。

先前他們即一路把山徑的路條卸下，更檢視沿途告示牌的損毀。半途，我們超越了，這回換他們迎頭趕上。我急忙再請教，通往馬鞍山的稜線狀況。

一經比較方知，從馬鞍山下山，可能較吊手岩輕鬆。抵達馬鞍山村的時間，也趕得及搭上村巴，我遂再改決定，管它雲霧籠罩，仍按原先計畫穿越稜線。

馬鞍山有兩個山峰，最高點俗稱馬頭峰，高七百初頭，副峰即牛押山，或稱馬鞍尾。兩峰之間連成優美的長長弧線，從山下遠眺，形同馬鞍，故而稱之。

從牛押山再出發，下不及十公尺，便見華麗杜鵑鋪滿山坡，一叢叢地綻放著，形成粉紅的花海，果真不愧華麗之名。整個稜線恍若上帝的花園，眾神遊賞的仙境。稜線瘦長，學生們原本走得小心翼翼，雲霧繚繞下，看不見下方紅塵，反而忘了懸崖高聳的可怕，全被迎面而來的綺麗花海所吸引。

粉紅花海左一叢右一束，彷彿火燭沿著陡斜的山坡點亮，其他杜鵑則再次從遠方的崖壁怒放。此時，雲霧也不再那麼煩人，反而因其濃厚，遮住了正午陽光的直射，烘托出花卉的飽暖色澤。

如此一路欣喜和驚歎，不知不覺地走過。有種仙徑不過如此的錯覺，而我們竟在一個短短的早上，便實踐此一美夢。當我站上主峰，一如港鐵標語：「縮腳仔企定定」，回望這條香港山區最美麗的稜線，不免想到，以前從玉山主峰走到北峰，驚見杜鵑花海的盛況。

我跟同學們感歎，「你們真幸運，在香港半天即可爬上馬鞍山，看到不同杜鵑花開的美景，以後可以不必大老遠，辛苦去臺灣爬玉山了。爬上玉山，還不一定有此機緣呢。」

馬鞍山不過七百公尺，在香港諸山，排名還未前三，竟能集香港多數杜鵑於一山頭繁華綻放，且物種之珍稀更教人驚奇。六年前，我初訪香港，尚不知此物種的多樣。第一次登山便選此座，從大金鐘過來，迷迷糊糊地率性登頂，只知山勢非凡，睥睨人間。今日回首，更有不枉此一選擇的感動。

從主峰再下，杜鵑花海照舊，或在垂直高聳岩壁叢生，或在墨綠的鱗子莎草原奇異地綻放。雖無稜線的眾多密集，卻有另一番別致，在大山大草坡的遼遠和開闊間，展現另一層次的自然之美。

抵達大金鐘前，邂逅一位登山老手。他建議下切一條陡急小路，可更快抵達馬鞍山村。聽從其意，一路陡下，跨越一隱密溪谷後再越嶺。銜接尋常的石階山徑時，山村果真近在咫尺。

接近山村時，我不禁回頭，持望遠鏡細瞧，孤高的山頭猶披著紅白相間的杜鵑花，正在一年裡最秀麗的時候。突然間又想到，再過一陣，紅杜鵑勢將雍容地映滿山頭。心中更加篤定，兩三星期後，一定會再訪。學生們也興奮地附和，希望再度攀上這座最美麗的家山。

■我的路線

馬鞍山燒烤場——牛押山——馬鞍山——馬鞍山村，約三・五小時。

■交通

在馬鞍山站（新港城）或耀安邨搭乘NR84村巴往馬鞍山村，於燒烤場下車。或於馬鞍山線恆安站搭乘的士，至燒烤場。

——原載二〇一四年三月五日《中國時報》副刊

夜宴——周紘立

一九八五年生，東海大學中文系畢業，現就讀國立臺北藝術大學劇本創作研究所。作品曾獲林榮三文學獎、時報文學獎、梁實秋文學獎、教育部文藝創作獎、全國學生文學獎、打狗鳳邑文學獎、新北市文學獎、臺中縣文學獎、東海文學獎等，亦獲國藝會創作補助。出版散文集《壞狗命》（九歌）、《甜美與暴烈》（九歌），舞臺劇劇本《私劇本》、《粘家好日子》等。作品亦入選《一〇二年散文選》及中國《美文》雜誌。

這一年來，我恍惚搭上電聯車，進入城市的腔腸，車程半小時，卻能作許多夢——那幾乎是記憶的精選輯。

尚未上小學前，我總在往返這座城市的你的摩托車前座睡著。屁股分得椅墊一小角，你的腿圈住我的身體橫寬，我的頭枕住我的手，日後每一次趴桌眠夢的姿勢，靠在發光的儀表板，時速五十帶領我們穿越一座城市，而十大建設與挖路鋪水管造成的粉塵，順風飛翔，大小適合鑲嵌進毛細孔。我必須在抵達前睡著。我不懂得，你為何喜歡掄起拳頭彷彿我是一架敲擊樂器似的教訓我，如果那是一首曲子，應該是貝多芬。不經意的話語，流經你的耳裡，你慣常回應：「轉去汝就知死！」真是如此，很小我就懂得死亡帶來的力道。那不外乎是巴掌、瘀青、蹲馬步，甚至有回將我踹進床板下，如對待一隻蟑螂的憤怒。後來我在旅途中睡著，來時路飄飄渺渺，再醒來已是太陽升起的另一天。你忘了讓我體驗死亡的感覺。於是我開始假寐，試著催眠自己放鬆放鬆，眼睛刻意收束範圍，世界小了許多，而你扛起我，如之後你扛瓦斯的模式，把我搬運至二樓臥室。

夢裡背景通常是夜市。

生活背景亦脫離不了夜市。

我好喜歡夜市，或許源於生活習慣，我晚睡，不到天露熹微時仍不鬆懈的那種晚睡，餓了，夜市就是夜貓的廚房。

我的住所被夜市包圍，從萬華到臺中，幾乎開門下樓，步過極短的巷子，短到你會懷疑路沒走幾步，便走完了，隨即匯進主要幹道。那些有店面的商家，在透明櫥窗上清楚標示營業時間，天暗才亮起招牌，我感到安心，它們是夜市裡的「不動產」。更多的是，一架鋁推車，頭頂帆布遮風擋雨，瓦斯桶認命地圈在一旁，像隻非常乖巧的狗，而店家能給予的往往是塑膠椅子，你眼鏡蒙霧面對沸騰的爐火處，屁股後奔竄的汽機車颩起陣風，腦子想的是吃這件事帶有風險，牙齒和舌頭只管嚼爛食物。一個身體各自為政。

流動的攤子遇到警察查勤就溜起冰，遇到氣候不佳落雨、嚴寒亦不張貼公告，壅塞的馬路面目恢復清爽，這時我就感到焦慮，為其未卜的前途操煩。

念頭聯翩回憶起孩子時，陽臺還沒打出去、隔街高樓未起，天空有時是整片的藍，有時灰。當日頭的光芒被城市裡的幾億片窗戶吸收，那豎立薄脆鐵圍皮的空地，開進貨車，揚起低矮的灰塵，從車廂肚子搬下什物，駕輕就熟地安置好，披掛燈泡，直至身後再沒影子，有志一同的倏忽捻亮，把銀河系裡的壯年星星借來照明，延續白天的性命。我在這頭居高臨下，指著木樁上串著的布袋戲偶，不是你年代的雲州大儒俠，是素還真跟葉小釵，央求：「買給我吧！」你的視線沿著我的食指過去，「明天就買給你。」可當籬圍拆除，鏽黃的鋼筋深植土地，貨車老早駛離不願來了，而最後一塊黃磁磚貼妥牆面，它完全自我生活拔營，彷彿遷移至不管我如何仰面挺直脖子也無能看望到的最高處，那或許伸手就能捧到一手雲。

但指頭空空，沒人可以和我對戲，沒有兄弟姐妹的孤子命。

失落是孤寂的前奏，面對黑夜中的遊牧民族，有時只能雙手一攤。

於是我常常覺得悵惘，呆呆凝視原本該賣炸杏鮑菇的攤位，目光不肯離去，心頭暗自揣想：以後該如何取代它的存在呢？夜市的意象是，過了今天不保證明天。難怪我行經號稱「結束營業」的商家，總多留心幾眼。

你領著我們趕集似地，松山饒河、中和樂華、士林夜市、三重三和、臺北橋下的大橋頭……上橋過河，頭頂的星光渺茫，原來都被人捉到電線上綻放光明。那是借來的時光。我和媽媽像戲分不多的腳色，等待你渾身汗臭返家後，三貼走闖找晚餐，融進摩肩擦踵的人流中，成為最稀鬆平常的一家三口。

我們總被叫賣的人吸引。通常是男性，耳旁掛著mini麥以為自己是唱跳歌手，手中握住排尺，前有群眾後為層疊的商品，他介乎其中，將公司淘汰的瑕疵品賦予生命力，原本奄奄一息，在他嘶喊的押韻句子裡，重新活過來。「一百要嘸，否！五十要嘸，也否！回饋鄉親做個交陪，只要只要算汝零散錢，十塊就好！」那尺應聲啪地撞擊桌面，我們在人圈的最外圍，連物品都沒瞧見，便被突然響起的聲音震懾住，集體起乩般的，前後左右的人都在挖口袋，只為了那俗到靠背不買會被祖先罵的沒看見的便宜貨。然後紅白塑膠袋中，總是樟腦丸。有白如結晶體的，有雕刻成葫蘆狀的，說今年作風颱難得倒了棵樟樹，全部自產自售。味道過於嗆鼻，我眼睛紅紅提著那袋古早版的「蟑會滅」，等等回家扔進床底與衣櫥，心裡卻想著：剛剛那架無須電池，邊跑邊模擬轟轟發動聲的火車，它在一枚橢圓形的軌道中周而復始，起點與終點喪失意義的旅途中，自顧自地奔跑。

「買這做什麼呢？又不能吃。」

提議又被否決。即將離開時，我揣著你的褲管，不買勢不罷休的堅定。

「等等繞回來再買，我們先去後尾旋旋。」

暫停哭泣，孩子的哭能夠說停就停，當他明白事情有轉圜的餘地。所以我鬆開小小的手，讓那一角的褶皺的布回歸至你褲子的全體，不甘、不被諒解的情緒，按捺下來，吞嚥口水將淺白的字句順著扯啞的喉嚨下降胃裡，雲淡風輕，繼續瀏覽偌大的市集。不時望向提袋內的樟腦丸，納悶地想：「這也不能吃啊！你還不是買了滿滿一大袋？」想著走著，每條繁華的夜市盡頭必定是馬路，所有的機車橫七豎八的違停，彷彿一個臨時的靠岸，各家廠牌的摩托車車身相依，情感熱烈到擦撞出傷痕來。你總能快速地找到你的車，就來時位置，你居中，我前母後，一組偶像團體設計好的亮相走位。

彼時不用戴安全帽，生死事小，頭髮迎風飄搖，飄撇最重要。

我趴在龍頭，以為控制路線的是我。

兩眼昏黃的車燈開拓幾公尺的視線範圍，我們經過黑暗，替它點亮瞬間的光，一隻白貓肚破腸流，像塊帶血的波斯地毯點綴於馬路中央，我們來不及閃躲，硬生生地從它碎裂的身體輾壓過去，隨即還給它黑暗。沒有聲音，一塊骨骼崩毀的聲音也沒有。忽然間我才想起，你說要折返買給我的玩具仍在原地等我。我應該是用最尖銳的嗓音，一如臺灣人民走上街頭慣用的氣體喇叭那樣的高音，責備你的食言行徑，不是倡導誠實的可貴嗎？然最常說謊的是成人，他們如壓過死貓，呢喃一句阿彌陀佛後，事不關己的仍然前行。

你面對抓狂的孩子沒轍，愈加嚴肅地警戒：「轉去汝就知死！」

那時我才發現想像力能把我塞進火柴盒大小的列車玩具，轟轟隆隆，車廂滑過鐵軌造成刺耳的尖叫，清楚的知道，自己正在離開這裡前往那裡，人的意識開始模糊，導入短暫的睡眠。而睡眠，是唯一能夠切斷時間的刀刃。我坐在返程的摩托車上，盡可能地讓自己抵達家前睡著，畢竟沒人願意阻斷一個夢的孵化。

黑夜的意象趨於平和，與包容。

或許，那時候我就開始日夜顛倒，貪愛這種被原諒的感受。

或許，於旅途中迅速墜夢的好本領，也是從那時候練就的。

是我刻意地拖延，比秒更細瑣的時間量詞，我在之中遊走，夢能讓人短暫擁有，並且信以為真。但在該下車時，猛地爆破——醒來，接受現實種種，離開車廂等於離開夢，不能耽誤時間，或者時間從不錯漏你——只是這回場景是在電聯車上，你的站到了。

我為你下車，手提著的亞培安素是給你的，這時你比我小。

此刻我要奪回時間的權力。

不知哪兒冒出來的市集，鐵架與紅帆布，在水泥橋墩下搭起ㄇ字形的市集，喜氣洋洋的，恍若明天就是除夕：小山般的瓜子、杏仁、開心果，冷掉的家常小菜一疊疊散發油膩味喔是在賣鍋子，內衣內褲不按尺碼眾「身」平等的摻作夥……很闊氣的辦頭。如入夢幻的馬戲團，這家試吃、那家比肩線，明知道不會攜走任何東西，卻願意花費時間在上頭。直到，看見許多白罐子整齊劃一、合唱團聲部般的高一層低一層排列的羊乳片，試吃兩片，帶走四百片裝的。嗑藥似的，邊走邊吃，欲罷不能。在抵達你十一樓的安寧病房前，吃了有沒有半罐？我忽然記憶起，你失心瘋的訂購嘉南羊乳，就在一樓靠牆處釘掛保溫箱，每天五點半準時送達，喝時還溫熱的。喝了半年，保溫箱裡就空了，不再有任何一瓶滿溢奶香玻璃罐子住進去，你說你比我預期長得高大了。那是小學三四年級、約莫我九或十歲的年紀，我們熱中旋夜市的巔峰期。

現在我將亞培安素安置你桌上，一罐熱量五百卡，照料你像奶孩子。

「這種東西足歹吃。」常溫保存，口味單一，不是香草就是原味，舌頭再如何不挑剔的人，也承受不住重複的折磨。

然我有權利這樣對你說：「喝了對大家都好，護士說你只吃醬瓜配粥。」扛瓦斯的壯年體魄現今軟綿漏風，測量體重，小數點後頭一起放進計算，剛好湊整數四十，大腸生癌，吃什麼都省略吸收這關卡。不吃，就喝，命令句。

你譏諷，雖然我知道你在撒嬌：「不然你飲看看？」

嗯，很甜，很膩，像稀釋過的煉乳。

知道就好。你的眉頭吹起風，皺出一個「川」字，凝氣幹完半罐。

我轉頭繼續嗑羊乳片，兩個童年慾望不滿足的成人，被迫與自願的，回顧人類剛開始的養成經過。

譬若童年，一生僅有一次的九歲或十歲，時間具體顯現它的吝嗇。只得橫著心，繼續走向未知——愈走膝蓋愈脆弱、愈走脊椎愈彎曲，逐漸往地面的方向屈服——這是時間詭術中，我們所能猜測的、最無誤的預知。

走回車站，市集不在，不再，工人拆卸鐵管、收拾棚布，命運不小心遺漏滿地的瓜子殼，那真不是一場夢，卻也像是一場夢。

日頭赤炎，渾身溽溼，不可再想，一段探病小路就足以令我身心疲憊。

今年我二十七歲，身高不再長了，學會務實，玩具火車不必了，有輛真的下分鐘就進站屬於我，得加快腳程以免錯過回家的班次，以及一場夜中遷徙的回憶：上車就開始了，這一年來總是如此，電聯車軟綿綠沙發像坐在你的椅墊前座，我恢復成一個孩子，現實的傷痛還沒有如滿天流星擊潰我們，我們正要去吃一頓粗飽，在夜市裡，在夢裡。

——原載二〇一四年三月六日《聯合報》副刊

關鍵十六天：父親與二二八——

白先勇

北伐抗戰名將白崇禧之子，民國二十六年生，廣西桂林人。臺大外文系畢業，愛荷華大學「作家工作室（Writer's Workshop）」文學創作碩士。

小説家、散文家、評論家、戲劇家，著作極豐，短篇小説集《寂寞的十七歲》、《臺北人》、《紐約客》，長篇小説《孽子》，散文集《驀然回首》、《明星咖啡館》、《第六隻手指》、《樹猶如此》，舞臺劇劇本《遊園驚夢》、電影劇本《金大班的最後一夜》、《玉卿嫂》、《孤戀花》、《最後的貴族》等。兩岸均已出版《白先勇作品集》。

近年投入崑曲藝術的復興事業，製作《青春版牡丹亭》巡迴兩岸、美國、歐洲，獲得廣大迴響。從「現代文學傳燈人」，成為「傳統戲曲傳教士」，目前致力撰寫父親白崇禧的傳記，民國一〇一年出版畫傳《父親與民國：白崇禧將軍身影集》，在兩岸三地與歐美漢學界，都受到重視，並引起廣大迴響。

許培鴻／攝

我是一九五二年從香港到臺灣來的，離開二二八事件不過五年，當時我十五歲，在建國中學讀書。可是我在念中學以至上大學的年分裡，我常常遇到老一輩的臺灣本省人士對我這樣說：

當時要不是你父親到臺灣來，臺灣人更不得了啦！

他們指的是一九四七年臺灣發生二二八事件後，蔣中正特派父親以國防部長的身分到臺灣宣慰，處理二二八善後問題。父親在關鍵的十六天中，從三月十七日到四月二日，救了不少臺籍人士的性命。當時臺灣人對父親一直銘感於心。那些臺灣父老對我提起這件事的時候，都壓低了聲音，似乎餘悸猶存，二二八，在戒嚴時代，還是一大禁忌，不能隨便談論的。

一九四七年在臺灣發生的二二八事件，不僅是臺灣史上，亦是整個中華民族的一個大悲劇。一八九四至九五年，甲午戰爭、馬關條約，臺灣被割讓，臺灣人民是這場第一次中日戰爭的最大受害者。一九三七至一九四五年，第二次中日八年戰爭，中國人民喪失三千萬生命，亦是最大的受害者。而這同一民族、同是被日本軍國主義迫害的兩地人民，在二二八事件中竟然互相殘殺起來，留下巨大創傷，難以彌補的裂痕。

二二八事件發生的複雜原因，許多學者專家從各種不同角度作過詳盡分析，但從二戰後全盤歷史的發展看來，二二八恐怕並非偶然，類似衝突，難以避免。二戰日本投降來得突然，接收工作，國民政府措手不及，東北、華北平津一帶、華東京滬區，是接收計畫重中之重，一流軍隊人才都遣派前往。臺灣在當時接收計畫中，重要性排名後段，來接收的軍隊以及人員當然也屬二、三流了。事後證明，國民政府接收東北、平津、京滬一一失敗，這也是國府失去大陸的主因之一，臺灣經過五十年日本殖民，情況更加複雜。臺灣接收，未能順利，爆發二二八，並不意外。而事件發生的時間點，亦正是國共內戰的尖銳時刻，中國大陸從東北到華北，遍地烽火。蔣中正正忙於調動胡宗南部攻打延安，剿共是國民政府當時全力以赴的首要目標，同時在臺灣發生的二二八事件，其嚴重性及後座力，政府未能及時作出正確判斷，直到事態發展不可收拾，只得派兵鎮壓，全島沸騰，蔣中正才命令父親到臺灣宣慰，滅火善後。

蔣中正任命父親到臺灣宣慰，基於父親當時職位是國防部長，對軍警人員有管束權，父親因抗日軍功，成為一代名將，在民間有足夠的聲望，而蔣對父親處理危機的能力亦是充分信任的。當時父親正在華北巡視各綏靖區，三月七日飛抵山西太原，即接到命令，緊急返回南京。三月十七日，父親赴臺展開宣慰，展開停損善後工作，當時，二二八已發生兩個多星期，三月八日深夜，奉命來臺的整編第二十一師主力在基隆上岸，其後一個星期，暴力鎮壓，濫捕濫殺，隨即展開，有不少臺籍菁英分子以及基層百姓，在這個期間喪命。父親本來計畫三月十二日來臺，後受阻於陳儀向蔣中正的建議，遲來數日。父親抵臺時，面臨的情況，十分複雜敏感。當時全島人心惶惶，臺灣人民陷於極端恐慌狀態，任何處理不當，即有火上加油、災情擴大的可能。父親是國民政府蔣中正主席親自任命的特派大員，可以說手上掌握生殺大權，他的態度及措施攸關善後工作的成敗。

據父親回憶錄自述，他處理二二八的基本態度是：大事化小，小事化無。他對二二八受難者，無論本省或外省人士，都心存哀矜，希望息事寧人。事實上他未赴臺前，已聽取各方的情報，因此他對於臺灣情況，是有所了解的。父親行事，一向深謀遠慮，高瞻遠矚，但行動卻劍及履及，當機立斷。雖然他治軍嚴格，但賞罰分明。尤其人命關天的案子，父親宅心仁厚，謹慎判斷。抗戰期間，日本空軍空襲成都，我空軍成都軍區司令張有谷，令第五大隊隊長呂天龍率領十六架飛機避往天水，因為國軍飛機裝備比日機差一大截，無法正面迎戰。呂天龍臥病，由副隊長佘平享帶隊，降落天水機場時遭日機突襲，全軍盡歿。蔣委員長震怒，將張、呂、佘押至重慶槍決。蔣命父親任軍法審判長，父親對蔣說：「軍法審判必得其平，始可信服部下，若當斃而不斃，則我不做，若不當斃而斃，我亦不能做。」後來父親將三人免除死刑，為空軍保留了幾位優秀人員。他對因二二八而涉案的人，亦是持同一態度。他顯然認為因二二八遭捕的人絕大多數都是無辜的，尤其是青年學生，即使有所觸犯，也應罪不至死。所以他來臺宣慰，基本上是採取寬大懷柔的政策，免除許多人的死刑。

事實上當時臺灣的氣氛相當肅殺，陳儀手下有一派人，以警備總部參謀長柯遠芬為首，主張嚴厲制裁，大開殺戒。父親的回憶錄中有這樣一段重要記載：父親召開清鄉會議，柯遠芬在會上慷慨發言：

有些地方上的暴民和土匪成群結黨，此等暴民淆亂地方，一定要懲處，寧可枉殺九十九個，只要殺死一個真的就可以。

柯遠芬還引用列寧的話：

對敵人寬大，就是對同志殘酷。

父親當場嚴加駁斥：

有罪者殺一儆百為適當，但古人說行一不義，殺一不辜而得天下者不為，今後對於犯案人民要公開逮捕，公開審訊，公開法辦，若暗中逮捕處置，即不冤枉，也可被人民懷疑為冤枉。

二二八事件中，濫捕濫殺，柯遠芬扮演重要角色。父親回到南京，即向蔣中正彈劾柯遠芬：

處事操切，濫用職權，對此次事變，舉措尤多失當，且賦性剛愎，不知悛改，擬請予以撤職處分，以示懲戒，而平民忿。

可見父親對柯遠芬濫殺鎮壓的主張，完全不能認同，澈底反對。他以國防部長的身分，三番四次下令「禁止濫殺，公開審判」。父親寬大處理的措施，對於穩定人心，起了決定性的作用，軍警情治單位由此收斂，許多已判死刑犯人，得以免死，判徒刑者，或減刑，或釋放。設若父親當時的態度稍顯躊躇，未能及時制止柯遠芬等人，恐怕二二八冤死的人數就遠不止現在這些數目了。

父親一到臺灣便馬上積極展開宣慰工作。三月十七日，下飛機後，當晚六時半便在中山堂向全省廣播，宣布政府對二二八善後從寬處理的原則。吳濁流在《無花果》中記載：

白崇禧將軍在廣播中發表處理方針。於是秩序因此而立刻恢復了。

父親在臺灣十六天，從北到南，到處廣播演講，宣揚政策：

廣播五次，對長官公署全體職員及警備總部全體官兵訓話各一次；對省市各級公務員、民意機關代表、民意代表訓話共十六次；對高山族代表訓話二次；對駐臺陸、海、空軍及要塞部隊訓話五次。對青年學生演講廣播二次。

父親這些講話，起了穩定民情、約束軍警的效應。除了「禁止濫殺，公開審判」的命令，影響了許多個人及家庭的命運之外，他宣布的其他幾項原則方針，也有重大意義。

涉事青年學生，免究既往

捲入二二八事件中的青年學生，不在少數，因恐懼報復，不敢上學。父親最關心這些學生的安危，特別頒布命令，保證學生安全：「凡參加事件之青年學生，准予復課，並准免繳特別保證書及照片，只需由家中父兄領回，即予免究。」三月二十日下午六時半，父親向全省青年學生廣播，除了保證復學學生人身安全外，並呼籲學生：

切望你們放大眼光，不要歧視外省人，破除地域觀念……。我們要本親愛精誠，如手如足，互助合作。

三月二十七日上午十時，父親赴臺灣大學法商學院廣場，對臺大及中等學校學生約八千人演講，再次保證學生安全：

一切曾被脅迫盲從之青年學生，均應盡速覺悟，返校復課，可由家長保證悔過自新，當予不究既往。余已飭令軍、警不許擅自逮捕，並將絕對保證青年學生之安全。

父親再三的命令保證學生安全，當時應該有大批涉案的學生，獲得赦免，恢復上課，繼續他們的學業。

安撫外省公務員

二二八事件中，頭一個星期，全省有不少外省人，尤其是公教人員，受到毆打，有的甚至喪失生命。因此公教人員紛紛攜眷離開臺灣，父親於三月二十日下午三時，在長官公署大禮堂（今行政院），召集臺北公務員講話，其間特別安撫外省公務員：

余今仍盼諸君繼續留臺工作，勿稍灰心。須知中國不能離開臺灣，臺灣亦不能離開中國，諸君留臺服務，實與前往內地服務無異。且臺灣乃新收復之領土，即就教育而言，吾人之工作必須五年至十年始可完成。日前侮辱諸君以及傷害諸君者，僅為極少數之不良分子，極大多數之臺胞仍極愛國，且願與諸君精誠合作，二二八事件，純係意外之偶然事件，余信今後決不致再有此事，余並保證今後中央亦絕不容許再有此事。

有部分涉案原住民，事後攜兵器逃避山中，父親於三月二十六日晚間七時，於臺灣廣播電臺向全省原住民同胞廣播，勸令逃避山中原住民交械歸來，既往不咎。並接見協助政府的原住民領袖馬智禮、南志信等人，善加勉勵。

父親在臺十六天密集旋風式的宣慰工作，穩定民心、恢復秩序，有止痛療傷的正面巨大效果，對二二八事件的後續發展，起了關鍵性的作用。近年來，關於二二八事件的研究，以及史料蒐輯，官方及民間都下了不少工夫，出版為數甚多的書籍，可是令人訝異的是，父親宣慰臺灣，十六天中所作的重大措施及其影響效果，官方文獻，或者按下不表，或者一筆帶過。閱讀臺灣官方出版有關二二八事件的報告，無論主導者為行政院、省政府，或中央研究院，幾乎都看不出父親在二二八事件善後停損工作所扮演的角色。而民間學者專家的論述，也甚少論到這一節，更無一書全面探討。只有中央研究院近代史研究所陳三井、黃嘉謨兩位教授，各自撰寫過一篇論文，記錄父親來臺宣慰的始末。父親二二八宣慰史實被官方以及民間學者所忽略，細究其因，並非偶然。

父親自從一九四八年，因副總統選舉支持李宗仁，與蔣中正產生嫌隙，更因徐蚌會戰，兩人衝突更為尖銳。此役國軍大敗，蔣中正隨之下野，期間父親曾發〈亥敬〉、〈亥全〉兩電，建議美國出面調停。蔣須下野，才能和談。兩封電報，觸怒蔣中正，蔣對父親一直頗不諒解。一九四九年底，父親入臺，本意與中華民國共存亡，可是蔣中正卻派情治人員，對父親嚴加監控，在臺十七年，二十四小時有特務跟蹤。事實上父親入臺後只任閒職，並無兵權政權，而父親言行謹慎，與海外桂系勢力並無聯絡，對蔣中正政權，根本不構成任何威脅，當局對父親實在不需如此防範。唯一的原因，恐怕是跟二二八有關。父親在二二八事件後來臺宣慰，實行了不少德政，亦拯救了不少人的性命，臺灣人民感念其恩，在臺灣民間，當時國民黨官員中，父親德望甚高。多位臺灣仕紳，一直與父親保持來往。這，就犯了當局的大忌。雷震一案，就因雷震與臺籍人士李萬居等過往太密，企圖組織反對黨所致。有聲望的外省人士與臺灣仕紳「勾結」，是當局的「夢魘」，必須阻止。

我閱讀蔣中正在臺灣時期的日記，發現蔣對父親的確猜疑甚深，處處防範。當局對付父親的策略，是將父親的歷史，如北伐、抗日的軍功，當然也包括二二八時來臺宣慰的成績，消滅抹煞；企圖將父親在民間的聲望，在民國史上的地位，撼搖更改。例如官方出版唯一一本有關抗戰著名戰役「臺兒莊大捷」的書籍，登載國軍將領照片，卻獨缺白崇禧、李宗仁兩位桂系主帥。另一方面，國民黨宣傳機構自徐蚌會戰失敗、因而失去大陸之後，一直宣傳：華中白崇禧按兵不動，見死不救，徐蚌會戰乃敗。這項中傷謠言，一直持續，滲透到國軍軍中，迄今不散。

二二八整個事件中，父親來臺宣慰，停損善後，算是國民黨政府官員所做的一項具有正面意義的措施，按理政府應當宣揚，以彰史實，平衡民怨。但因為當局對父親在臺灣民間的聲望，「耿耿於懷」，當然，有關他二二八善後的德政，也最好不提。臺灣歷屆政府，基本上也繼承這個態度，所以官方文獻上，父親關鍵十六天的宣慰工作，多半語焉不詳，模糊帶過。至於民間學者專家的著作，對國民黨政府在二二八中的角色，多持批判態度。父親既是蔣中正特派到臺灣宣慰的大員，當然也是國民黨的一員，要給父親的宣慰工作一個公平全面的評價，則需有古史官齊太史、晉董狐的勇氣與良知了。

二二八事件在臺灣史上是何等重大的事情，多少人因此喪失生命，多少心靈受到創傷，多少家庭遭遇不幸。而其政治效應，無限擴大，迄今未戢。對待如此嚴重的歷史事件，當務之急，是把當年的歷史真相，原原本本，徹底還原。只有還原全部真相，人民才可能有全面的了解、理解，才可能最後達到諒解，這座島嶼上的人民，不管其不同背景，只能有一個共同命運，那就是與臺灣共存亡。如果這個島上兩千三百萬人，還因為六十七年前發生的一項不幸歷史悲劇，彼此繼續猜疑仇視，那麼臺灣的命運前途，將是坎坷的。寬容諒解，是唯一的選擇。

父親當年來臺宣慰的目的，就是希望在悲劇發生後，能夠止痛療傷，這也是這本書《止痛療傷：

白崇禧將軍與二二八》出版的由來，希望能在二二八歷史真相的拼圖上，填滿一角空白。這也是我醞釀多年的心願。雖然我因為撰寫父親傳記，涉獵過不少有關二二八事件的書籍，但我本身未受過史學訓練，蒐集資料，取捨分析，對我來說，是一件吃重而不討好的工作。幸虧我找到合作對象，青年歷史學者廖彥博。彥博畢業於政治大學歷史研究所，曾就讀於美國維吉尼亞大學博士班，專治民國史，曾以《陳誠在國共內戰中的角色》（*Chen Cheng and the Chinese Civil War, 1946-1950*）為題撰寫碩士論文，也曾參與國史館《二二八事件辭典》條目撰寫。《父親與民國》出版時，國家圖書館及中山堂曾舉辦父親生平照片展，文字說明由彥博擔任。因此，他對父親的一生事業是熟悉的。此外彥博還翻譯、著述多本與歷史有關的書籍。彥博閱讀甚廣，用功甚勤，民國史，他頗有獨到見解，他對還原二二八事件的真相，有高度的熱情。我們合作，十分愉快。

書中長文〈關鍵十六天：白崇禧將軍與二二八事件〉由彥博執筆，我僅提供意見。彥博將父親在臺宣慰十六天，由三月十七日到四月二日，每天行程，所作所為，鉅細無遺，統統詳盡記錄、分析，把父親那十六天的宣慰工作，做了一個全面完整的敘述。因為他參照的資料：文獻、檔案、報章雜誌，極為豐富多元，父親的宣慰工作，因此有了具體而有深度的面貌。此外，彥博又以歷史學者的眼光與高度，將父親來臺宣慰，所做出的貢獻功績、他所處極端複雜艱難的情境、他所受到的局限與掣肘、他未能達成救人一命的個案、造成的遺憾、尤其他與陳儀、柯遠芬諸人你來我往，極為複雜的互動、他與林獻堂、丘念台密商會談得到的訊息與幫助，都給予極為公平可信的論述分析。

廖彥博這篇長達一百六十餘頁的論文，考核詳實，觀照全面，有諸多前人未有的論點，有更多發掘出來的珍貴資料，是迄今為止對父親來臺宣慰這段關鍵歷史最完整的一則文獻，具有高度的學術參考價值。

書中第二部分是口述訪問，由我親自主導。我一共訪問了六位人士，蕭錦文、陳永壽、楊照、白崇亮、彭芳谷、粟明德，六位受訪者從各種角度切入，讓父親宣慰臺灣這段歷史不僅只存於文獻記載，也存在人們的記憶中，有血有肉，有其延續不斷的生命。

進行這些訪問時，我才深深感受到二二八的悲劇對受難者及其家屬所造成的傷痕，有多深、多痛。六位先生都不憚其煩，接受我的訪問，在此，我由衷表示感激，我想他們與我一樣，也希望為尋找二二八真相，盡一己之力。

父親來臺宣慰，所做的多項工作中，當然拯救人命是最有意義又影響深遠的功德，父親一到臺灣便以國防部長的身分，向全省軍警情治人員發布禁止濫殺、公開審判的命令，對於當時被囚禁在監獄裡，被關在警察局的拘留室中，甚至在被綁往刑場路上，許許多多命懸一線的人犯，父親這道命令，如同救命符。父親恐怕自己也沒料到，他發布這道命令，會改變多少人的一生，以及他們家屬的命運。

到底父親救過多少人的性命，並沒有確實數字，但從現有的口述訪問資料，大致情況，可以推測出來。以蕭錦文先生的遭遇為例：蕭先生在二二八時是《大明報》的實習記者，時年二十一歲。《大明報》對陳儀政府時有批評，社長鄧進益是蕭先生的舅舅、也是「二二八事件處理委員會」的委員。軍警要逮捕鄧社長，鄧聞訊躲避，當天蕭錦文到報社值班，被刑警帶走。在延平南路的警局裡，蕭被嚴刑拷打，灌水逼問鄧社長行蹤。他遭囚禁的警局地下室裡，同室牢友共有一、二十人。一天，蕭錦文被拉出去，五花大綁，眼睛蒙布，身後插上「驗明正身」的木條名牌，他被推到大卡車上，同車的有四、五人，一齊載往刑場槍決。可是卡車走到一半，又折回頭，返警察局，放回地下室，逃過一劫。

蕭錦文後來出獄後，舅舅鄧社長告知，是父親那道「禁止濫殺，公開審判」的命令，千鈞一髮，即時趕到，救了他一命。我訪問蕭錦文時，他已八十八歲，提到這段往事，仍十分激動，他緊握住我的手，顫聲說道：「是你父親那道命令，讓我多活了六十六年！」說著掉下淚來。蕭錦文說，前一天拉出去的一批人，大概統統遭槍決了，而與他同車的四、五人，卻都逃過死劫，關在地下室的其他人，也應該免刑了。可見父親的命令，不僅是針對單獨個案，而是整批豁免的。同樣的情況也發生在其他案件中。如中研院近史所出版的《高雄市二二八相關人物訪問記錄》中，王大中案：

王大中（原名王源趕），原是高雄警察，莫名遭到逮捕後，判了死刑，心驚膽跳過日子，直到父親來臺，王大中才獲赦免，改為徒刑。

民國五十五年十二月二日，白崇禧先生過世時，那時我隱名王雲平，也前往祭拜，包了五百塊的奠儀，其家人不知我是誰。

王大中在廣場等候宣判時，另有一群被執者同時一起豁免，這也是個集體案件，免除死刑的人，人數大概不少。

臺灣省文獻委員會編《二二八事件文獻輯錄》記載：基隆市民朱麗水，二十一歲，被抓進基隆市警察局，送拘留所監禁：

基隆市警察局當時有十多間「牢房」，每天晚上都約有五、六人被捉出去，然後聽到一陣槍聲，出去的人就沒有再回來。直至白崇禧來臺後，我們才被放出來，我釋放後未曾再被找過麻煩。

十幾間牢房，大概關了不少人，父親來臺後，都釋放了。父親制止濫捕濫殺的命令，是通令，全省適用。當時關在牢裡的死刑犯，一定有可觀的人數，免於死劫者，可能有數百人之多。

民國三十七年（一九四八）二月，父親簽呈蔣中正主席，稱臺灣「二二八」事件中受軍法審判的人犯十三案，共三十四人，當中原判死刑者十八人，經過國防部覆核之後，全部減為無期或有期徒刑，經蔣中正批示，「姑准如擬辦理」。這份重要文件現存國史館。對那十八名死刑犯來說，父親這道簽呈，又是一張救命符了。父親回返南京，一心還是牽掛臺灣二二八那些涉案囚犯。

因二二八被判徒刑，因父親的命令而減刑或釋放的，就更多了。我的第二位受訪者陳永壽先生，父親陳長庚先生是臺中地方法院的書記官，二二八時與法院其他文職人員，均以「叛亂」罪名逮捕，入獄半年後釋放。陳永壽先生認為，是父親命令的影響，陳長庚先生得以釋放。訪問時，陳永壽先生攜帶他全家還有姐姐陳昭惠女士一家，前來向我致意，他們是主動來找我的，就是要表達對父親的感激。

我的第六位受訪人是粟明德先生。粟明德是廣西同鄉，他的祖父、父親與我父親關係密切，父親晚年，粟明德經常陪伴父親聊天，談話中，父親也透露了一些埋藏多年的心思。粟明德證實了我的看法：父親在臺灣受到嚴密監控，是因為他二二八宣慰善後處置得當，救了許多人的性命，在臺灣民眾間，有崇高的聲望，由此犯了當局大忌。

一九六六年十二月二日，父親心臟病突發歸真，追悼會上來祭悼者上千人，其中有許多臺籍人士扶老攜幼前來追念父親。大部分人與我們並不相識，由他們眾多輓聯、輓詩看來，他們都藉此表達感念父親在二二八後來臺宣慰留下的恩澤。臺灣書法家、櫟社成員莊幼岳先生的輓聯可作代表：

憶當年蓬瀛事件微將軍及時趕到臺民早已成冤鬼

痛此日禹甸淪胥正王師準備反攻天上漢河殞巨星

——原載二〇一四年三月十日～十二日《聯合報》副刊

生命——

郝譽翔

臺灣大學中文博士，現任國立臺北教育大學語文創作學系教授。曾獲金鼎獎，開卷年度好書獎、時報文學獎、臺北文學獎、新聞局優良電影劇本獎等。著有《幽冥物語》、《那年夏天最寧靜的海》、《溫泉洗去我們的憂傷》、《洗》等，學術論著《大虛構時代：當代臺灣文學論》、《情慾世紀末：當代臺灣女性小說論》等。

起初，是莫拉克風災過後大約兩個月的某一天，忽然接到《天下》雜誌來信，約我一起到高雄災區的國小為孩子們說故事。當時的我既沒有孩子，也從未寫過相關作品，摸不清為何找上我？但既是有意義的活動，當下便立刻應允了。約定的日子一大清早，我抵達左營高鐵，換搭上一部廂型車，離開市區後車便一直開往蜿蜒的山路。兩個月了，風災的痕跡卻仍舊清晰可見，溫泉區的招牌大半淹埋在土石流中，半毀的水泥屋矗立山崖邊岌岌可危，而更讓人觸目驚心的，還有大地上遍布了漂流木，蒼莽巨碩，也不知從哪兒沖刷來的？讓人對周遭山巒神祕的偉力，不禁起了懼畏。

那山路自然是不好走的。廂型車在泥路上顛簸跳躍，又見此路不通，只得再調回頭，繞另外一條根本不成形的羊腸小徑，繼續迂迴前行。而我的身體不斷隨車子左搖右晃，一陣陣噁心忽湧上喉頭，奇怪我自從二十歲以後就不再暈車了，今天卻是怎麼一回事呢？我不解地忍耐著欲嘔的感覺，兩個多小時後，才終於抵達山區的國小。一下車，見那國小竟是美麗異常，就建造在谷中一塊半圓形凸出的臺地上，面對高聳翠綠的山壁，底下是青藍色的溪水潺潺流過。

如此溫柔優美的大自然，簡直令人不敢相信，它也會在頃刻之間變得殘暴，無情掠走了土地上所有的一切。然而走過風災的孩子們，卻不見災難的陰影，曬成古銅色的臉龐上睜大了一雙雙清亮的眼，嘴角都是笑，就像是一株株不怕摧折，用盡了力氣也要向陽勃發的小樹。

我於是選了一本國外得獎的童話繪本，領著一群孩子來到操場欄杆旁，坐在石階上。那繪本講的是一隻德國黑森林中熊的故事，但才講沒兩頁，我就發現他們全看過了，趕緊換了一本，竟也全都讀過，這才知道山區的資源雖少，但因為有出版社支援之故，書本卻不缺乏。他們的閱讀量一點也不比城市的小孩差。

這些童書都讀過了，該怎麼辦呢？我索性放下書，要他們講講自己吧。孩子們起鬨著說其中一個較大的男孩，是部落裡最好的獵人，懂得最多。男孩於是講起他和父親打獵的故事，講夜裡森林黝暗漆黑，講飛鼠唰地滑過樹梢，靈活如閃電。還有它纖巧的手爪，它的皮毛。「我還吃過飛鼠肉喔。」一位小女孩補充說。「我還看到過山豬。」另一個男孩也搶著說。孩子們唧唧喳喳吵起來。他們活在一個充滿了動植物的天地，四處都是活生生的說不完的故事。

相形之下，我手中的那本黑森林童話實在算不得什麼了。我忍不住讚歎：「你們該把自己的故事寫下來才對。太好聽了！」沒想到，我本是為了說故事而來，到頭來，反倒變成了是孩子們說故事給我聽。

那天傍晚我便帶著山區溫暖的夕照，以及孩子們所勾勒的，一座由飛鼠，山豬和黑黝黝森林所構成的奇異世界，又搭著車穿越山間破碎的小路，回到市區，坐進燈光明亮的高鐵，一路奔馳回臺北。然而那黑黝黝的山林卻沒有離開我，我望向窗外，黑夜中孩子們訴說的野性世界彷彿仍在眼前，那兒幽暗無邊又生機勃發，充滿了原始的生命和喜悅。

那世界始終都在，像是陽光下魅惑迷人的暗影。而也就是在那個時候，我彷彿第一次察覺到，自己體內的荷爾蒙正在發生某種奇妙的變化。我還沒預想到，從此以後我將會踏上一段無法預知的生命旅程，而那旅程將比起我這輩子所有的旅行都要驚險得多：我的身體將要經歷最為劇烈的撕扯，膨脹，並且以自己的血肉作為土壤，好讓另一個新的生命於此生根發芽。而我體內一向禁閉沉睡的某個區塊，也將從此開啟，如同一朵花在原本一無所有的黑夜，在泥石流猛烈沖刷過後的大地，綻放。

首先感覺到的，就是想睡。懷孕起初的兩個月，就是沒日沒夜的睡，什麼雜事都被拋諸腦後了。每天我把房間的窗簾拉得緊緊的，不透一絲陽光，活像是一座被巫婆下了詛咒的睡美人城堡，從牆壁，書桌到檯燈，無一不陪著我墜入深深的睡眠。我這輩子似乎從來沒有睡得如此香甜，睡到黑夜和白日全顛倒了位置，分不清界限。那黑夜竟不是從外界，而是從我的體內滲透出來似的，它伸出一雙無形的手，固執的把我一直向內拉去，拉進一個失去重力也失去了邊界的黑暗中。

我躺在床上閉著眼，手按在腹部上想，嘿，此時可不是只有我躲在棉被中呢，還有另外一個生命。我邊奇異地想著，邊又恍惚睡去，陷入沒完沒了的夢境。

朋友說，她懷孕前期也是作夢，而且淨作些色彩斑斕的好夢。朋友的個性謹慎保守，沒想來到夢中，卻作些平常連想也不敢想的大膽之事。她夢到在公園盪鞦韆，盪得又高又快，直衝天際，衝入白花花的陽光和白雲裡，嚇得她一雙腳底直發涼，但又忍不住興奮得大吼大叫。如今她的小孩都念中學了，她也還清楚記得當初夢裡的開心，回想起來，嘴角都是笑。

但我恰好相反，淨作些孤零零荒謬的夢，陰暗濃重的色調像極了我喜歡的東歐電影，楊．史凡梅耶風格，或是尚皮耶．居內的《黑店狂想曲》。

於是整個冬天都在作夢。夢見去劇院看戲，《摩訶婆羅達》，所有的演員戴著神祇的面具身披長袍魚貫入場，但我不知怎麼忽然從座位上站起來，想要出去，只能爬過密密麻麻的觀眾席，而整座劇院宛如潮溼的迷宮，每扇門都有一尊象鼻神守候，我惶惶踩上觀眾的肩膀和頭顱前進。又夢見黑夜裡，我來到工業區的一條小泥巴路，路中央坐著一隻小北極熊，低頭嚶嚶哭泣著，這時路旁的水溝忽然裂開來，出現一道洶湧深邃的泥河，布滿了女性陰道一般的皺褶，而就在北極熊墜入泥河的剎那，我趕緊跑向前把它抱起，它縮入我的懷中，冷得瑟縮發抖。又夢見我養的貓居然變成了一隻魚，還是那般的圓胖，在魚缸中笨拙地來回游著，望著我發不出半點聲音，忽然不知從哪兒跑來了一隻貓，嘩地一下跳入魚缸，墜落缸底，我定睛一看，這才知道貓竟把魚給吞了，我不禁在夢中放聲大哭。

無數的夢如氣泡，在夜中接二連三的吐出。奇怪它總不是光鮮天晴的，而是如同那年的冬天般陰鬱淒冷。夢境侵入了現實，連帶我聽音樂時，也不知為何總特別選些矛盾激烈的來聽，音響開得極大聲，巴哈無伴奏小提琴，Kremer的版本，還有蕭士塔高維奇的絃樂四重奏，被我反覆地播放，像是要把自己全然浸泡在弓弦激情的拉扯之中，讓那強大的音樂急流全面占領我的神經，才能安定自己一顆莫名焦躁的心。

那是一種想像，一種未知，一種惴惴不安，一種關於另外一個有思想有情感的生命，此時此刻，居然正在我的體內逐漸生成，以我的血肉為養分的奇異與困惑。在我的生命之上又長出了生命，而她注定將比我更加活潑，新鮮，充滿野性。我想像自己化成了一個繭。

回想起來，這樣的胎教實在不算好，至少不溫柔敦厚，但對於未知的事物，又有誰能確定什麼是好？什麼是不好呢？而那時的我也正南北來回搬家，在臺南，嘉義，臺北之間盤桓，最後一刻才決定搬回臺北，不管人家說什麼會動了胎氣之類，就像隻不安的母貓，一心只想找一個安穩生產的所在。等到總算落了腳，冬日已經褪去，炎炎夏日來臨了。

我的腹部開始瘋狂的長大，每天都比昨天還要再大上一些，肚皮繃得比鼓還緊，光滑水亮，上面一條條精細泛藍的血管清晰可見。我總覺得它不可能再大了，再大，我整個人就要被撐裂了。我搖搖頭，不可思議地想。卻沒想到它還是任性又倔強地繼續前凸，賭著氣決心離我而去似的，好飛往前方這個廣大的宇宙。我阻止不了它。我的皮膚從背部脊椎的左右兩側，不斷向前撐開，每撐一寸都在漲痛。我驚異地看著自己無止盡地變形。

有時，我挺著肚子在路上走沒幾步，子宮又忽然收縮僵硬如同一顆巨石，我只得停下來，抱住它，恐懼猜想裡面究竟發生了什麼事？我的肉身怎會變得堅硬如鐵？那柔軟的血肉都消逝到何處？然而這都只是身體試煉的前奏罷了，當預產期終於過去三天時，半夜我的腹部痛了起來。

我曾問過身旁所有的媽媽們，陣痛究竟是怎麼一回事？卻沒一個人說得清。大家都是含糊帶過，因為忘了。是的，千真萬確的忘了。那被視為人類痛苦中最高等級的痛，居然無法被記住，恐怕是造物者最奇妙的詭計，所以女人才甘心領受這一次又一次的痛楚。

等到自己親身經驗之後才知，那痛所啟動的，彷彿是和一般疼痛不同層次的神經系統，不同於刀切，不同於火灼，那都只停留在皮肉表面，而陣痛更像是來自體內不知多深處，卻一瞬間竄出便要揪住人的全身，為之頭皮發麻，腳尖痙攣的痛。那痛來無影，去無蹤，都說要計算時間，所以我整夜不能睡，捧著一只鐘，將疼痛凌遲身體的時間刻度，密密麻麻寫了滿紙。

天亮了，我捧著那張紙直奔醫院，卻連醫師都沒見著就被護士退回。她搖頭說，你的疼痛指數很高（奇怪疼痛居然可以用儀器測量得出，化成數字？），但子宮頸卻還不開呢。她勸我要多走動，爬樓梯最好。我訕訕回家，家住二十層樓，我只得忍著痛，捧著肚子沿大廈的樓梯，一層層往上爬，直爬到最高二十八樓。樓梯間是我從未踏足的陌生角落，不僅我，眾人皆如此，故靜謐得可怕，宛如這棟鋼骨大樓一條幽暗的脊梁。我獨自沿著它默默往上爬，抬頭看是夏日朗朗的藍天，灼熱刺眼的陽光，回首下望是永和密密麻麻的大小樓房，我爬上的二十八樓幾乎是全區最高，陽光下各色的鐵皮屋頂如百衲被般錯落銜接。我趴在高樓的欄杆邊喘氣，腳下分明是洶湧的紅塵，但此刻卻又寂靜無聲，簡直像一不小心走入了另一個與現實平行的世界中。我想起了村上春樹《東京奇譚集》中那個莫名消失在大廈樓梯間中的男人。

所以生命和存在，究竟是怎麼一回事呢？雖然有一個新的生命正掙扎著，亟欲從我的體內鑽出，但此刻的我仍然感到糊塗和不解。

而從這個角度望出去的城市，見不到一株綠樹，只有大大小小數不清的灰撲撲水泥盒，鐵窗和玻璃帷幕鑲嵌其上，巷弄密布其中，而爬行地面的人車皆如同螻蟻。至於盆地邊緣的山，以及夏日的藍天豔陽，都是遙遠而冷漠的，和這些在盆地中打滾的芸芸眾生毫不相干。然而十個月前我曾去造訪的高雄山區，卻不知怎麼忽然回到我的眼前，那片災後瘡痍大地，那山谷間美麗的國小，還有孩子們所訴說的，一座由飛鼠、山豬和森林所組成的奇詭世界。我不禁感到真實並非肉眼可見的貧乏，因為生命生生不息，其中自有不可思議的偉力，而單憑這一點，活著，並且繼續活著，就值得驕傲和敬畏。

——原載二〇一四年三月十六日《聯合報》副刊

紅磚巷底——方秋停

出生臺南，東海中文及美國中佛州立大學教育碩士。目前定居臺中。喜歡烹飪、電影、旅行和散步，習慣臨窗閱讀、遐想，讓花草點綴生活，品味簡單的幸福。珍惜寫作機緣，為愛與感動不停書寫。曾任《明道文藝》總編輯、現為明道中學國文教師。曾獲時報文學獎、教育部文藝創作獎、吳濁流文藝獎、福報文學獎、桐花文學獎等。作品選入多種文集。著有散文集《原鄉步道》、《童年玫瑰》、《兩代廚房》；短篇小說集《山海歲月》、《耳鳴》。

這樣的冷天，如何心血來潮開往這條路？

冷空氣於車窗外會集，許久不曾見著的街景重赴眼前——新開外環道圈圍老巷子，古樸的人情駐留騎樓邊。印象中美姨家就在白河老街上，之前憑直覺便能找到，而今眼前這路似是而非——不在這頭，車迴轉，再往前，一不小心便開過頭，明明是在這邊的啊！記憶座標發生錯亂，來回繞兩圈，卻在另一頭見著那熟悉的農藥店招牌。

打開車門，冷風襲來，一眼便見著美姨站在店前面。

「美姨——」

邊過馬路時忍不住揮手叫喚，美姨和媽越來越相像的模樣映進眼簾。美姨見到我先是一愣，隨即綻露出笑容。她寬厚的嘴唇和媽不同，卻有著觸動我心的神態！

●

美姨是媽唯一的妹妹，她上頭有兩個哥哥和兩個姐姐，這排行讓美姨即便生在舊時代，亦享有老么得天獨厚的率性與優惠。當其他人小學畢業隨即就業，美姨卻讀到了高中，媽和大姨早早便結婚走入家庭，美姨則繼續地單身。

美姨年輕時留有一頭微鬈長髮，常以髮圈繫於頸後。印象中美姨出入總騎腳踏車，一進巷子歌聲跟著傳響。美姨和外公住在巷底的二層樓房，房樓狹長，租不出的空屋油漆剝落，欄杆也潮鏽出褐斑。而從巷底轉出來不遠，另一幢三層樓房座立路旁，棗紅色油亮瓷磚襯著扶疏花木，那是大姨媽的住宅。不到十公尺距離，至親鄰近居住卻少來往，總要等到媽下班後帶我前來，兩家才有些許關聯。

大姨和外公家之間有棵水柿，直挺的樹幹向上挺長，冬日落葉滿地，天暖不見花開，而當夏天到來，枝頭便又垂掛著纍纍果實，翠綠轉黃變橘，於巷裡默默存在著。

年幼的我只管吃食貪玩，不曾理會大人世界的紛擾與恩怨。媽那時在附近的成衣工廠工作，下班後緊接著到另一戶人家裡幫忙洗衣服，工作結束後她習慣走過來先在大姨家閒聊，再去探望外公；或者先到巷尾話家常，再往大姨屋前露個臉，這是媽與娘家的互動方式，一天辛勞常藉此抒解並作結尾。印象裡有好幾次，他們本來聊得好好的，不知為何嗓門便大了起來，這頭怒火延燒到那邊，抑或那邊的意氣衝撞往這頭，擾攘怨怒經常一發不可收拾。隨意聊天卻誤踩地雷，大姨積藏的憤恨噴吐出來、美姨被激怒，外公則氣得臉紅脖子粗。媽意圖勸和，挽回大姨和美姨、外公的關係，有時卻反而成了導火線，引發兩邊燒起熊熊烈火。

情緒被引爆了，媽自責又氣惱卻不知該如何！氣沖沖地拎起袋子嚷喊：「回去了！」我被粗聲粗氣地喊回，跟在媽負氣的背後匆匆走出，背後夕陽染紅巷子。

過沒幾天，下班後媽又帶我蹬蹬回到巷裡，如往常般和大姨他們聊說生活瑣事。水泥堆砌的紅磚牆，儘管留有空隙，仍然負載著風與陽光，我學齡前的傍晚便如此一天天度過。

「今仔日哪有閒來？」美姨的老花眼鏡掛在胸前，長褲毛衣和背心層層緊裹，脖子頭上戴著圍巾和帽子，全是媽冬天時的裝扮。

店前仍堆滿盒裝及農藥瓶罐，兩隻狗各拴一邊，這樣多年沒來，牠們已從壯年步入老邁。騎樓加蓋，店前寬敞了許多，美姨招呼我於矮桌前坐下，直嚷著要姨丈快點下來。

午後鄉鎮好是寂靜，即便商店街亦少人煙，偶有迷路過客、載貨司機前來問路、或鄰居午覺醒來閒晃經過。

姨丈轉開爐火燒煮熱水，美姨則忙著端水果拿零食。姨丈上眼簾低垂，兩眼各夾出一條細縫，看起來比之前更慈祥。美姨結婚時年過四十，當初所有人都以為她此生不可能、也不宜出嫁，沒想到婚後一晃眼二十幾年便過了！

美姨打開塑膠袋和盒子，要我趕緊剝花生嗑瓜子。水氣氤氳，冷冽的空氣暖熱起來，當年情景繼續著……

大姨與外公的間隙源於大家庭日積月累的仇怨，外公嘮叨保守，於時代變動中堅持己見，大姨被迫放棄升學，媽則進入不幸的婚姻。

紅磚巷陽光短暫，牆旁水柿樹越長越高，夏天時撐起一大片傘蓋般的涼蔭。

印象中大姨聰明冷靜，善於理家並懂得安排生活，閒來喜將布料裁剪成花瓣，細膩塗上染料再將花瓣組合起來，一朵朵豔麗牡丹裝置玻璃框裡掛在牆上，客廳因之富麗生色。媽到處幫傭，為多攢些錢接了好幾家人的衣服來洗，手中肥皂泡從潔亮轉成汙濁，又忙將髒汙搓洗乾淨。那時我天天跟著媽趕搭公車，從大街繞往小巷，記憶裡儲存著各種畫面——馨香的軟枝黃蟬、滿牆盛放的粉紅珊瑚藤，還有那一張張凶惡或和善的臉色。

對於命運媽不曾有過任何埋怨，她深知再怎麼難走的路總須想辦法走過。

外公家的屋瓦老舊，庭前冷清；大姨的樓房嶄新，一家子揚滿歡樂。狹巷兩邊磚牆陰鬱，玻璃片銜咬著水泥，外公的腳步日形孤單，只有美姨堅持陪伴。

水柿自葉間一顆顆長出，橘黃果皮上覆著白粉，結實纍纍卻無人採收。一回表哥們隨手摘下一顆，咬一口便呸地吐出，滿嘴酸澀忍不住啐罵：「難吃死了！」，說著便拿木棍將柿子對牆揮打，水柿撞牆掉落地上，於牆上爆開一處處傷痕。爛柿子混著沙土，酸腐氣味招引蒼蠅嚶嚶盤旋。

家中經濟越來越緊，媽咬牙硬撐，辛苦處境一次次觸動周遭人的不忍心。美姨不能諒解大姨，認為當初媽明明有好對象，因著大姨的反對媽後來才嫁給爸。我不清楚當年狀況，只見媽勞累但卻堅強，美姨則遲遲不願走入婚姻。美姨有著高挺鼻梁、甜美的聲音，嘴裡經常哼著自編旋律，一首聽不分明的歌她斷斷續續吟唱著。美姨學的是護理，曾於醫院當過護士，一身潔淨的白衣天使照片懸掛牆上，於歲月流轉中漸地泛黃。她騎著腳踏車於巷底穿進穿出，是巷裡盛開的百合，馨香環繞卻無法外傳。未能化解的怨懟隨日增長，大姨和外公仍少來往。

四圍建築一天天翻新，新樓加高，窄巷被圍逼在中央。

表哥表姐們一個個離家，嬉鬧水柿樹下的人漸少。我入學之後無法再當媽的小跟班，穿上白衣黑裙，坐在教室瞪著黑板，下課時盪著鞦韆，往昔空閒的手只好拿起筆來，於紙上空格一筆一畫的寫著。經常想起媽清晨趕路，到許多人家裡忙碌，黃昏時披掛著暮色走到巷子，看看外公，聆聽所有讓人高興、生氣或難過的事……

秋風起，柿葉一片片轉黃掉落地上，紅磚牆泛起一層霉苔。

外公的腳步漸緩，手杖於巷裡兜兜傳響，紅磚路處處顛簸。而在眾人始料未及之時，病魔纏上大姨，幸福樓房頓時傾頹，油漆一片片剝落。

大姨躺臥床上的目光愣愣瞧向外頭，製花絨布、鐵絲和熨斗閒置一旁，紫色牡丹於牆上顯出陰暗。美姨騎車經過大姨家門前，兩腳不覺放慢下來，歌聲漸地低沉，或者不再聽見。

柿子樹幹殘留一條條刀剉印記，形容漸地枯槁，鄰近大樓遮去陽光也搶去它日前的風采。

第二年，柿子仍舊結滿，果實成熟前，建商引來電鋸將那樹硬生生地截斷。大姨病情於那年夏天急轉直下，光亮的屋瓦逐日晦暗，朱紅欄杆斑駁出棕褐色鐵鏽。

外公躺臥床上，沒人敢告訴他大姨的事。

升上國中，筆記簿上的方格更小，要記錄、弄清楚的事越來越多，而需要媽前去洗衣打掃的人家漸地減少。媽神情鬱鬱，黃昏時疲累的身影徘徊巷裡，終於忍不住帶著美姨一起到大姨病榻前，彎身說道：「阿美來看妳啊！」媽的聲音哽咽，大姨勉力睜開眼睛，嘴角咧出一抹笑意，三人的手緊緊地握著。

●

大姨走了，表哥們一個個往外飛，狹巷漸地冷清。美姨踩著鐵馬來來回回，雙輪喀啦喀啦轉動，纖細身形漸地圓潤。

外公緊閉雙眼，時而睜開昏暗的眼神。美姨殷勤服侍湯藥，側耳傾聽外公喃喃不清的話語。牆上滲出一道道水痕，無人租賃的客房一間間關鎖上，蜘蛛網自角落細密牽出。癱躺的外公看起來越發瘦小，蒼白臉色下平放著萎縮四肢，濃痰鬱鬱，時而喘哮，時而酷酷咳起來。美姨輕拍外公背脊，手絹毛巾不停更換。外公不再嘮叨，昏沉的意識沒有任何堅持。之前外公成天將黃曆拿在手上，一邊撫弄鬍鬚，一邊仔細翻閱著，早晚一炷清香，遇有重要事情必定請示神明，長年臥病後，求神問卜的換成美姨。

外公病重，媽與美姨時紅雙眼，又一次她們沉重攜手，再怎麼緊握仍留不住撒手的親人。

外公走後，舊屋瞬間蒼老許多，水塔囤積淤泥，鐵欄鬆動搖晃。舅舅提議快將房子賣出，美姨堅持要等整修好再說，另一波紛爭潛伏巷底。美姨的歌聲沙啞，腳力早不似之前輕盈，而我則於這時，搬進那寂寥的屋裡。

空房近十間，我和美姨擠在最靠近外公的小房間。房內三分之二空間擺放一張大木床，四圍堆放舊物，牆上掛著泛黃照片。陌生影像裡隱藏熟悉的感覺，其中包括美姨穿護士服那張。美姨喜歡指著照片讓我猜看誰是誰——老舊照片裡一張張清新的臉，大姨、媽及美姨年輕的樣貌於其中隱隱現現。美姨常一邊和我分享記憶一邊陷入沉思，神情恍惚，當時我不懂她眼底的落寞——關於那些被人情擠壓的少女情懷及那為仇怨禁錮的歡樂，已隨青春而隕歿。

被攔腰截斷的柿子樹無法再長新芽，徒然站立牆邊！

美姨天生賢慧，即便未婚亦滿懷母愛，她信奉慢條斯理的生活哲學，喜於爐前耐心烹調，煨煮一道道滋養的美味。和她同住那些日子，坐在餐桌前，看著她溫暖的神態，驀地感覺——美姨是媽的化身。

附近高樓林立，都會發展的腳步正在逼近，建商意圖收購巷裡住家改建大樓，鄰居陸續搬離開。舅舅一次次前來，從協商到動怒，才剛修理好的屋瓦巍巍顫顫，牆縫裂開，水漬蔓延。

「趁現在還賣有好價錢，為什麼不趕快賣？」

舅舅無法理解美姨的心情，一次次憤怒咆哮。美姨溫和的性情遇著這事一點也不讓步，她獨排眾議，一再拖延阻擾賣屋的可能。三天兩頭便有火爆場面於巷底發生，對立的眼神相互傷害。

我縮藏房裡，總等外頭吵鬧平息，才躡著腳步探出頭，於橫倒桌椅間找尋美姨身影。美姨通常待在外公房裡，面對外公照片靜默不語。這時，我似乎能夠懂得——這一連串風暴，總有它深刻的理由！

之後媽更換工作，要我搬回去和她住，我於是離開美姨，離開巷底持續凝聚的陰霾與仇怨。

●

姨丈將熱水沖入，壺裡茶葉相互推擠而後結合一起。這樣多年沒見，除了講話語調更緩和，姨丈的神態及他和美姨一起給人的感覺始終沒變。陳年往事一聊說起來，恍如這幾年才發生的事情。

上了大學，視野拓寬，關於童年及中學前的生活印象，盡被封鎖於記憶儲藏室。小巷如一灘死水，無法融入都會的伸展脈動。美姨仍於磚牆裡堆砌歲月，鐵馬顛簸往返，路面於寒暑更迭中綻裂開來。

大四那年，突然聽媽說美姨要結婚了，並指名要我當她的伴娘。

美姨要結婚？

人生情節豈可跳接得這樣突兀？時空延宕太久，情與理變得荒謬。

穿著正式洋裝重返小巷，紅磚牆褪為淡紫色，牆頂玻璃換成銳利的碧綠色。穿著高跟鞋踩向巷底，遠遠便見舅舅們著西裝站在門前，客廳裡擠滿人，一些久未謀面的親戚議論紛紛著。媽頭插紅花，裡裡外外地忙著，見我前來連忙將我喊進美姨房內。

狹窄的屋裡只能容納兩三人，美姨端坐床沿，要我幫她將手環一一戴上。美姨又豐腴了許多，蓬鬆的白紗幾乎占滿整張床。她脖子戴滿金項鍊，手腕、指間金光閃閃，腰腹間一圈圈贅肉頂出滾繡的花邊，身體一動渾身便叮叮噹噹地響著。美姨濃妝的臉龐難掩緊張，我替她將剩餘的幾條鍊子戴上，一邊用吸汗紙在她額前及頸項間來回擦拭，屋內堆滿雜物，牆上照片擁擠著。

「新郎來了！」屋外傳來叫喊——

我牽著美姨，先到外公靈位前上香。外公棲息牆上，嚴肅神情露出笑容，一路護送我牽著美姨裙襬，於眾人目光簇擁中緩緩步出巷子。豔陽照來，紅磚迷離，巷子顯得特別漫長。幢幢屋子後退著，大姨家褪色的房樓站立路旁邊，窗簾內彷見大姨正從相框裡瞧望著外頭。

禮車等在巷口，上車前美姨要我將扇子交給她。

車啟動，長串鞭炮於巷口霹啪響，眾人於車外對著美姨揮手，目送禮車緩緩駛離開，而後車窗下拉，扇子被丟出——濃嗆煙硝於空氣中散開。我蹲下身將那扇子撿起來，一步步走回巷裡。鄰近房樓繼續攀高，小巷旋將被淹沒……

美姨婚後不久，外公的房子便被賣出，怪手轟地挖開磚牆，水泥地一路被破壞，過往車輪及腳印盡無蹤影。都會陽光照亮大樓身影，老房舍黯然隱退。美姨告別都會，從此移往小鎮過生活，媽則繼續在城裡辛苦奔走。

血緣匯集，命運卻將人引往不同去路，我遠渡重洋，從此與故鄉漸行漸遠，小巷於記憶中一天天模糊——往事濃愁，轉眼如煙霧般飄散無影！

而不消多久，我遠走的腳步突然被喚回，愣愣站在媽危急的病榻前！

美姨隨後也趕到醫院，見媽剃光頭髮，目光呆滯地躺著，兩眼不覺泛起一陣潮熱。

「妳知影我誰人否？」美姨於媽耳邊殷切地喊著。

媽一臉茫然，兩眼空洞無神……

美姨摘下老花眼鏡，用手拭去眼角淚水。她緊握著媽的手，勉強擠出笑容……

●

美姨端出一盤切好的柿子，喜孜孜說道這是她在後院種的。又一塊送進嘴裡，記憶裡的酸澀已轉成甜美。

最後一杯熱茶喝進肚裡，溫馨的感覺持續，美姨拿了好些農產品要我帶回去，一邊教我如何烹煮料理。

「下回要常來！」姨丈咧開嘴笑，眼睛又瞇成兩條線……

冷空氣撲來，我要美姨和姨丈留步，逕自越過馬路，對著他們揮手。

車啟動，街景緩緩後拉，回頭望——彷見美姨與媽和大姨相依一起，手心緊緊牽握著……

——原載二〇一四年三月十九日～三月二十日《人間福報》副刊

我的沙漠——張讓

原名盧慧貞，臺灣大學法律系畢業，美國密西根大學教育心理學碩士。曾獲首屆《聯合文學》中篇小說新人獎、《聯合報》長篇小說推薦獎、《中國時報》散文獎，經常入選各家年度散文或小說選集。著有長篇小說《迴旋》，短篇小說集《並不很久以前》、《我的兩個太太》等，散文集《當風吹過想像的平原》、《時光幾何》、《剎那之眼》、《旅人的眼睛》、《我這樣的嫖書客》等，兒童傳記《邱吉爾》，和譯作多種，包括艾莉絲．孟若的《感情遊戲》和《出走》。長篇《迴旋》和手記散文《時光幾何》二〇一四年再版。

1

今年冬天格外酷寒，風雪連連，屋外滴水成冰，室內我連行李都不用收拾就神遊我的沙漠去了。

我走過的沙漠不多，卻是見一個愛一個。而且未必得是黃沙萬里，半沙漠，和沙漠沾上一點邊的，只要形似，有那空蕩意味就夠了。譬如常在英國鬼話文學（甚至《福爾摩斯探案》）裡出現的漠爾（moor），也總激發我強大嚮往。

英國的漠爾是種散布約克夏和威爾斯、蘇格蘭的山野地，石南遍布而樹木稀疏，不時巨大的岩石莊嚴矗立，經常颳風下雨霧氣迷濛，美得蕭瑟荒涼。布朗特姐妹便在漠爾邊上長大，因而陶冶出《咆哮山莊》和《簡愛》那樣陰森詭異的想像。但凡看這兩部小說的電影或電視改編，我最期盼的不是男歡女愛的部分，而是背景漠爾的實地景色。若無意間在別的片子裡看到漠爾，便驚喜非常整個人飛了進去。

扯遠了，只因漠爾有點沙漠味。還是回來談真正的沙漠。

說「我的」沙漠有點霸，只因我去過，念念不忘。

一個地方之所以配稱我的，在於個人以某種方式將之「占有」，生出非我莫屬的意念。通常這種占有來自久居或某種超乎尋常的纏棧或熟悉，因而給人宣稱占有或擁有的資格。無疑約克夏漠爾屬於布朗特姐妹，都柏林屬於喬哀思，倫敦屬於狄更斯，內布拉斯加大草原屬於薇拉．卡瑟爾，而湘西屬於沈從文，東北屬於蕭紅，西安屬於賈平凹，上海屬於張愛玲和王安憶，臺北屬於白先勇，花蓮屬於楊牧。

又譬如原籍俄國的美國詩人布羅斯基（Joseph Brodsky）年復一年冬季來到威尼斯，一出火車站聞見那海草氣味就湧起一陣狂喜，可以說威尼斯是他的。或者又像附近我們常去的戰地公園，熟門熟路幾乎可說是我們的。而我雖在永和長大，卻不知為什麼感情上還沒將它據為己有，因此不敢說是我的。也許有一天回頭細寫永和，會發現往事歷歷畢竟是我的也不一定，這時立刻就可想起一些：河堤、頂溪小學、竹林路、豫溪街、永和戲院、樂華戲院和夜市、溪州戲院、國華戲院……，許許多多的童年往事。

所以我的沙漠根本說不上是「我的」，比不上任何我曾居住的地方，實在算不上是我的。所以硬在這裡強行占有，除了喜歡別無藉口。

我的沙漠除了奧瑞岡境內的，大都在美國西南一帶，從猶他、科羅拉多到新墨西哥、亞利桑納，還有南加。不是什麼需要吉普車或是駱駝才能通行的艱險大漠，比不上好友焦明長途跋涉到過撒哈拉沙漠裡的古城汀巴克圖（Timbuktu）。她隻身跑遍全球，天涯海角不管多麼險惡都不怕，然後帶回一堆驚險駭人有時笨得可以的故事，李渝稱她是女英豪。二〇一二年伊斯蘭教叛軍占據汀巴克圖破壞古圖書館時，焦明覺得是在毀「她的城」。可見因為到過一個地方而在心裡加以占有，並不只我一人。

2

地球陸地三分之一是沙漠，而且不斷在擴張。但沙漠未必是沙，從沙丘到石灘，從鹽地到冰原，從撒哈拉到塔克拉馬干，從阿拉伯到阿富汗，從南極到北極，沙漠各式各樣散布世界各大洲。歐洲幾乎沒沙漠，只在西班牙安地露西亞東南有一小片，科林伊斯威特主演的鏢客三部曲有兩部便是在那裡拍的，鳥不生蛋的旱地，我也是望而心喜一直想去看看。

為什麼會有人喜歡沙漠？

單從生命需水這件事，沙漠都不應討人喜歡，人畢竟不是駱駝、仙人掌。人類心目中的天堂樂園總不離水草噴泉，中西園林美學都少不了水。中國人尤其愛水，山有水而秀，風景又叫山水。

可是我對沙漠一見鍾情，B和友箏也是。像我們這樣的人不算少，多少中外夢想家和探險家都有這個癖，如（阿拉伯的）勞倫斯、寫《阿拉伯之沙》的塞西格，還有當年以《雨季不再來》寫撒哈拉沙漠而紅極一時的三毛。《撒哈拉的風》作者則因勞倫斯一句話而放下一切深入撒哈拉沙漠，一住七年，簡直成了半個阿拉伯人。

當然，退一步看，這些對沙漠頌讚有加的人都來自沙漠以外的地方，沙漠象徵了「我」之外的「他」，陌生，奇異，因此迷人。可是繼續往下挖掘，便會發現那份迷戀其實還有更深理由。

有人問過勞倫斯喜歡沙漠什麼，他說：「因為沙漠乾淨。」

我呢？沙漠對我的誘惑究竟在哪裡？我自己十分好奇。

我想，首先是空，然後是美；或者倒過來，首先是美，然後是空。究竟誰先誰後不太清楚，總之不可分，勞倫斯的乾淨則把兩樣都包括了進去。

巴爾扎克有個中篇〈沙漠奇情〉，寫拿破崙征埃及時一個法國兵單獨陷身沙漠裡，和一頭母豹間產生了奇異「戀情」，最後悲劇收場。多年後那士兵回想當時情景，形容沙漠是個「一無所有又無所不有的地方」，就好像是「人類以前的上帝」，意思大約是「還沒有人類時的天地」。當西方基督教文明喜歡以「因為有了人類才得以見證上帝的偉大神奇」而沾沾自喜時，也有不少人感嘆人類並非造化的頂顛，而是大自然的禍害。巴爾扎克的句子無疑帶了那意味。

3

沙漠的魅惑其實沒法說清，喜歡就是喜歡。而喜歡常出於潛意識裡對某種事物的反動，自己毫無所覺，直到有一天撞見那個大異其趣的東西才忽然驚豔一頭掉了進去。

沙漠之美在那遼闊空蕩。不須登高而似能極目看見地平線，看見永恆，只有在汪洋和沙漠上能做到——平原上視線難免為山丘草木阻擋，而海洋正是地平線居住的地方。所謂心曠神怡，應該便是地平線代替天際線，遼闊進到了內心那種感覺。

平常生活裡，難免百事纏身不由自主打轉，日子越過越窄，都是小說裡的套中人盒中人。一到沙漠只見空空如也，天地忽然衝破牆壁天花板四面八方擴散開來……你忽然才知道了所謂「大」是怎麼回事，相對不由自覺「小」：小頭小臉的小，目光如豆的小，心地窄小的小，想像力貧乏的小，舉手投足的小，各種各式不上臺盤的小；跟著自覺裡面亂糟糟堵塞不通，開始在思想上做減法。所以每回遊過沙漠回到家，我總目光賊賊四顧家中看有什麼可以割捨（首先，太多太多書了！），恨不得丟到一無所有家徒四壁，甚至夢想住到沙漠裡去。

當人開始在心裡做減法，減到不能再減時便接近了沙漠。這時沙漠不再單是地理名詞，而近乎絕對抽象了：天、光、風、沙、冷、熱、生、死、空、寂。如果你曾坐在海灘上玩沙，追溯每一沙粒的身世，便會知道它們原是高山巨岩或是石頭貝殼，經歷了億萬年的輾轉打磨才變成指尖上這一撮彷彿無足於道的微粒，便會知道一粒沙其實就是小小永恆的結晶，而沙灘沙漠便是時間之海，永恆的匯集。置身其中，想到一沙一世界與恆河沙數滄海桑田，不能不有所感悟。

4

然而我必須強調：沙漠不是單面的，而是兩極對立的地方。乾旱荒蕪，極冷又極熱，沙漠是惡地死域絕境，是殺人的地方。你炎夏白天不帶水到沙漠裡去走一遭就知道，甚至坐在車裡馳過也感覺得到。

偏偏，正是在這最嚴酷無情最讓人絕望的地方，出現了最深厚的信念和虔誠。多少先知聖哲到沙漠中去面對心魔尋求啟示，數不清的疲憊者迷失者到沙漠裡去避靜沉思找回自己。沙漠的神祕是它懾人迫人，誘人將它美化聖化乃至神化。在這個生長棕櫚、仙人掌、綠洲、沙塵暴和海市蜃樓的地方，孕育了文類文明，也孕育了許多宗教：猶太教、基督教、印度教、佛教、回教。

法國作家，二〇〇八年諾貝爾文學獎得主克萊齊爾在長篇小說《沙漠》裡，以接近頌詩的筆調描寫沙漠的空闊神祕，尤其是陽光。在他筆下，沙漠空靈潔亮幾乎便是神性的象徵，相對急功近利榨乾用盡的西方文明便顯得狠毒淺薄。

確實，我們在沙漠裡時總能感到那種空靈滌淨，出了沙漠便開始看見文明的束縛和醜惡，以及，自己對文明無可救藥的依賴。

應該是沙漠的遙遠孤獨難得，促使卡繆在散文〈米諾陀〉開篇就寫：「不再有沙漠了，不再有島嶼了，但是，人需要它們。」

果真有人需要沙漠嗎？至少，我需要。

去年七月我們到聖地牙哥去看朋友，聽說東北不遠有個安佐．柏瑞戈（Anza-Borrego）沙漠，便找一天去了。車入沙漠我們興致就高起來，可以唱歌了。果然不失所望，一路看見了類似比斯提荒野和約書亞樹國家公園的景觀，只覺親切。儘管不喜歡旅館觸鼻的霉味，和晚間竟仍高達華氏九十度的氣溫。然畢竟是沙漠，具備所有屬於沙漠的可愛和可懼。有的地方停車照相，當我下車走進烤箱熱氣面對眼前一片乾燥黃沙，不禁想到英國女探險家葛楚德．貝爾在〈猶地雅荒野〉裡寫約旦谷地景象猙獰：「簡直邪惡。」仍然我不斷照相，似乎轉頭便又是一個值得拍攝記錄的景象。後來友箏看我相機裡的照片，笑說每張都一樣。我回頭換了他的眼光再看，也不得不失笑同意。因為臨時成行只安排待一晚，傍晚清晨開車看看有個概念就是，以後再回來好好玩。據旅館裡的旅遊手冊說，柏瑞戈沙漠是美國境內光害最小的地方，觀星最好。偏偏那晚多雲，一顆星也不見，更難得的是隔天回程居然碰到下雨。遊沙漠下雨，在我們是第一次。那一趟只是探測，沒真正玩到，得找時間再來。

除了新墨西哥的比斯提荒野我們去過兩次，其他沙漠都只去過一次。夏季薄暮的科羅拉多州大沙丘，陣風不斷，陽光篩過層雲，鬆軟的沙子吞噬腳步，沙丘頂恍如遠在雲端；七月黃昏時分的比斯提，天光淡成薄薄一片粉紅；六月的加州約書亞樹國家公園，地面散布小小野花，處處磊磊堆疊的巨石和人形的約書亞樹；九月奧瑞岡的地獄峽谷、碉堡岩、化石谷地、彩繪山丘……

光提到這些地名就將我傳送到那些沙漠裡去，風迎面吹襲，直要把我的草帽颳走，我把草帽摘下踩在腳底照相，清楚覺得自己裡外都在笑：「啊，我怎麼可能照得出眼前這些？」

無論如何，最特別的是新墨西哥南方的白沙漠，因為白。我們到時正是四月風季，白天飛沙走石，裡面博物館的工作人員告訴我們若要無風只有清晨，於是我們上了鬧鐘早早起床開車進入沙漠，在停車場下車，走進一個奇異的白色世界。白鹽似的沙丘和緩起伏，潔淨無染，沒有一個地方比這裡更乾淨美麗了。

所以，這些是我的沙漠。空蕩，荒涼，乾淨。到了這裡就走進天真無邪，就回到原初的自己。不需要靜坐沉思，人在其中就夠了。所以我們一再回來，卸除文明，然後別無選擇，再回到文明裡去。

現在外面天寒地凍有如西伯利亞，我和B商量：今年四月再到柏瑞戈沙漠去怎樣？

可是約書亞樹公園更好玩。

那我們兩個地方都去……

也許。也許春來我們便在沙漠遍地的野花間遊蕩。

——原載二〇一四年三月二十八日《中國時報》人間副刊

從榴槤到臭豆——鍾怡雯

元智大學中語系教授。著有散文集《河宴》、《垂釣睡眠》、《聽說》、《我和我豢養的宇宙》、《飄浮書房》、《野半島》、《陽光如此明媚》、《鍾怡雯精選集》、《麻雀樹》；論文集《莫言小說：「歷史」的重構》、《亞洲華文散文的中國圖象》、《無盡的追尋：當代散文的詮釋與批評》、《靈魂的經緯度：馬華散文的雨林和心靈圖景》、《內斂的抒情：華文文學論評》、《馬華文學史與浪漫傳統》、《經典的誤讀與定位：華文文學專題研究》；翻譯《我相信我能飛》；並主編多種選集。

先從榴槤說起。

從前，我愛極此物。只要返馬，就非吃不可，有時還算好榴槤季節回家。回家吃榴槤，多麼香甜誘人的回家理由，那屬於赤道的濃烈氣息，真有勾魂的特效。大賣場或水果攤的泰國榴槤，只是個頭大，論香氣和味道，哪裡比得上馬來西亞？驕傲的說法，馬來西亞之後空個十名，泰國榴槤啊，勉強給它排個第十一吧。我承認這說法霸道而且不可理喻，就像有人形容好吃的東西有媽媽味道，牽扯到原生情感，就別談什麼理智和道理了。

就有那麼一天，覺得榴槤味難聞。

家人吃榴槤時，我被那從小聞大的熱帶氣息趕出屋外，成了局外人。那日黃昏，天空一片熟悉的紅霞，空氣裡飄著日曬後蒸散的泥土味，草木蓊鬱的剪影，層層疊疊順著稀落的路燈蔓延開去。我站在水溝邊，有點錯愕。

忽然就不愛了，跟愛得要命一樣，沒什麼道理。詫異是有的，惋惜也是有的，倒是沒太大感慨。仔細回想，這愛與不愛之間確實有跡可循，緣盡之前，恐怕也好幾年了吧，我已經跟它關係漸漸淡了，回家吃榴槤的熱情早已變成回家吃山竹，回家吃langsat，回家吃duku，都是些味道清甜，氣味淡雅的水果，一樣產於赤道，味道卻平易近人得多。

榴槤味道太極端，半島的人愛它，必然源於一種神祕的土地呼喚。同樣成長於暴烈的赤道，在驕陽和雨水征斂下，人和物起了親密的化學作用。早期南來的華人都把榴槤當檢驗指標。沒辦法喜歡榴槤的，都是徹頭徹尾的唐山兄唐山婆，遲早要回中國。真能愛上這長相怪異口感黏稠味道古怪的水果，才能適應這長年大熱大雨的赤道。連我家貓狗都熱愛榴槤，牠們把榴槤核舔乾淨了，用渴望的發光眼神看人。

我只好苦笑。

日常生活太多這類被我稱為「突變」的發現，榴槤事件只是其一。太多了，還好那都是小浮沫，幻生幻滅，在流年裡打個漩渦就不見。何況，我也沒辦法再吃臭豆腐，一來一往剛好扯平。

剛到臺灣那幾年，逛夜市時確實也入鄉隨俗。聞起來臭吃到嘴裡只有脆，臭味竟消失了，還能從脆裡轉化出香，這東西可真新奇。我竟然敢試，也讓我覺得自己新奇。搬到新店後，賣臭豆腐的小發財車停樓下，臭味熏染了整條巷子，我還是逐臭的常客，拿著碗跟著社區的居民排隊。那時日子單純得近乎單調，很需要臭味的刺激。

很多年沒吃，有一天經過中原夜市，冷不防抽了一下。喔，臭豆腐，久違了。真嗆。這卡通式的反射動作讓我突然明白，當初的敢只是虛張聲勢，為了證明自己適應性強，像攀附在油棕樹上的蕨，落在哪裡哪裡長，香的能吃臭的也能，雖然那臭，在很多人嘴裡絕對是香。

這便是了。時間哪。榴槤或臭豆腐，都在時間裡證明了它的轉折和變化。從半島到島，半島的十九年和島的二十五年，我見證了十九年的重量，也看見二十五年裡的曲折。當然，不是所有的事情都是榴槤或臭豆腐，譬如洗澡。

起床第一件事，刷牙洗澡。早上洗澡好像是初中時養成的習慣。洗冷水。油棕園的水特別冷冽，尤其經過石池子一夜儲放，冰涼醒腦。第一瓢絕對渾身打顫，咬牙第二第三瓢狠狠淋下，睡意立刻全消，氧氣上腦。洗澡洗去昨夜殘夢，帶一身清爽的香皂味開始精神的一天。

這習慣到了師大女一舍，就成了折磨。熱水從下午五點開始供應，有時不到十點就用完。早上洗熱水澡？想得美。

沒洗澡，精神塌軟下去，身體上了漿糊般很不清爽。全新的生活讓我整個人繃得很緊。課排得那麼滿，一百五十八學分畢業，加上零學分，一學分，甚至一點五學分的課，實際學分遠遠超過一百五十八。不蹺課怎麼過日子？對教學根本無用的教育學分，有上跟沒上差不多。至於早上八點的課，是對老師的試煉。有些可上，有些可不上。有些不上覺得對不起好人老師，雖然自己念，在時間上肯定划算。

老是要跟時間計較，大學生活因此過得分外緊張。

國文系女生多，來自臺大清大以各種名目的聯誼活動也多，目的呢，只有一個。去過一次，叫寢室聯誼。室友說對方四人，我們也要出四個人，扣掉兩個已經死會的室友，我非去不可。就去了。也好，從此再也不想浪費青春。家裡沒給我什麼錢，公費不夠用，我得努力省錢，每天想兼差。

大學生活沒有想像中的浪漫，留臺的中學老師把他們的大學生活過分美化，或者，過分簡化了吧？郊遊玩耍談戀愛，沒錢時就家教一下。有一位老師說，他每天起床，先把腳伸出棉被試溫度，太冷就不去上課。很嬉皮灑脫，說這事時還難得的笑了。平時他眉頭深鎖，被獨中沉重的教學壓力和苛刻的薪水壓榨得提早老化。對比之下，或許因此留學生活特別值得回味？

應付功課不難，生活過得好比較困難。

群體生活，注定是個痛苦的開頭。狹窄的宿舍住六個人，天大的折磨。未來要當國文老師的室友人品好，可以說是溫良恭儉讓了。我也學會把謝謝和對不起當成口頭禪。她們像一面鏡子，我覺得自己從說話到穿著都像野人。宿舍生活也有好玩的時候，可是空間太小，人跟人的距離太近，總是睡不好。睡不好，這世界就有點虛幻和搖晃，大學生活想起來總是有點飄浮。

我怕吵，也怕干擾別人。打個噴嚏都得控制好聲量，走路也注意腳步聲大小。母親從很年輕起，聽力就不好，我大嗓門慣了，這下只好盡量輕聲說話。以前聽著蟲聲入睡，雞鳴鳥叫聲中起床。宿舍外卻是熱鬧的大街，車聲喇叭聲攤販的叫賣聲。洗好的衣服掛室內，溼氣和洗衣粉味讓冬天更難捱。有一陣子我吃安眠藥，一顆睡五小時，藥物換來的睡眠很假，醒來時藥效猶存，頭沉沉地，像行屍走肉。刷牙洗臉實在喚不起鬥志，我得刷牙洗澡。

唉，洗澡。

於是開始冬天洗冰水澡的生活。寒流來時，冰水包覆皮膚的感覺，遠遠超過冷或凍這種不管用的形容詞。絕處逢生。極冷的時候，身體會散發熱能去抵禦，幾陣顫抖過去，冷就不存在，內在的熱能被激發，精神就上來了。有時先爬幾層樓梯，身體發熱了再來淋浴。這是真正的戰鬥澡，我在跟一個看不見的什麼戰鬥，連自己都弄不清楚。大學生活結束，好像長了一層新的堅硬外殼，連靈魂都剛毅起來。

說是這麼說，洗澡前的掙扎，還真是痛苦。

最自在的是寒假。宿舍空蕩蕩，安靜極了，整層樓迴蕩著我一個人的腳步聲。冬天早上醒來，走廊一片黑。打開盥洗室的燈，嘆一口氣，這才叫自由的大學生活，再沒有人比我早醒或晚睡。到了過年那幾天，師大路難得有車聲，臺北成了空城，空氣品質都變好了。這段時間是補眠的好時光，精神全然放鬆，一個人的生活實在太自在了，空城的感覺真好。熱水多得用不完，連洗澡都很清靜。平時熱門時段洗澡，總有人敲門，問，幾分？洗澡又不帶手錶，憑感覺給個時間，開門總有臉盆排隊。

四年只回過一次馬來西亞。沒有回家的衝動，想想也不過二十歲左右，不想家實在不合常理。

每學年搬宿舍。住過女一舍不同樓層，每個寒暑假也搬，那叫集中管理。反正不是家，住哪兒都一樣。搬家搬出心得，三兩下就可以打包完畢，上下樓層來回走，搬得腳痠兩手痛，每一次都發誓，再也不買書回來折磨自己。床、櫃子和書桌構成的小天地，那是我在臺灣生活的全部。怎麼塞得下所有家當，已經記不得。有時還流浪到臺大女一舍借住，所以，不買多餘之物，精簡生活是最高指導原則。

在心理時間上，大學似乎跟中學一樣遙遠。我的夢境幾乎沒有大學，直接從馬來西亞跳到新店，臺北很快就成了純粹是工作和讀書的地方。許多細節陷入時間流沙，有的還錯亂，老了記憶變壞時，說不定這段就憑空蒸發了。

卻無論如何都忘不了冰水澡。太殘酷，也很有代表性。克服不了生活就要被它吞沒，那麼，就卯起來洗吧。

早上洗熱水澡的感覺可真好。冰水澡太自虐，為的是提升戰鬥力；熱水澡則讓精神放鬆，一放鬆就忘我，常常記不得擦過肥皂沒有。擦兩次肥皂洗兩次臉，是常有的事。最後一定往臉上沖冷水，即使寒流也得這麼毋忘在莒一下，提醒自己舒服日子別過過頭了。

同事問，為什麼早上非洗澡不可？冬天也洗兩次，皮都洗掉了吧？這是馬來西亞人的習慣。說完我問自己，真的嗎？

若要說本色，辣椒倒比洗澡還馬來西亞些。不吃榴槤，至少吃辣。從小嗜辣，沒辣就若有所失，乾脆自己種小辣椒。我的飲食習慣已經大混雜了，家人寄來的咖哩包解饞卻無關鄉愁，煮咖哩我不放椰漿。最後一道手續改加牛奶或豆漿，調出口味溫潤的自家咖哩。

沒有非要「那一種滋味」的執著，離家太久，連「媽媽的味道」都不太確定，更何況，後來母親煮的菜跟記憶中的味道已經不太一樣。她說椰漿對身體不好，容易堵塞血管，乾脆省掉，咖哩於是缺了典型的熱帶味道，更別說為了遷就幾個小外甥的口味調整辣度，吃了反而更失落。我從來不是以前多好多好，或懷念舊時味的人。

然而，誰敢說死呢？老的時候會有鄉愁也說不定。

有時我在廚房忙了老半天，成品出來，忍不住想，這是哪一國的菜？既不是母親的做法，也不是從食譜學來。有點臺灣有點馬來西亞，還有旅行或看電視學到的新點子，經過改良再改良，混得厲害。自己摸索做菜，打理自己的家，建立屬於自己的生活方式。一隻貓，四缸魚，數目不明的蝦，麻雀食客上百，全都臺灣生產。跟小傢伙說tidur囉，牠也懂，乖乖回貓窩睡覺去。馬來西亞人的臺灣貓，馬來單字就加減學一點吧。種了香茅，也有臺灣橄欖。一樓院子有吉野櫻和八重櫻，四樓有大紅花。這在老家拿來當籬笆的國花，非常平民。當時買來種下，完全出於他鄉遇故人的親切，跟愛國全然無關。

從前我的中學老師說，她返馬，是擔心在臺灣老去，沒有同鄉可以聊天，沒有人可以分擔鄉愁。那時她才三十歲出頭，就有了老年的憂慮。這憂慮或許太年輕了。總是要獨自上路的，無論人在哪裡。人生旅程的最後，有誰可以攜伴同行呢？總不能聊天聊到斷氣那一刻吧。

忽然想起臭豆（petai），吞了一下口水。這奇異的豆子長在雨林裡，煮熟了也帶點夾生味，口感清脆，混著蝦米和蝦醬辣椒一起煮，滋味非常馬來西亞，簡直媲美榴槤。有人說臭，有人說香，跟臭豆腐有得比。我對它依然想念，卻再也不敢放肆大吃。蝦米是我的大敵，吃了就肚痛。奇怪，從前不會的呀。

其實也沒什麼奇怪。既然有榴槤和臭豆腐，以及洗澡，再來個在兩者之間的臭豆，平常得很。這就是我現在的位置。說白了，也就沒什麼意思了。

——原載二〇一四年四月二日《聯合報》副刊

本文收錄於二〇一四年九月出版《麻雀樹》（九歌）

化荒蕪為綠蔭——吳晟

本名吳勝雄，臺灣彰化人，一九四四年生，屏東農業專科學校畜牧科畢業；任教彰化溪州國中生物科以迄退休，現專事耕讀。曾以詩人身分應邀美國愛荷華大學「國際作家工作坊」（Iowa Writers' Workshop），為訪問作家；出版有詩集《飄搖裏》、《吾鄉印象》、《向孩子說》、《吳晟詩選》、《他還年輕》，以及散文集《農婦》、《店仔頭》、《吳晟散文選》、《守護母親之河》等多種。

公墓森林化的意義多矣！不但化「埔」為「園」，將荒蕪、淒涼、乃至髒亂的墳場，改變為綠地綠蔭、可以休憩徜徉的好所在，不僅提升生活環境品質，同時為減緩地球暖化盡些力量。

世界上很多國家的墓園，不只展現了當地歷史文化的傳承，更具有獨特的藝術氛圍；美國好萊塢的科士蘭墓園，營造得像一處寧靜的休息場；英國倫敦的海格特墓地，被廣闊森林擁抱，名人馬克思的墳塚，和其他人一樣，安憩在美麗的花叢間；瑞典斯德哥爾摩的森林墓園，宛如仙境一般美麗，被列入人類世界的重要遺產，經年吸引眾多來玩賞的旅遊者，墓園周邊，還有許多優雅酒店、咖啡店，遊客如織。這些世界著名的墓園，他們的共通性，便是都擁有碧草如茵的綠地和林蔭深幽的好環境，氣氛肅穆莊嚴，讓人可以隨處坐坐，輕鬆沉思、冥想、體會人與自然交融的生命意義。

全臺灣公墓的面積總計約一萬公頃左右，分散在各個鄉鎮間，小則一、二公頃，大則十多公頃，但是，多半予人荒涼陰森的感覺。

公墓，民間稱之為「墓仔埔」，「埔」字有荒蕪之意。一首臺語歌：墓仔埔也敢去。意指「非常好膽」，因為墓仔埔大都被荒煙蔓草掩蓋，雜亂的土丘隆起，加上傳說中的孤魂野鬼、靈異故事，更成為人們避諱的恐怖地方了。即使吾鄉溪州的公墓，早年雖經過規畫，有比較整齊統一的規格，但卻像老舊的「販厝」社區一般，單調排列，依舊荒涼。

我定居的村莊，緊鄰吾鄉的最大公墓，名第三公墓。一、二十年前，當我從各種資訊看到國外墓園的美麗風景時，便「心嚮往之」，期待將家鄉的公墓，也能整理成讓鄉人可以休憩、徜徉、喜歡來親近的森林墓園。

二〇〇一年，我們家二公頃田地，響應林務局平地造林政策，遍植臺灣原生樹種苗木時，我便早有「預謀」，刻意種得比較密，等到成樹便捐出去，推廣原生樹種，推廣種樹理念，最想捐的地方，便是吾鄉公墓。

近些年，國人安葬觀念有了改變，火化儀式逐漸被接受，土葬率遞減，公墓空地越大片，雜草叢生無人清除、或除不勝除，更顯得荒蕪；最糟糕的是，一車一車垃圾、廢棄物，偷偷，其實是半公開載過來這裡傾倒，堆積如垃圾山，成為全鄉最髒亂的死角。

我心中森林墓園的願景，更急切想要去實踐。

公墓用地管轄權大多歸屬鄉鎮市公所，地方行政首長有權規畫，但也許礙於國人傳統安葬觀念的許多禁忌，過去的主政者，習慣墨守成規，不肯改變。

二〇〇九年本鄉新任黃鄉長，正巧和我有相同理念，一上任便積極設計森林墓園藍圖，依實際需求，集中土葬區，其餘範圍劃定為禁葬區。禁葬區「只出不進」，留待往後整理成為樹園。

土葬規矩限定，入土後八至十年，就必須撿骨，移入納骨塔，時限已到，尚未撿骨者，鄉公所人員盡量和其家屬溝通、勸導。只隔數年，大約有三、四公頃禁葬區，逐漸空出來。

時機終於到來。

二〇一二年中秋節，本鄉一位企業人士鐘董，來我家聊天，鄉長恰巧也在場。鐘董是我國中教過的學生，年輕時候歷經困厄、坎坷，才闖出一番事業，總想多為家鄉盡些心力，經常濟助弱勢家庭；他也很喜歡樹木，常買樹、捐樹給某些單位種植。我和鄉長向他提起「森林墓園」的構想，實在未料到，他竟毫不遲疑，立即爽快應允，所有整地、移植等工程費用，都由他負擔。

事業有成者的性格，多半是做事劍及履及毫不拖延吧，談話後約二、三天，鐘董即找來曾和他合作的園藝景觀公司老闆，約我和鄉長一起去公墓現場，勘察地形，設定納骨塔西側大約一公頃的範圍，規畫藍圖，並指示景觀公司老闆，如何進行工程。

依照行政程序，景觀公司必須出具設計圖給鄉公所核備，由社會課負責監工、配合，所有費用由鐘董直接支付；種植的樹木，則從我家樹園移植而來，如此條件俱足，即可改變一片風景。

工程進行期間，鐘董十分關切，三兩天就來看看，監督進度，發現問題隨時解決。

整治吾鄉這座公墓的最大麻煩是在於土質，原本一般田土的公墓區，在一九九〇年前後的鄉長和鄉民代表，不知什麼目的，竟然挖走大量土壤之後，全面回填深度數公尺的疏濬河床砂石，和來路不明的砂礫碎石塊，當年檢調單位曾經偵查過相關人士是否涉及弊端，雖然最後司法不了了之，但墳場土質的大改變，至今仍為鄉親所批評。

如今要種植草皮和樹木，必須刨起砂石，填上大量土壤，還要埋設澆水系統，增加大筆經費。因為添加的土壤只有薄薄一層，底下的級配都是大大小小石塊，太陽下一吸熱就蒸出高溫，新移植樹木，嬌嫩的新根，不但難以伸展，甚至被熱石礫燙傷，存活率不高，必須一再補植。望著一株一株枯死的樹木，我十分心疼。

前人的弊端，後人的承擔，很難收拾呀！

整地、植樹、種草坪，綠化後這片園區，放眼望去，煥然一新，一片平坦綠意，荒蕪盡除，還有一座手工典雅涼亭，休憩時更增添清涼氣氛。陸陸續續有人來「參觀」，莫不稱讚化荒涼為綠蔭的「工程」，一舉多得，正是各鄉鎮市公墓值得仿效的最佳模式。

這只是踏出第一步。新的贊助力量緊接而來。

二〇一三年春季，明基友達董事長李焜耀來我家樹園走走，我順便帶他到公墓，看看納骨塔西側、已經完成綠化的這片園區，再對照納骨塔東側、更大片的荒蕪雜亂景象，坦白說，我不無暗示之意，李董很貼心地笑了笑，直接回應道：這一區的整理經費，我來負擔。

我和李董二〇〇九年因某種機緣相識，理念頗為投緣。而我們最大的交集，都是愛樹人。李董曾數度來我家樹園，提供我不少種樹的寶貴意見。

我請人來設計藍圖。李董帶幾位重要幕僚來現勘，親自參與討論，他介紹我認識日本「明治神宮」的森林墓園，做為規畫參考。最後決定，請他的「御用」園藝師傅，豐田景觀公司的謝從地，全權負責執行。我以「御用」師傅戲稱，是因為謝從地和李董已有二十多年合作經驗，明基友達企業各處園區的景觀工程，大都是他一手包辦，深得李董信賴；指定他來負責，可見李董對這項綠化工程的重視。

有了前車之鑑，若只添上一層土壤，絕非植栽理想的生長環境。謝從地師傅有他獨到的創意工法。他先從改造機器開始，訂做新的怪手，把怪手的大手掌設計成大小規格不同的篩子，一勺一勺，先篩掉大垃圾、大石塊、水泥塊；再用更小縫隙的怪手，篩掉小石塊，最後留下適合植栽的沙土層，準備種植。

篩出來一大堆、一大堆的廢石塊、垃圾如何處置？謝師傅再發揮創意，將廢棄物集中，堆成圓弧狀假山，再覆上沙土，闢造出一條具有層次感的步道環繞而上。並就地取材這些小石塊，鋪成園區步道，適宜散步，是一處完全沒有水泥的自然園區。

謝師傅最奇巧的創意，在於揀選大小相近、造型完整的石頭，手工砌成淺淺的斜坡式滯洪池，池形像一顆正在緩緩滴落的大水滴，流蕩出優美的弧度。我想像著數年後沿著蜿蜒石砌步道，穿過樹蔭，沿斜坡登上坡頂眺望，想像和海格特墓園一樣，有一處「冥想之丘」。

整地完成、進行種樹。早在九月間，謝師傅已帶領工班來我家樹園，將預計移植的二、三百棵烏心石，先行斷根留土柱、養根，約三、四個月，長出茂密細根，正好年底初春，迎接綿綿春雨，最適合移植的季節。

移植樹木必須裁枝去葉，謝師傅特地運來一架「碎木機」，據本地顏宏駿記者所敘述：彰化縣溪州鄉近來出現「吃柴獸」，原來這是一臺移動式樹木粉碎機，將鋸伐後的樹木枝幹，就地粉碎成木片渣。這臺木材粉碎機約一輛自小客車大小、重達二公噸、外型有如一隻張著「血盆大口」的超大鱷魚，工人把枝幹丟進大嘴巴，肚腹裡傳來轟隆轟隆的聲響，片片木渣從高高翹起的「尾巴口」噴出來掉落地面，累積成堆。這堆木渣，靜置發酵約四個月，便可成為上等有機肥，可以改良土質，是花樹盆栽、有機農場、蔬菜種苗場的搶手貨。

據謝師傅說，這臺機械要價約二百萬元，機腹內就是一具汽車引擎、高速帶動鋼刀裁碎樹材，像這樣的木材粉碎機，在日本就相當普遍。

反觀我們國內，大都把鋸伐下來的枝幹曝曬後焚燒。每逢颱風過後或路樹修剪，看到成車成車樹幹樹枝，大多還是載去焚燒，資源不能回收，徒然浪費，又大量製造空氣汙染，真是令人惋嘆。

其實，各鄉鎮市公所清潔隊，要編列、要「爭取」數百萬元經費，購置移動式木材粉碎機，並配置負責操作的專職人員，只看重視不重視的態度而已。

費時二、三個月施工期間，李焜耀數度親自來「督工」、提供意見。李董對於工程細節的講究，還有設計美學的細膩要求，讓我見識到他的經營風格，有一句成語：「治大國如烹小鮮」，李董即使贊助小地方的一項社會公益活動，對於每一環節都不能馬虎，如他的幕僚在形容他們上司時所說的：「管真闊、管真細。」明基友達基金會徐經理、黃處長、哲妮等人來過更多次。我也就近之便，盡量每天到現場看進度和謝師傅討論。

謝從地，果然人如其名，他的園藝觀念來自庶民傳統的自然觀，完全遵從土地倫理。他自我要求甚高，總是說：「不可錢賺走，留下背後讓人勦。」我向他處學習甚多。

遠道而來看過這片園區的友人，和我們自己的鄉親，莫不一致稱讚：這就對了。這樣的模式，確實值得大力推廣、值得各縣市政府、各鄉鎮公所仿效。

公墓森林化的意義多矣！

不但化「埔」為「園」，將荒蕪、淒涼、乃至髒亂的墳場，改變為綠地綠蔭、可以休憩徜徉的好所在，等於每個鄉鎮市、無需另外徵地，便可多出數座遍植林木、清幽怡人的綠公園，提升生活環境品質，同時為減緩地球暖化盡些力量。

有幾位好友半開玩笑半認真的說：我也想來這裡認一棵樹，做為將來埋骨灰的最後歸宿之處。沒錯，樹葬，正是森林墓園的另一願景。

以目前通行的殯葬習俗，土葬，最終都要「撿金」裝入金斗甕，置入納骨塔；火葬後的骨灰，一樣要進塔。

納骨塔好像壅塞的小公寓，從地下室到高高的頂樓，像層層疊疊、密密麻麻的「置物箱」，但即使塔位再多，因為「只進不出」，很容易就「塞滿為患」，一位難求。於是，到處都在規畫增建納骨塔，私人的、公家的，蔚為新興行業，乃至有地方行政首長，藉機興建大型「殯葬園區」。

實在說，我每次進入納骨塔內，找到置放先祖、父母金斗甕的格子，打開箱門，總會興起一個念頭；以後，我不要擠在這裡，寧願將骨灰撒在天寬地闊的大自然之中。

肉體生命終結，若無靈魂，留存一罈骨骸或一小盒骨灰，無需二、三代，已無人記得，有何意義？年代久遠，終必散失；若有魂魄，悶封在一小格箱裡更難受。

骨灰回歸自然的觀念，已越來越多人接受，我預測不久將要成為普遍趨勢。「森林墓園」，既能引領樹葬風潮，也是為迎接新的潮流做準備。

以溪州鄉第三公墓已經完成的森林墓園區經驗，各縣市各鄉鎮公所，若要朝這目標去規畫，並不困難。因為只有整地、配水管、移植經費，不必什麼建設，所需不多，每座公墓，大約數百萬元就已足夠。

一場煙火秀，動輒花費數百、數千萬元，很快煙消雲散；一座森林墓園，卻是長長久久，意義深遠。

公墓管理，本來就是政府的責任，行政機關卻放任管轄區淪為髒亂之地，長年不改善，還得靠熱心公益的企業人士，自發性支持，政府的功能究竟在哪裡？

其實，溪州鄉公所曾經將「公墓森林化計畫書」，送交營建署申請四百萬元經費，營建署人員有來現勘，表示認同，但必須等墓園全部「淨空」，保證沒有爭議，才能核准。那要等到何年何月呢？

每座公墓要進行改造，可能會遭遇各種不同問題，需要解決，但以我們的經驗，少數舊墳暫時保留，既無礙整地，也不會有糾紛，甚且更願配合，盡快遷出。

期盼全臺灣公墓用地，化荒涼為綠蔭，遍植臺灣原生樹種，成為萬頃好樹園。

——原載二〇一四年四月三日～四日《中國時報》副刊

我是一個軟弱的人

YJ

別名ＹＪ，一九八七年生，北一女中、臺灣大學社會學系、社會學研究所畢，現從事產業分析。曾獲時報文學獎書簡組優選，作品散見於《中國時報》、《幼獅文藝》等。

我是一個軟弱的人，非但我自己覺得自己軟弱，也總有人時不時提醒我這點。

據說，這是我們這個時代的特徵，他們說，我們像草莓，一壓就軟、一壓就扁，小小的，看不見世界。我不知道是否所有人都是這樣，但我，有時覺得他們說的是我。我嚮往著小小的、軟軟的幸福，我常常許願，許的願望不外乎希望家人平安、朋友快樂，自己能作自己喜歡的工作，即便賺不了很多錢。我沒求過樂透號碼，也沒希望身價上億，連願望，都小小的、軟軟的。

我喜歡小小的咖啡廳，我的朋友們也有人想開間小小的咖啡廳、想開小小的書店、想出小小本的詩集，想做小而精緻的遊戲，想畫畫，說個小小的故事，給好多人聽。

你們這一輩啊……長輩們總是忍不住惋惜的口吻。「年輕人都只想開咖啡店」，郭台銘說，那時我才知道，原來我們小小的夢是個罪惡。

畢業後，物價上漲、房價狂飆，只有新鮮人的薪水停留在22K，我感到那些小小的夢，一點一滴地被侵蝕掉根基。我軟弱，感到無能為力。

政府說，會這樣子，是因為你的夢想太小，幸福太沒野心。上周末，總統說，我們要開放服務業，我們要讓年輕人走向中國，領更多薪資。我們要讓大陸資金來臺，創造更多工作機會。電視機前，我沉默，揣想著未來。

我會去中國嗎？或許。我想著我將來在北京、在上海，在操著一口捲舌腔的某個城市。我會拿到更多一點薪水，我會呼吸著空氣汙染，一年十二個月裡，我可能會回來一個月。我的母親會翹首，與鐵窗邊的蘭花一同伸向遙遠的天際，盼著那十二分之一。我會在中國租屋、吃喝、消費，貢獻更多給已經很大的中國市場。或許我會在那邊生子，而或許，陪著孩子去學校的路上，我教他認識的已不再是繁體字，而是一個個的簡體字招牌。或許他會說得一口京片子，回臺灣時總像是度假，與爺爺奶奶的臺語總是說不清。

或許我能夠留在臺灣？我想著。誰會留在這裡呢？中國資金進來，買我們的企業、買我們的土地、買我們的勞工、買我們的房子。房價恐怕又攀得看不見頂，頂上的經理會不會不耐煩我們的臺灣國語？中國進來的都是專業人士，政府說。是哪，或許臺灣人能落到的地步，就是被這些專業管理。我想著街角巷口，王媽媽李媽媽張媽媽開的小小店鋪，到時候會不會在中國大企業的削價壓力下收了呢？那些王媽媽李媽媽張媽媽又得到哪裡去？

而我呢，我與我的朋友們，大抵一輩子也租不起一敞店面。那些屬於小咖啡廳、小書店、小工作室的夢想該怎麼辦呢。我彷彿聽到了小小的幸福的泡泡，剝的一聲，破掉的聲音。啊沒關係，沒關係，他們說我們會有更大的幸福，更大的、更大的幸福。他們說。

他們覺得的幸福。

我是一個軟弱的人，很多時候，別人決定了我的幸福。然而很多別人，願意用盡全力決定自己的幸福。不久前的一個晚上，我看到許多人手拉著手，沒有武器沒有拳頭，坐在地上，告訴這個國家：「請聽聽吧，這是我們要的幸福。」連綿地，不停歇地，用各種話語說著、說著，直至鮮血從他們頭頂流下。

那個夜晚，我再度發現自己是個軟弱的人。夜晚好長，暴力的棍棒擊打著每一顆心臟。即便有些人做過最壞的事只是推開了門，有些人做過最壞的事，只是坐下。

那一刻，我感覺自己好軟弱、好軟弱。

所幸這世上總有些人，非常堅強。

——原載二〇一四年四月九日《中國時報》副刊

山海都到面前來

吳敏顯

曾任宜蘭高中教師、宜蘭社區大學講師、《聯合報》編輯及記者、宜蘭縣文獻會委員。

著有散文集《與河對話》、《逃匿者的天空》、《老宜蘭的腳印》、《老宜蘭的版圖》、《宜蘭河的故事》、《我的平原》等；小說集《沒鼻牛》、《三角潭的水鬼》。

作品曾獲選入國立編譯館國中選修國文教師手冊，北區五專聯招國文科試題，中正大學語文研究所試題，全國語文競賽國中組朗讀篇目；以及中國現代文學年選，中華現代文學大系，臺灣當代散文精選，年度散文選、小說選、詩選等。

1

每次走北部濱海公路，往往不會去記掛原先為什麼想出門，總以為自己正在某次旅行途中。走這條山海之間的道路，用比較通俗字詞形容，宛若進入一間無比寬闊的畫廊。晴天四處張掛著滿是色彩濃豔的油畫，陰天改以混元渲染的水彩畫幅替代，雨天則是酣暢淋漓的潑墨山水。等到看似無路可走，猶如賞畫看得入神時，突然發現畫面僅止於此，下一頁圖幅不知被誰撕掉大半甚或整張截去，只好縱容自己想像，去填補那被劫走或收藏的風景。

任何一處拐彎，不是山靠過來，就是海湧過來。山不讓路，海也不肯讓路。而路，天生是個四處晃蕩的流氓惡霸，瞬即伸出拳頭擺出架勢，當著山海面前硬是闖了過去。

再不成，路會學那醉酒的謫仙，一邊吟哦嘟囔著成串詩詞，一邊踮起腳尖，側扭身軀，緊縮肚囊，左閃右躲地朝前穿越，教山海看傻了眼。

某些路段，分分秒秒都令我驚覺：自己已經走到了陸地盡頭，走到了海島盡頭，眼前僅剩下無邊無際的天空和海洋袒露胸懷，刻意鋪陳無邪的澄澈與蔚藍，誘惑我。

這樣美，實在很難避免被人懷疑，其中是否不懷好意。會不會是暗地裡窩藏著算計人的詐騙集團，正各自施展某種障眼法，在你面前故弄玄虛。

我先用一隻手搭在山的肩膀，然後牢牢抓住它粗壯的肐膊，小心向前邁進。有時情急，僅能順勢地從它筋脈浮現的腳掌溜滑過去。山，始終板起臉孔，緊抿嘴巴，睖瞪著我而不發一語。這時我才弄明白，它心地還是滿善良，如同我們鄉下那群不擅於表達情感的農夫。

我伸出另一隻手，攬住大海腰身。海比較浪漫，總是禁不住咯咯嘎嘎笑個不停，一路上瘋瘋癲癲地花枝亂顫，逗得我臉紅心跳。為了安撫自己，我當它是小時候鄰家那個瘋婆娘，每天往頭上插滿大小花朵，胡亂朝路人拋媚眼、送飛吻。

不知是車子晃動，抑或是山與海聯手在車窗外搧風使勁，令我神志恍惚。我猜，它們早已釀妥一大罈老酒，圖謀灌醉所有過往人車。大多時候，我竟然學那些膽小畏葸而歸順降伏的兵士，丟盔棄甲，宛若遊歷夢境般，任它們擺布。

海風夾帶著鹹味迎面吹來，它不斷地拂拭我頭臉，企圖喚我清醒。我卻怎麼也想不起來，究竟誰曾經這麼貼近我，對我訴說著如此甜言蜜語。

2

三十多年前，濱海公路尚未闢建，宜蘭人怕走北宜山路，要到臺北只能搭乘火車。

這火車慢吞吞地在二十幾個車站之間走走停停，一路還得穿過許多黑漆漆的山洞，簡直是一門磨練乘客耐性的課程。也就是說，任何人在那樣漫長旅程中，必須懂得定下心來，始能自得其樂。

通常我會集中精神於列車駛入第一座隧道之前，不看書不打盹，一路眺望車窗外的田野風光。等火車擠進那條狹窄蜿蜒的濱海地帶，我再看海看沿岸礁石，看海上漁船和龜山島。

這時，視線必須先跨越一條勉強可供鐵牛車來去的石子路。在外澳、梗枋、北關、大溪、蕃薯寮、大里一帶，部分路段攔腰架設關卡，漆著一節紅一節白的欄柵，非常霸道的橫在路中央，由士兵荷槍把守。

而在石子路兩側，散布著石頭砌築圈住的砲位，無論高射砲或重機槍都指向海面，形同戰爭影片裡的鏡頭。

過了好幾年，緊張氣氛稍稍鬆懈，紅白欄杆不見了，覆蓋草綠色網罩的槍砲不見了，哨兵也不見了。

我開始騎機車到沿岸許多港澳採訪，在大溪漁港附近山坡上，訪問從龜山島遷來的新住戶。機車一過頭城國小校門口，原本平坦的柏油路立刻變臉，換成一幅長滿青春痘，粗糙且凹凸不平的臉孔。雨後乍晴，石子路面盛著大大小小水窪子，像地球被戳破許多窟窿，可以教人經由這些孔洞看到地球另一邊的天空，幾乎是同樣的藍天飄過同樣的雲朵。

我騎的偉士牌機車，引擎聲音很小，它總是很專注地陪伴我，小心翼翼地朝前行駛。未料路面上那些大石頭小石頭還是被吵醒，它們奔相走告，驚惶地在兩只滾動的輪胎底下四處亂竄。

我在機車上清楚感受到，大地已經把腳踏墊底下的擋泥板，變成一面節慶時敲擊的大鼓，或一面用來拍出響聲好嚇走猛獸的盾牌，咯咯砰砰咯咯砰砰地敲打著，一路不曾停歇。

偶一走神，覺得耳畔聽到有支嫁娶隊伍響著鑼鼓，燃放一串串鞭炮，引導我前進。反正，在大多時候我都能夠以一路尋幽訪勝的心情去看待。

等到這條石子路被拓建成柏油路面的濱海公路，我就越走越遠。走過曾經消失在兒時記憶裡的大里天公廟，繼續沿公路前行到石城。南來的山脈，到此似乎已經使盡了力氣，渾身癱軟。火車乘客會在鑽進草嶺隧道之前，用眼神趕緊向海說聲再見。

本以為一旦鐵路隧道張開喉嚨，便把眼前景致全都吞進大山肚子裡，從沒想到，山腳隱蔽處正窩藏著幾棟以石塊砌築屋牆的民宅，以及兩段石頭城牆遺跡。據說這便是紅毛番早年砌築的海防要塞，所以留下「石城」這個老地名。

不遠處則躲著小小漁港，可以跟外界互通聲息。宜蘭海岸線分布的諸多漁港船澳中，石城漁港並不顯眼，老一輩人形容它，像個不曾見過世面的鄉下童養媳，習慣搬張小板凳，乖乖坐在爐灶前。

漁港安靜地坐在公路下方，羞怯地伸出兩隻腳丫，任海水輕輕拍打腳掌。港區水域面積不大，如果站在稍遠處看它，差不多僅能容納幾個小學生來玩玩摺紙船。

有公路繞出縣界，我當然不放過。於是騎上機車，一邊貼緊山壁一邊傍側大海，繼續朝前奔馳。山，有時候屈膝跪在岸邊戲水，有時候乾脆伸出大手大腳去撩撥浪潮，濺得一頭一臉浪花，想抖都抖不掉。

沿途經過萊萊、三貂角、馬崗、卯澳、大小香蘭，最後抵達福隆。這些個有名有姓的地方，全是小型聚落，但一路都不難見到釣客佇立礁岩頂端下竿，浪花不時當著面嘲弄嬉鬧。直到拐進福隆火車站，才算找到商家賣店落腳的市街。

在福隆車站，看到了從宜蘭石城那頭鑽過草嶺隧道來的火車，還看到另一列準備鑽進隧道到石城去看海的火車。而令我眼睛為之一亮，是停放在火車站前那輛基隆客運，它正等候下火車的客人轉乘，開往香蘭、卯澳、馬崗……

巴士尾端露出一截沒車門沒車窗的平臺，由半截鐵柵欄圍住，像居家陽臺，更像現代遊行花車上專供歌舞女郎表演清涼秀的舞臺。乘客把籮筐擔子、鋤頭耕犁，甚至搖籃、腳踏車，統統堆放在這兒，跟他們搭車回家。

車子搖搖晃晃前行，關在不同籠子的小豬和雞鴨鵝，只能無奈地迎合節奏，搖頭晃腦。比較調皮的會不時輪番地從籠子空格探出頭來，鳴叫幾句表示抗議。

我騎著機車努力尾隨了一段路，這批小豬、小鴨、小鵝跟小雞，或許把我認作見義勇為的救星，不斷朝我尖聲呼救。事後，讀小學的女兒聽到我繪聲繪影轉播實況，她卻說小動物們不停叫嚷，是要我趕緊讓開，別妨礙牠們欣賞風景。

想想也是，這些離開瑞芳或基隆市場搭火車再轉公車的豬雞鴨鵝，肯定是第一次看到山海之間這麼美麗的景致，當然不願意平白錯過。

如此窩心的濱海風情畫，留在記憶中已經很多年，絲毫未泛黃褪色。我不清楚事隔這麼多年，基隆客運是否繼續提供相同的服務？沿途居民是否還需要這樣的服務？一連串問號，勾掛在我腦袋裡揮之不去。

很多風景，很多人事，很多物件，往往隨著歲月流失而不復存在，必須費點心思，始能尋得蛛絲馬跡。可人們似乎不太去計較，大概得等它變成一則故事，才有希望繼續流傳。

3

詩人瘂弦尚未移居加拿大之前，散文家張曉風還沒上陽明山置屋寫作之前，都曾經考慮到頭城濱海沿岸與山海做鄰居。

尤其瘂弦早年主編《聯合副刊》期間，因為腰椎疾患住過醫院。我建議，要是能夠經常到宜蘭濱海沿岸散散心，再到礁溪泡泡溫泉肯定有幫助。他非常心動，曾經考慮到宜蘭找個房子住。曉風女士的條件更是簡明扼要，她說，幫她找個有山有海的地方就行了。

幾年前某一天，小說家東年撥電話給我，說他在石城漁港旁邊相中一棟待售民宅，很想買下來做為退休後寫作、看海和釣魚的居所。

我打聽結果，那房屋是屋主向頭城區漁會貸款抵押而遭拍賣，價格合理，跟漁會交易還挺單純，可公告標售一段時間，遲遲未能賣出。除了偏遠，主要關鍵在屋主一家雖然搬走，屋裡卻留下一位老太太，說什麼都不肯離開。我請漁會的朋友設法幫忙，可惜誰都幫不了小說家圓夢。

小說家沒當成那棟民宅主人，曾多次抱憾未能跟山海做鄰居。每回經過石城附近，他總要抽點時間，伸入那個停泊幾艘小船的港口，看看漁船和那棟磚瓦房子。

我猜，我這個小說家老友心底，肯定早已將它視同故居一般地惦念著。

除了詩人、散文家、小說家，想與山海結伴成為鄰居，很多住在都會鬧區的人，又何嘗不曾夢想過？

4

詩人沒來定居泡溫泉，散文家沒來山海之間寫作，小說家沒買到石城漁港旁的磚瓦屋寫作釣魚，使濱海沿岸未能添加另一番風景，確實遺憾。

幸好，宜蘭人持續保留這麼一條傍山靠海的道路。讓這麼一條已經被不少人淡忘的路徑，足供任何有心人做為私密景點。

只要山還在，海還在，風景還在，會有多少人來定居，有無更寬闊快速的公路、直線鐵路，對地方而言，應該不太緊要。

我帶著相機，在背袋內放了書本及紙筆，沿山海之間逡巡。哦，真的隔了很長一段時日不曾來過，眼前景色雖是過去所熟識，仍難免感覺幾分生疏。

似曾相識的是，浪潮依舊是溫柔吟唱的歌手，它一面唱催眠曲一面輕輕撫摸過海蝕平臺，彷彿要抹掉平臺上那一稜一稜，不知道是因為歡樂或是痛苦所留下的皺紋。浪潮更善於模仿激情詩人，把全部相思都寫成詩句，宛若撒布珠玉那樣，傾吐在大大小小石塊上，琤琤琮琮。

書寫的是天書也罷，經典也罷，恐怕只有孩童與醉漢方能讀得懂它。好在這般特大開數版本，字大行間寬，任何年紀都方便當它是大地留給自己的繪本。天地如此寬闊，本來就容許任何人奔馳攀爬或展翅垂降。

看到浪潮依舊痴心，終日與礁岩糾纏厮磨，不明白她們在暗地是否施展某種法術，竟然能將這些粗壯魯莽的巨岩，一一斧劈鑿剉，幾乎少有例外地變成奇特的單面山。

我不懂地質不懂岩石，不懂褶皺節理，也不懂風化崩解。直覺地往好處想，浪潮這個雕刻師畢竟多才多藝又頗具耐性，它能把痴傻無趣的石頭，逐一精雕細鏤。甚至會模仿電視節目裡的大廚，將岩石墩煮成入味好吃的豆腐。

我怕入迷，平日極少閱讀武俠小說。可人在海邊，卻能夠一個章節一個章節去翻閱。我瞥見浪潮施展輕功，悄悄踅到礁岩周邊，再貓下腰身，使出掃堂腿，再猛地騰躍而起，說時遲那時快，女俠揮撒披在身上那片柔軟輕紗充當暗器，兜頭兜臉地把頑石蒙個周全，轉身還不忘拋個媚眼。任憑對方是怎麼個好漢怎麼個英雄，也不得不陪著俯首稱臣。

敢繼續露出腦袋頂起浪花的礁岩，無一不教浪濤利刃斧鑿給雕琢得遍體鱗傷，甚至刮刨成它們飆車競速的跑道，留下一條又一條車轍跡痕。

在海風及海水輪番吹拂下，不單岩石，連生長在這兒的樹木都很奇特。敢這麼貼近浪潮而挺身站出來的樹，無一不教海風與鹽水霧削修栽剪得瘦骨嶙峋，古奇俊逸。

瞧著這麼多大樹小樹生長模樣，一定會誤以為它們天生就不喜歡站在泥砂地上。它們伸出所有腳趾，緊緊趴住抓牢一塊或幾塊岩石，靠雨水及鹽水霧布施之外，日以繼夜竭盡所能地由石塊凹陷或裂縫處，汲取養分滋長枝葉。讓人們透過分叉扭曲又糾結不已的椏杈，即不難了解它們坎坷身世和成長過程。

任何人用心讀書，多少能讀出一點心得，讀山讀海讀石頭讀樹也如此。在山海面前待久了，自然會聯想到早年學生時代學得的一些成語和俗諺。例如堅定不移，堅苦卓絕，堅忍不拔，中流砥柱……

再有，什麼叫以柔克剛？什麼叫負嵎頑抗？什麼叫磨杵成針？什麼叫無堅不摧？什麼叫咬牙切齒？什麼叫慢工出細活？統統一股腦兒湧了上來。

一本圖文並茂的成語俗諺大全，霍然攤開在眼前，讓我逐字逐句認真去複習。從寬闊平野，被逼到窄狹彎曲的山徑；或穿越曲折巷道，而豁然開朗。人生起伏顛簸、困窘跌宕等種種滋味，無不囊括。

面對山和海，千萬不要問我要到哪裡去？準備去做哪些事？面對山和海，我總以為，自己正在旅行。就只是旅行看風景已經教我滿心歡喜，沒有想到再去哪裡，也不準備去做任何事！

——原載二〇一四年四月十三日《聯合報》副刊

志工證——朱天文

一九五六年生於高雄鳳山。中山女高、淡江大學英文系畢業。曾主編《三三集刊》，並任三三書坊發行人，現專事寫作。曾獲《聯合報》小說獎、時報文學獎，一九九四年以長篇《荒人手記》獲首屆時報文學百萬小說獎。

著有小說集《喬太守新記》、《傳說》、《最想念的季節》、《炎夏之都》、《世紀末的華麗》、《朱天文電影小說選》，長篇小說《巫言》，散文集《淡江記》、《小畢的故事》，雜文集《三姐妹》、《下午茶話題》、《劇照會說話》，電影劇本《戀戀風塵》、《悲情城市》、《戲夢人生》、《好男好女》、《海上花》、《千禧曼波》、《珈琲時光》、《最好的時光》、《紅氣球》、《聶隱娘》等。

在這個什麼都不相信、先反再說的社會氣氛裡，出示一張志工證，有用嗎？

我們把志工證掛在胸前，餵貓，做TNR，是二〇〇七年我們興昌里成為臺北市五個示範里之一加入「街貓絕育回置　TNR行動方案」時候的事。

餵貓，需要配戴志工證，儼然在執行什麼公務似的，是因為餵貓的環境太敵意了，必要時我們可以向人族翻手一亮此證並說明，本里在做街貓TNR，這是TNR的一環。Trap（誘捕），Neuter（結紮），Release（放回），以絕育取代撲殺的TNR，我們跟傳道人一樣不厭其煩的講了又講。

碰過最敵意的一次，某社區警衛當我們面把親人的（不親人的根本抓不到）三花貓乖乖姐抓了，裝進紙箱用透明膠帶封牢連個通氣孔都沒有的放在地下停車場辦公室，準備移除。

當著我們的面抓，事後回想我的解讀是，他其實半真半假在演一個壞蛋，威嚇我們，固然是，但如果真要消滅一隻貓，他去做就是了，哪會還瞄準時刻抓給我們看。而瞬亂之間，果然我們也花容失色，沒看走眼的話，果然他也好幸災樂禍的微笑了。我們當然發狂追進辦公室，激動莫名，七嘴八舌亮出志工證。領頭的是保全主任，黑暗著臉，這位才是主謀發號施令者，劈手奪去志工證，看了正面，又看了反面，說：「喔還是真的哦？」

乖乖姐，乖乖妹，右耳尖給做了結紮記號的三花貓，幫牠們二姝結紮的吳醫生直讚牠們乖，交籠子給我們帶回時就叫牠們乖乖姐（發音結），乖乖妹（眉）。正是太乖，太親人了，老在別墅型住宅區的紅磚大道上閒蕩被看見，被放學回家的小朋友大朋友們蹲下來撫摸餵鹽酥雞，便有住戶要求抓走。我們從黑暗主任的手裡領回乖乖姐紙箱，又氣急，又傷敗，怕牠們遭害，回頭尋得乖乖妹，只能一起收進家來。

另一次另社區，里長出面提供平臺邀集正反兩方溝通，反方最最敵意的，看都不看我們的志工證，揚起鼻孔說：「你是我們社區的人嗎？你們有什麼資格進來這裡？」

又有最最敵意的，是通往中埔山大馬路的右邊社區（只要讀過天心〈興昌亞種〉的讀者肯定忘不了那個曾經血腥的社區），於是我們設法把那四隻倖存的黃骰子白毛貓先誘至社區鵝掌木叢生的鐵鑄圍欄牆上餵食，再移下到馬路邊的停車底下放置貓糧，然後渡紅海般度過大馬路，安全無恙將牠們從原棲地遷到左邊社區的停車底下餵。但那最最敵意的仍盯住我們天天堵，以下是濾掉了情緒性的憤怒語和無意義詞之後的吵架集錦，我把分散在數個黃昏的吵架羅列於一處彷彿一次吵完，是為了使這些腦殘到不行的吵架內容稍稍具備邏輯才能往下敘述：

「你不要在這裡餵，要餵去別的地方餵。」

「這地方又不是你們社區的。」

「當然是我們社區的，從這裡到那裡，都是。」

「大馬路是公有地吧。」

「這一段不是，是我們社區的。」

「那別人社區呢，這些停車也是你們的？」

「這邊到那邊，你去查，這一段，還有那個山坡連到那塊，整個都是我們的。」

「是喔這一段空氣也是你們的？」

「你愛貓就帶回家，幹嘛在這裡餵。」

「我不是愛貓，我一點也不愛，我是沒辦法要解決問題，牠們本來都是你們社區的貓。」

「物競天擇適者生存，小姐，牠們本來就是該被淘汰的。」

「你搞錯了，這裡不是非洲大草原。」

「我知道你很有愛心啦，你們都是想要登報紙獲得社會愛心的名。」

「那換你每天來餵看看，貓餅乾很花錢喔。」

「你如果真的有愛心，就該把野貓帶回去養。」

「野——貓耶，會讓你帶嗎？牠們從小長在外面的。而且我告訴你，這跟愛心不愛心毫無關係，我巴不得沒這些貓我就在家沒事了。」

「可是你的行為已經造成別人的困擾。」

「別人是誰？我看並沒有別人，就是你吧。」

「可是你為什麼不到下邊那裡去餵？」

「那裡有別的貓，會打架。」

「你不餵又會怎樣。」

「不怎樣。」（看，這是一句沒過濾掉的無意義詞。）

「不怎樣就不要餵。」

「那餵又怎樣，到底礙到你什麼了？」

「會招螞蟻。」

「你是說，螞蟻在大馬路上？」

「還會四處大便。」

「有嗎？我都沒看到。」（類似情境，年幼時的海盟回嗆人族大叔，是喔你都不大便的！）

「反正野貓聚在這裡就很亂。」

「錯了，牠們吃完都散不見了，你想看還看不到。」

「你不要把自己的快樂建築在別人的困擾上！」

吵架結束於某日我大步衝到這位人族面前，由於我站在路面高的一邊較之高了半截身，他仰臉說：「你，你，你要幹什麼！」

我不能幹什麼，我只是竭盡所能怒目他，像刻板的一個潑婦一樣扠著腰，然後次日渾身痠痛得像出了一場幸而沒事的車禍。

曾經，天心打算點名點社區的寫一篇〈殘酷語錄〉揚惡於眾，就我所知天心已寫的有：

「反正這是我們的院子圍牆，我不許牠們在圍牆在我們眼裡，你們再不帶走，我們只好下毒，要不抓了丟山裡橋下。」

「喂我都有繳管理費，牠們有繳嗎？憑什麼可以待在我們社區？」

「反正人活不下去都知道帶小孩去自殺，你不餵牠們，牠們也可以自我了斷。」

Too good to be ture，好得太好了，就不是真的。同理，壞得太壞了，不存在這種道理，講出去都沒有人信。〈殘酷語錄〉，所以終究寫不成。

所以，把志工證配掛胸前當成護身符的在那裡餵貓，抓貓，出席貓糾紛開會，有用也有用，沒有也沒用得很。比較像，對，比較像八〇年代一部香港殭屍片《暫時停止呼吸》裡貼在成串成隊清朝殭屍額上的飄搖符咒，只能祈禱，千萬不要有風吹來把符吹掉，殭屍醒來掐人了。

是為志工證。

護了貝的志工證，以月亮和星星的天空為襯底，寶藍漸層到灰藍之中有一〇一大樓的城市剪影，有那隻ＴＮＲ形象大使擔著流浪的包袱噴出一口漫畫裡說話時的圈圈說「喵」，有一行藍小字「打造優質友善城市——街貓絕育回置ＴＮＲ行動方案」，有一行藍大字「健康街貓　活力臺北」，還有一行灰大字「讓環境更乾淨　讓夜晚更寧靜」（因為絕育後貓不會發情吵鬧），而我們志工的大頭照和名字便壓印在這些大字小字圖案的上面。證背面有發證機關的印戳「動物衛生檢驗所」，之後升格為「動物保護處」，並取消了張貼志工大頭照。

證照每年換發，總在年頭的冬去春來時，吳警衛（林茵大道社區每每暗助街貓的內應）寫給我們家的春聯仍簇新，門楣橫批有一年是「四季平安」（人畜平安，更佳）。我們會先接到負責興昌里TNR的「臺灣認養地圖」K. T.的簡訊，通知志工訓練時間，並問今年幾公幾母？

我們簡直比戶政稽查員還清楚的，應該說，像一個土地公那樣清楚一塊地方每個生靈的生老病死的，掐指一算，五十六號貓巷有黑玳瑁、陳玳瑁、灰白白、大黑公、亂跑黃（始終找不到自己的地盤亦不時出現在慈惠堂前也叫小廟黃）。辛亥國小是橘兄弟，黑白媽。二十三弄有黑白妹，瘦橘子。七十七巷列柱兩隻三花姐妹，沒錯，就是乖乖結乖乖眉。「林茵大道」有黃馬麻帶兩隻橘白，最早牠們一夥在鵝掌木叢裡閃現時一、二、三、四天啊四隻兩個月大的貓仔，牠們之乍然冒出就像雨後腐木生出來四朵蘑菇，在黃馬麻帶來帶去哺育遷徙途中一隻隻長大到第一隻率先不見了，我估計牠是公的屢屢跑得最遠約莫去了「愛眉山莊」，第四隻車禍死，剩下二、三隻叫黃雙雙黃三三，後來證實都是母的。還有，哪裡有母貓往哪裡跑散發著濃烈荷爾蒙令諸貓聞風喪膽的白嘴巴。還有「南方藝術宮殿」的國雲，她那裡三公一母。加起來我們報給K. T.七隻公八隻母，四隻公母不明，共十九隻做TNR。

這張二〇〇八年的名單，事隔六年還數字明確，是因為「點交紀錄表」都在，此刻翻閱，真可嘆一冊生死簿，我仍然淚水如湧一點也不能平靜。六年，比起家貓，已是街貓的老年，不再出現的，逐漸占多，只有付諸童話夢幻了是啊牠們早早回貓星球了先。

如今，說起點交紀錄表，每次都讓我們手忙腳亂到人形潰散的紀錄表，每隻貓有三張。一張在獸醫師那裡，表格詳盡記錄著貓的身家性命包括晶片條碼，包括手術結紮前的貓照，以及手術完的貓——麻醉了的貓四仰八叉躺在檯上，幾顆負責生產後代的器官已離開它的主人無奈卻端整的排列於身邊（貓結紮流的血也許不會超過零點五毫升）。兩幀貓照，紮前的，與紮時的，憑此表格，獸醫師可取得市議會通過的街貓結紮費用。公貓住院三天較便宜，母貓則至少一星期拆線後領回。

為了貓照，我們只得去買數位相機，唉不過幾年自從換了智慧型手機，數位相機已形同廢物。在當時，天心管拍照，我管填寫表格。在那宛如急診室的小小醫院裡（吳醫生的野戰風格簡直跟我們太合拍），狗吠貓叫人哼哼，吳醫生千手觀音般一人搞定所有醫務，而我們罩著厚布毯的誘捕籠就像突然抬進來一具棺材的占爆了屋子。天心得掀開一部分布毯在空間逼狹的壓力下，在盡量縮短貓驚恐亂躲不給拍照的壓力下，奮勇搶到一張清楚的貓照，接著跑去最近的一家小七取出記憶卡列印，跑回來交給我，剪下，一幀貼於獸醫師的點交紀錄表，一幀貼於志工運送人的紀錄表帶走。碰到小七對我們的記憶卡無動於衷的時候，吳醫生的印表機就幫我們印，終至同情我們的笨於科技吧，遂連拍帶印全部包辦了。

那麼志工運送人的紀錄表，共兩張，我們得帶回興昌里張貼於通衢大道醒目處，表示公告（今已可上網公告）。這份紀錄表，一張是公告說明，一張則填寫了貓的毛色性別和被捕之時間地點，並且貼有此貓之貓照。可憐的被捕貓，滿瞳孔，平耳朵，躲亦無可躲矣之臉容，因著信任志工的餵食而被捕，再再令我搖頭嘆氣自己身為狡猾人族的一員。有誰說，「只有人類會為萬物而心碎」，可萬物之中也只有人類，會飛到天空然後朝地面扔擲一種名為炸彈的東西。總之，公告一日後，獸醫師始為貓結紮。

為什麼要公告？原來還說要公告七天，意思是一隻街貓得在獸醫院的籠子裡待上七天才能動手術，這不但獸醫院的容積有限不可行，志工先就受不了彷彿是自己要被關七天。然則何以要公告？志工訓練的課堂教導是，如果抓到的貓是家貓帶去結紮了，這是政府侵占人民財產會吃官司的。

「哪有可能！」志工們駭笑紛紛，是不是家貓，一年三百六十五天風雨無阻餵食街貓的志工，敢會不知，太侮辱我們智能了。

是吧講白點，這其實是為TNR加一道保險栓以免官民興訟，好不容易上路的TNR，要保護它不致夭折，所以哪怕機率渺小（或是恰巧有那一日恰巧經過布告欄又恰巧看見公告的飼主大叫一聲不得了這不是我家喵子嗎趕快去領回的機率，同樣渺小），也必須進行一個公告的動作。

官民興訟？民，與官，民主以來注定了關係緊張。當時還是動檢所的嚴所長，對著來自四面八方八竿子打不著而眼前只為了街貓暫且聚於一堂的民，志工我們，每當他綻開白齒顯示傻笑時，便是無可如何時，也是不憚自曝官方弱項時，做得到與做不到的，他很直白。當日他腕上戴著一串佛珠，是撲殺太多，殺到手軟？

那是二〇〇五年，動檢所的動保員知曉「臺灣認養地圖」已將國外先進城市街貓TNR的做法引進國內在宣揚，便主動聯繫，把散落民間護貓人士行之有年徒手抓能抓到的街貓去結紮的私下行為喚出檯面，整合個人行為做到讓公部門跟進，立法成案，至今已近十年。

十年樹木，百年樹人。十年成一事，是小孩出生落地的話，他現在也小學四年級了。

在這不信任的年代，我們願意接受志工訓練，領一張蓋有官印的志工證配掛於胸，這是因為我們經手的，每一條，都是活生生的性命。我們自然不做張揚的鬥爭，而選擇在日復一日的實作裡進三步退兩步的，終究，也往前多走了一步的，沒錯，這就是志工證。

——原載二〇一四年四月十七日《聯合報》副刊

塔

——吳明倫

嘉義人，中興大學外文系、臺灣大學戲劇所畢。自由編劇，曾與阮劇團、國立國光劇團、國立戲曲學院京劇團等劇團合作。短篇小說〈湊陣〉獲林榮三文學獎短篇小說首獎，並改編為同名電視劇，於公共電視人生劇展播出。現代與傳統劇本曾獲臺灣文學獎劇本金典獎、臺北兒童戲劇節劇本徵選個人組優選、教育部文藝創作獎等。劇本集《鬼唱：戲曲劇本六種》由教育部藝術新秀創作發表補助出版。劇本供應中。作品網站：http://minglunwu.weebly.com/

少年出發前曾用塔羅牌為自己占卜，抽到了正位的「塔」，這張牌他便一直帶在身邊。「塔」的聯想基礎通常是《聖經》中巴別塔的典故：人類聯合起來要建通天之塔，但上帝使他們說不同的語言，人類因此無法溝通，功敗垂成，牌義顯然有傾倒、失敗的意味，不算是什麼好兆頭，但少年習慣取巴別塔的引申義，也就是將「塔」判讀為人類的自大與傲慢，以為自己很神，那麼這張牌的意義就變成像希臘悲劇永恆主題那樣的警世提醒。少年把眼前的高塔和紙牌牌面上石造的城堡做一比對，古往今來塔就是長這德行，總是像豎著一根中指，或是別的，挑釁著所有看到的人。

所以這張牌其實真是再適合今夜不過了。

從小，他就聽長輩說高塔裡住著政府，但他們也沒有一個見過塔裡的人。那大概是一種象徵性的說法，他當時是這樣想。隨著他長大，他的想法不同了，他一定要親眼見到塔裡真的有人，才能說服自己這座塔有存在的意義。在他的家毀滅的那天，他發誓他見到塔裡有光，而光中有一模糊的側影，他甚至覺得聽見了笑聲，即使那塔是如此遙遠又高不可攀，他極可能只是在悲痛中產生了幻覺與幻聽。無論如何，他來到了塔前，過程比想像的輕易許多，少年繞著塔尋找入口。沒有入口。這說明了一路上都沒有守衛的原因。少年有些慌了，這不在他的預測之中。

一條繩索突然從塔上啪地一下子垂降到了地面，少年急忙鑽入草叢，一動也不敢動。遠遠地，一名黑衣人扛著一籃什麼東西來了，在少年前面不到一個手臂長的距離，他背對著少年蹲下，俐落地用繩子把籃子綁好，然後拉拉繩子，籃子便往上升了去。

見黑衣人頭也不回地離開了，少年縱身一躍，勉強搆住籃子的邊。繩子停了下來，想是上頭的人察覺有異，猶豫是否應該繼續，不一會兒，繩子果然被放鬆了，少年連人帶籃一起摔到地面。他暗自後悔自己太衝動，毀了大好機會。但繩子卻沒有被收回，少年猜想，上頭可能誤以為是黑衣人出了錯。於是少年迅速把籃子裡的東西扔了，在黑暗中他仍可以感覺到手中是香蕉、太陽餅以及屏東來的蛋糕。最後，他爬進籃子，再度拉繩。

少年來到塔上，塔裡的人大吃一驚，後退了好幾步，正好進入月光的照射範圍，少年這才看清，自己手中握的不是什麼繩子，而是那人耳毛結成的長辮，少年結結巴巴地問：「這、這就是你聽不到人民聲音的原因嗎？」

塔裡的人恢復鎮靜後，立刻欺近一臉不解的少年，邊將他推落塔，邊翻白眼說：「傻孩子，這是造型，我不聽純粹是因為我傲慢哪。」

塔裡的人撿起少年掉落在地上的紙牌，沒注意到那少年在墜落前仍緊緊握著與自己相連的那條耳毛辮子。

——原載二〇一四年四月二十二日《自由時報》副刊

霾

周芬伶

臺灣屏東人，政大中文系畢業，東海大學中文研究所碩士，現為東海大學中文系教授。跨足多種藝術創作形式，散文集有《絕美》、《熱夜》、《戀物人語》、《雜種》、《汝色》、《散文課》、《創作課》、《北印度書簡》等；小說有《妹妹向左轉》、《世界是薔薇的》、《影子情人》、《粉紅樓窗》等；少年小說《藍裙子上的星星》、《醜醜》等。作品被選入國中、高中國文課本及多種文選，並曾被改拍為電視連續劇。以散文集《花房之歌》榮獲中山文藝獎，《蘭花辭》榮獲首屆臺灣文學獎散文金典獎。

都八點了，室內還是暗的，外面一片灰濛濛，是陰天欲雨的前兆嗎？可那凝結遮蔽性的氣體是霧吧！就像初起床的意識朦朧，等喝過濃茶瀏覽網路新聞，才知那是霾。

霾在過去對我只是表達心情的名詞，人們常寫著「心靈蒙上一片陰霾」，此刻卻是寫實的景象，整個城市是灰的，空氣中懸浮著物理的微粒，我的心卻變得遙遠，戶外的景象更像電影中的黑白片，是三〇年代經濟蕭條的慘淡背景，彷彿就要有故事發生。這時我看到H先生向我走來，他的灰呢西裝看來有些髒，灰呢帽溼了一大片，他看來似乎很疲累，大概走了許多路吧！根本像他這個年紀就不應該在路上奔波，更何況在這樣髒濁的空氣中：

H先生，你從對街走來，這次你穿得較體面，灰色的西裝，灰色呢帽，像從黑白片走出的人物，或者是小津電影中落寞的老人，你的步履極慢，過斑馬線時左右顧盼，幾度遲疑，人們的步行與車速都變快了，在霾霧中你看來有點孤單，過了斑馬線，你走進兒童公園，坐在兒童遊戲區，但這裡一個兒童也沒有，連人都沒有，像一個被廢棄的遊樂場，設備還很新，造型複雜繽紛的溜滑梯、鋪上軟墊的翹翹板、可以穿進穿出的爬行屋，但為什麼一個人也沒有？也許住在附近的人他們的社區兒童遊樂設備比這裡還豪華，這裡是七期的邊緣，房子蓋得如城堡，城堡中的人不輕易出門，街上通常是冷清的。

每當寒流來襲，我咳到氣喘，打噴嚏流鼻水，原來是霾害所致，為此每當天氣預報寒流來襲，立刻往市區逃，東海又溼又冷，氣溫比山下低兩度，我那近六十年老屋，四面都是木窗，天寒地凍時冷風直灌，覺得跟睡在戶外沒兩樣。市區的高樓密閉，室內暖八度左右，只是視野太好，於是就看到灰霾遮蔽整座城市。

「霾（haze）在氣象上是指懸浮於空氣中之塵埃或鹽類等非吸水性固體微粒，由於其質點極為細微，致肉眼無法辨識。霾在大氣中多呈乳白色，唯對遠地明亮之背景，則成黃色或橘紅色；反之，對較陰暗之背景，則顯示淡藍色，此乃霾質點所產生之光學效應所致，亦即光線被霾質點散射之緣故。霾是氣象觀測作業中的一種大氣現象，稱為塵象（lithometeors），會造成視障，直接影響水平能見度。香港有個詩意的名字叫『煙霞』。」佔狗說那麼多其實就是懸浮灰塵。在古代煙霞與山林常相連，在現代煙霞則與氣喘有關。霾帶給人困擾，卻讓大陸人的幽默發揮無遺，一篇妙文說「霧霾讓中國人更團結、更平等、更清醒、更幽默和長知識」，然而霧霾帶給臺灣什麼？

「H先生，你對錢有概念嗎？你應該很有錢。」

「我是擁有過一些錢，但多用在選舉上了，我們那個時候，賄賂也是有的，在水果盒中塞錢，錢大多會退回去，鄉下嘛！送個水果就行了。」

「那時的空氣必然是好的。」

「何止好，在大武山下，許多人家裡都栽花種果樹，空氣中有清甜的香氣，椰子花檳榔花最香，我常到部落去，那裡更是仙境。」

「你懂得作生意嗎？」

「說來好笑，我曾經跟大陸作過生意。每一次都慘賠。」

「是人的因素嗎？」

「天候也有，有一次大陸訂了一批美濃傘，那時都走船，結果正逢炎夏，傘上的桐油融化，黏住了打不開，整船害了了；有幾次是被騙被汙，那時唐山人都認為臺灣人憨，被騙的很多，賠到欠一屁股債，乾脆不玩了。怎麼臺灣人在自己地頭看來靈光得很，一到大陸都變呆了，我也想不透。」

驚蟄之後接春分之際，學生衝進立法院，為反黑箱反服貿集結抗議，頭兩天熱得像夏天，第三天氣溫驟降，立法院周圍支援的人潮已破兩萬，我的學生們也在裡面，阿民與阿為本來約定二十一日來賞花聚餐，二十日出現在臉書訊息時，我跟他說二十一日是關鍵日，別人在吃苦，我們也要陪著，改期賞花吃飯。最後一則訊息是「只要學生，你們要爭的是自己的未來，明天攻堅，不能放棄，替我！」他說他要進去，他會替我。另外黑森林的GG與G，他們早就在學運中衝撞，這次會做出更危險的事吧？從此我每天關注運動的進展，彷彿我及所有的朋友都在裡面。

這也是來自大陸的一場霾，籠罩大半個地球，臺灣這次直接受害，開放再開放就是救贖嗎？過去的開放付出慘痛的代價，還要繼續嗎？以讓利誘之大開統戰之門，我不反統也不反獨，我反極權統治，甚至反政治掛帥，我只是拿筆的人，不需要玩權勢，服貿的條文有五十幾頁，看得都頭大，卻給臺灣上了一課經濟學，我讀著各式各樣的懶人包，越看越迷糊。

「服貿到底是什麼玩意啊？」

H先生一面敲計算機一面說：「其實很簡單，這裡面充滿數字，譬如說只要六百萬臺幣大陸人可在臺灣開店，四年後三人成為臺灣公民，平均一人可有六人依親，那就十八人，其結果是大陸人只要投資六千億，也就是一千五百億人民幣，一兆打一點五折，就有一百八十萬人在臺灣，取得投票權，通過半數決。」他用我最討厭的數字演算一個驚人的事實，我胸口的血都要噴出來。

「所謂的讓利，其實是以利誘之。」

「這不是讓，而是餌，要作非法的大生意，就得撒點謊。」

「這樣會不會過度簡化問題？這不是line上盛傳的簡訊？我也接到過。」

「數字很玄，易也是數學的一種。」

「你看出什麼了嗎？」

「凶數。」

出門時已經十點，天還是灰的，我的喉嚨很癢，一路騎車一路咳，今天在勤美綠園道有人靜坐支持反服貿，我在附近遊走，順便到茉莉買書，這輩子從沒加入政黨，也從沒走上街頭，覺得有點羞赧，我望著近處那些抗議者的怒吼，跟矮凳上調情的情侶、漠不關心的遊客、牽寵物散步的貴婦，好像是兩個世界的人，好荒謬的對比。我告訴自己只是來買書的。自從大學參加讀書會被調查局調查及被坑騙之後，我就不再沾政治，讓文學的歸文學。事實證明我是很爛的政治參與者，早上來時，因人潮太多，找不到停車位，在很遙遠的外圍某個路邊隨便一停，這一帶我不熟，加上方向感不佳，也有可能是失智症的早期症狀，打算回家時我在美村路、公正路、館前路、公益路上駝著一袋書瘋狂遊走，怎麼樣也找不到我的車，我的腰開始痛，咳嗽加劇，真想棄車而逃。就算報警也很荒謬，你根本說不出停車的地點，天啊！每輛車看來都很相似，像一排排黑爛齒牙。天漸漸黑了，我把那袋壓得我腰痛的書往某輛機車上扔，加速尋找，一定就在這附近，這幾間商家都走過，尤其是那家服裝店與當鋪，我還停下來看了一下櫥窗。就在附近我可以確定，可能只有幾步之遙，一邊回想停車路線，連小巷弄也沒放過，終於在某個巷弄中找到。明明停在美村路，可能開店的商家把它挪到小巷裡頭，算一算我在路上遊走超過三小時，都可遊行示威了。

原來黑夜中也有霾，我激烈地咳喘，塵霾的濃度極高，回到家停好車，H先生從黑暗的角落走出，他咳得更嚴重：

「你也有霾喘嗎？」

「我本是老人殼，現在也有霾喘了。」

「你能分辨霧與霾嗎？」

「霧肉眼可見，像牛奶一樣白，而霾是灰的，不能以眼識之，只能以鼻分別。它搔得你鼻子癢，喉嚨癢，咳咳咳……」

「你該找個地方避一避，空氣太糟了！」

「避不了了，一定會出事！」

「你說學生嗎？不至於，又不是天安門廣場。」

「你不知道，一定會出事……」

三月二十四日凌晨一點多，學生衝進行政院，警方以噴水車與警棍強制驅離，學生被打到流血，帶頭的魏揚被逮捕。許多人的臉書首頁以全黑抗議。馬政權真的動手打學生，在場目擊者記錄的很多，最讓我痛心的一段是：

「警察過來的時候，很多學生是面朝上，躺在地上，採用和平不抵抗的姿勢，警察過來，直接往躺在地上的人的臉上就開始打，有的人被打到受不了，站起來逃跑，警察竟然開始追打，人家都已經逃了，你還追，真的是殺紅眼。

「醫生：『現場血流成河……』而且他們打的地方，專挑打到就會倒地的點：前臉、頭、後腦。不管你抵抗還是不抵抗，都打，打到你不會動為止，然後就把你扛上救護車……才怪……是警備車，送到警察局。打到你不會動，也許他們受的訓練就是要打到對手喪失戰鬥意志，但那些學生根本不使用暴力，甚至完全不抵抗，我不知道他們殺紅眼要幹麼。但我現在知道為什麼他們先打人，後來才使用水車了，洗地板，因為太多血了。」

我有好多學生在現場，朋友的小孩被抓了，當天臉書首頁塗全黑的滿滿是，許久沒聯絡的T，也去了現場，靠四十的人依然是憤青，我曾經喜歡他的文字，現在他著迷於自拍，照片中的他只有六十公斤，穿著他喜歡的衣服承認自己有戀衣癖，這個心中同時住著蔣方良與宋美齡的男子，自己跟自己戀愛與結婚，再過十年就是小老頭了，他還是會繼續反抗這反抗那，每年只花三萬塊的他，會掉落到社會底層十八層地獄的哪一層？我覺得他像七巧板，至少有五種以上的人格，他在臉書上的化名就有幾個，常自己回自己，快速瀏覽他的近況，這個曾經熟悉的網友已成陌生人，偶爾露出的一個人格，是我最喜歡的：

突然覺得山中的生活，時間感很奇妙，好像活在石頭裡、木頭裡一樣，一片雲一陣雨花開又落葉是我的沙漏，年輪是我的表情，無聊的盡頭靜靜躺著的卻是實在的安詳，走在山中林道，想起了海德格的林中路，它是我唯一找回童年路徑的地圖，或許這樣的生活，才有可能像耶穌化水為酒那般奇蹟似地將寂寞化成孤獨。

原來這是我們唯一的交集，我喜歡山裡的生活，尤其是清晨，澆完花後散步半小時，一樣的路徑每天都有新發現，譬如彩色茉莉在一夜之間花開滿樹，紫花擠著白花，發出臭氣很濃的野香，我愛它的姿色，無法忍受這臭味，否則很早就養一叢了，不過它就在我門口不遠處，也算擁有觀賞權；又譬如搬出宿舍的人想挖走六尺高的山茶花，豔紅的花朵是珍貴的品種，起碼要十年才能長得如此高大，旁邊馬上有人立牌反對，我相信這花定是前屋主手植，才想一起搬走，學校認定長在這塊土地的就是校產，我覺得這也合理，栽花的是生母，土地卻是養母，誰養它就是誰的。這種無傷大雅的紛爭常在山中發生，山民與樹與花為友，活在真正的四季中，以前每當清晨或傍晚，總有有白霧如乳如練，蜿蜒山路，這幾年鮮少起霧，霾代替霧，空氣中還夾有廢氣，我常在傍晚看見綠色或黃色的煙霧，發出惡臭，親愛的T，這時你又要暴走暴吼了吧？

H先生從霧中慢慢走近，他的灰衣灰帽，沉思的表情看來像個哲人，這個曾經沉迷於歷史與政治，最後順服了愛的老輩，是如何看待這個世界？

「我漸漸無法忍受這個世界，為何你沒有遠走，一再回來？」

「我沒有選擇，我的回憶與所愛都在這裡。」

「死去的人還在舊有的回憶中嗎？」

「肉身腐朽，心靈不朽。人的百分之五十是由回憶構成，大多數的人逃避它，藉由物質否定心靈。」

「如果死去，我寧願漂泊遠方，不再回來。」

「你說得太早了。」

霾害第八日，阿民與G同時出現，GG還在立法院中，阿民說：「我覺得好疲憊，好難過，那一天晚上，我進入行政院，裡面好黑，地上有坐著的有躺著的，真怕踩到人，這時警察來了，現場就像戰爭，我從沒看過的戰爭景象，好可怕，我們都受了運動傷害。」G說：「當警察打人，我們都哭了，許多人一面哭一面大喊：『不要打人！』好多朋友受傷，警察卻說沒有打人，還去集體驗傷。這有天理嗎？」我望著他們的臉孔，如此年輕，血色鮮盈，是血與淚的花朵。他們從小備受家庭呵護，因孩子少，被捧在手心長大，如今被驚嚇被毆打，這將在他們心靈留下不可磨滅的傷痕，我的眼睛一陣酸，卻流不出眼淚，乾燥症奪走我的淚水。我有氣沒力地說：「大家的眼睛是雪亮的，你們的努力與受的委屈，大家一定會看到，這個仇一定要報！」他們爭的不是反服貿，而是民主自由，他們是解嚴之子，這是他們生下來就擁有的，不能被剝奪。

我以為他們累了，放棄了，沒想到隔日發起十萬黑衫軍三月三十日占領凱達格蘭大道，又在《紐約時報》頭版刊登整版廣告，這群宅宅還真是會辦事，把國家的未來交給他們，比交給那些貪官汙吏好多了。我雖沒參加，許多學生會替我，而我替他們禱告，清晨在校園中快走時，心中輕快，這是苦楝花盛開的季節，優雅的淡紫花，灑下滿樹白雪，我們苦苦戀著的家國，下了這場三月雪，路過牧場時，發現整排向日葵長得跟人一樣高，金黃色的花朵像太陽般燦亮，花朵像笑開的人臉，它們站得這麼直這麼高，迎風傲立。

「很美、是吧？」H先生不知何時站到我身邊。

「這是我為什麼不時回來的原因，我錯過的，總要補回來。但這次我真的要走了。」

「自由能從政治中爭取嗎？」

「絕對的自由只有在美中呈現，其他都是殘缺不全的。」

男人遞給我一張紙條，「愛惜字紙」，他說。他忘了已給過我一張，並說過同樣的話，說他這次走了不會再來了，「是時候了」。現在我確定那是策蘭的詩：

我們站在窗前擁抱，他們在街頭往上看
這是他們知道的時候
這是石頭慣於成長開花的時候
不安自此定下心來
這是時候的時候

這是時候

H先生越走越遠，這次我真的看到策蘭，他年輕時俊美的臉，穿著鐵灰色大衣，他們在窗前擁抱，然後溶成紫金色的影子。

——原載二〇一四年四月二十九日～三十日《聯合報》副刊
本文收錄於二〇一五年一月出版《北印度書簡》（九歌）

運動青年母親的太陽花日誌

——楊翠

一九六二年生，臺中人，臺灣大學歷史學研究所博士。歷任媒體與教學工作。曾任《自立晚報》副刊編輯、《自立周報》全臺新聞主編、《臺灣文藝》執行主編、臺中縣社區公民大學執行委員、「國家藝術基金會」董事。現任東華大學華文文學系副教授、「政治受難者關懷協會」理事、「賴和文教基金會」董事、「楊逵文教協會」理事長。

曾獲第一屆「全國學生文學獎」散文組佳作，二〇〇八年獲私立懷恩中學（今東大附中）五十周年「第一屆傑出校友」，二〇一一年獲國史館臺灣文獻館「第四屆傑出臺灣文獻獎」文獻推廣獎。著有散文集《最初的晚霞》、《壓不扁的玫瑰：一位母親的三一八運動事件簿》，二二八口述歷史《孤寂煎熬四十五年》，學術論文《日據時期臺灣婦女解放運動》、《再現臺灣——臺灣農民組合》、《再現臺灣——臺灣婦女運動》，並與施懿琳、許俊雅合著《臺中縣文學發展史》、與施懿琳合著《彰化縣文學發展史》。

第一帖：總是失聯的「媽寶」

魏、楊兩邊的阿公阿嬤，都一再來電，語帶憂慮，說找不到孫子，電話也沒接。我安慰他們說，沒事啦，他從來就是這樣啊，絕少打電話報平安。沒電話，就沒事。

我們是一個很會談天論事的家庭，只要讓我們有時間，一起坐下來，從文學到哲學，從歷史到時事，無所不談，可以耗上一整夜，喝掉一缸茶。但我們很不會噓寒問暖，也都不愛打電話。魏揚似乎更痛恨電話。絕少打電話報平安。

去年七月，孩子決定從事「反服貿」運動之後，新竹臺北不斷奔走，還有麥寮和大埔的田野工作，還要讀書上課，四處奔忙。他本來就是少回家、少電話的人，過去十個月來，與家人更是絕少見面。

還好有臉書，他的動態，我能知道。因為臉書，總以為孩子就在身旁。事實上，算起來，十個月裡，我正式見到孩子的面，除了過年那五天以外，僅有兩次。一次是他去年出了嚴重車禍，搭時速一百二十公里的救護車，由兩位好同學景賢和郁芬陪同，連夜從新竹馬偕，急送花蓮門諾。這一次，我除了憂心車禍受傷的他，更要擔心兩位同學的安全，心裡七上八下。另一次，就是三月二十四日凌晨，在行政院被逮捕，我趕到臺北保總去，才終於見到面。

如果不是出了車禍，如果不是被抓走了，我與孩子，連這兩次見面的機會都沒有。

忙成這樣，為的什麼？去年七月，他與同志組織「黑色島國青年陣線」，被推為總召，全力推動「反服貿」運動。當時，運動方興，乏人問津，同伴很少，聲援的群眾更少，每個參與者，都付出他們所有的時間和精力。擔任「黑島青」總召，推動「反服貿」，他責任沉重，要重新學習的東西很多，特別是財經、兩岸相關議題，原非他專業，必須先深入了解，才能提出見解，也才能說服別人。為此，他將親愛的貓咪波妞託我們照顧，想全心全力經營「反服貿」運動。

忙成這樣，獲得什麼？從去年七月底開始「反服貿」，身上大小傷不少，尤其在機場那一次，因為落單，被十幾個警察圍攻，鎖喉、壓胸、踹肚，胸口疼痛多時。阿公得知，氣得落下眼淚，要他去驗傷，但他並未去驗傷，說是慢慢就會好。

去年年底，終於見到孩子，竟然是因為車禍。搞運動太忙，騎車分神，不慎撞飛，差一點就粉碎性骨折，傷勢不輕。然而，開過刀後，不到一周，還不能好好行走，他就拄著拐杖，急忙回返新竹，完全不聽我們的勸告。

三一八，還是為了「反服貿」。他以車禍後打了三根骨釘的髖骨，撐住鐵捲門，衝入立法院。所有這些信息，他都不曾主動告知。三一八衝入立法院，到三二四在行政院被抓，這期間，他只主動來過一通電話，告知手機在推擠中丟失了，現在暫用友人舊手機。就連三二四被抓之後，他都沒聯繫，還是朋友在臉書上告知我。

我，只能從臉書了解他的動態。運動發展至今，除了在保總面會、在北院無保放回當日，母子倆講了些話之外，也沒時間多談。關於這場運動的種種，他都不曾告訴我。將有什麼行動？身體好嗎？心情好嗎？人事糾葛如何？甚至近日大家熱中討論的「路線差異」、「權力爭奪」，他也一句都不提。寫臉書私訊給他，經常已讀未回，打電話找他，五通有四通沒接到，即使好不容易接上，說上話了，我問他那些事怎麼了，心情如何，他也都淡淡一笑，回說沒什麼啦。

好事者誤以為，我對這場運動的觀察與發言，與魏揚的運動位置有關。其實，那是我通過多方閱讀、思考、分析、判斷而來。與任何一個運動觀察者相同。我認為這是他的溫厚。他不說的事，就是他會承擔的事。

如果不是被抓了，也許我到現在都還無法見到孩子。當他的眼淚被媒體拿來做文章，說是「媽寶」時，我苦笑想，他要真是「媽寶」，那就好了，至少我可以多了解一些情況。三二四當日，他感動而「哭」，也是因為老師與同學的聲援，而不是因為母親的到來。他早上見我時，冷靜得很，可沒有哭。我也沒有哭。我小事愛哭，亂哭一通（連看到豬哥亮復出那一幕，我都哭了），大事不會哭。孩子也是。他小事迷糊，大事堅定。母子默契，不須多言。當運動青年比母親還堅強，運動青年的母親，就沒有軟弱的權力。

第二帖：魏揚與楊逵：跨世代因緣

瀏覽網路新聞時，看到三二七的一則舊聞，說因為魏揚「攻占行政院」，「一占成名」（都已因七點半尚在客運車上的「不在場證明」，法官確定他非「攻占」者，而是後來才到場hold場，因而被「無保請回」了，媒體還是說「攻占」）。所以，臺南新化的「楊逵文學館」暴紅。聽說文學館瞬間湧進許多人潮。呵呵，太陽花外曾孫，讓幾乎已被遺忘的「壓不扁玫瑰花」外曾祖父收割一下，這也是應該的。

我總開玩笑說，魏揚可能是楊逵轉世。這不誇張，兩人實在有太多相同之處。

楊逵與魏揚，同樣主張臺灣主體立場，同樣關懷階級問題，更都選擇從事社會運動。

楊逵與魏揚，同樣熱愛文學、戲劇。楊逵的文學自不待言，在小說之外，他投注最多心力的文類，其實是「街頭劇」，他寫劇本、建構理論，也粉墨登場。而魏揚呢，其實是「前文藝青年」，小學開始，寫散文、寫小說、寫新詩、寫劇本、寫相聲，自編自導自演，他當年最大的願望，其實是將來想當李安。

楊逵與魏揚，兩人都是音痴，完全沒有音樂、舞蹈細胞。楊逵唱歌，十次有十個調，更別提跳舞。魏揚唱歌，五音不全，跳起舞來，手腳打結，簡直肢障。

兩人也都不是運動的料，身體都很笨，但兩人卻都有驚人的嘗試精神與樂觀精神。楊逵入獄綠島，學會游泳，雖是扁平足，竟然報名跑馬拉松，最後一名跑回，還洋洋得意，捧著「老當益壯」錦旗微笑。魏揚初中時，報名參加啦啦隊，跳起舞來，慘不忍睹。他從沒打過棒球，初中畢業到美國高中，當交換學生一年，卻勇敢自我推薦，自己打電話給教練：「我來自亞洲，就是王建民的故鄉，」因而如願參加學校棒球隊。當然，他坐了兩整季的冷板凳，回臺灣前的最後一場，教練不忍，終於讓他上場，從此津津樂道，「我在美國打過棒球」。

楊逵與魏揚，都因從事社會運動，面臨牢獄威脅。楊逵在日治時期，坐牢十次，總計一個半月，國民黨一來，二二八被判死刑，後來因「非軍人改由司法審判」的行政命令，逃過一死，改為徒刑。一九四九白色恐怖，又入獄十二年。如今，魏揚身上，從去年七月開始，到太陽花的立院、政院兩場，身上也揹了好幾個案子，都在審理中，隨時可能面臨牢獄威脅。

更神奇的是，兩人都曾走進外國的國會。楊逵青年時期留日，家境貧窮，四處打工。一九二四年，日本國會大廈興建到三樓，他曾去當水泥工，賺取學費。他回憶說，在國會大廈當水泥工時，走在三層高的鷹架木板上，負責以水泥紙袋蓋在水泥結構體上，一陣風吹來，水泥粉飛入眼裡，身體不穩，險些從鷹架上跌下來，趕緊伏身抱住木板，等待同伴來救援。九〇年之後，二〇一四年，他的外曾孫魏揚，從立法院、行政院，進入臺灣北院的押房，又走進美國國會山莊，向關心臺灣的眾議員發表演講，說明臺灣太陽花運動的緣起與訴求。

最後，他們還有一個相同點，都有一位支持他的母親。楊逵在〈恨霸如仇的母親〉中說，他母親大字不識一個，但議論事情，總是一針見血。她痛很日本警察，從來不假辭色。楊逵留日，她從不問他何時「衣錦歸鄉」，卻願意支持兒子從事社會運動，希望兒子以後能「管束惡霸警察」，把日本人通通趕回去。楊逵從事運動，不事生產，她從無怨言，楊逵被捕入獄，她憐愛擔心，問：「有沒有挨打受刑？」他說，母親甚至「對我這幾位時常被捕坐牢的『惡少』小姐們，也像親生的女兒一樣愛惜。」

至於魏揚的母親，願意以楊逵母親為典範，信任孩子，支持孩子，因為他們都在非常時刻，選擇了做「對」的事。

——原載二〇一四年四月《鹽分地帶文學》雙月刊第五十一期

禾夕夕——葉國居

現任臺中市政府稅務局副局長，曾任新竹縣稅務局長、文化局副局長。曾獲二〇一三年《聯合報》文學獎散文大獎，二度獲林榮三文學獎散文二獎、臺北文學獎、吳濁流文學獎、梁實秋散文獎、教育部文創獎。玉山、花蓮，竹塹、金像獎首獎，金曲獎最佳作詞人及臺灣文學獎入圍。書法典藏於國立臺灣美術館、國父紀念館、臺中市文化局。二〇一四年由聯合文學出版個人散文集《髻鬃花》。

第一次看到「移屋」這個廣告牌，父親眼盯盯的對著我問：移屋是不是搬家？我想了很久後告訴他，比較像是蝸牛揹著殼走。

西濱計畫道路截取老宅一角，穿過國產局所有的相思林地，筆直駛進我們家的田。田搬不動，房搬不走，設若人能以蝸牛為師，揹著殼走的搬家，父親躍躍欲試。他拾起地上的樹枝在泥地指畫，抬頭望望看板。低頭，寫下左邊的「禾」。再抬頭，又俯身寫下右邊的「多」。父親說，移是「禾」加「多」，移屋後應該禾多多，好收成。在我看來，父親寫的這字結構鬆散，字元各自獨立彷彿互不相干，他像是在寫，禾。夕。夕。

如果，硬是要說他寫的是「移」字，直覺下似乎少了什麼似的。

父親並非眼不識丁，但認得的字數有限，對字似懂非懂。八〇年初，父親突然面臨一連串過去與他無關的新詞彙：公告現值加四成、道路徵收用地……等，一個垂垂老矣的考生，在濱海的偏鄉，坐在人生的試場，面對陌生的名詞解釋、計算方式，他不會作答。咬著香菸，一根接著一根。

時間是有大限的，鐘響交卷，就要決定答案。老家究竟搬還是不搬？還是要等機械怪手來開腔？搬或不搬？二十來坪大的蝸居，到底搬還是不搬咧？截取一角雖可偏安一隅，但是房子就沒那麼完好如初了。設若人去樓空，田園漸蕪，父親又說萬萬不可，怨怨焦焦的陷入了前憂後慮的拉拔。看到了移屋廣告後，他欣喜若狂，決定師法一隻蝸牛揹著殼走。

經過多方評估接洽，毗連老宅四周的土地，都無法讓蝸居容身，父親決定揹著重殼遷往四百公尺外的水利地安居樂業。蝸步日行二十來米，換算距離約莫二十天才能到達。移屋工人在老宅的四周挖溝作嫁，三十六個千斤頂將整棟房子墊高，以枕木和鋼管充作滾輪，摩挲摩挲，轆轆轆轆，反覆的以油壓推動器來推動這個大蝸牛前行。

房子在旅行，父親的心情是愉悅的，他竊竊自喜保住了老家，心滿意足這個世代竟然有這般的神工鬼力。更具體來說，在他左支右絀百般煎熬時，這種開創式的蝸牛搬家，恍若是一種幻覺，讓不可能變成了可能。

房子在移動中，停水、停電，父親作息不受影響且心情亢奮，像是客家莊廟會時辦桌請客，他殷殷把工人當成客人，眼笑眉舒裡外招呼，寧靜的老屋，在施工期間熱鬧騷騰。

很不幸的，房子到達定位，工人將水電接通的那晚，父親卻生病了，咳嗽密集夜不成眠。小孩會戀床，人老會戀家，但是房子依舊呀！何以房子結束了旅行，父親的喉嚨，卻出現了移屋時匡匡咳咳的騷動聲。這聲音好像是在玩接力遊戲，白天工期結束後，咳嗽在夜晚接踵而來。

一連數日，父親咳未癒，夜深越密，我在睡夢中晃晃然，屢在驚醒的片刻以為移屋工程還在進行，匡，匡匡匡。看病找不出原由，最初以為父親是勞累所致，可是一連數月未見好轉，就不得不另作他想。移屋是父親決定的，相對於微薄的搬遷補償，移屋所費不貲，父親不計代價讓房屋完整，但是憂慮煎熬似乎沒有得到救贖，反而在房子定位後變本加厲。

他每個夜，悄悄回到考場。

父親杵在樓梯中間，右腳上一樓階，旋以左腳下一樓階，上階下階，下了階又再上階，反覆蹬上蹬下，但終究上不著天，下不著地。他拿不出定見，房子都已經定位了，他仍試著把時光倒回來，呆鄧鄧的，想了又想。

此後父親經常在夜，無緣無故回到舊居。他在那塊空地上打旋磨，來回踱。像早出門的鳥，夜歸找不到回家的巢，心焦焦的在巢邊盤飛。西濱公路通車的前幾年，三更半夜車聲零落，路過有人看見一個白頭堆雪的老頭，指天指地喝鬼罵神，旋即加速油門遠去，或有醉者下車小解，被嚇得夯嘴夯腮不能言語。隨風流傳的話渣一發不可收拾。說相思林內有一個白頭鬼，為了地盤，與烏壓壓的黑面鬼爭論不休。

有一次我尾隨父親，叫了他。當頭對面問個究竟，父親卻煞有其事的說，他正忙著在移屋。我的心頓時抽成一團。移屋？房子都已經定位了，他仍醉心在途中；睡在床上，卻不知所以然站在故居舊址上，那一定是在夢中流浪了，以身歷其境的夢遊方式，追求仍未迄及的夢想。

父親不清楚自己何以若此，會在暗中來到老屋舊址。我猜，移屋只是移走了空殼，蝸牛和父親在「搬家」這件事情上，似乎無法等同類比。保有並不等於擁有，享受非同感受。從父親移屋後坐臥不寧看來，肯定是父親在移屋後，仍然沒感受到家的完整，更無法在精神上擁有那個空間。

再早之前，林後的秧圃，春來秧苗青青，父親以巴掌大般近若方形的鏟子，將秧苗連泥帶根鏟起，以環狀逐一堆疊置入簡易的竹簍，挑到上畝下畝蒔下。來去之間，擔頭的左右皆有大批的秧苗隨行，從小田到大田，他黑家白日「移」蒔幼秧，烈陽如漿汗水如雨，「移」蒔雖然辛勞，他卻樂在其中的享受「侈」字的奢華，隨行的秧苗宛若眾多的隨從婢女。一畝方田，父親一個天下。

他是「移」這個字的力行者，「禾」加「多」，越移越多。唯獨在移屋這件事情上，父親卻移得一貧如洗。馬路開通後，他去不了要去的地方。咫尺四百米，就變成漫漫長路了，成為父親晚年不分晝夜往來頻仍的道路。那是一種機械式的重複，一種無謂的忙碌奔波。日日目送揚長而過的車流，擴張父親容顏的車窗，一張張。南來北往，千里萬里。

有一天，父親咳嗽加劇，不能為一餐之飯食匡啷匡啷食屑湯水灑落滿地。他坐癱在沙發上，頭歪向窗邊看去，短吁長嘆的說老家不見了。歲月如流，故居舊址被長高的野草大規模的占據，沿著西濱公路右側，民宅零星種進地頭地腦。次日，我決定踏回故居舊址一探究竟，站在那裡，無論怎麼盼，只能看得到四百公尺外我們家房子右上方一角。天空線在無聲無息中變調了，舊址與房子，好比是漸行漸遠的送行。我再向前方看望，砂石車呼嘯馳過，風來走礫飛沙，水文走向，又復是昔日一望無際「禾加多」的青青田園，整座天空灰濛濛的。離開前，我再次微踮腳尖看看那房子小小的一隅，相信終有這麼一天，重臨斯地時，那小小的一隅也將在視線中淹沒。

目光分離了，就是盼。驚覺在父親的心靈裡，房子仍不停地移動著，與故居舊址不停地在遙遠，從親暱到疏離，從抽象到具象。工程十多年後，父親說他仍忙著在移屋，這事恐怕也非空穴來風，從這個角度觀之，房子與地基的距離在抽象中越來越遠，然而隨著父親的日老月衰，眠思夢想日望夜盼直到遙不可及又相見無期。他在四百公尺內患了嚴重的相思，已成為具象不爭的事實。

設若真的如此，匡啷匡啷就不會停歇，移屋與咳嗽，日益月滋勢必無法收斂。又匡啷匡啷，抓心撓肝，早已無藥可醫，這好比日東月西，就算相見也無法相聚。依照醫生的說法，強迫症者身體無恙，唯係生理使然，有可能是一次緊張的夢魘經驗，此後一生如影隨行。

有一陣子父親走路顯得顛躓吃力，躺不住，坐不著，好不了。白天，他依在客廳的窗邊。照常理論斷，夜晚他應該會安分在家的。卻出人意表，父親半夜在外頭的頻率越來越高。每回父親夜晚不見了，我就會聯想起多年前那趟餐風露宿的移屋往事，停水停電的暗中，每個愉快的夜晚。說不定這麼多年來匡匡咳咳的夜，夢遊時的披星戴月，這個幻覺持續給父親帶來心靈無上的慰藉。

那年父親天真的以為，房子原貌移走，就能完美如初，事實非也。故居坐擁四田，卿卿土地就是一把帶不走的鑰匙。禾夕夕，房子土地東分西移，父親那個字寫得支離破碎，乍看的直覺就是少了什麼，早早就預言了移屋勢必落東落西，沒有鑰匙，終究是進不了家門！

於是，父親的移屋工程至今還持續的進行中。我的歲月不斷向前，他的時間卻重複回到從前，空轉的滾輪，摩挲摩挲轆轆轆轆。他持續努力的保全完整的家，我認真的成全這個假象。

半夜發現父親不見了，我不需找他。如果真的這麼巧，天剛嚮明我就在外頭碰見他，我會微笑的向他道聲：好早呀！老爸，辛苦了。

還在移屋嗎？嘿嘿，這是我和父親之間美好的幻覺。已無探究的必要。

父親是一副什麼樣的表情─快快乎？碌碌乎？我已經滿不在乎！

禾夕夕，沒有公文書上載明的限定搬遷日那麼容易。父親在移屋中得到唯一的救贖，就是這個工程沒有完工日，永遠永遠，只在遙遠的路途中。

──原載二〇一四年五月九日《聯合報》副刊

本文收錄於二〇一四年五月出版《髻鬃花》（聯合文學）

「旭」村的故事——

劉明新

筆名劉方、東部客，出生於臺灣東部農村，家中兄弟姐妹八人，故被長輩選擇去讀臺東師專，畢業後先後服務於國中小三十年；亦曾就讀於師範大學國文系、臺師大臺灣語文學系研究所。教學期間，投入臺灣政治及教育文化的改造運動，經常投稿各報章雜誌，現為「人民作主教育基金會」執行長。自小喜愛文學，由對臺語文創作興趣濃厚，曾獲教育部母語文學創作新詩第三名。

1日本移民村

歷史學家定定共咱講：「地名」是土地佮歷史記持的一部分，嘛是逐家愛珍惜的文化財，因為咱對某一个地名的出現，就會當理解某一段歷史的部分內容。毋過，若準咱斟酌考察台灣的舊地名，一定真歹找出干焦「一字」的地名，若準有，一定是日本時代所留落來的。譬論講「旭」村，就是上典型的一个。

「旭村」佇佗位？「旭村」徛佇臺東市的庄跤地頭，彼个所在，距離太平洋干焦一、兩公里爾，向（ǹg）西南，一擗頭就會當看著中央山脈的尾溜，旋（suan）對恆春彼爿去。這馬的地名叫做「豐里」，附近閣有豐原、旭橋、瑪東、三跤笠仔等小庄頭。伊的土質，主要是利嘉溪佮卑南溪所沖出來的溪埔。較早伊是一个日本移民村，移民來遮的日本人，真濟攏是日本本州東北爿、較散赤（sàn-tshiah）的靠海縣分——主要是「新潟（sek）縣」的農民，佇日本企業獎勵下，才千里迢迢（tiâu-tiâu）移民來遮的。

日本時代，對一九一五年到一九四五年這三十冬內，佇臺東廳的地界，前後有幾个「私營移民村」的設立。這是「臺東製糖株式會社」所經營出來的，初期經營的目的，攏是為著種甘蔗通好予會社製糖，後來土質改善了後，才開始佈田、種稻仔。彼時，親像鹿野村、旭村、鹿寮村、池上村等，攏是這个時期所形成的。

「旭」村，是我出世佮細漢成長的所在，記持中，便若好天，就會當看著日頭對太平洋浮起來，聽講就是按呢，日本人才共號做「旭」村的。村內的路嘛真有日本人的風格，逐條就直溜溜，若親像棋盤仝款；村內閣有馬牢、神社、派出所、小學校、hu_{55} $looh_{3}$間（公共湶堂）、青年會館、衛生醫療所、會社辦事處等公共設施。一九六〇年代，我讀國校三、四年的時陣，就是佇村內的日本小學校上課的。校園內有真濟大欉樹仔，印象上深的是一欉烏松（siông）佮一欉老莿桐，烏松的葉仔若像針，會當抾來耍；莿桐的花若像雞公的頭，便若開花，就紅葩葩落甲規塗跤——特別是伊的樹箍真大箍，差不多愛六、七个人手牽手，才有才調共圍好勢。阮若下課，攏誠愛走去遐耍，無就蹈起去樹仔頂，並（phīng）蹛樹箍睏中晝，做譀古的囡仔夢。

如今離開故鄉數十冬，「旭」村已經毋是較早的「旭」村矣：路雖然猶直直，毋過小學校已經變做加油站，神社嘛只賰一座孤單的石宮燈，馬牢、青年會館、hu_{55} $looh_{3}$間（公共滊堂）攏無去矣，和學校彼欉烏松佮老莿桐，嘛予人偷挖去矣！這馬閣轉去旭村，行佇村內的街路頂，閣數想走揣囡仔時的記持，我攏有一種稀微的感覺，總會感嘆世事無常、人生若暝夢。我想，免閣二十年，旭村的少年輩就無人知影「旭」村的來源佮意義囉！

2「旭村」分校彼欉老莿桐

「旭村」分校彼欉老莿桐，是我囡仔時上溫暖的記持之一。下課的時陣，我定定會佮囡仔伴去樹仔跤耍土沙、灌肚猴佮覕相揣（bih-sio-tshuē），嘛常在蹈起去樹仔頂並（phīng）蹛樹箍，做譀古的囡仔夢。所以，離開故鄉這濟冬，我不時就會夢著紅帕帕的莿桐花落甲規塗跤的形影。

我一世人毋捌看過遮大欉的莿桐。伊的樹箍真大箍，差不多愛六、七个人手牽手，才有才調共圍好勢；懸度上無嘛有三、四十公尺；樹椏展（thián）開遮蔭的範圍，大概有兩百外坪遐闊。我想伊差不多超過一百歲矣！無——哪會遮大欉咧？聽講咱平埔族的祖先攏共莿桐當作是民族植物，每年二、三月仔，莿桐花若開，就是一年的開始，表示春天來矣，愛開始拍拚掖種佮佈田矣；這个時陣，嘛是未婚的男女相招駛牛車「過社」去郊遊的季節，無定著就是in所種的咧。

自細漢我就聽「旭村」的人攏咧風聲，分校彼欉老莿桐是「旭村」的風水樹，因為有風水樹的致蔭，咱村內才會年年風調（tiâu）雨（ú）順、季季豐收，無論是佈稻仔、種甘蔗、抑是種洋蔥佮菜蔬，攏會大趁錢。無錯，規欉好好，大樹公誠是有靈有聖（siànn），想袂到這咧當年人口無到八百人的小庄頭，臺東庄跤地頭「旭村」的囡仔，佇一九六一年彼擺的大專聯考，竟然一聲就有四个考牢國立大學。上好的廖國賜考牢臺大齒科，周建藏考牢師大數學系；另外，吳福安、吳主言是叔伯兄弟，兩个同齊去讀政大國際貿易系！

規庄的人攏喊（hán）起來，稱呼in是阮旭村的「四大公子」，講著in四个就喙角全波，袂輸家己考牢全款。閣風聲講in四个讀冊毋但認真閣有撇步，逐工透早天猶未光，攏會起來背英文單字——毋是走去分校彼欉莿桐樹跤背，無就徛踮田中央背；講這一切攏是旭村風水好、土地有靈氣，大樹公佮土地公閣有保庇，「四大公子」毋才會順利中狀元。

後來，「旭村」的囡仔，相連紲閣有人受著老莿桐的致蔭，去考牢師專抑是大學。遺憾的是，一九七〇年代尾，新開的外環道路拄好對遮切過去，會社決定共分校的日本學堂佮宿舍拆掉，共校園起做臺糖的加油站佮臺東名產推銷中心。連彼欉老莿桐嘛從此下落不明，聽講是予人偷挖去賣矣！就按呢，老莿桐無去矣，紅帕帕的莿桐花嘛消失去矣，旭村的地理風水真正變矣，因為連紲幾仔冬攏無人閣考牢國立大學矣……。「旭村」的人到今猶咧風聲：「會按呢生喔，攏是彼欉老莿桐予人挖抐（hiat-kak）的關係啦！」

3 抾大水柴

臺灣人真抾拾（khioh-sip），較早農業社會，逐項物件攏會當抾，對抾水、抾稻穗、抾番薯、抾塗豆，到抾露螺、抾甘蔗尾、抾歹銅舊錫（pháinn-tâng-kū-siah），逐項就抾。毋過，捌聽過「抾大水柴」的人，可能就無外濟矣（ah）。

會記得細漢的時，每年六、七月仔，風颱的季節若到，村內的大人攏會開始煩惱拄欲收成的早冬稻仔，毋知會去予風颱拍甲東倒西歪無？彼時，阮囡仔人毋知天地幾斤重，顛倒偷偷仔暗暢會當放風颱假，閣會當坐牛車去海邊佮溪埔「抾大水柴」矣。因為佇一九六〇年代，猶無森林生態保護的意識，林務局猶拚命剉山內到底珍貴的木材，外銷去趁錢；嘛四常有「山鳥鼠仔」去山頂偷剉柴，有當時仔，柴拄剉好、猶袂赴運落山咧，就拄著風颱來，一下做大水，規个就沖對山跤佮海邊落來。

風颱一煞，規个海邊、溪埔「大水柴」就滿滿是。有細箍的樹椏，嘛有規欉的大樹箍；有普通的冇（phànn）材，嘛有珍貴的烏心石、牛樟、松梧等高貴的木材。這个時陣，就是阮村內的人「抾大水柴」的好時機囉。村內序大攏講：這是天地所設，毋是弟子作孽，是天公伯仔逐年攏會補賞予咱做田人的大禮物。因為一年欲燃火煮飯的柴攏著趁這陣，若占著珍貴的大塊柴閣會當趁一寡外路仔，彼就卯死矣。

所以，佇彼的年代，「抾大水柴」是阮村內佮附近幾个庄頭的全民運動。風颱拄過，一透早，雨小可較細爾，風颱閣咧回南咧，差不多家家戶戶攏已經出動去「抾大水柴」矣。無錢的駛牛車，抑是拖li$_{33}$ a$_{55}$ khah$_{3}$（拖車）；有錢的駛鐵牛仔抑是三輪仔車，敢若咧比賽啥會當抾著較濟柴仝款，逐家攏向海邊佮溪埔集合倚來。無偌久，瑪東海邊、利嘉溪埔就鬧熱滾滾。放眼看去，沙埔猶澹澹，溪水閣濁濁、真掣流，「抾大水柴」的人就輸人毋輸陣，喝咻聲是那來那濟：「阿爸，緊來啦！這箍柴是樟仔喔，會當揹轉去請人刻鷹仔。」「這箍hi_{33} noo_{55} $khih_{3}$（檜木）明明是我先占著的，你莫壓霸……。」為著搶大水柴，喝咻聲、盤話聲……不時響佇沙埔的空氣中。三不五時閣有一種悲慘的哭聲，因為捌有婦人人為著搶欲抾大水柴，一个無小心，煞去予利嘉溪的掣流流去，變做水流屍矣！

這馬，逐家攏用ga_{55} suh_{3}（瓦斯）燃（hiânn）火矣，「抾大水柴」的人只賭兩種人爾：一種是為錢毋驚死的烏道，一種是真有生理頭殼的雕刻家。因為烏道定定占hi_{33} noo_{55} $khih_{3}$（檜木）、牛樟等較大箍的好柴，占有過，一箍攏會當賣成百萬的，毋過，不時會去予林務局以侵占公家財產的罪名，告甲反過。啊雕刻家專門揣一寡奇形怪狀的樹箍來做藝術品、抑是家具，聽講嘛會當賣著袂穤的價數。啊遐的無路用的、細箍的樹椏咧？就愛勞煩環保局請清潔隊去整理，用真濟時間佮人工，才會當整理清氣囉！

4 聽仔

有人講，當當一个人開喙合喙攏咧講過去的時陣，就是老化開始矣。有影，這站仔我攏常在想著過去的代誌。特別是兩年前轉去故鄉，去參加聽仔的告別式了，我腦海中不時就有伊的形影。伊才五十幾歲爾，哪會按呢就過身去？敢講是一人一款命，運命天註定……

聽仔是我細漢上好的囡仔伴，伊蹛佇海墘仔的瑪東，我蹛佇旭村的村內；玶阿爸對恆春搬來臺東的瑪東做田兼掠魚，阮阿爸對苗栗搬來旭村開墾，攏是對山前搬來後山揣機會的出外人。伊閣佮我共姓，名嘛差一字爾，所以自讀小學仝班了後，阮就是上好的朋友。

可能玶蹛佇海墘仔，閣可能有平埔族的血統，所以伊規个面曝甲烏趖趖，閣生做人懸漢大，力頭誠飽。所以上體育課的時，阮便若踢跤球，伊攏是一踢就全壘打；啊若拍『躲避球』，上驚去予伊堅著；走標比賽閣較免講，絕對無人逐伊會著。所以阮讀小學的時陣，攏是豐里國小的跤球隊，伊做後衛、我做前鋒，是上好的戰友，閣捌提過全縣第一名呢。

因為攏是做田人的子弟，所以飼牛、泅水、釣魚仔就是阮的工課兼𨑨迌（tshit-thô）。阮定定共家己厝裡的牛牽出來飼，一群囡仔共牛放佇墓仔埔食草，就相招去泅水佮釣魚仔。上刺激的是一擺共牛牽去海邊佮阮做伙泅水，啥知影牛看著海湧衝來跙起跤就走，阮綴佇後壁是笑咍咍。啥講「牛，知死毋知走」的？性命關頭，走敢若飛咧！

其實，聽仔是一个古意人，伊定定共in兜豉的煙仔魚片佮海鰻，紮來學校請我食，拄著矣閣有海龜卵通食。讀國中彼站上孤單的青春期，伊逐工攏會佮我做伙騎鐵馬、對田路騎轉來村內。後來伊去讀高工，出業了後，因為佇臺東揣無頭路，竟然走來北部共人搬石頭、做駁岸。可能是異鄉的稀微佮孤單，伊煞學著佮人啉酒、哺檳榔。大概嘛是因為伊的性命揣無出路，頭路閣無好，心情鬱卒，四十幾歲爾，就天天醉，啉甲尾仔變酒悾；才四十幾歲就去致著嚨喉癌，拖磨欲十冬才去做仙！講來嘛怨嘆，in兜有幾个兄弟仔攏是按呢，七少年、八少年就來過身去！

> 你為何吐大氣，因何心哀悲，男子漢應該著勇敢去拍拚。
> 勝敗是運命，何必怨歎？一生總有一擺、一生總有一擺，開花的日子。

這首陳芬蘭所唱的〈男子漢〉，是聽仔細漢時陣上愛唱的臺語歌。伊家己唱，嘛教我唱。彼陣，阮才十歲爾，就想欲做男子漢。歌詞中有自我鼓勵的感情，嘛有對人生勝利的期待。我毋知影聽仔的一生是毋是有等著一擺「開花的日子」，干焦知影伊的一生誠無順利，心肝底一定有真濟怨歎。

到今（tann），我若轉去故鄉，攏會去海墘仔踅踅咧，行佇海邊的沙埔、麻黃樹跤，閣再大聲唱這首〈男子漢〉來數念伊。因為遐有我少年上好的朋友「聰仔」的形影，嘛有阮青春的記持……。

——原載二〇一四年五月《臺江臺語文學》季刊第十期

學會了一些事——郭強生

臺大外文系畢業，美國紐約大學（NYU）戲劇博士，目前為國立東華大學英美語文學系教授。至今已出版小說、散文、劇本、評論十餘部。二〇一〇年小說作品《夜行之子》，入圍臺北國際書展大獎以及入選德國法蘭克福書展。近年作品並多次被選入「年度散文選」、「年度小說選」，並主編有《九十九年度小說》、《作家與海》臺灣海洋書寫文集等。二〇一二年出版長篇小說《惑鄉之人》，榮獲二〇一三年文化部金鼎獎。最新作品為《如果文學很簡單，我們也不用這麼辛苦》。

近幾年無論是教文學閱讀還是創作，都感覺比十年前吃力了。我想，教理工或甚至社會科學類的老師都無法想像（這麼說絕對沒有不敬之意），要把一堂文學課上到精采有多麼累人。

不說別的，這年頭告訴年輕人回家把一本《都柏林人》（甚至再近代一點的，再平易近人一點的，《麥田捕手》好了）自己先看完，然後在課堂上討論，最後一定是全場一片靜默，大眼瞪小眼。

如果以研究生為例，每堂課都是一周一本著作，三門課每周就有三本，他們都說讀不完。剛開始我還有點懷疑，後來才真的發現他們的閱讀能力在逐年下降，就算真的很用功讀完了，那些密密麻麻的英文字對他們來說，也可能如廢話連篇。

我才知道，我得一個章節一個章節帶領他們讀，一個句子一個句子教他們理解與欣賞。為什麼只是單純字與字的排列，這些偉大的作家能讓他們的文字如一道道打開密室的門，讓我們看到人究竟在苦些什麼？怕些什麼？相信什麼？又欲望著什麼？

我得像一個最好的演員一樣，把每位作家的文字藝術轉換成生動的人性獨白，希望學生從我的解說中聽到字面下更深沉的情緒，感染到熱情，也感染到悲傷。

某位駐校作家曾經恰巧從我上課的教室外走過，事後告訴我，我上課的樣子跟平常判若兩人。怎麼說？我問他。你看起來好嚴肅，他說。

對他的形容我很滿意，因為文學當然是嚴肅的。

我其實大可以在課堂上聊聊我自己在寫的小說，或是把哪本文學可以歸類在哪種文學理論之下，做成一頁講義，這樣大家都輕鬆，他們寫報告容易抓到重點，我上課也不必如同乩童讓文學大師上身，搞得自己一身是傷。但是，如果是那樣的話，學生們以為文學到底是什麼呢？

或者，文學對我來說，又是什麼呢？

我總努力著要把腦中的活動用最好的文字形式表達。讓我折服的作家，他們的一支筆都是具有這種穿梭於抽象與實物間的魔法。

一瞬間人的腦中閃過多少念頭，有多少是廢料，又有多少連自己也不懂究竟在傳達些什麼。姑且稱之為意識的那個東西，無形無狀，卻神祕地形成了我們的人格，主導著我們的慾望，甚至改變了人類命運的走向。有文字可使用的人，究竟能否學會與這個意識對話，這是我在文學中看見最迷人、也最令人驚心動魄的一件事。

不管是剛逝世的馬奎斯留給我們的那一段開場，「許多年後，當邦迪亞上校面對執行槍隊時，他便會想起他父親帶他去找冰塊的那個下午……」，還是湯顯祖在《牡丹亭》中的兩句「原來是奼紫嫣紅開遍，似這般都付與斷井頹垣……」可不都是對我們存在的渾沌，三言兩語劈出了一道縫，折射出了靈魂之光？

科學無法證明靈魂是什麼，但同樣是說著人話，怎麼有些人的語言就多出了這麼多靈性，開啟了眾人對世界的觸角、對生命的探索？反觀有些人，則連自己到底想要說什麼都表達不清，給他語言與文字真是暴殄天物。

就算不談自己多麼期望也能創作出這樣的文字，文學對我最大的影響，也許就在於懂得了不可浪費了這份上天的禮物。要下筆時，要開口前，總會提醒自己要盡可能貼近自己真正的想法與情感。

我一直沒有臉書，大概也是因為這個原因。

一般人PO個三五句話很方便，但若只准我用這麼精簡的方式，可能會耗掉我好幾個小時。我以為越是簡短，越是需要準確。口語倒還不必字斟句酌，但好歹我也是個念文學又寫作的人，臉書在我眼裡就是個發表的園地，即興的文字為何要公諸於世？我一直無法說服自己。

然而，短短十年間，從網路剛剛普及已經演變到手機上網臉書推特Line不斷地衍生，作家可以在臉書上不停貼文回應，等候自己的粉絲團何時破五千破一萬。文學的網路社團越來越熱鬧，現在是作家為臉書服務的年代，臉書上的貼文可以成書，上臉書與大家互動的作家才讓讀者覺得「很真實」、「很平易近人」，才會想來閱讀他們的作品。

天啊，那些已經過世百年或更久的作家該怎麼辦？他們永遠不可能上網打卡或PO照。我心裡不免會這麼疑惑而擔憂著。

後來，我才發現這並不需要擔心。

總還是會有和我一樣的傻子，永遠在尋找下一本讓他／她感動的文學作品。這種人不需要多，但如果每一個世代都能有這一小群人的存在，一本文學名著就能繼續流傳。重點不在某一時代中的數量多寡，而是持續地，在每個時代，都有人被那部作品感動。

我總對有志創作的學生這麼說，這個社會上沒有一個位子叫作家，都是因為寫出了什麼，才得到了這個位子。

這也是「這一行」最辛苦的地方。每年市場上不會出現一百個作家職缺等大家去應徵。因為知道還有這麼多的學生連對經典名著都陌生，我的作品如果遭到讀者冷漠的對待，我也沒什麼好憤慨的。我至今還在為能否成為自己心目中值得被尊敬的作家而努力。

這麼說吧，就算在文學最鼎盛的黃金年代，自己寫出的作品就一定洛陽紙貴嗎？當然不是。如果為了作品能夠暢銷，從南到北打書演講一百場，現場賣書送簽名，我願意做嗎？太累了，我也不會做。好了，那我還有什麼選擇？就剩下寫與不寫而已。

在這樣的情況下，能夠寫出作品已經是很開心的事。如果很幸運地，這部作品有感動到「一小群人」，那已經是賺到了。但是會更讓我歡喜的是，十年後二十年後，還是會有這一小群人存在，而他們的工作可能是廚師，是醫生，演員或者馬戲團小丑。因為我和他們都知道，想要帶給人們一點希望，一點勇氣或驚喜，是多麼困難但值得的事。

我從文學中學會的另外重要一課，就是人生中「值得」的事還真不多。

——原載二〇一四年六月四日《自由時報》副刊

小風吹——王盛弘

彰化出生、臺北出沒，寫散文、編報紙，著迷於文學、藝術、旅行、植物，愛好觀察社會萬象，有興趣探索大自然奧祕，賦予並結合人文意義；曾獲金鼎獎、時報文學獎、林榮三文學獎、梁實秋文學獎等眾多獎項，為各類文學選集常客，多篇文章入列大專院校通識科教材；二〇〇二年以「三稜鏡」創作計畫獲臺北文學寫作年金，後擴充為三部曲，同心圓一般地，自外圍而核心，二〇〇六年推出以十一個符號刻畫海外行旅見聞與感思的《慢慢走》，二〇〇八年出版描敘臺北履痕與心路的《關鍵字：臺北》，《大風吹：臺灣童年》為此一計畫的壓軸，凝視十八歲出門遠行前的童少時光。另著有散文集《一隻男人》、《十三座城市》等書。

小路／攝

有段時期，走路對我來說，是精神療癒的一個手段。

那些日子裡，胸臆常常藏著一團低氣壓，使我即連呼吸都感覺到吃力；腦中暗暗安了一顆不定時炸彈，眼看著引信就要被點燃。再也坐不住的我遽然起身，奪門而出。

我似乎看到一個就要壞掉了的人，他的軀幹些許失衡，腳步忽輕忽重有點兒踉蹌，眼眶酸酸的，如果能大哭一場就好了，卻偏偏宛若烏雲四合、悶雷隆隆低鳴、空氣凝固了的午後，雨水遲遲不能落下。

這個人走進了林蔭又走出林蔭，避不開人群便穿過人群，一條街道緊接一條巷道，路往哪裡開展便朝那裡走去，一刻鐘兩刻鐘一個小時兩個小時甚至更久，汗水緩緩自耳際浸漫而下，衣衫上印出溼印子，而終於，呼——終於胸口逐漸寬鬆、呼吸暢順，步伐重又校準回常軌。

走路以自我修復。

走路多半與思考連結，盧梭《懺悔錄》裡曾說：「我只有在走路時才能夠思考，一旦停下腳步，我便停止思考；我的心靈只跟隨兩腿運思。」約翰．泰爾沃在他的《逍遙行》中則有：「至少有一點我可以大言不慚地宣稱，我和古代聖賢一樣樸素：我在行走之際沉思。」但我走路的初衷，相反地卻是為了緩和腦際的運作。

各種思緒參差湧現彷彿一杯混濁的水，我藉著踏出一個步伐再踏出一個步伐，機械性、儀式性的簡單重複而慢慢沉澱、清空，隨之而來的，某些清新的關於創作的念頭——也許就是所謂的靈感——便如鮮嫩新芽啵啵自皴裂枯敗的枝幹上萌發。走路是行動的靜坐，甚至使我有了新生的契機。

瘦，也許逼近於痛，是大量走路的副產品，就像水泥在凝固的過程釋放了熱，相反地，冰雪融解時吸收熱量，而使周遭環境溫度降低。

我曾在沒有太多走親山步道——規畫得宜的低山山徑——的經驗下，自觀音古道登硬漢嶺制高點，下山後跋涉至八里渡船頭，搭船到彼岸淡水賦歸。鐘擺一般，上一個步伐帶動下一個步伐，運動T恤溼了又乾了又溼，白色薄鹽結一圈圈年輪也似的痕跡，自日正當中至月亮高掛，東轉西繞地，一趟下來六、七小時，累是難免，但精神亢奮，自信可以走得更久走得更遠。想要走得更久走得更遠。不過，翌日背痛腰痠，只差沒有癱瘓在床，實在是太不知好歹；卻也同時盤算著下回又該上哪條山徑晃晃。

適當的痠痛是鍛鍊的成果，生命存在的證據。我翻開我所敬愛的小說家柯慈的《麥可・K的生命與時代》，直覺可以找到共鳴，果然發現了這樣的句子：每當K「在田地裡來回走動時，他都感覺到一種來自肉體存在的深刻喜悅」。

這種喜悅來自於禮讚感知身體的原始方式，來自大自然的鄉愁，關乎土地與勞動，也來自對都會文明下用進廢退、據說人類將演化成只剩一顆西瓜腦袋而四肢終將萎縮的預言圖像的反動。

●

多數時候，「走路」更帶有小資情調、布爾喬亞的色彩。

行進間總是左張右望，指認探出牆頭的花草，凝視鐵窗的花樣和鏽斑、老房子木頭風化後的紋理，掃描街路上一張張臉孔，捕捉能牽引情緒之一瞬如魚標浮動的物事，多半關於「美」。不管美麗的城市與否，總有些因多情想像而美的星星點點浮凸而出，尤其是生活在他方之際。

我不排斥與人偕行，但更鍾愛一個人上路。

最是迷人的是那些兼收山海之勝、地勢高低起伏如小夜曲緩升緩降的城市，舊金山、長崎、香港，乃至於馬來西亞新山：我的大馬同學曾領著我爬上馬路頂端，放眼對岸是新加坡，眼下為柔佛海峽，海的顏色是天空的顏色，樹的表情是風的表情。

去過許多回香港，漸漸地也就不再迷戀於街市繁華，但總是好期待的是，每到香港要消磨半日光陰的南丫島家樂徑。

可以在中環搭渡輪，索罟灣登岸，經海鮮大街，走上家樂徑。家樂徑地勢和緩、路面平坦，雖有人跡但乾淨、安靜，全長六公里，慢慢走約花兩小時可以抵達榕樹灣。此徑前後有蘆鬚城泳灘和洪聖爺泳灘，前者僻靜、後者喧鬧，端看個人喜愛，不妨逗留片刻。

在榕樹灣用過晚餐，天色轉暗再搭渡輪，通常忍不住就打起盹來了，當渡輪駛進維多利亞港，睡眼中香江最富盛名的夜色層層逼近，惚兮恍兮，是夢的質地。

職場曾舉行辦公桌布置競賽，主題乃「夢想中的旅行」。人在路上，心若無餘裕，則恆常在趕路，趕朝陽之一瞬、夕照之魔術時刻，趕繁華之易老、煙花之薄命，所以我的旅行，夢想中的旅行，別無所求，只是祈願不趕路，慢慢走。

京都是個宜於慢慢走的城市，有個春天，我準備前往西郊善峰寺，巴士在山徑上蜿蜒而行，中途我臨時決定下車走走。馬路旁休耕的田地裡滿滿盛開著三葉草的小花。宮澤賢治說，只要在傍晚順著白花三葉草花朵上所見到的號碼一路走下去，便能抵達「波拉農廣場」，那是一個沒有煩憂擾攘的烏托邦。

暖陽驅走一整個冬季的寒意，空氣清淨滌盪著胸膛，走著走著，驀地在爬坡的馬路頂點出現一株巨大櫻花樹，以藍天為背景盛開一樹白色花朵，起風時，花瓣如雪紛紛揚揚。滿開時繁華至極，凋零時如夢初醒，啊，比櫻花更美的，只有櫻花。

徒步至善峰寺時，方才一車旅人都已準備離去。時間不早了，據說由德川家族第五代將軍之母親手栽下的枝垂櫻下，我聽見一個聲音說「別偷懶，客人又上門了」，幾個嬌嫩的聲音落錯回應「是」，間雜一兩句不情不願的牢騷，又有人說：「忙過花季，就可以休個長假了。」我四下尋找，並無人跡，只見一陣風吹過，盛開粉紅花朵的枝條款款擺動，搖啊搖啊搖，美人伸了個懶腰一般，最是婀娜多姿。

春天在這裡，等我多久了？

●

每日出門，總為了在書櫃找一本適合搭捷運通勤三刻鐘翻閱的書本而舉棋不定，不請自來的則是旋律，驀然附身，頑強地成為當日主題曲。

有個早晨醒來，報到的是〈Whoever finds this, I love you !〉，蕭瑟的秋日午後，一個老人踽踽踩在荒蕪小徑上，他發現落葉堆裡有張紙片，拾起一看，淚水泛出眼眶，那是鄰近的孤兒院裡一名小女孩擲出的瓶中信。

多年前初北上，我曾在一個深夜不小心把自己困在一個逼仄的廢墟也似的屋子裡。洗手間有氣窗開往防火巷，但我既非蜘蛛人，也不是美國隊長，沒有手機沒有室內電話，無計可施而又坐立難安之下，我將一張字紙逆著郵件投遞孔擲向馬路，「SOS，Whoever finds this, I need you !」。然而，這張呼救的紙條，成了沒有魚咬的餌、斷線的風箏。

因此，那個早晨我有了一個想法，決定當天走路就將目光擲向地面，去尋找字紙，有手寫字的紙條。

一無所獲。

也許這已經不是一個手寫字的時代了：與一名初識臨道別時打算留下聯絡方式，我轉身去掏背包，準備找一張紙一支筆，掏啊掏地到底塞哪兒去了？一抬臉迎來的卻是錯愕的表情。他說你找什麼，順手抄起桌面手機，曉諭我這個手寫字時代的遺老：不是有手機！

城市的風景悄悄地在改變——有回通勤途中我驀然意識到，整個捷運車廂的乘客莫不埋首熒熒發光小螢幕，一個人是一座小劇場，搬演著獨角戲；只有我仍翻讀著報紙，手上有油墨，彷彿異教徒。

可以等等我嗎這世界，以步行的速度。

還好我們仍然走路仍然歌唱，邊走路邊歌唱。

有段時期，雙腳踩踏出的旋律常常是，「他沿著沙灘的邊緣走／一步一個腳印　淺淺地陷落／他沿著沙灘走　不再回頭／他脫了鞋子／喜歡那種冰涼的感受」，在那些挪用周夢蝶的詩句來說，「所有的夜都鹹／所有路邊的李都苦」的情緒沼澤裡，哼得失魂落魄，走得有氣無力，少年維持了好長一段日子的煩惱。

演唱會上，有些歌手重唱多年前熱門單曲時，會重新編曲，聲稱是因人事歷練、心境轉折，便有了不同演繹方法。問題是誰要聽這個啊？去聽演唱會，就是要聽原汁原味原版復刻，帶我們重回現場啊。

可是真的耶，一個人好自在時，哼起曾經讓人溼了眼眶的傷心情歌時，也變得好無感；現此時重新唱起「生命中沒有多少時候／可以這樣沿著什麼沒有目的地走／也沒有什麼人規定過／只有十七歲才可以光著腳／十七歲才能為這樣簡單的事實微笑」，多了輕快，少了沉重，多了遊戲的趣味，少了鑽牛角尖的死心眼。

就這樣，走著走著，走過春的氣象詭譎，走著走著，走過夏的燠熱躁動，走著走著，漸漸地我感受到，感受到了秋日小風輕吹，帶走一些躁急的氣味，秋陽薄薄，曬褪一些衝動的顏色。我明白了無論如何總會有一條路，等在腳步之前。這是時間送我的禮物。

——原載二〇一四年七月三日《聯合報》副刊

水城一春今日盡

——張怡微

復旦大學碩士畢。國立政治大學中國文學系博班在讀。曾獲第三十三屆時報文學獎散文評審獎，第十五屆臺北文學獎散文首獎，第三十五屆聯合報文學獎短篇小説組評審獎，第三十六屆時報文學獎短篇小説首獎，第三十八屆香港青年文學獎小説冠軍，第二屆紫金—人民文學之星散文大獎。於中國大陸出版小説、散文十一部。

眼下這就是水城。

累贅的話說多了，反而會破壞它充滿隱喻的日常質地。每一次我從桃園機場回臺北都是傍晚，就這樣眼睜睜看著高速公路以外的層巒遠山，明淨，宛若氤氳水墨，冒著惘惘的仙氣。多少，會令人聯想起石黑一雄小說裡日益蒼茫的他人心緒，布置了人為的光影。有明暗，也有親疏。留白裡全是真諦。《我輩孤雛》那一本書，我是在從臺中到高雄的火車、又高雄到恆春的汽車上看完的，途經八個半小時。石黑一雄的英國不是我想像的英國，當然真的英國我還沒有見過。他的上海更不是我所親歷的上海，雖然真的上海早就跟我說了拜拜。蜿蜒的恆春公路終於豁然開朗之際，我合上小說，抬頭就看到了碧藍壯闊的太平洋，宛若隻身穿過戰時硝煙後，心裡僥倖的大寧靜。那一刻，即便作為異鄉人的我，居然有些想念臺北，就像眼前的美景美則美矣，只可惜是異鄉。「異鄉」二字，如今慢慢的，在我心裡承載了更為豐腴的意涵，足以細膩到一座島嶼兩眼之間溫潤的餘地。它不是國，不是省，不是市，不是社區，而僅僅凝縮為眼緣、是經年積攢下的親暱，自成心靈一隅，是大寄託落空之後的小慰藉，宛如暴雨將歇。

但就和歌裡唱的那樣，臺北其實並不是我的家。

墾丁是許多年輕人都曾蜂擁而至、又蜂擁而去的風水寶地，望山面海，然而我早就不會為此美景產生嫉妒。聽說古早以前，車站旁還有舊書店，是海邊通往城市的視窗。然世風日下，終於就連這樣樸質、自足的土地上都不再容得下二手文學的偏安。直到我到達的那一刻，它貧瘠樸素一如百年以前，神祕更如創世初。藍色與天際，象徵生命的同時也吞噬。即便是想像的聖地，我對自在海洋，也從沒有建立起任何迷信、甚至算不上滿懷崇敬。大部分時候我都不願深想神祕世界的因緣，寧願保留那份陌生，像拒絕社群網路推薦給我的任何「你可能感興趣的人」。

我父親就是海員，一生漂泊，壞了性情。我和母親遇見他，從一開始就像是遇見遠方。我一直覺得，我和父親之間相隔的暗礁再苦硬深沉，那也是沉甸甸的暗礁，不是輕盈的浮塵。它極難被撣去，如灰飛如煙滅。而隔著歲月，我始終沒有勇氣跨過的，又豈止是幾塊石頭。父親極少對我提及自己在水上飄蕩過的一生裡曾經有過多少忍耐，也極少對我提及他對於陸地世情裡頑固寒涼的陌生。他退休以後變得好像一個小學生，隨我繼母一起買卡片乘搭捷運，又四處詢問家附近市集或銀行的方向暗暗做著筆記。我看著他們相互扶持的背影，忽然有些成人的感動。我為他們開心，像祝福一對自己不認識的夫婦。以至於內省得知，多少年來，我曾有過的全部的、關涉父親與海洋之間碎片的象徵，其實都是我的私人想像，是我任性的附會。不適之地，也是因我個人的不適而臆斷出的他的彷徨。他從來不是我心中的少年翁達傑，他的船艙裡也沒有貓桌。

When we were orphans。那同樣是這座島嶼沉痛的運命，像一個巨大的隱喻。累贅的話說多了，反倒顯得有些置身事外的薄情。事實上無論它終會以什麼方式豁然晴朗起來，都攜帶著逝去時光裡的沉重夢魘。臺北為此而日日垂淚，他看似那麼健忘，事實又那麼耿耿於懷。他陰鬱得像一個終年委屈的情緒病人，在門庭若市的日常裡老盡少年心。他彷彿總是，酷愛在這樣的季節裡，硬拉著你站在鏡前，看方向倒置的你的同情，他的愁容。聆聽在他萬變的哀愁裡，還藏有悄然的蝸牛的喘息。

有一年我隨老師在雨天路過基隆向九份的濱海公路，雨水落得那麼淋漓，聚起氤氳的白色煙霧。公路上只有螢光的燈柱指引方向，山海靜成大蕭條。老師卻特意靠海停車讓我下去看看，我不知道是為什麼，因為眼前什麼都沒有，黑白一片，只有浪，一陣又一陣拍打海岸。海風捲起沉重的海水，又忽然間潰散，幾次重複，宛若性無能的丈夫無論幾番努力都終於止步於情欲之海。我看不到印象中、旅行影片裡哀豔的遠山淡影，海也不是那藍色。唯有濃重的霧，寂冷的豪雨，與浪，拼接成自然原相，不再取悅任何人。我打著無濟於事的傘，惘惘然地站了一小會兒，老師忽然對我說：「你不要再往前走了，很危險。對了你爸爸是海員嗎？想讓你看看，海上真的很無聊，很枯燥。像現在。」

像現在。我想，我只站了一小會，心下就湧起冰海沉船的宿命念想。我不知道父親要怎樣認命地站過他那一生。他人生的大部分經驗，對我都那麼陌生。我了解與我日日照面、卻只能稱之為陌生人的那些人，都比我對父親的了解要多得多。

這些年來，也唯有在這片地域，我要比在故鄉時更為親近大自然一些，也親近自己。至少從地景、從切膚的毛孔的呼吸裡，我能窺見城市性情之外的普世端倪。我只要推開窗戶，就能見到蒼鬱的群山，循著風雨走廊，就能看到雨後，地下悸動的老鼠、疾躥的青蛇，還有遠眺即可納入眼簾的蒼鷹。我乘著車，晃晃悠悠就能見山見海，但我依然很少能夠找到自己與自然之間相濡以沫的日常細節。我是這個城市裡的微小糟粕，是地球癌細胞中的一員。我的生命消耗著大量前人的歷史積累，同時又破壞著生態之鏈的每一環。我食葷、單身、無信仰，我尚未對世界做出任何貢獻，甚至也無從去懺悔自己隨波逐流的怠惰。我就是芸芸終生中最為普通的消耗，徒勞著浪擲青春與生命。從海的這一頭，到海的那一頭，猛火堅冰都不曾遇過，我的日常飛躍裡充滿私人的窮盡。

與大自然的無可調和，卻也還有這座水城清晨裡最為迷惘的風景可依傍。朝陽將出未出的那一個剎那，我全部的目之所及，都美得懾人心魄。這個世界的絕對清晨，為老者獨享。老人們退散以後，才有了上班族登場。餬口的年紀倒序起來，則有了九、十點鐘的太陽，熾烈、慵懶、熱霧纏繞，年輕人總是要到那一刻，才翩然帶著睡眼登場，平凡得得天獨厚，心裡也無所謂流逝。是為青春裡一瓣瓣嬌豔的白日夢。

——原載二〇一四年七月十六日《自由時報》副刊

夏天的四段式

——黃麗群

政大哲學系畢。曾獲時報文學獎短篇小說評審獎；聯合報文學獎短篇小說評審獎、短篇小說首獎；林榮三文學獎短篇小說二獎（首獎從缺）。作品曾入選《九十四年小說選》（九歌）、《九十九年小說選》（九歌）、《二〇一一年散文選》（九歌）、《二〇一三飲食文學》（二魚）。著有小說集《海邊的房間》（二〇一二）、散文集《背後歌》、《感覺有點奢侈的事》。

小路／攝

小病

脫春入夏總是像蟬蛻殼與蛇換皮一樣困難。如果老掉牙地將一年節氣與人身等值換算，糟了，這就是青春期。所以每年端午前後都像被午時水或雄黃酒噴到的蟲子一樣無名地小病一下，青春期最後的領受與煩惱。可厭的是那個「小」字，「小」就是連自己都看不起自己的事，發熱頭痛，皮膚過敏，鼻塞身重，也不好意思張揚，當然也不可能成為發言的資本。有一年，奇蹟似地什麼痛苦都沒有，健健康康，好吃好睡，能跑能跳，就是喉嚨沒聲音，開始幾天根本說不出話來，西醫沒有結果，中醫也不知所謂，就開了些調伏邪火的藥方吃著。所幸它終究像少年少女的彆扭，自己漸漸好轉，但整整一個禮拜過去，我開口聽起來就像個吞過炭的老男人。有一次搭計程車，司機非常狐疑，不時透過後照鏡打量我，我知道他心裡——定在想：「這個男扮女裝也扮得太像！」說不定，他還有點害怕，心裡想起了社會新聞裡奇情的劫殺案……但我總不能說，先生，我只是啞了，但為什麼會啞了，我不知道，醫生也不知道……於是一回家，趕緊拿出中藥粉吃著，站在廚房流理臺前倒水，一口岔，一口不平，心想，人類生活裡，這種無聊的尷尬，未免過多了點吧。

半夏啤酒

吃中藥不能飲酒。也不能吃生冷，不能吃冰。特別是冰。每次站在超級市場裝了啤酒與冰淇淋的雪櫃前，我自己就代替那些健康報導先恐嚇起我自己了，躊躇不前，「to冰or not to冰」。其實，大聲疾呼「吃冰不好」，對他們也沒有實益，我猜那是接近宗教。就像小時候看那些拿著小冊子挨家挨戶傳教的男女，不理解他們的熱心何處來？又不賣東西，又沒有錢賺；後來才有點明白，「相信自己想相信的事」也跟金錢一樣能夠縱橫著人心，信仰的完成式是自我匍匐，但現實裡它的進行式經常變成了訓導他人如何匍匐。世上最遙遠的距離。

不吃冰不喝酒就百病不生嗎？這當然是個「信耶穌得永生」或「放下屠刀立地成佛」式的說法。但最起碼，它讓我們有些指望，又是那麼簡單的終南捷徑，「這一點意志力都沒有，還有什麼資格獲得健康的身體呢？」也是非常適合我國國情的單細胞道德判斷。可是沒有冰啤酒就沒有夏天。所以還是取出了玻璃杯，寬口有稜角，質地不能太薄，凍過；下酒菜倒不必太多了，因為喝到一半已經非常心虛，最後自我感覺良好地剩一半在罐子裡放回冰箱。自以為這就算是不垢不淨不善不惡不增不減。運氣好一點，它最後被拿來燉肉；但大多時候還是丟掉，金色的起過紛紛泡泡的時間，咕嚕咕嚕流進地下水道，傾棄幾次後，那剩下一半的夏天，也就倒得差不多了。

茶與貓肚皮

冷氣大多在睡前開兩三小時，半夜關閉，所以早上通常是熱醒的。也不是大汗（那就是真的生病了），是囉唆的汗，像一整個晚上有人在汗腺與毛孔的耳邊碎碎念碎碎念碎碎念：「不熱嗎？不熱嗎？你不熱嗎？不躺到地板上嗎？不開冷氣嗎？」把它們煩都煩死了。

起來總是要先看看貓，貓的肚皮也被這天氣煩死了，一下子左晾，一下子右晾。左晾右晾都不如意。然後喝熱茶。冰啤酒的第二天往往有些亡羊補牢的意思，日常最多喝的是出雲地方產的紫蘇番茶。紫蘇薄荷茶。仙楂茶。黃耆茶。日式焙茶。紅豆水煮的薑紅茶。心情比較混淆時，喝京都福壽園玻璃翡翠色的綠茶。但不管喝什麼貓都要爬到茶几上檢查，順便掉幾根毛在杯子裡。一整個早上我跟貓都昏昏沉沉的。像一大一小兩隻茶包，全城溼氣浸泡。

不知道貓肚皮的茶，喝起來是什麼味道呢……

福壽園的綠茶我總是非常節儉地喝，三匙茶葉要回沖三次；大概喝到第三盅的時候，剛好過午。我跟貓這時往往會被落雷嚇一大跳，貓肚子虎一下翻過來，我手上的茶也差點就要一起翻倒。

雨說下就下了。

淋到了雨

不下雨就不是臺北，午後沒有暴雨也不是臺北的夏天。雖說每一個季節永遠是重複他自己，連次序都不顛倒一些，可是奇怪，每年都還是感到這個夏天是新的。每次因為懶得帶傘而淋了雨，也都像是從未經歷過，新的洗刷，新的狼狽，新的鞋子毀了，新的路人以新的奇怪的眼神看我為什麼不奔跑或閃躲？我總是在心裡講一次那個笑話：「幹麼跑呢？前面也在下雨啊。」雨水看似清澈，其實質地發黏，在大雨裡行進當然不浪漫，也沒什麼戲劇性，但是慢慢移動時，皮膚裸露部分被反覆敲痛，頭髮淌水，滴進眼睛，扮人類的舒適殼子被打掉，像非洲草原上的遷徙，令人忽然認識這身體其實也是一具動物的身體，有時是斑馬，有時是獅子，有時是鴕鳥，有時又是長頸鹿。

大概有點像戀愛，不管經過幾度一概是如此如此這般這般，能說的話能做的事，能救的能放棄的，能夠動員的情感部門，也都是七七八八那一些，可是，每次仍然覺得今天是新的一天。最近聽到一齣日劇的宣傳詞：「夏天是戀愛的季節。」其實春天秋天或冬天，也都適合戀愛啊（應該說，有什麼時候是不適合的嗎？）或許因為夏天大家穿得少宜於點燃荷爾蒙？或許因為夏天富有假期與遠行的想像，也或許就只是因為一場一場暴亂的雷陣雨以及其中的動物性：若不是青春時的感情，沒有人能哭得這樣崩潰，卻又在晚飯之前雨過天青的。雖然說旁觀的人也知道，明天或隔幾天，他還是要再次哭成這個樣子，過幾天颱風也是會來。

總之就是個潑出來的季節，傘潑出來，浪潑出來，高溫潑出來，天的藍潑出來，夏天是不必考慮後果的，結出來的果實也是各種淋漓的汁液潑出來的甜。

不過雨一陣一陣下著下著，也就小了。

颱風也是愈來愈不常見了。

看著他一點兒一點兒把自己往裡收，其實比較舒服，我們高興地誇讚，真是最好的時候呀，秋天到底是臺北最宜人的季節。

但誰會想到？他要生過幾次不致命卻十足磨人的小病。要放棄幾罐剩下一半的啤酒。要被柏油路面與金屬水泥反覆折射的高溫燒灼過融化過幾次，又要激烈地起過幾次風，下過幾次重得能擊碎地球中心的雨。才能走到這一步呢。

——原載二〇一四年七月《聯合文學》雜誌第三五七期

本文收錄於二〇一四年七月出版《感覺有點奢侈的事》（九歌）

那一天，我們在上海——楊明

東海大學中文系畢業，佛光大學文學碩士，擁有多年編採工作經驗。二〇〇三年考取四川大學博士班，離開臺北熟悉的媒體工作，遠赴大陸四川，重拾學生身分。二〇〇七年取得博士學位後，客居杭州講學，現任教於香港珠海學院中文系。

她的文筆細膩，以其獨特的都會女子眼光對於時事的觀察有著更深一層的體悟。旅居大陸十餘年，遊山川名勝，訪名家故里，嘗南北料理，她對於兩岸三地的生活型態與現行價值有著極為敏銳的省思。透過她清新淡雅的文筆，浮躁社會裡難得的抒情內涵，深刻描繪出來她近年來生活的所思所得。

文章散見於各大報紙。曾出版有《酸甜江南》、《城市邊上小生活》、《路過的味道》、《夢著醒著》等散文、小說十餘種。

到上海後，雨就一直沒停。

酒店窗子望出去，灰濛濛淅瀝瀝，小時候逢上這樣的日子，不能出門，只能趴在窗邊往外望，那時臺中高房子不多，天氣好的時候從我家窗子可以一直望見自由路上的遠東百貨，這樣灰色調猶如老電影畫面的窗景，於我是再熟悉不過，然而臺中的遠東百貨已經從自由路消失，雖然中港路新商圈出現了更新穎更具規模的大遠百，但那已經與我的記憶無涉。

城市總是不斷在變，除非時代停止了腳步。

第一次到上海是一九九〇年，那時的上海不下雨的日子也顯得灰撲撲的，別說看不見昔時的風華絕代，狼狽中還顯出一些傖俗。如果你看過電影《亂世佳人》，那麼我想這麼說，郝思嘉落難時拆下窗簾縫製新衣，雖然被白瑞德識破，但那逞強還是有架式的。九〇年的上海卻讓曾經看過關於老上海的電影或小說的人，尋不到一點影子。倒是物價低廉，我意外在上海住進酒店套間，寬敞的客廳臥房，加起來有四、五十坪，如今的上海，我可再消費不起那般奢豪的住宿。

但是上海一點一點重新妝扮起了自己，城市可以由老變新，可惜人卻不能，記憶也不能。

二〇〇一年，丈夫到上海工作，暑氣正熾的七月，我休假來上海看他，相隔十一年，其間也到過上海，但未久留，匆匆一瞥，連印象都談不上。丈夫在上海住的是公司的宿舍，於是出發往上海前，丈夫先為我預訂了酒店，聽聞浦江飯店建於一八四六年，是上海開埠以來乃至全國第一家外商飯店，中國的第一盞電燈在此點亮，中國的第一部電話在這裡接通，愛因斯坦、卓別林、羅素訪華時都是住在這，我便囑咐丈夫訂浦江飯店。然而，那真是一家老飯店，雖然看得出工作人員為了曾有的輝煌歷史而驕傲，但是僅靠心裡的尊嚴還是難掩頹敗，老電梯老餐廳固然吸引著我，但是住在裡面卻不舒適，工作人員熱心向我解說酒店裡原應該有的陳設，在文革期間遭到破壞，酒店計畫修復，但因為希望盡量保留原來的風格，所以比較慢。一九〇七年浦江飯店擴建，採新古典主義維多利亞巴洛克式風格，曾經是遠東最著名的飯店之一，鄰近外灘與蘇州河，晚上，我們在燦麗的外灘老建築間散步，看著觀光船行駛在蘇州河留下亮晃晃的倒影，身側的歐風堂皇建築，對岸遙相呼應的浦東現代化新式大樓，我決定在浦江飯店住兩晚感受一下老上海即可，接下來的日子我們搬到了徐家匯一處新開幕的酒店，我才自在些。

不過，就如那位老員工說的，二〇〇四年浦江完成修復，在蘇州河畔再度亮眼起來，她仍舊老，但是精心修飾過的講究。

我逐漸覺察出丈夫獨自在上海是寂寞的，常常下班後一個人走上一兩個小時，穿梭在弄堂裡，買羊肉串，吃小餛飩。那時延安高架路通車不久，隨著《人間四月天》電視劇播出，原本在延安路旁四明村九二三號一幢洋房是徐志摩與陸小曼婚後的住所，遊客也開始尋覓過來，然而徐志摩居住臨路的一排房子已經因為道路拓寬拆除，我們能看到的是四明村留下的其他小洋樓，歐式風格，古老的窗臺典雅而憂傷。稍晚於徐志摩在上海，張愛玲住過的愛丁堡公寓仍在，由四明村經過靜安寺，往北走不遠就到了，張愛玲的〈公寓生活記趣〉中這樣寫：「公寓是最合理想的逃世的地方。」

從上海回到臺北，我和丈夫說，不習慣就回來吧。臺灣總會有合適的工作，我這樣想。

但其實，事情不是你願意樂觀就能朝好的方向發展，民國十七年創刊於上海的《中央日報》，民國三十八年隨國民黨遷至臺灣，在政黨退出媒體的決定下，民國九十五年西元二〇〇六年停刊，改為網路報形式繼續發行，在傳統紙媒工作二十年的我也失業了。那一年先後幾家報社結束，從上海返回臺灣的丈夫，在弄不清究竟是資金外流還是人才外流的大環境裡，我們直接感受到的是臺灣就業困難，尤其是不再年輕的我們，於是丈夫又投入大陸職場，每每看到討論臺灣經濟發展的報導，不懂經濟的我愈來愈感到無語。

尋常日子在城市的角落川流不息，我們只想認真活著。說不清的原由推搡著我們，二〇一四年的上海，意外成為我們假期相聚的地方，當我在航空網站上搜到特價機票，丈夫只要一個小時就可乘坐高鐵來到上海，此時的上海不再是我懷想的三〇年代的模樣。

常德路一九五號的常德公寓依然矗立，樓下有一家書店兼咖啡店，一家餐廳。牆邊綻放豔紅的秋海棠，微雨天氣裡依然蓬勃。當年命名為愛丁堡公寓的常德公寓，一九三六年建成，屋主是義大利籍律師兼房地產商人拉烏爾斐斯。張愛玲和她姑姑張茂淵曾經一起住在這，兩人各自擁有自己的臥室和浴室，中間是廚房相連。她在此完成《傾城之戀》、《沉香屑》、《金鎖記》、《心經》、《花凋》等多篇小說，如今這些文字和我一起穿梭在教室。張愛玲寫到關於自己的公寓生活：提起蟲豸之類，六樓上蒼蠅幾乎絕跡，蚊子少許有兩個。如果牠們富於想像力的話，飛到窗口往下一看，便會暈倒了吧？怎麼她住六樓就連蚊子都少，我在香港二十樓仍有蟑螂，在我推門時悄悄伏在牆角，我卻不能將之丟給千里外的老公處置，只能親自上陣。

離鄉背井是怎麼開始的？原以為臺勞只是自我解嘲。

胡蘭成離去後，留在上海的張愛玲說，在這裡，我將只是萎謝了。如今常德公寓裡曾經在張愛玲筆下出現的老奧斯丁電梯，漆上了鮮豔的油漆。愛丁堡公寓曾經也一度寂寥，據說一九九五年張愛玲去世，才又受到矚目，成為張迷造訪上海時的景點。

另一處梅龍鎮酒家則出現在電影裡，十幾年前丈夫在滬工作，我們也慕名前往，上個世紀在梅龍鎮請客是體面的，但是這一回我們決定去雲南路吃老鴨粉絲湯和小籠湯包。上海在原有的基礎上一點一點塗脂抹粉，也許還注射玻尿酸，雷射去斑，展現另一番光彩。南京西路的香特莉西餅屋一九九三年曾邀請《上海灘》中飾演許文強的周潤發剪綵，那是香特莉的盛時，店一家一家開，兩年前卻因為經營困難陸續關店，有人說是因為上海租金不斷上漲，也有人說是不敵外來西餅屋，諸如臺灣的八十五度C。

我想起民國三十八年來到臺灣的諸如伍中行鴻翔綢緞天香樓，和大陸經濟改革開放後陸續登陸的永和豆漿上島咖啡八十五度C有著怎樣迥異的心情。同樣的年代在戰亂中來到臺灣，從此不曾離開過臺灣一天的父親在我不得不在臺灣以外的地方謀職時，他先是提醒：物離鄉貴，人離鄉賤。我想起他和我說過，年輕時離家從南方寄回老家的一盒桂圓乾，這些年我也在不同的城市裡尋找父親口中有著白霜的山東柿餅。當我的離開臺灣已成為事實，他只說了一次：當年我離開家牽掛一世，如今不想你也離開家。時局動盪造成父親前半輩子的牽掛，那麼又是什麼讓他晚年繼續牽掛？

我竟也說不清。

母親離家時，只十二歲。一甲子後，我離開臺灣工作，已經幸福很多，但是中年又另有滄桑。

來上海前現代文學的課正好講到梁實秋，婚後他曾和妻子住在上海，梁實秋在《時事新報》編副刊，同時在大學兼職，一天晚上，梁實秋回家，妻子問他：上樓的時候，是不是一步跨上兩級樓梯？梁實秋訝異問妻子怎麼知道，程季淑說因為她數著那響聲的次數，和樓梯的級數不相符。我忽然想起丈夫，臺北住處沒有電梯，每回他回家，總也聽到兩階並作一階的腳步聲，原來都是急著回家。抗戰時，梁實秋與妻子不得已分開，再團聚已是數年之後，兩人於是約定此生不再分開。數十年後，臺灣人離鄉工作愈來愈多，朋友對我說：你是幸運的，至少有工作。便不能抱怨，我努力搜索特價機票，為自己安排更多的相聚，即便每一次機場道別心裡總是空落落的，朋友又說：過一陣會習慣的，不知是安慰我還是比我能認清現實。

從梅龍鎮到常德公寓一帶街區，包含中信泰富廣場、恆隆廣場形成國際品牌消費圈，但是徐志摩住過的四明村和張愛玲住過的常德公寓那種幽雅的懷舊氣息也繼續繚繞。微雨天氣，我和丈夫從南京路走往黃河路，在國際飯店的西餅屋買來一袋蝴蝶酥，酥脆的口感奶香四溢，只是不能振翅飛去，國際飯店民國二十三年便矗立在此，宋美齡和張學良過去都是這兒的客人，八十載倏忽而過，我吃著帶有起士味的蝴蝶酥，彷彿這櫥窗這街道這城市舊日記憶還沒有完全消散，蝴蝶酥翩翩穿越時空，來到明媚的新都市。

——原載二〇一四年八月八日《聯合報》副刊

相遇的零度

——楊邦尼

一九七二年生，馬來西亞柔佛古來人，籍貫廣東大埔。本名楊德祥。九〇年代赴臺念臺大中文系，南京大學文學碩士。二〇一〇年獲時報文學獎散文首獎。曾任馬來西亞華文獨立中學教師，現職教英文。

著有散文集《古來河那邊》。部落格「寫在邊上」，網址為：www.signifer27.wordpress.com

陳文發／攝

1

在臺北，我低調，我隱身。我在罅隙中出沒，和無數個身體擦撞，相遇。

○

我回到南方半島邊界，和獅子島一水之隔，赤道就在咫尺，長夏沒有盡頭，雨季十二月開始，一路從東海往南挪移，海浸泡在水裡，溼透，旋又大剌剌日光，我曬成焦人一具。鮫人，泣淚。

我撫摸《憂鬱的熱帶》，想手淫，聊慰無風的午後。我想起J，那個颱風雨傾斜城市的夏天。卡夫卡說的，那些觸動我的文本，像運斧如風襲上來，歡愉中夾殺疼楚。Blows of the axe，運斤成風，這不正是莊子和惠施兩人之間神乎其技的友誼嗎，莊周的歎息。

莊子失去了說話的對手，對壁自說自話。即使等上一萬年，遇上知音，就像旦暮的時間。那麼，我和J，從相遇的那一刻，藏在琥珀裡的蜜蜂，彩蝶和蜻蜓，晶瑩剔透，闖過萬億年時間甬道，為了今生相遇。彷彿他不是來自塵世，而是陰間，盤古，洪荒，混沌。我們早已洞悉天機，必然遭天妒，拆散，壽夭。

必須折返現場，我的臺北。

我吟詠，面色如秋扇摺進去整個夏日風暴。

J是胸口上遺失的鈕釦，自己最清楚別人從來沒有發現，沒有扣上嗎，掉了一顆嗎。我默念J的名字，在招魂。

新公園的蓮花已經枯萎。新公園久已不叫新公園。

1

○

相遇的零度。

從一開始就離別，相見時難別亦難。我們的相遇始於別離，you come to me from leaving。

時間彷彿就一直停留在與J相遇的那個春寒料峭的臺北東區西餐廳日光斜照三點悠忽如夢的午後，我們日後不斷回返的零度場景。

J，第一天上班。羞澀，有鬍鬚，清癯，個子高。我只是，遠遠的看著，沒放在心上。晚上十點下班，我們在狹小的更衣室首次面對面，我可以看透J眼裡有盜火留下的火焰仍在燃燒，嗅出他身上Issey Miyake的香水。心裡嘀咕：

「你是，你是我這一國的嗎？」

下樓，忠孝東路班尼頓服飾店門口，我要跨敦化南路搭五十二路公車回公館蟾蜍山眷村穴居日式綠窗小平房，兩個人在歧路停下來，眼神像鐵達尼撞上冰山迸出火花急忙駛開彼此視線以免一起下沉，沉默語詞溢滿胸口流布兩個陌生男體，我們屏住呼吸，就這樣，多聊一下，不吃個宵夜再走嗎。

鯨魚浮出水面大口吸氧氣，快窒息，我們從方才巨大撞擊的暈眩和出神晃蕩中稍稍回過神來，話語吐露，我生平如此直接，哪裡來的勇氣，橫刀直入，不留餘地問：

「你——是gay ?!」

「呃，嗯……」J愣著，像偷吃了蘋果，哽在喉頭。

我永遠記得他眼瞳有不可言的答案，答案在風中，一切都是捕風。是，不是；不是，是。說是，就不是；不是，就是。

終於，J和我越過正在開腸剖肚的大馬路，捷運圍籬閃爍警示燈。怎麼是像送別，長亭外，古道邊，芳草碧連天。等公車來，我上車，我們互相看著，沒說那——那我們明天上班見哦，沒有立約。這一別，是永訣。

1

夏日，青年公園游池。我們是魚，相濡以沫，不如相忘於江湖。

○

第二天，我照常上班，冬陽三點，暖靄輝遲，餐廳正在下午茶，悠緩，杯匙碟碗刀叉叮叮噹噹，夢境將醒的聲音。我惴惴預感，昨天剛來的那位小朋友，我在書寫中稱他J，只有符號，我連名字都叫不出來的，不再來。預感靈驗。

我們僅僅在昨晚相遇，過了一夜，世紀漫長。直到十點打了卡，我向副理要了J留下的住址，沒有電話，按地址，去找到他。

知音其難哉！音實難知，知實難逢，逢其知音，千載其一乎。我不要錯過這千載一遇，這人，曾經在哪兒見過。

摁了門鈴，沒人應。查無此人。我忘了在樓下彳亍多久才轉身離開，暗夜陋巷那頭有人影走來，是J。低著頭，若有所喪。

「欸！你今天怎麼沒來？」

「病了，醒來頭重重的。」

「那你看醫生了嗎？」我問。「沒，想說休息一下就會好。起來想抽菸，菸沒了，到巷口小七買，這就要回來，遇到你，真巧！」

是哦，在往後，我們不斷重複的不期而遇，沒有約定的就遇上，分開。

「吃了嗎？」

「沒什麼胃口。」

「吃一點吧！生病總要吃的。」

「嗯……」J諾諾，丟了殼的蝸牛，無助。

我們在路邊街角的一家麵店，J總是頭低，安靜，專注，筷子將麵條捲起，我看著他吃的樣子，瘦，流浪貓的眼瞳，無邪。他不是來自人間的，一定是遭追殺，放逐，貶謫。我是在河邊掏水的婦人，漂流的籃子裡有哭聲，撩起來，一看，天呀！是棄嬰，孽子，將來弒父的。神諭。是命運。詩裡這麼說，他們彼此深信，是瞬間迸發的熱情，讓他們相遇。所以，從第一晚，我們相遇，輕別離。生怕這人明天起來就沒有了。第二天，J沒有出現。

「好好休息，明天記得要來上班哦。」離開的時候，我說。

誰知道他明天會不會來，子虛烏有一個人，鬼影，罔兩而已。

第三天，J如實來。和副理解釋昨天病了，找不到公司的電話沒法通知。我已換好雪白制服，使個眼色，真的你有來喔。

臺大醫院，常德街，林憶蓮唱道，「這樣深的夜，下過雨的街，連星光就要熄滅，你赴的是什麼樣的約」，身體發出電波，我們在闇夜九重葛花架下打量，像狐狸和兔子。

1

○

下班，我們一起走，在東區，人潮洶湧的周末夜，拐進7-11，J買他慣常抽的長壽菸，「不懂抽菸的人，呼吸不會順暢。」J說。我學著抽，嗆，放棄。於是，在很長的時間裡，我瞑起眼睛，就能嗅出那是J抽菸的味道，和他身上懾人魂魄的三宅一生，直到我們無來由的分開，偶遇，我唯一確定是J的菸味和香水。

我來到J位於忠孝東路後巷頂樓加蓋鐵皮屋，五坪，家具少，牆壁全是黑，床墊是黑，窗戶貼黑紙片，一臺電視，音響極佳可播放CD收音機，IKEA孔雀藍燈罩荷葉滾邊吊燈，唯一光束。J把自己隱匿繁華臺北胭脂盆地寂寥天臺，不見天日，一屋子的黑。他怕光。算命的說他前世是魔鬼，我怎麼看都是天使，折翼而墜落。

J洗好澡，圍了一條棉白毛巾，光裸上身，映襯房間底黑，我幾乎被那身體還留著的水滴泛光灼傷眼睛，伯修斯拿著盾牌，用以回看蛇髮女梅杜莎，凡看見她的，瞬間石化。我在看J，石化亦在所不惜，我日後不斷回看的身體，寬背，腰瘦，倒三角體線，六塊肌。羅丹的青銅時代，他剛醒來。房裡有啞鈴，他舉起示範，這動作是鍛鍊二頭肌，再換一個動作是加強肩側肌肉。我已勃起，J你明明就是gay一隻嘛！

那晚，我在J房裡待到凌晨，換做是別人，早就做愛，結束，不留電話，不知名姓的離去。可是，卻什麼都沒有，沒有發生。我們在惘惘的背景裡什麼都做了。

而這一次，僅僅是這一次，我和J，從三天前的第一次相遇，我們不說出的，不忍分離，因為深知這樣的遇合，我們身上帶著從前的傷口，因為遇合而癒合。這是真的，老張愛玲很年輕的時候就說的。

這就是愛。

我們的關係無以言語，什麼都不是。要是，要是J第一天晚上說他是，是gay，是同志，酷兒，同性戀，1號，0號，69，等等，我們逕自做愛，露水之歡，一拍一合，各散。這個是，不是，的默契，一直，一直是我們從心所欲不逾矩的邊界。過去一點，就是慾望洪流。

我們常調侃，言詞狎昵：「如果你是的話，定把你狠狠幹一回，讓你欲仙欲死！」我回以：「是吶，還好不是。是的話，那檔事結束，我就不願再回頭看他，穿上人衣，走吧，你快走吧！」

我好意說服J一起看《春光乍洩》，Happy Together，一起快樂。在公館東南亞影院，我指稱說，前面一定是gay，另一邊是couple，gay sensibility，本能的。我們哈哈哈，故作同志戀人樣，我們是最gay的一對。

1

天冷，風大，淡水的Men's Talk，碉堡上有人裸身曬日光。慾望沒有冬眠。

○

我們從春寒走起，蟬聲劃破夏天簾幕，颱風襲，幾經翻騰，秋來尚飄蓬。J不再出現，我沒找。J在的時候，就已經不在；不在的時候，在。我開始以文字記錄J不在的日子，漫漶如光塵。

J無故消失，不知所蹤。我只能憑記憶，胡亂拼貼，編絲連綴如閨中婦人，奧德賽斯的妻子，日以繼夜，可是，我從來不在等J。他不是夫，我何來望夫歸啊。

「我在的地方，我不在。我不在的地方，我在。」J的偈語。

十月，秋，我從臺北搭國泰航空先飛香港，再回到半島。午後，經常下著對流雨，傾斜風景，驟雨歇。我驚見晚虹乍洩，如駭人春光，天國之門敞開。J，在無所有之鄉，廣莫之野。我在和晃哥哥的書信電郵中，一點一滴透露我和J，我們的關係，忘路之遠近，忽逢桃花源。可是，此中人語云：「不足為外人道也。」

而我，叨叨絮絮，J，你在哪裡？

尋向所誌，遂迷不復得路。

我在繁蕪的文字煙幕中，把J召喚回來。背燈獨共餘香語，不覺猶歌起夜來。

J總已不在。我以文字補之，捕之，如風，虛空啊虛空。文字即表象。文字是盟誓，你看古時兩國相交成敗立約鑄鼎刻文。

所以，當初，我不留餘地的問J是不是gay時，J無以應答。我們頓時流放到語詞的最邊界流離失所好久好久無法歸檔，我們該擺進哪一個文件夾。我們知道，我們是彼此生命中的例外驚心相遇的畫面太初有道我們徒步上雪原升起狼煙駐紮搭營四周一片雪黑與銀碗之白兩個同性異體像荒漠遇流沙泥足深陷透明玻璃杯和冰塊碰在一起雙瑠丁丁冰溶成水熔化玻璃直到東方魚肚白我自J違建頂樓處下來我們是孤臣孽子落魄王孫久別情人，彼此的外遇對象，不是犀利人妻裡的小三角色，我們是他者，the other。

J不在的日子，我服喪。巴特的日記，他為母親傷喪，和喪傷。我讀到驚訝不已！我在筆記空白處留下的隻字片語都成了傷喪的印記。

北投，川湯，燙！賽蓮之歌，慾望本尊，奧德賽斯駕著阿哥號，在慾望的海洋翻騰。

10

我該慶幸，J沒有說他是，或不是，以至於我們每一次躺臥在一起，半裸身，只要一點擦槍走火，燒起慾望，沒法撲滅。於是，我們比gay couple更像couple，遊走在敦化南路轉基隆路，回到我公館家，或搭肩，或摟腰，背靠背。冬夜冷，顛簸紅磚道上握J的手。

J說：「這樣牽手很gay耶！」

「你又不是gay有什麼關係。」

「你們gay都這樣釣男人的嗎？」

走累了，買啤酒，在花樹鞦韆下，J掏出打火機點起菸，煙在冷風中裊裊升起，吐一口菸圈，喝一口尚青啤酒，J有心事，鉛重，沉到底。我沒問。

我們一路走回墳塚青青芒草依依山下的家，小宏宏羨慕我在浮華臺北城的桃花源，羅斯福路四段一一九巷六十六弄十號。J來我家，煮咖啡，咖啡完，喝殘酒，你看，我們的醉姿宛如神交。醒，還醉；醉，還醒。天光從綠紗窗透進來，我們異口同聲說，亮的天。

「如果我們是，便什麼都不是。因為什麼都不是，便是了。」J微醺醉意，吐真言。

共君今夜不須睡，未到曉鐘猶是春。天一亮，我們睡去，我們之中必有一人看著另一人離去，死去。

1

道阻且長，肛門只是掩虛，月下推敲，溫熱的直腸。太一。身體的零度。慾望的零度。

〇

J，送行，千里遠。第一次，最後一次。他主動握我的手不放，在開往桃園機場的臺汽客運上，大霧縹緲，問：「老大，你會回來嗎？」

這次，換我嗯嗯沒有回答。心裡想，我會回來，但是如果我不回來。你總已是離開，你來自於離開。離開是回歸的條件，我相信你會歸來，總伴隨一個但是如果你不回來的前提。

我們在驚異中相遇，復又在驚異中分離。

辦理好登機手續，和J在機場漢堡王喝咖啡當酒送別，且向花間留晚照，西出陽關無故人。暮靄沉沉楚天闊，我回到半島。

10

臺北城池，男色如梭，無數英雄折腰。無限江山，只取一瓢。

書寫，服喪。抵達相遇的零度場景，J在那裡。

——原載二〇一四年八月十日《聯合報》副刊

一九九〇年夏生於屏東，喜歡南方的天空和陽光。十八歲以前都在學音樂，十八歲以後開始讀文學。高雄中學、師大國文系畢業，現就讀成功大學現代文學研究所。

曾獲鳳凰樹文學獎散文首獎。

離岸

蘇玟璇

空氣中有股潮溼的氣息，帶著些許霉味，破損的木製舞臺，老舊的三角大鋼琴，光線從靠近天花板的小窗戶斜斜地射入，映照出漂浮在空間內無數的微小粒子。

男孩坐在鋼琴前，彈奏著潮溼的空氣和灰塵，男孩的臉龐因背著光而模糊，只剩下嘴角一抹輕鬆自信的微笑。琴聲在空曠的地下室裡化成無數灰色的泡泡，一粒粒一粒粒出現，旋即消失。男孩與鋼琴，彷彿一幅無聲的畫。

但我知道那是鐘，李斯特的鐘，升g小調。我沒有忘。

●

通常是一座古老的建築，三層樓，每層樓隔了一間又一間小小的隔間，鋪上地毯，放進一架鋼琴、幾座譜架，成了琴房。而那棟充滿琴房的樓，就是音樂館了。

我所認識的那三棟音樂館，現在回想起來，無巧不巧，它們都坐落在校園的邊陲，站在最寂寞的圍牆旁，陰暗的光線和色調，容納著一群寂寞卻又快樂的孩子。

音樂館外，是校園、操場和教室，以及另一群孩子。

而圍牆外，是老樹和稻田，是鐵道，是世界。

●

九歲時，我踏入了我的第一棟音樂館。一塊塊白色磁磚貼起的外牆，小小的三層樓，有著像體育館般的半圓形屋頂。這一棟小小的白色建築，和全校嶄新的紅磚相較之下，顯得格格不入。

我們將在這裡長大。而當時的我們，都不知道，我們當中的許多人將從這裡，建立起自己一輩子的歸宿。

我們沒有小學生的快樂寒暑假。寒暑假要練琴、要去上特別加強的個別課，要參加管弦樂團集訓。我們的寒暑假，埋藏在這一棟音樂館裡。

三樓那間大團練教室的冷氣，在暑假集訓時總是壞掉。一群小鬼們關在頂樓加蓋的練團室裡，隨著激動熱情的指揮老師，一起演出吵吵鬧鬧的費加洛婚禮，或是神經兮兮的後宮誘逃。

滯悶的空氣加上炎熱的溫度，指揮奮力地揮舞著雙手，宛若從不喊累的運動員。每一個小鬼坐在椅子上奏著自己的樂器，一雙雙腿在椅子下晃呀晃的，童年就這樣晃過去了，隨著舞動的弓、小喇叭的口水、老是出錯的定音鼓，咚咚咚地過去了。

那一些時日裡的夏日午後，窗外蟬聲熱鬧，老樹的枝椏綠油油地伸進了聽寫教室。一手握著鉛筆，一手點著拍子，正在和一個小節塞進了十幾二十個音的慢板節奏奮鬥，下一題是橫跨四五個八度的廣音域，再下一題是好幾個音疊在一起的音堆，接下來還有音程和絃判斷、和聲進行……我們在一題又一題的空隙中，傳著紙條，在彼此的五線譜上畫著圖，不時為了一隻畫歪了的小兔子、一朵長錯地方的小花，在桌子底下笑得全身顫抖，一邊笑一邊唱著老師正在鋼琴前彈的曲調。CEGFDEC（抖咪收發蕊咪抖），FFF（發發發），嘩啦啦……

嘩啦啦的音符和笑聲從音樂館裡流出，沿著牆上小小的白色磁磚，嘩啦啦地流成了一條河，一條又一條不回頭的河。

考上國中，音樂館坐落在陰暗的校園邊陲，圍牆邊的老舊灰色建築。圍牆外是一片稻田，南方小城的陽光緩緩地灑在上面。

這一棟全校最古老也最危險的建築，傾斜的三層樓裡，保有著一條溝式的蹲廁。每天下午三點，定時統一沖水，嘩啦啦的卻怎麼也沖不掉那灰暗的氛圍和尷尬的成長。

誰的初戀在琴房裡誕生，那個誰誰誰的壞話，在木板隔音的琴房裡被傳誦得好清楚。混亂又尷尬的青少年青少女，在紅色欄杆和水溝馬桶旁，頂著齊耳短髮和小平頭，穿著白襪白鞋，繫上閃亮的皮帶，坐在管弦樂團裡，出錯一個音，蛙跳體育館一圈，呱呱呱跳過了困惑的三年，伴隨著一些不太確定的音符。

是蕭邦嗎？還是舒曼？波蘭舞曲或是兒時情景，模糊的臉龐和形狀，扭曲的和聲學，隱伏五度和平行八度躲進蒼白的學科參考書，一邊練琴，一邊讀書。

某個打掃音樂館的清晨，我手捧著理化參考書，躲進最邊間的小琴房裡，慌亂地準備待會的小考。背誦著一個個元素名稱時，隱隱約約聽見了德布西〈牧神的午後〉，絕美的長笛聲，從遠處琴房中幽幽流出。我丟下參考書，奔跑著查看一間間狹小的琴房，跑過琴房三樓長長的走廊，空無一人。

那一個清晨，我坐在紅色欄杆旁，看一串串優雅的德布西旋律緩步走出鼠灰色的音樂館，看著他們爬上圍牆，離開學校。

南區聯招放榜，我來到了另一個城市裡的高中。鐵道旁的中學，港都的海風吹著藍天下的紅樓。音樂館就在鐵軌旁，火車轟隆隆駛過，音樂館隨著火車行進頻率一同震動，琴聲和歌聲也一同轟隆隆地輾過三層樓的灰白色音樂館。

灰暗的大門開啟，裡頭又是一間間的琴房，搏感情的琴房。少男少女們結黨營私躲在琴房裡無所不談，什麼祕密和夢想，都在這裡長出翅膀。

也許這一間正拉著老掉牙的孟德爾頌e小調協奏曲，隔壁誰的貝多芬正在山雨欲來風滿樓的暴風雨前奏，還是正熱門的那首帕爾曼拉過的《新天堂樂園》配樂……一串又一串充滿生命力的音符，在長長的、陰暗的走廊上交織成一片眩目的未來。

但我沒走向那光彩耀眼的未來。

走出期末考場的那個潮溼的下午，我沿著長長的、彷彿沒有盡頭的陰暗走廊，緩慢地走著，雙手仍不由自主地顫抖著，我倚著發霉的牆壁坐下，坐在音樂館那二十年沒換的深綠色地毯上。

從琴房的氣窗縫隙，看著窗外的樹影，隨著火車帶來的強風陣陣搖晃；我手上拿著的樂器，附和著我的呼吸，一閃一閃地反射著窗縫透進來的光影。坐在那條陰暗的走廊上，看著氣窗外的一絲風景，我心想，啊那就是另一個世界了，一個我沒有去過的世界。

後來，我離開南方，離開音樂。離開廣闊的平原和天空，去了悶熱潮溼的盆地，走進不同的季節和氣候裡。

新環境裡也有音樂館，不再是古老的建築，不再是白色或灰色，它鋪著紅磚，超過三層樓。看著大學校園裡的音樂館，我不禁想起，為何我以前待過的音樂館，都只有三樓高？

K的聲音在我耳邊響起，他說，因為這是一個死不了的高度。

●

K和我從小學三年級開始同班，一路同班同校，十年。

他鋼琴彈得極好，雙主修大提琴，學科術科體育美術樣樣表現突出。K自我要求甚高，充滿自信，每樣事物在他手中都像是有趣的玩具。

K求學路上始終頂尖優異，在高中時期，他的音樂愈發成熟，同時卻也得到更多壓力和惡意的閒言閒語。K越是優秀，說閒話的人越多，而K，則越來越沉默。

K自信的笑容有時好像帶著荒涼和無奈，越來越顯得神經質，常常陷入沉思。有時找他聊天，他盯著我，不說一句話。

高二的期末術科考試成績公布，K一反常態，沒拿下最高分。平日說閒話的同學們趕緊眉飛色舞地互相奔告這個好消息。

那一天下午，K從琴房和教室裡消失了。

那是一個暮色溫暖的下午。

沒有人關心K去了哪裡。我試著打了幾次他的手機——「您所撥的用戶未開機。」

當天晚上，我打了電話去K家，胡亂地編了個理由，小心翼翼地詢問K的媽媽：「阿姨，K回家了嗎？他的地理課本被我帶回家了，明天考試要考耶，不知道他要不要看？喔他睡了啊?!沒關係沒關係，不用叫他了，我明天再把課本還他。阿姨再見。」

隔天一早，K一如往常，早早出現在教室裡。我走到他桌旁，問他，你昨天下午去了哪裡？K從書裡抬起頭，對我搖了搖頭，沉默著，不置可否地抿著嘴，加上招牌的挑眉。我看著他的臉，突然覺得好像看見了一些好久不見的，屬於他的坦然和輕鬆。

而後我們埋首準備大學考試，我再沒問過他那天下午究竟去了哪裡。

●

高中畢業那天，K塞了一張紙條給我，瀟灑地背對著我，揮了揮手，走出音樂館，走出紅樓。我打開那張摺得工整的五線譜，上頭是K飛揚的字跡。他說：

「畢業快樂。

一直沒告訴妳，那天下午，我拿了一張椅子，爬上音樂館的頂樓，我心裡很堅定，也不害怕。我在頂樓找了個角度，爬上椅子往下看，卻發現從這個高度跳下去，根本不會死。後來我就一直站在椅子上，站了一下午，看到了那天的夕陽，還有橙黃色的天空。

從音樂館頂樓走下來的那時候，我就知道，這條路我不會回頭了，我會繼續走下去，繼續彈琴，繼續拉琴。我覺得再也沒什麼好怕的了。

啊妳勒？妳要去哪裡？好啦不管怎樣，畢業快樂。我們都要好好的。」

我不知道K跟我說的畢業快樂，是不是也包含著祝福我從音樂班這個溫暖的牢籠裡畢業？

原來三層樓的涵義是這樣嗎？要我們無法輕易地從痛苦裡解脫？要我們好好繼續走這條路？我不相信。我相信的是那一個下午，K如果從椅子上跳下去了，一樣粉身碎骨，一樣灰飛煙滅。何來不死？

●

不死的是精神還有記憶。

我離開了溫暖的牢籠，另一條路，我也如K說的，好好地走下去了。

大學畢業前夕，收到一落邀請卡，是一場又一場飛揚的青年音樂家們的畢業音樂會。邀請卡上都是曾和我同班十年的那些優秀天才們，K也寄來了一張。卡片上的他們，目光望向遠方，手裡拿著樂器，眼神自信而堅定。

中學畢業後，國高中的音樂館也紛紛拆掉重建。再也沒有危樓，沒有一條溝的蹲廁，也沒有轟隆隆跟著火車顫動的窗子和琴鍵，那些潮溼的萬年地毯，也都丟了吧。

在FB上，看到朋友學弟妹們分享的相片。嶄新的音樂館聳立在原址，超過三層樓高的雄偉大樓，貼著彩色的瓷磚，還有著繽紛的高音譜記號標誌和音符壁畫，氣勢磅礡，惹人注目。

希望那些飛揚的孩子們，從新的音樂館琴房裡望出去的暮色，依然溫暖如昔，如同那一個橙黃色的下午。

而我卻再也沒有回去過。

再也不曾踏入那些埋藏我成長軌跡的琴房和音樂館。那些歲月，就像十五歲那一個清晨的德布西，緩緩地爬過圍牆，離開琴房，走向世界，再也不回頭。

●

那究竟是一個狹窄的牢籠，抑或是一個停泊的港口、一段安全的海岸？

不管我離岸多遠，還是一回頭就能看見排山倒海而來這一段又一段記憶；不管我離岸多遠，手掌一攤開，仍舊是鍵盤上一個八度的大小；一低頭就會看見自己左手食指那塊淡淡的、羞澀得似乎不著痕跡的繭。

身體會記得、手會記得，生命自己會記得，這些時光所留下來的痕跡，這幾千個日子我所追尋的軌跡。

當年那個徬徨不安的小女孩，已然長大。

可她仍會循著琴聲，好奇地蹲下身軀，從那透著斜斜光線的小窗子，看見那臺破舊的老鋼琴，有個男孩奏出在潮溼空氣中不斷迴盪的幽微旋律。

而男孩臉上的笑容，蘊含著女孩的記憶、K的記憶，許許多多個我們的記憶，一起彈奏著那一首塵封的曲子。

我知道，那是鐘，李斯特的鐘，升g小調。

我怎麼會忘。

——原載二〇一四年八月十九日《聯合報》副刊

命運漂泊的驛站——夏曼・藍波安

一九五七年生，蘭嶼達悟族人，國立清華大學人類學研究所碩士、淡江大學法文系畢業。集文學作家、人類學者於一身，以寫作為職志，現為專職作家，島嶼民族科學工作坊的負責人。

一九九二年《八代灣神話》獲中研院史語所母語創作獎，一九九九年小說《黑色的翅膀》獲吳濁流文學獎、中央日報年度十大本土好書，散文《冷海情深》獲一九九七年聯合報讀書人年度十大好書、《海浪的記憶》獲二〇〇二年時報文學獎推薦獎，〈漁夫的誕生〉獲二〇〇六年九歌年度小說獎，並為同年第二十三屆吳魯芹散文獎得主，並以《老海人》獲二〇一〇年金鼎獎。二〇一二年出版小說《天空的眼睛》，並獲該年度中時開卷好書獎。二〇一四年推出最新力作《大海浮夢》，寫下他終於實現童年的航海夢的珍貴旅程。

我一個人從紐西蘭的奧克蘭機場飛往拉洛東咖島國際機場是在二〇〇四年的十二月三十一日下午，當我飛到拉洛東咖島的時候，還是二〇〇四年的十二月三十日晚上十一點半，就是過了兩天的三十一日，這是國際換日線之故。在一個不算是個好人的安息日牧師民宿住了兩個月亮的時候，我搬到一個陌生人的家，他叫布拉特，就在我搬去他家睡，初夜的凌晨三點，就要越過四的時刻，如夢幻般的夢見了我至親的親人、前輩，他們的善魂面帶笑容，穿著傳統服飾，好像是招魚祭時穿的服飾，他們來拉洛東咖島看我，我的感覺是，我一直在微笑，當我醒來之際，月亮還掛在島嶼的東邊。我的魂回想剛剛的夢，回想家族們來訪視我的微笑面容，讓我不由自主的心情變得異常的好，彷彿就在我出生的島嶼感觸，我於是在我心裡說：

「有你們在我身邊，我的靈魂很安定。」

自那一刻起，我在拉洛東咖島的一切變得非常的順遂，如是眼前環礁內的藍海那樣平靜的海，令人心安。

無論如何的解釋，對於我，無關於那個夢是真實，抑或是幻覺，唯那個是夢又非夢的夢，我煞是存在於真實與虛無的空間，既踏實又虛幻，卻沒有一絲存疑的現實感。

在拉洛東咖島住了半個月以後，已經和布拉特先生熟了，也信任我了，所以他時常讓我開他的汽車購物，或是環島，或者去拜訪他的白人友人，以及與他年紀相仿的原住民朋友，或是讓我去找陳船長談天。

有一天，我在Avarua港與小船員們話家常，臺灣的農耕隊離開了拉洛東咖島之後，那也是在庫克群島國與中國大陸建交後的幾年，大陸接收了臺灣農耕隊在此島所有的植物病害的研究。Avarua港對面的新建築正是大陸的領事館，有兩位研究者走到碼頭來問我說：

「是否是臺灣來的海洋文學作家？」

「是的，是我本人。」

後來邀請我去他們的研究室，去了他們租賃的房子，閒聊之間，他們送了我五串翠綠的、尚未成熟的、非常漂亮的香蕉，感謝他們之後，我便開車回去。對於那些尚未成熟的香蕉，我不以為然，畢竟如此漂亮的香蕉，在臺灣到處都是，即使我種的香蕉長相也非常的美。當我拿回去，放在布拉特先生家的客廳，他正在看電視，看見我提著翠綠的香蕉進來，問道：

「那是什麼？」

「香蕉。」

他起身走來，專注的左看右看，上摸下瞧那些香蕉，又說：

「這些水果是什麼？」

「香蕉啊！」

他挑起來說：

「什麼？香蕉啊！怎麼可以有那麼漂亮的香蕉！」他百思不解的，左看右看，上摸下瞧那些香蕉，接著又說：

「這是真的嗎？謝謝，謝謝，謝謝，夏曼。」

布拉特先生最愛的水果就是香蕉，而且早上他喜愛煎香蕉、荷包蛋夾在吐司，加兩杯咖啡，他整日的精神與情緒就會變得非常好，這種飲食的習慣，我的理解是，從兒時就孕育而成的，就如我父親三兄弟，只要在清晨吃鮮魚熱湯，那一天就是他們心情愉悅的日子，因此，我不難理解布拉特情緒愉悅的反射。

「夏曼，走去開車，去買一些肉，下午請朋友吃ＢＢＱ！」

這一天，是我住他家以來，他最高興的一天。其實，我的膚色、長相與玻里尼西亞人完全相似，所以開車起來沒有人會質疑我是外國人，我認為，這是藍海給我的福利。

有那麼一天，我們開車去島上唯一的綜合醫院探望一位他的白人朋友，喉癌病患，彼時我在拉洛東咖島已待了半個月，醫院坐落在島嶼的西部，在不算很高的山丘上。醫生大都是從澳洲來的。布拉特跟我說，這是從一九六二年到一九九五年十二月間，法國在其南太平洋的屬地大溪地東南方的Mururua島不定期的核子試爆後，因輻射塵、高強度之人工核種隨季節風飄移，威脅區域島民的健康，庫克國所做的長期計畫的醫療支援，並建置病患的病種、病因等等。二次戰後，西方列強帝國（具有氣派印象，多元功能的國號）如德、英、法、美等等跨區域的核爆惡行，輻射塵瀰漫，威脅島民生計，就如同蘭嶼的情況一樣，島民的疾病變得多元，且比以前更為複雜，而無人聞問。就國際關係言之，此待遇正是標示著弱勢民族的弱勢，孤懸小島等同的悲情，漂亮的、透過專家鑑定的輻射「安全」數字，只是強調了無辜者更為「無辜」證明。然而，拉洛東咖島距離紐西蘭飛航時程約是四小時三十分鐘左右，急性病患往往沒得救，慢性疾病難於治癒，所以島民也深深的質疑，即使庫克群島國已是獨立的國家，不過仍然飽受大英帝國善惡雙面的宰制。跨區域玻里尼西亞人頻繁地聯合抗議，迄今結果，完全與我們蘭嶼島民之待遇相似，換言之，人患病的複雜度勝過於沒有試爆前，固然是事實，不可否認的魔高一丈亦為當今強權國，多元帝國量身訂做的遊戲規則，於是正義的伸張已是國際間虛晃的虛偽面具，不屬於小島寡民的福利。

「有改善嗎？」布拉特問。

「愈來愈嚴重。」他們如小鳥般的竊竊私語，爾後布拉特再探視其他患者。那些白人年紀都在七十以上，也都在布拉特承包國際機場重機械工程時，從奧克蘭移民到拉洛東咖島入贅於當地寡婦，同時也都患腎臟病。

「要不要工作？」布拉特問我。

「可以的。」之後我簽了相當於志工的契約書。在我與布拉特先生回程的時候，他跟我說：

「那些白人都是我以前的工人或工程師，他們需要『擦澡』淨身。」

「沒問題！」我回道。

在我內心認為，為這些孤伶的白人「擦澡」淨身，讓我想到我的父親生前被部落婦女照顧「擦澡」淨身的過程與她們突破傳統禁忌的愛心。應該給自己機會，為陌生人服務，我說在心裡。

前些日子，移動到布拉特家住，夢見我親人，看見父親，發覺他全身是神采奕奕而乾淨，很讓我舒服。此刻來到異國他島，對於為陌生人擦澡，我似乎一絲排斥都沒有，這是很奇異的感覺。布拉特對我說他那些朋友的故事，我的理解是，白人並沒有漢人那樣心存「落葉歸根」的觀念，他們與布拉特的友誼已長達三十年以上，在拉洛東咖島有三十幾位的鰥夫白人，與庫克國政府合力培育弱勢家庭的孩子赴奧克蘭念民族大學或一般大學（我在的那年，剛剛十年），因此，他們的善舉感動布拉特先生，他付出微薄的金錢，也付出時間陪陪這些老友談天，抒解病患的苦悶。

我照顧九位患重病者，視他們為我的大哥，幫他們「擦澡」淨身維持一周。每次開車上山，總覺得幫他們擦拭淨身，好像也幫自己做淨身儀式似的。第三天，先前認識的一位德國背包客，慕尼黑某家中學的藝術史老師A君，每周花兩天的時間陪癌症患者談天，或教患者基礎的炭筆素描，淨身後的課程氣氛很讓我們四、五位志工愉快，A君後來在午後有空就來布拉特家，與我們共飲下午酒，那是布拉特先生自己釀的薄本酒，加可樂，味道比我們在蘭嶼米酒加綠茶來得好喝。然而，當「志工」的過程中，屬於我個人式的幸福相遇，意義是讓我遇見A君。A君的祖父是德國祕密警察的小頭頭，當他知道他的身分，當他理解德國在二次戰後，也在南太平洋的屬地，一個低島環礁島嶼，韓戰之後與美國協議，當作是德國核子試爆的實驗區，對於A君許多複雜的，身為歐洲白人的原罪；就是所謂的多元且多功能型的「跨區域帝國」，淨身母國環境，卻重汙染殖民島嶼島民感到恥辱。他說，歐美帝國的行為不僅是「獵殺島嶼島民」，他們是這星球最無辜的，同時也在獵殺我們的海洋，說身為一個跨區域帝國的藝術家，他能做的也許只有默默的付出行動，資助受汙染島嶼的學童就學。我後來才知道，我做淨身的那些白人是德國科學家、核汙染監測專家、數學家，這是在A君付我三千美元，說那是我應得的酬勞時。

聽了讓我十分錯愕，我以為只有美國、法國在南太平洋作核爆核災而已。「這就是我們這兒不吃珊瑚礁魚、環礁內海的魚類的理由，因輻射塵曾飄來庫克群島圈。」布拉特先生重申說。我後來從我的電腦放映給他們，我在蘭嶼的「驅除惡靈」運動的影片，以及我在一九九六年一月，與國際間反核人士在法屬大溪地作「廢除運輸核廢核武」到第三、第四世界的照片，那些友人，以及布拉特才知道，我隻影孤魂飛到拉洛東咖島的小小目的，我也如此，才心安理得接收那一筆錢。

我隨身攜帶的世界地圖是以中國大陸為中心，這地圖把南太平洋切割成不完整的大洋洲，當我在奧克蘭的時候，買了以大洋洲、東西經一百八十度為中心的世界地圖，這是很值得玩味的議題，從我們作為少數族群的海洋民族而言，這是正確的世界地圖，其理由是東經一百八十度恰是先看見太陽，西經零度先遇見月亮，這也就是我們區分東方人與西方人的原始理由。科學家們說，最先看見日出的地方在美屬薩摩亞，最後看見日出的地方是倫敦，因此我們依據地球科學的知識來論，世界地圖應以太平洋東西經一百八十度為世界地圖的中心，才是正確的。然是，多功能型的帝國主義往往以「己我」為世界的中心，包括所謂的西方「文明史史觀」亦然，成了我們世人最可笑的謬論。

當我在臺灣東南方畫了一個小點，說：

「我從這個地方來的，面積與拉洛東咖島相仿。」大家都笑了，布拉特先生驚叫，說：「噢，那……那麼遠啊！」

A君跟我們談了許多相關於西方帝國已成慣性的掠奪本質，也出現跨區域的、多功能型的銀行服務業哩，後來我與A君到當地的匯豐銀行，只要我知道銀行之間的swift code（密碼），錢很快地就會匯到我中國商銀的戶頭，非常的方便。而我要說的，就是西方文明史史觀遇上沒有文字的初民社群的時候，西方人的真理便是唯一的準繩，把魔鬼當英雄看。

或許，我的運氣很好吧！除去醫院當志工的時間，我充當布拉特先生的司機，到處去拜訪當地原住民的寡婦，當然我並非在做人類學的田調工作，只是個過境的旅人。彼時，只要是五十五歲之前沒有死掉的婦女，她們的身材大多是正常的體重，不正常的是過肥症，也就是說，五十五歲之後，必須減肥，否則只有提前死掉的歸途，死於心肌梗塞。島民不欲面對長期的反核事件，也不談反核，此事原來就不是南島民族的主動需求的災難，而是帝國強施於人的政策。真的很遺憾，在拉洛東咖島遇不到八十歲以上的老人，每次去不同的婦人家裡，最大的忌諱就是「反核」。我們都得帶一手的海尼根啤酒，以及便利商店裡的垃圾食物充當臺灣的滷味，A君也都同行。其次，「反核」絕非是自己放逐自己到南太平洋的目的，而是我追逐著自己兒時的夢想的願望。此刻看見、遇見玻里尼西亞人也解構了我本人相信西方人類學家的論述。A君也跟我說，那些人類學家都是自己創造問題意識，按西方人的思維邏輯去爬梳、書寫、解釋，去回答自己的問題，文明自己撕裂他者時，合理化自己優勢的書寫位置，而非協助島嶼民族本身尋找解答。如蘭嶼的原住民，在二次戰後成為中華民國國民的時候，承受中原中心儲放所有的垃圾，成為政客與科技的殖民島嶼！從島嶼環境思考，這本質上就已表明太平洋上的小島嶼命運是人為所製造的，人為作孽的成果。

A君與我們熟識起，我們就天天在午後喝適量的酒。布拉特先生在拉洛東咖島上還有一位小弟，是島上供應超市的豬肉販售商之一。一月某天是玻里尼西亞民族的傳統慶典，是母系家族型的聚餐，我們三人受邀去吃午餐，一到那裡，看見布拉特的弟弟在劈柴，柴是買來的，遇到此景，我立刻代替他劈柴，許多男性注視著我劈柴嫻熟的動作，不僅好奇也很驚訝，以為我是某島嶼的玻里尼西亞人。我後來習慣性的再把地圖拿出來指給眾人看我出生的島嶼，就在那時，一位男人跟我說：

「臺灣是我們母親來的地方。」

「是的，」我說。這個理論，我不在意是否是發自夏威夷大學，或者澳洲某大學教授，我至少已證明，我在大洋洲移動的同時，一直十分注意我與其他島民接觸時，我會說我們共通的語彙，我都證明到了。至於，我劈柴的技能比所有南島語族的人好，除去我後來學習的技能外，也凸顯了我造船握斧頭劈柴自如的美學，此吸引了所有人的目光，彷彿證明我們彼此間原來就是親戚的關係，也因而拉近了我與他們之間那道陌生的鴻溝，彼此有了面容上友誼的笑容。布拉特母系家族來的人愈來愈多，許多的年輕男性女性，我注視著人來人往的群像，不由自主地讚歎，無論是長相、膚色、寒暄對話都與臺灣原住民相似外，就連島嶼民族在二次戰後被殖民、被邊緣化、被去主人化的輕憂鬱氣質也相似，氛圍是那種臉是愛笑不笑也是笑的感覺，這點滿奇異的。午後男性圍繞在一個如嬰兒澡盆大的木製器皿邊，由一位男性用水不斷攪拌手中的細緻紗布，澡盆的水位約在八分時，那人持著被切一半的椰子碗盛上八分滿的水，這碗水就叫做Kava水，是一種麻醉舌頭的根莖植物的根磨成粉的飲料，它不會讓人醉，卻會麻醉你的舌頭，喝多了還是清醒，但飲料喝多的結果是，讓你的舌頭麻木，話愈來愈少，相反的，任何的酒喝多了是讓人愈為多話。

我與A君大多聽不懂玻里尼西亞語，於是他出去買了一箱海尼根啤酒與我共飲。沒有多久，人群一手啤酒，一杯Kava水，如此一來，我們「圍爐」變得熱鬧了起來。到了第三箱已是夜幕低垂時分，夕陽催人沉睡，那個氣氛呈現了島嶼民族想喝醉酒卻不敢喝醉酒的愉快感覺。然而，誠如布拉特先前跟我說過的，一大鍋的肉，從婦女一坐下來起，Kava飲料、芋頭、五花肉、牛肉等等的就吃個不停，生完孩子的婦女經常被這種習慣吸引，不停的吃，不停的喝，不停的做愛，這是玻里尼西亞婦女認為「胖」的美學定義。

然而，布拉特的觀念很不一樣，他非常不喜歡「胖」，在六十幾年前，他十來歲左右，他說，那是二次戰後沒有多久，他父親帶他與弟弟、母親，從大溪地北邊西部的某個島嶼，駕一個單桅無動力的獨木舟航海到拉洛東咖島，他現在住的房子，他父親跟他說：

「吃『胖』的意義是，揮霍島嶼陸地物種，獵殺海洋生物的元凶。」這也是他討厭胖女人的理由。

我與A君在醫院幫老人擦澡，白人的身材高大，幫他們翻身是件苦差事，然而有四位是德國科學家，他們幾乎與家人斷了音訊，二次戰後，美國接受德國殖民島嶼後，一些核能專家便經常來回奔波於美國核子試爆後的環礁群島，從事珊瑚礁的探索與研究，其中之一人就是A君的父親，但他不說他父親得什麼病，他們是巴伐利亞人。幫這些老白人擦澡，我不知不覺中感到安心，好像我是在做回饋的工作似的。醫院裡的護士，幾乎沒有當地的原住民，大部分都是從奧克蘭來的白人，或者是從奧克蘭約聘護理人員，彼時我才知道身材胖的玻里尼西亞人，幾乎在五十歲上下就會逝去，其他的沒有做志工的意願。

A君是高中老師，也是藝術家，他每年的假期都飛來拉洛東咖島，當這家醫院的志工，同時也從背包客找一兩位來醫院協助他，這個工作A君已做了十來年，他後來竟經常來我房東家閒聊，成了我們的好朋友，當他拿三千美元給我的時候，我把一千元留給我的房東，布拉特先生。

當我在拉洛東咖島的時候，我原初的計畫就是去找航海家聊天，去找玻里尼西亞民族雙體雙桅的航海船，我在清大的最後一個學分就是開書報，想去閱讀有關「海洋」的人類學民族誌，甚至是南島民族書寫的海洋文學。是的，我閱讀到了許多關於玻里尼西亞（Polynesia）、美拉尼西亞（Melanesia），以及北太平洋的密克羅尼西亞（Micronesia）地區許多的西方學者寫的書，當然最有名的就屬馬林諾斯基的《南海舡人》。

我認為馬氏的陸地中心概念還是非常嚴重，有逆時的圈，以及順時的圈說貝殼的循環交易，正確與否，對我不重要，然而「順時」與「逆時」是海洋民族科學的概念，這是月亮與海洋潮汐不變的律則，其次最讓我感興趣的就是海洋的風，我翻譯成「風的名字」。

密克羅尼西亞（Micronesia）的卡洛琳群島（Carolin Is.）有一群男性，他們專職就是航海行業，航海還包括觀星的知識、月亮與潮汐的常識。經過長期的觀測，他們發展了二十八個風的名字，非常接近於現代航海海圖的現代化知識，對於布拉特先生，他跟我說過，這樣的知識，在他們這兒是男性普遍的常識，這幾乎也跟蘭嶼的達悟人是非常相似的，這是海洋民族相通的環境知識，反觀西方人類學者的著作觀點，所謂「風的名字」是他們最不敏感的感官知覺，或云最不感興趣的知識論述，這是我念研究所的結論，就如我們蘭嶼人在學校念書，閱讀不到海洋與人文的文學一樣，令人匪夷所思所謂的中心觀點。

第二天，做完「志工」的工作後，我與A君從布拉特家逆時走沙灘的路，他跟我敘述他父親的故事，他是一九五〇年生的，他們是猶太人，二戰之前，他們舉家搬到瑞士，他父親在一家醫藥科學研究中心工作，在一九六二年去澳洲做祕密的研究工作，從那個時候他們就與父親失去音訊。直到他拿到博士學位，回巴伐利亞找工作，存了十年的錢，籌設某某基金會之後，他開始飛南太平洋諸島，說是自助旅行，其實他的目的就是找他的父親。他從社會群島的大溪地開始找，美屬薩摩亞、薩摩亞國、馬紹爾群島國（Marshall Is.）、索羅門群島國（Solomon Is.）、斐濟（Fiji）等許多地方。一九九六年南太平洋許多島嶼的玻里尼西亞人，串聯去大溪地的法國政府行政大樓，抗議法國政府罔顧國際輿論，繼續在低島環礁祕密的試爆，那一年A君參與了，也加入了德國維護星球環境的反核組織、反核武輸出到第三世界的運動，那年的試爆輻射塵被南半球太平洋的東南風帶到社會群島、庫克群島國，尤其是庫克國首都所在的、住有五千人左右的拉洛東咖島。當我們散步到一家庭院很大的人家時，我們遇見一位年紀比我小的當地人，他坐在小椅子上刮除一些魚的鱗片，魚名我知道，達悟語稱Mazowzaw，臺語稱秋哥魚。我上前去問：

「這些魚可以吃嗎？」

「我不知道可不可以吃，但我們想吃魚想了很多年。」

「超過十年，我們沒吃魚了。」

「吃得安心嗎？」

「不管了，基督上帝選吧！」

是的，我的島嶼也深受輻射的威脅，也帶族人反核好幾次，輻射塵曾飄來拉洛東咖島，我們的島也有好幾次的輻射外洩，但我自己本身也不了解輻射塵是否會下沉到海底，抑或是在水面上，鈽、鈀、鈾、釷等等的人工核種，我真的不知道這些核種會傷害我們人體到什麼程度，真的不知道，其實我的感受也像這位玻里西亞人一樣，吃了再說，不吃魚對海島民族來說就像喉嚨被切了一半，吃什麼都不對勁。是的，我也跟他一樣，會說：「不管了，基督上帝選吧！」生了病，也只有默認。

飛魚季節過後，我幾乎每天在蘭嶼國家核能廢料貯存場沿岸去潛水射魚，不只是我，島上許多的人也都來到核廢料貯存場沿岸抓魚。也許我們只考慮到我們舌尖味覺的感受，或是吃鮮魚湯已是我們腸胃最為適合的食物，我們或許不在意核輻射，就像擁護核電的人不在意把核廢料貯放在別人家的屋院一樣的心態。A君他幾乎非常厭惡第一世界擁有核電廠，以及擁有核武器的國家，擁有尖端科技的知識、技術的國家，以及跨領域而多元的科技公司，幾乎就是主宰、操控第三世界人的喉舌。大洋洲南北半球有許多低島環礁島嶼，除去供應先進科技帝國貯放高強度廢料、核武器外，美麗的島嶼也變成跨區域帝國，或者財團發展高度消費的觀光島嶼，如大溪地的Bora Bora、斐濟的Yasawa群島、夏威夷、關島、雅浦（Yap）、美屬薩摩亞等，也幾乎落入西方國家與財團操控的觀光事業。這正是強權國家、財閥為自己打造的，掠奪他人財富不公不義的證據。

那位當地人邀我們跟他家人共享鮮魚肉鮮魚湯，這個邀請很誘惑我與A君，彼時我主動地去紅燒三尾的魚，A君去買六罐海尼根啤酒，及一些孩子們喝的飲料。

「不管了，上帝選吧！」生了病，也只有默認。

島嶼住民的經濟收入，幾乎就是移動的觀光客提供的季節性財源，民宿經營者、超市的物資也幾乎是從紐西蘭運送，物價高，無法刺激在地的消費實力，當地人也只好跟我一樣，自己抓魚自己吃，船隻拖釣多餘的漁獲，在星期六的市集就拿來販售。原來這一家的男主人，就是十幾年前與一群玻里尼西亞人航海至夏威夷，再返回拉洛東咖島的其中之一人，彼時他盛情的面容多了一層經濟收入短缺的無奈。最後他在拉洛東咖島上做澳洲人的漁工來維持家庭的開銷，他叫Landaw。

——原載二〇一四年八月二十八日～二十九日《聯合報》副刊

空白錄音帶——楊富閔

一九八七年生，臺南人，目前就讀臺大臺文所博士班，曾獲「二〇一〇博客來年度新秀作家」、「第五屆林榮三文學獎小說首獎」、「二〇一三臺灣文學年鑑焦點人物」；入圍二〇一一、二〇一四臺北國際書展大獎。寫作《中國時報》「三少四壯」、《印刻文學生活誌》「好野人誌」、《自由時報》「鬥鬧熱」專欄，作品選入多種選集。出版小說《花甲男孩》、散文集《解嚴後臺灣囝仔心靈小史》、《休書——我的臺南戶外寫作生活》。

你聽過「切心」的聲音嗎？別著急，讓我先從一卷空白錄音帶講起。

空白錄音帶簡稱空白帶，市售大抵分六十、九十、一百二十分鐘三款，不管在鄉村在都市賣場銷路都不太好。空白帶功能性窄，卻被我們一群廟後囝仔當成玩具、還發揮得淋漓盡致。

初識空白帶，是英語老師史蒂芬林和馬克為了讓偏鄉孩童在家得以複習生詞與發音，特地搭配課本內容自製一卷錄音帶。那年我小學三年級，開始學習除了國語臺語之外的第三外語，因一整班都大內的厝邊，假日常窩一起玩大老二大富翁，邊聽APPLE、BOOK、CAR、DESK……聽到收音機傳來老師聲音，客廳瞬間成了教室，老師有聲無形，有點彆扭像有人暗處盯著，心底毛毛的。

仔細想想，從小我們都被告誡不可以亂按：電視遙控器、冷氣機、電腦開關……怕故障、怕壞掉而壓抑孩童好奇心，有次複習英語到一半，一個白目把REC與PLAY鍵同時壓下去，大家尚且不知錄音模式已開啟，一陣慌亂中大叫：「夭壽你莫黑白揤」、「齁！會歹去啦！」、「趕快按回來啦！」上面一字一句通通變成證詞錄下來，這太有趣了，後來我們都把教學帶子拿來講話啊、錄卡通歌，英語播到一半常跑出上次錄音複寫的痕跡，連我媽都被嚇到笑不停，讓我想到臺灣語言的雜混性。

有了空白帶就需要一臺收音機，那是卡帶快退流行、CD開始普及的年代，添購一臺複合式收音機成為家電廣告最新臺詞。我哥那時開始買CD了，通常是王傑或伍佰，伍佰《白鴿》就是買CD，然父親小豐田不能放CD，為了能在長途旅途中也有音樂相伴，總叫我去買空白帶讓他自製精選輯，一時房間又像一座音控室了，我們且練習曲目排序、決定AB面主打歌，也會替專輯構思名稱，每一張都是絕無僅有自選集，還好沒販售不然變成盜版商。

空白帶能錄他人聲音，當然也能錄自己聲音。雖然超糗得承認曾替自己灌錄一張唱片，那時最紅的八點檔是《還珠格格》，我一集都沒看卻會唱主題曲〈雨蝶〉，有天趁一人在家躲在房間唱：「我向你飛、雨溫柔地墜……」，為了營造大小聲效果，副歌還會故意把嘴巴遠離音箱一點點，錄完實在羞愧不已，聽兩三句立刻洗掉，且只錄一首歌所以算是個人EP。

我們當然也到戶外，那幾年靈異節目尤其盛行，節目內容不斷創新，除了說鬼故事，還置入高科技儀器，鬼也開始現身了，靈異照片、靈異V8紛紛出籠，我不僅熱中靈異節目，也學會在地實踐：尋找適合古厝當鬼屋，因沒有錄像機器，於是把腦筋動到空白帶——

我們都想像自己是外景主持人，最常去的當是我家古厝崩壞的大廳，那是我們欽點最適合架設收音機的景點，大廳停止祭祀多年，地上堆滿各式農用器材，大白天我也很怕，所以時間一定選陽氣最盛的正午；大廳有一面無人祭祀也沒人請走的神主牌，那也是我們祖先之一嗎？我注意它很久了。

那陣子我們一天到晚跑到大廳捕捉靈界聲音，讓冷清的祖厝異常熱鬧，我們太入戲了，記得按下錄音鍵，決定讓它錄個三十分鐘後才回來驗收，南國偏鄉古厝埕上：一臺孤單在大廳運轉的Radio、一群奔離古厝鬼吼鬼叫的楊氏小孩，弄得收音機像倒數計時隨時會引爆呢。

後來有沒有錄到靈異聲音？不告訴你！可記得一群人滿頭大汗圍在我家客廳，就著一臺收音機聽取大廳的成果——我們像回到戰後初期只剩收音機沒有電視機的年代，其專注神情很像聽天皇投降、大學放榜或颱風動向；更像一群在偏鄉戶外進行生態踏查的小動物學家，每一片風聲每一片蟲鳴每一片水滴都是天地的聲音，也是祖先的回應，我們在遊戲中鍛鍊分析力想像力，雖然手還微微發抖。

那陣子電視新聞也有SNG連線，綜藝節目開始到戶外找人街訪，我走到哪都提著小收音機，不敢到路上攔截行人，只好在家抓人就問：「這位太太請問妳在忙嗎？」這位太太是我母親，我記得母親很有戲，非常狀況內還把收音機當麥克風：「我家富閔這呢三八！」、「這位歐巴桑借問你做啥貨？」歐巴桑是我阿嬤，她正在灶前燒開水，她說：「你吃飽太閒。」一定不能錯過的是曾祖母，她因重聽，我光解釋就氣力全盡，當我把收音機遞到她的鼻前，她一臉狐疑，我也很囧，這畫面在外人看來很像我在給她聞一坨黑麻麻的東西。

所以到底什麼是「切心」的聲音？我對聲音很入迷，耳力好，幾公里外在辦喪事做法會我都有聽見；我也能聽到藏在話語中的心機與玄機，曾把收音機平放在胸前以為將聽到心跳聲，結果只錄到自己不規律的喘氣。聽雷公聲響、聽嬌嗔呻吟……我聽著一切生理能力得以負荷的聲音。

初一十五，阿嬤吃早齋，廚房桌上瓶瓶罐罐的黑瓜、脆瓜、菜心是她的配料。世上最好聽的聲音，就是阿嬤咬合菜心發出的考滋考滋聲響，那聲音讓我尤其興奮，我也有樣學樣吃白粥配菜心，咬了半天像慢動作廣告，卻聽不到考滋考滋。

我且因咬字不清，把菜心說成切心，我問阿嬤妳有聽到我切心的聲音嗎？

我要阿嬤多吃一點，不是擔心吃太少，而是想多聽幾次她的切心。

實驗幾次才明白，原來你能聽見他人切心的聲音，獨獨聽不見自己，那是別人口腔才能發出的天音，你要不要也試看看？

有天早上突發奇想，忍不住把收音機貼在臉皮試著錄音，一口口咬著菜心。

猜一猜，我聽到了什麼聲音？

——原載二〇一四年八月三十一日《自由時報》副刊

一九五二年生於臺北。原籍浙江。七十年代初，原習電影，後注心思於文學，曾以短篇小說《村人遇難記》獲時報文學獎，備受文壇矚目。八十年代浪跡美國，返國後所寫，多及旅行，自謂是少年貪玩、叛逆的不加壓抑之延伸，曾獲一九九七華航旅行文學獎與一九九八長榮旅行文學獎的首獎，被視為臺灣旅行文學的重要奠基人。二〇〇五年於《商業周刊》撰寫小吃專欄，自此小吃寫作又成了他另一塊招牌。著有《臺灣小吃行腳》、《理想的下午》、《門外漢的京都》、《流浪集》、《臺北小吃札記》、《窮中談吃》、《臺灣重遊》、《讀金庸偶得》、《水城臺北》等。

論榨菜肉絲麵——舒國治

吃麵，近二十年在臺灣依然沒有退流行。但是麵店所賣的種類，倒是有不小的變化。舉例而言，像榨菜肉絲麵，便算是瀕臨滅絕的一款麵種。

你且去看，人進麵館，想到吃麵，常先想到牛肉麵；要不就想到乾麵，像麻醬麵或炸醬麵，或甚至豬油拌麵。幾乎已很少想及榨菜肉絲麵。

為什麼？或許榨菜肉絲麵有一點不上不下，幾乎有些尷尬，先說它的長相，白色的麵上布撒著淺綠的榨菜絲與淺粉紅的稀稀肉絲，整個相貌有一種平平泛泛的「無重點」感。也就是說，它有一股先天上即呈顯某種不重要感的性格。它的濃郁香醇度不及牛肉麵，甚至它的清淡素淨度又比不上陽春麵。說它好吃嘛，究竟是何方神聖下的那股好吃？噫，似乎說不怎麼上來。說它不好吃嘛，亦沒聽過人凡說起它便鄙夷的，再說它在臺灣至少也存在了六十年甚而更久，並且在之前大陸也朦朦朧朧約略存在了。但不管如何，它如今是冷門的麵種了。

冷門到有些麵店一天中點這款麵的，或許總共不到三碗，而牛肉麵被點到八十碗、一百碗。冷門到有些麵店索性將它自菜單上剔除。君不見，不少麵鋪的牆上只掛著麻醬麵、炸醬麵、餛飩湯、牛肉麵、牛肉湯麵、水餃，少少幾樣項目，教人一目瞭然，也教人很篤定知道自己要吃的、這裡有沒有。

那些不賣榨菜肉絲麵的店鋪，我覺得最乾脆。老實說，如果你的店平均一天只賣出三碗榨菜肉絲麵，而你還不把這款牌子拿掉，豈不是只想把它當成聊備一格的「懷舊名稱」嗎？更別說那一小盆早就炒好放在冰箱中的榨菜肉絲，很久才拿進拿出一次夾出一些擱麵碗裡，這份過程是不是有點空洞落漠？

當然，麵雖不受人常點，卻一逕保留著這款名目，這種店家之念舊，也教人生出敬意。這是真的，是可貴的情操。若不是有千百家老闆猶懸掛著那一片「榨菜肉絲麵」牌子在牆上（哪怕沒賣出多少碗），太多的年輕人壓根就要愈發不知道世界上有一種東西叫榨菜肉絲麵了。這些念舊的店家在麵條文化的傳續上有頗大的功勞呢。

然而，有沒有好吃的榨菜肉絲麵呢？或，有沒有賣榨菜肉絲麵賣得很火旺的麵店呢？或許有，但我不知道，也沒去調查。一般言，好的榨菜肉絲麵，以你這家店每天被點的碗數之高可知。然哪一家有此等成績呢？

倘若真有一家麵店，大夥到這店皆為了吃榨菜肉絲麵，而很少點別的麵，那麼他的榨菜肉絲麵必然有過人之處，甚至他是不是該考慮把店名就叫什麼「老張榨菜肉絲麵」（像太多的牛肉麵業者叫「老張牛肉麵」的例子）之類的，並且乾脆只賣獨獨一味，不賣別的？

然而這樣的店在歷史上有曾經發生過嗎？不知道。但自坊間泛然觀望過去，不太可能。

主要還是那句老話，它不上不下。也就是說，榨菜肉絲麵這麵種，先天上就不大有特色，不大有強烈的個性。簡言之，它不大像主角！

好了，這下子說到重點了。倘若有人就是想欣賞配角，想逃開一逕過度主題式的食物；就好比不想吃牛肉麵、不想吃這些年點慣了的那些早已感到吃得熟極了、吃得太慣了、都吃到膩的「陳腔濫調」類食物時，這一當兒，那些早先始終存在卻一直被你忽略的「硬裡子」角色，或許是你最感到清新甚至感到雋永的好味道。搞不好榨菜肉絲麵就能因此浮出檯面！

只是它必須自己有這個出息。

一碗好的榨菜肉絲麵，它必須是當端到隔壁桌上，你不經意瞧見了，會輕聲問老闆：「他吃的是什麼？」亦即：它要看上去便吸引了你的視線。可是那麼淺的顏色，白的麵，淺綠的榨菜絲，淡淡的肉絲色，如何吸引到你呢？哦，是了，是一種淡雅，是一種不壓迫人的「非濃烈」風情（這一點最與牛肉麵、蹄花麵大異其趣），是一種與熱門、與當道、與當紅隔得遠遠的「嫻靜自處」。

真的要說，榨菜肉絲麵是有其美學的。我曾在有些小文上談過它的榨菜肉絲不能擱放過多，多到蓋在麵條上令麵都抬不起頭來了。也就是，它和麵的比例一定要拿捏得相當有分寸，寧願少一些也不要在吃麵時嚼來嚼去老是有嚼不完的牽扯糾纏不清的榨菜脆條感覺。尤其是當念及這碗麵收了人家八十塊錢怎麼好意思不多給你些榨菜肉絲，這豈不是坑顧客嗎？這觀念最害了這碗麵。

還有，便宜的麵難道就做不成像樣的生意嗎？這亦是社會演進的一樁尷尬。你且去看，福州乾麵再好吃、再將環境打理得像日本料亭，亦不宜一碗賣七八十元、一百元，同時也不能把碗突然加大。福州乾麵就是應該小碗小碗的吃。

許多生意，是「低價多銷」的生意，你只能設法一天賣五百碗、八百碗，而不能設想賣少少幾碗而每碗索極昂之價。否則，它先天上的小吃意趣便不存矣。

當然，臺灣已逐漸有此種趨向了。你且去看，餃子，應該一個只售相當低廉的價錢，像五塊六塊之類，而你一叫便是二十個、三十個；並且店家一天能賣上一、兩萬個。餃子這種小吃的形態，應當如此。倘餃子啦、福州乾麵啦、蔥油餅啦、水煎包啦，皆不能低價多銷的話，那意味著我們的小吃行業已然萎縮到毫無空間也。也就是說，小吃的文化將會凋零！

一扯又扯遠了，再說回榨菜肉絲麵的美學。

挑選榨菜當然極重要。最好上源是找到醃得好的榨菜老作坊，以此來切絲炒肉條會生出豐富的鮮味與淡淡的香氣。這是店家自身的修為了；若他能在挑選榨菜與炒製它的方法上像是做藝術品一般的來做它，那是很有機會的。顯然，榨菜的醃製者中，誰是國寶級的人物，誰又是每年在產季到高山上挑選最深蘊土力的一棵棵大頭菜再將它醃在缸裡？這在臺灣，唉，早已是天方夜譚啊。另外麵條的品味，例如是選細不選粗、抑或是選機器切麵不選刀削麵等等的自己心中取捨，但看店家如何自決。我吃過很好的細麵下出來的榨菜肉絲麵，也吃過很好的手擀家常麵下出來的榨菜肉絲麵。前者吃的是湯的，後者吃的是乾的，皆好吃。然而這兩家皆未必是榨菜肉絲麵的專擅之店，至少它們別的麵賣得更好。

這幾個星期，莫名其妙的吃了十幾碗榨菜肉絲麵，算是這三十年少有的密集程度，堪稱奇怪。主要一來在某麵店無意吃牛肉麵、麻醬麵此類濃渾食物，二來天氣炎熱想嘗些許久忘了碰觸的清爽簡潔無啥負擔之物，也就連續的吃上了。吃著吃著，想這款不怎麼顯赫麵種，架式不足卻在臺灣小小島上也度過了六十年恁長歲月，說不紅也沒太過不紅，是臺灣小吃社會相當有趣的伴隨見證一位老資格食物，左右無事，寫出來消消長夏。

——原載二〇一四年九月《聯合文學》雜誌第三五九期

三言兩語與千言萬語——

廖玉蕙

東吳大學中國文學博士，原任國立臺北教育大學語文與創作系教授，已退休，現專事寫作、演講。作品曾獲中山文藝獎、吳魯芹散文獎、五四榮譽文藝獎章及中興文藝獎。

創作有《老花眼公主的青春花園》、《寫作其實並不難——凝眸光與暗　寫出虛與實》、《古典其實並不遠——中國經典小說的二十五堂課》、《阿嬤抱抱！》、《在碧綠的夏色裡》、《後來》、《純真遺落》、《廖玉蕙精選集》、《像我這樣的老師》、《五十歲的公主》、《公主老花眼》、《大食人間煙火》、《純真遺落》、《不關風與月》、《沒大沒小》、《五十歲的公主》、《嫵媚》、《不信溫，柔喚不回》、《文學盛筵——談閱讀教寫作》……等五十餘冊。

01有電視攝影機對著的時候

晚飯後，坐在客廳，順手打開電視。《臺灣壹百種味道》節目正介紹淡水一家兩代成員合著經營的法式餐廳。父親、母親和幾個兒子輪流出現螢光幕上侃侃而談，最後，父親深情地望向太太，說著感謝太太的支持，若沒有太太就沒有這家餐廳的話。

我也望向外子，問他：「你會這樣感謝我嗎？」外子說：「不知道欸！沒遇到過這種狀況。」我把拳頭圈起成一個麥克風狀，遞到外子嘴邊，問：「你會怎麼說？」「應該會跟他說一樣的吧！」這答案還算差強人意。

節目繼續進行，換成訪問一位糕餅店的老闆。拍老闆去市場親自挑選糕餅內餡的芋頭，老闆對著鏡頭談他對糕餅品質的堅持。最後也說：「做餅要投入情緒投入愛，就像愛自己的太太一樣。」我又轉頭問：「如果有機會，你會這樣說嗎？」

「現在不知道欸！」他又拿制式答案應付我。

「不知道？……那什麼時候才知道？」我可不放過他，繼續追問。

「有電視攝影機對著我的時候吧！」

「有電視攝影機對著我的時候吧！」這真是一句淋漓盡致的人生警語啊！

我立刻聯想起媽媽嘴雙屍命案裡遇害的富商及其他普天下養小三的男人，如果有電視攝影機對著他們的時候，是不是嘴裡也都會對正受傷或即將心碎的太太吐出相同的甜蜜言語？

02語言的申論機

中午，感覺太陽忽然變得好大好圓。開車去演講是慣例，要去演講的高中不遠，原本跟學校說是自行開車前往。但是，太陽那麼大，若是開車，還得頂著炎陽走遠路到停車處，最可怕是車內必定熱烘烘的，逼出一頭一臉一身汗。我望著窗外跟外子說：「我還是別開車，搭計程車去吧！此刻進到車內準活不了。」

外子的回應好快：「是嘛！別開車了！車內那麼熱，何況，開車還得分心找路。」

忽然，我想到昨日車子的停放處正在附近一棵大樹下，不遠且有遮蔭。我說：「我想起來了！車子停得很近又有大樹遮著，還是開車去好了。」

外子這次回應得更快：「是嘛！自己有車還是開去吧，比較自由。」

男人忽然變得聰明，今天退去一身反骨，成了語言的申論機！

03影影綽綽的楓之光影

夫妻閒坐聊天，問外子：「你覺得姐妹兄弟中，我跟誰最親？」男人支頤沒說話。換個話題。「那我那些朋友中，你覺得我最喜歡誰？」外子依然保持沉默。

「聊天就是有來有往，你老不說話，這樣對嗎？」

「這些問題太難啦！你自己最清楚吧！幹麼問我。」外子反駁。

「我的心裡當然有答案，只是想驗證一下我是不是個表裡合一的人？也順便測試一下我們夫妻的默契。」

外子又開始沉默，可我沒死心。「你覺得生活該怎麼過下去比較好？……是問來答去，弄清楚真意，日子比較好過；還是不聲不響自然延長下去比較佳？」「你這樣高來高去的，我不懂，請舉例言之。」外子說。

「如果我問你：『今天的魚怎麼做比較好？清蒸還是紅燒？』你是不予置評好呢？還是說清楚要怎麼做較好？」

「保持沉默你也會做出好魚，說出來意見，你也不見得會採納。你覺得這時我會怎樣做？」還挺伶牙利齒的嘛！

「雖然說出『紅燒』，我可能改成『清蒸』，但改變的同時，我一定會說明原因，這就是促進彼此的理解，日子會過得比較好吧！你不覺得嗎？」我問。

「夫妻到最後一定言語越來越少，甚至達到無言的最高境界，順其自然最好。」

「意思是說：我繼續無話不談，他繼續支頤沉默，就能達到天人合一的境界嗎？」一整個咖啡Time，我遙望室外牆上陽光從枝葉間打下的影影綽綽楓之光影，苦苦思索著。

04就這方面而言我是睿智的

卸下洗淨的窗簾，像一堆大棉絮般踞坐飯桌上。

「我們一起來處理吧！」我精神奕奕地對著午睡醒來猶然惺忪的外子說，約莫三點左右，我壯志凌雲。發現問題大咧！上方的掛鉤一個個都需先穿進布裡、再穿進布包著的塑膠硬條，如此，掛上去才能撐得住偌長窗簾的重量。

兩人各據一邊，開始工作。戴上老花眼鏡的我，才穿第一個掛鉤就投降。布上注記了有穿進去的小紅點，但塑膠長帶被包覆，穿來穿去就是找不著洞口在哪兒。我放下窗簾，嘆口氣：「哎！這真不是我的強項，我放棄。」說著，走開，到距離幾步之遙的電腦前繼續上臉書。

一會兒，外子望向我，納悶問道：「就這樣！……放棄？這麼簡單？」

「嗯！沒辦法。我打小的家事課就只負責說故事給同學聽，同學幫我車抹布什麼的；再不然就是我媽幫忙刺瑞典繡、做塑膠籃。這方面我真的很差！」

「說『這方面很差』就可以？就這樣？」男人低下頭邊穿鉤子邊說。

賴皮被拆穿，只好又踱回去，作勢共體時艱。男人搖搖頭說：「算了！我來就好，你回去忙你的。」我如蒙大赦，回到原先的位置上，神不知鬼不覺地將電腦畫面由臉書切換到寫了一半的專欄，裝認真。

沒一會兒工夫，男人穿好掛鉤，站上鋁梯，獨自完成兩張窗簾的復原工作。我必須說，就這方面而言我是睿智的：我完全嫁對人了！心虛之故，傍晚披頭散髮地前前後後用好神拖抹了一樓層的地板，以示悔愧。賢妻之名非浪得也！

05 認真的女人最美麗！

回臺中時，我總是非常努力致力於做飯這件事，外子也相當程度地配合咂嘴舔舌讚美：「幹麼出去吃！這樣吃多舒服，你真的很會做菜！」

中午時分，又開始做午餐兼設計晚餐。（聽起來多專業！其實只是想做個砂鍋魚頭）沒一會兒，三菜一湯上桌，「吃飯囉！」我喊著。在園子裡努力作畫的外子慢條斯理地收拾手上的畫筆，等他進來時，我連碗筷都擺上，飯都添好了。用功的學生受到優待，我任勞任怨，沒有邀功，像個賢慧的妻子。

吃過飯，外子連碗都不洗，舔舔舌頭，聲言：「我繼續畫畫去！」培養一個藝術家不容易，我知道，眼睜睜看著幾個碗盤歪躺在水槽裡，沒勞煩他。洗完碗，開始拖地。一早，Robot自動吸地機已團團轉了整個早晨，我接著上場，使用好神拖埋頭苦幹。

「你來看，粗胚畫好了。」外子從院子裡朝屋裡喊。我拎著好神拖推開門出去。兩幅畫擺在花架下，一幅畫園子的門邊景致，一幅是穿著紅衣的女子在廚房彎身切菜。

「認真的女人最美麗！」外子對著畫作說。那個美麗的女子，不好意思，正是我。

06得寸進尺

睜著惺忪的眼起床，還沒調整好心情，外子端過兩杯優酪乳和一碟草莓、小番茄和一碟小餅乾，自顧自吃了起來。我望了一眼冰冷的食物，沒說話，坐了一會兒，跑去上臉書。

約莫十幾分鐘過後，外子端了一碗熱騰騰的麻油雞麵線出來，往我桌上一放。我驚叫：「幹麼這樣優待太太！」外子說：「看那樣子就知道你不滿意那樣的早餐。」「哪有！」我的聲音變得很小，然後，唏哩嘩啦將那碗麵線吃光光後，咂咂嘴，感激涕零地說：「你做先生第一名。」外子嘟囔：「汝就會出一張嘴！」

老早計畫好今天得空做幾個獅子頭，放冰箱冷凍，以備過年期間不時之需。昨晚就將碎肉取出退冰。換裝完畢，出門去辦事之前，我打開廚房的紗門，對著在陽臺上正晾著衣服的外子說：「我去醫院一下，等會兒你有空時，將荸薺搗碎備用。」外子說：「嗯。」

我去浴室梳了頭出來，又不放心繞道廚房，朝外子說：「把荸薺倒進碎肉裡一起剁一剁吧。」「好。」外子回答。

我背起包包，忽然想起，又踱過去加了句：「順便把蔥切一些下去一起剁吧！」這次沒聽到答話。

穿上襪子，又想起得加點薑末，又奔過去說：「再加切一點薑末進去吧！」外子這次聲音很大：「我等會兒還要出去寄信哪！你以為我一個人可以做多少事！」我沒說話，快快然推門出去，心裡嘀咕：「奇怪！這樣算幾件事？不就是夯不郎當總計一件而已嗎？」

從醫院回來，看見外子已經在廚房內剁肉，加了荸薺、蔥花、薑末。我問：「不是說沒空嗎？」外子說：「誰知道寄信那麼順利！」外子回答。

「原先不是爽快答應的，不過多加些佐料下去，怎麼就變成很多件事！」我問。

「誰教你得寸進尺！一直加。……早知道該在外頭多溜搭一下才回來的。」外子說。我猜想，他把先前幫我準備的番茄、草莓、優酪乳、麵線都一併加進去了。

07這是不是一種神諭？

從臺北飛往東京的華航班機上，我還在為著積壓的稿債奮戰。一旁的女兒戴著耳機不知看著什麼節目，隔著一個走道，不時見她紅著眼睛擤鼻涕，我當她感冒未癒，沒搭理她。在羽田機場下機等行李時，她說：「哎呀！一整個行程從頭哭到尾，真划不來！」原來，在機上是為電影情節哭泣。我說：「幹麼呀！出門旅行以哭泣始，你還真是無聊！」

雖然批評她無聊，但在五天後從羽田機場起飛時，兩位老人家卻不約而同跟著點選電影，雖然三人各選各的，卻都很有默契地挑選了最愛的伍迪．艾倫執導的《藍色茉莉》。仍然是一貫的神經質喃喃自語影片，旨在嘲諷虛偽的優雅，女主角凱特．布蘭琪的演技層次分明，不由得讓人擊節稱賞。

看好電影真是過癮，看了一部後，意猶未盡；外子持續鎖定伍迪．艾倫，接著看《愛上羅馬》，我換了一部敘寫作家故事的《困在愛中》；女兒則挑了《金盞花大酒店》。看著、看著，因為機師不停的廣播，電影只好不停的中止，眼看就快到臺北了，心裡發急，本想跳著看，甚至快轉著看，終究還是沒有這樣做。

快到臺北，影片戛然而止，我們帶著三部沒有結局的電影下機。外子不知伍迪．艾倫最終將如何處理《愛上羅馬》裡的多條線索；我則關心《困在愛中》的作家有沒有挽回伊人的心；女兒說：雖然影片平鋪直敘，但沒看到結局，還是遺憾。

在一段旅行結束時，三人都看了部不知結局的電影。這是不是一種神諭：「只要人生的旅行還持續著進行，誰都不知道結局會是如何！」

——原載二〇一四年九月八日《中國時報》人間副刊

手指——林文義

一九五三年出生於臺北市。曾任《自立晚報》副刊主編，廣播、電視主持人。著有散文四十冊、小說六冊、漫畫七冊、詩二冊，以大散文《遺事八帖》獲二〇一二臺灣文學獎圖書類散文金典獎，二〇一四吳三連文學獎。最新作品：《三十年半人馬——散文自選集一九八〇—二〇一〇》（九歌出版）。

曾郁雯／攝

當決定靜下心來，閱讀一本長久以來敬慕之書時，是否會想到先去洗淨雙手？十指紋路如大地山川之皺褶，更明顯的是世稱的：生命線、事業線、感情線……多久不曾反掌細看？

沉垢隱約。就怕指尖不潔，翻閱心愛的書籍時會將汗漬留痕在冊頁合攏時一片灰褐的意外，猶若幼童莽撞，耍跳之間碰撞硬物，纖細的額頭破缺一道血口，驚慌、失措的是不斷自責的年輕父母……反掌細看，看見什麼？

事業線：虔心誠信，盡職著力。

感情線：忠實和背離分野，若河之兩岸。

生命線：生中有死，死中有生。

雙手洗淨，也是洗心。就算閒書一冊，自有智慧所在，夏夜水邊最黑暗處，凝視之間，一抹若有似無的微光乍亮，流螢如芥子……極端渺小卻也無比巨大，生命何其不可思議，不由言詮，孤寂未必，反而是專注的心靈一閃。

螢火乍亮，不油然意識反射地慣以食指明示──啊！是螢火蟲……讚歎同時不免幾疑是否僅是夜暗蓊鬱的樹影間，天空的星光錯覺。

確定或不確定，慣以用食指辨認。

以食指辨認物種、景象可以，卻必得自我提防──小心翼翼地不能指向直面之人。那突兀的動作少是稱美多是質疑，你錯我對我不同意你的觀點我抗議你蠻橫……君不見此間慣於演秀的狡黠政客們，竟然諳用哲人名言──

一指點著別人，四指向著自己。

卻很少反思，激怒直面的食指藏汙納垢幾許，就怕每天洗一百次，還是洗不掉，骯髒。這無關潔癖，心若不淨，手指再優雅，如擅於文筆、描繪、彈奏、巧食、科技、制法……都是表層虛矯的浮華；心誠則靈，老話不假。口說心想不一，此乃臺灣主流社會之大病，表層膚淺，內在空洞；人云亦云，墮落的媒體、選票首要的藍與綠政黨……十指伸展淨是汙穢。

●

礦工的手指，長年洗不去的黑色煤灰。

漁人的手指，長年是羶腥的魚鱗氣味。

農家的手指，長年是插秧、糶穀的泥塵。

那是二十多年前依然青春、健碩年代時走田野、山海之涯的親炙與面見；老臺北城出生和置身之我，不曾有過一絲鄙視、驚怔的突兀不快，我是多麼自然自在地相與試圖真切地了解。土地、人民、歷史……行腳走踏以十年光陰，逐漸印證前之宋澤萊小說《打牛湳村》後之陳列散文《地上歲月》所呈露的深刻記憶；以指握筆的凜然大器迴向兩人實質的農鄉生活經歷，揣想：當是如何的神思稀微，如何的心領體悟……書寫時的指尖是否偶爾會有反射性的顫慄，或者回歸童少的青春曾經。

青春曾經的自己，凝注十指舞躍在鋼琴黑白按鍵之間，清朗琴聲響起，溫柔處如綠河泛舟，激越處如萬馬奔騰……很多年後回首，早知那纖纖十指那般美麗而靈巧，本就不會是我所追尋的真正幸福。聖桑的鋼琴曲、天鵝湖的舞姿……蝶翼般輕盈迎風拂動的雙掌，時而攤展、時而合攏，都遙遠如古老的傳說。

寧願記憶，按著相機快門的手指，在那荒墟、陌生的異國動亂；噙著不忍掉落的滿眶熱淚，毅然按下準確快門，底片留影那無告、哀傷的哭泣婦孺、悲苦，飢餓的難民群落。然後攝影者呼喚我的名字，若無其事、神情淡定地說可以走了。明明還溼紅著雙眼，相對著我屏息的凝視，清楚地知道回到旅店，我必須簡潔、確切但不能太感情用事地寫下臨場筆記，期盼那旅店櫃檯旁的傳真機千萬不可斷電。

新聞採訪筆記必得理性而非感性文學書寫。離開那軍事嚴控的地帶，採訪團隊在五十公里外的邊境小鎮晚餐、夜宿，伊斯蘭高塔準時傳來喃喃的禱歌，我蹲下身來，撫弄著旅店門邊那叢綻放著美麗的番紅花，指尖輕觸的微香芳郁，帶我抵達這離家數千里之遙的朋友，深意地遞給我一根菸，語意深長地低聲叮囑。

新聞理性，文學感情……我一直記得。

●

之於情愛吧，只有手指的觸動、輕撫拂挲，彷彿初識時怦然心跳、難以言喻的剎那。

終究是多少年前，湮遠及至遺忘的往事。

認定某個人，是否知心或者只是巧合？

可能或不可能地，完成一次生命的儀式，很自然地降臨，然而往往不經意地錯身而過。交會的主題也許環繞在關於文學的終極形塑，好吧，就從一個掌中戲老藝師說起，他的時代，愛情以及現實中的流蕩、變幻……被動地被允許借之錄音（老藝師漫談，毫無邊際地跳躍，偶爾挾其率性的粗鄙怨言……）是那般虔敬、誠摯地從散漫的喁語中，以文字組合一個時代亦是一段歷史；幾分真是否虛假，任之由說。

他手指依然矯健、靈活地操持著木偶……

妳手指沉定、略微遲緩地聽音辨字，傳記的羅列還是決意以文學的美質完成一種致敬。

其實深諳，老藝師忘或未忘的，依然是猶若子夜眠夢深處，那隱隱約約的青春女子；情愛或者欲求的不可言之卻還是難捨訴說的，某種生命不忍的遺憾和深情。

前一個荒墟的時代，後一個現實必得直面的存在……難道說木偶操持需要群眾觀賞的掌聲才是真正的肯定，那麼，現實之外借以美和愛，在幽暗的子夜裡，沙沙微音的筆尖摩娑著稿紙，美麗的心怎般隱約地浮起絲絲疼痛；妳明白傳記完成之後，下一階段的理想形式，當是從無到有的文學開端，妳啊，青春正好。

傳記如何文學還是獻花給他人，像一次音樂會，百人樂團或五人多重奏都好，曲目是巴哈，是貝多芬是維瓦爾第是聖桑……依循樂譜的符碼，如同舟隨水去，妳不曾臆想到：很多年後，這遠離久久的傳記竟引領妳真切的情愛，重新邂逅、辨識另一個彷彿依稀的人。

撥弄琴弦，像那人一生以文字堅摯美質的性靈如妳多麼地傾往與相似，那執筆的手指有顆纖緻的心，猶若多年後擁抱妳的手……

●

欲語未言，還是忍不住說出心中沉埋多時的迷惑。畫家飲酒你喝茶，因為必須趁夜開車，穿越長長的雪山隧道，回到更夜的臺北。

畫室空曠，盡是飛鳥的版畫四牆，彷彿幾疑置身在啁啾滿耳的熱帶雨林中……重複著歌曲，滄桑、多少喟嘆的男聲吟詠著晚晴，李宗盛唱著：〈山丘〉，不捨地微疼我們的年華。

唉唉，咱們的心情。心照不宣相與的感同身受……於是乎故人、舊識、昔往的評比就從茶酒樂曲齊上心頭了。某些怨懟和悔憾，映照如鏡面的反射明晰起來，那時，相異於意識，怎會如此，糾葛和錯覺，偏執與善意交互也許就崩解於此後全然地猶如陌路……其實啊早就船去水無痕，平靜不起浪，都過去了過去了。

過去了，自然心靜如秋晚明月。

疊立的版畫拓印木片，凜冽如屏。飛鳥動靜、刻痕深淺，浮形著畫家純淨專一的生命本質，揣想他手指穩健、自信地操持刻刀，循以畫妥的線條，戳刺、定位而後緩慢挪移、蜷曲如絲、木屑若雪……他所眷慕的日本版畫名家：棟方志功。沉厚的版畫全集羅列在疊立的飛鳥木拓板片旁的書架——那年在東京神保町舊書店發現，就請他們空運回來。他說。

我的手機裡為他留了一張棟方志功的彩印裸女版畫。今年四月春夏之交，在京都嵐山米其林一星的鰻魚料理店「廣川」午餐，入座舉目就驚豔牆間這幅美人圖，第一個閃入的意念就是立刻拍照，訊回給住在宜蘭的他。

巧緻的手指完成一隻又一隻的飛鳥群像，也欣賞過他流利柔美的裸女素描，絕美與愛，畫家的木刻刀、鉛筆、彩墨和我文學手稿的逐字尋思，想是意念等同，愛戀的堅執不渝。

宜蘭夜未央，畫室家居外四圍稻田無邊闃暗幽然，靜默地結穗，等待秋時的豐盈收割，糶穀成米糧……那時，農人的手指和畫家的手指同樣地雄美、漂亮。

靜好的子夜，美麗的時光。今宵少談版畫、文學，多說的是人生感悟，彼此在茶酒之間相互學習修持和疼惜，辭行的手姿，五指輕擺，暖聲道別，彷彿夜鳥張開離去的羽翼。

——原載二〇一四年九月十日《自由時報》副刊

本名李瑞月，臺灣雲林人，一九四四年生。一九六三年畢業於省立虎尾女中高中部，放棄大學聯考參加「文藝寫作研究隊」。一九六四年春天到臺北，專業寫作十四年。一九七七年底進入新聞界服務。一九八八年美國愛荷華大學「國際寫作計畫」邀訪作家。

曾任《聯合報》副刊組編輯，《中國時報》副刊組主任兼「人間」副刊主編，時報出版公司副總編輯，《印刻文學生活誌》編輯總監等職。二〇〇四年獲九歌「年度散文獎」。二〇〇七年自媒體退休。現專事寫作，並兼任國立政治大學「文學創作坊」指導教師、蘆荻社區大學「環島文學列車」講師。

出版小說《屬於十七歲的》、《異鄉之死》、《月亮的背面》、《澀果》；散文《夜歌》、《攝氏20－25度》、《寫給你的故事》、《行走的樹——向傷痕告別》；傳記《我的姐姐張愛玲》、《奇緣此生顧正秋》；主編時報文學獎作品集、年度小說選等合計三十餘冊。

王錦河／攝

陳列割草——季季

電話總是響很久，十幾聲，二十幾聲，甚至三十幾聲。近午或者午後，他的家人不在，有時也許他也不在，四十聲一過只好放下。

但有時，聽筒正準備返回其位，好大一聲「喂——」伴著急促喘息蹦出，聽筒於是迅即回到耳邊，他的喘息由急而緩，平穩的又「喂」了一次，我才明知故問道：

「陳列——，你又在割草啊？」

「是啊，是啊，」他聽出了我，「哎喲——，我知道妳要說什麼啦，有啦有啦，我有在改啦，還在慢慢改啦。」

「你那些草，割了又長，沒完沒了的！但你的稿子，改完就可以出書了，」有幾次我是這麼說他的，「不改完，什麼時候才能出啊？」

「哎喲，我沒那麼重要啦，」有幾次他是這麼回答的，「不出也沒關係啦。」也有幾次，聽筒那端嘆息著：「唉，我真怕接到妳的電話囁！」接著是一聲溫柔的苦笑。

類似這樣的對話，那三年裡不知重複了多少次，說的無非改稿與出書，然而割草往往是無可避免的開場白。

陳列在改的，是《躊躇之歌》。

一年過了一年，我與文友等了又等，他卻氣定神閒地繼續在土地勞動與文字勞動之間躊躇，繼續在兩分多地的家園裡汗流浹背低頭割草。

我之如此掛念《躊躇之歌》，源自一九八〇年秋天陳列以〈無怨〉獲得第三屆「時報文學獎」散文首獎（成名多年的張曉風以〈再生緣〉得優等獎）。那年元月，我從《聯合報》轉到《中國時報》「人間」副刊工作，有緣參與散文獎決審委員余光中、思果、張系國、逯耀東、鍾肇政的決審過程並在會議結束後通知得獎者寄來簡介、照片、得獎感言，因而開啟了與陳列的文學因緣。

〈無怨〉是很特殊的散文題材，第一句就點出背景在監牢：

「午睡在雷聲中醒來，脆急沉厚的聲音響在囚房外。……

就在房間角落那個高出地板許多的廁所內，我曾多次踮著腳尖，透過鐵柵的空隙，凝視外面陽光或夜空下的市鎮，心中陣陣不安的飢渴和疼痛。一個老犯人說，除了吃飯和睡覺之外，不要再看其他和想其他。……唯有使自己的心境進入心理學家所說的最後的妥協期，接納事實並調整自己之後，才不至於發狂或活得很辛苦。……」

陳列的散文常像一幅畫或幾組繪畫聯作，人物、場景的影像幾筆鮮明或者有意的厚重模糊。〈無怨〉裡的難友無不各有滄桑，其中的「船長」甚至「還得離開他所熟悉的海洋九年。」這個綽號「船長」的壯漢不識字，原是船上射魚手，當其他難友侷促在囚室裡以閱讀潑殘生時，他只能伏在地板上畫魚哼小調或繃著臉焦躁地踩步；偶爾心情好，「他把手伸出廁所壁上的鐵條外，開玩笑地對大家說，『來啊，摸一下社會。』……」——這句玩笑有如一行詩，也如一把劍。

一九八〇，尚未解嚴的年代，報紙只有三大張，〈無怨〉於十月二日社慶當天發表後，「人間」辦公室接到許多讀者電話（與信件），大多是驚訝（你們社慶還敢登這種坐牢文章啊？）、讚賞（這個陳列寫得很好啊），或想了解更詳細的「陳列」背景：他是犯了什麼罪啊？他為什麼去坐牢？看他的文章是讀很多書的人，是不是政治犯啊？……

對於這些疑問，答案只有一種：「我們也不清楚。」——那時僅知陳列三十四歲，老家在嘉義六腳鄉灣南村，淡江英文系畢業，住在臺北，從事翻譯工作。

二〇〇八年春，又是一場特殊機緣，意外讀到陳列《躊躇之歌》第一章〈歧路〉初稿，敘述他被情治人員監控、偵訊、逮捕（一九七一）的過程。意外中的意外：〈歧路〉與書寫牢獄生活的〈無怨〉恰是前後篇。

時隔二十八年，我對陳列多了不少了解，甚至在八〇年代同遊太魯閣國家公園時走過那座傳說中的佛寺（當年他準備考研究所時隱居讀書引致情治人員起疑之處），也去過他在花蓮市區的舊家和壽豐鄉那個種了很多樹木水果蔬菜而野草蔓長的新家，吃過他自豪的到了六月仍然「連根生吃都很甜」的大蔥……。然而，我從不問他「當年事」。

直到〈歧路〉一頁頁於眼前展開，在那層層轉折中才清楚看見他如何被羅織罪名，如何在二十六歲黃金之年從那座幽靜的佛寺落難於冷肅的監獄……。閉鎖了三十餘年之後，已過花甲的陳列終於緩緩寫出噤聲事。接著〈歧路〉的是〈藏身〉（出獄後），〈作夥〉（參選民代），〈假面〉（當選國代），〈浮雲〉（淡出政治）；全書五章預計二〇〇九年春完成。

從那時起，我等待著《躊躇之歌》。二〇〇九年春，躊躇無有音訊。二〇一〇年二月，讀到全部書稿，興奮地打電話去道喜，他卻淡淡地說，「那只是初稿啦，還有許多地方得慢慢再改，妳知道我還要割草嘛，割草很累很花時間的！」

我知道，我都知道。改稿其實也如割草，很累很花時間的。

然而懸念不止，躊躇又躊躇，仍然不時打電話去，十幾聲，二十幾聲，三十幾聲……。

陳列的散文寫作，有如臺灣諺語「大隻雞慢啼」。三十四歲，第一篇散文得第三屆時報文學獎散文首獎一鳴驚人。三十五歲，第二篇散文〈地上歲月〉得第四屆時報文學獎散文首獎八方矚目。連續兩年奪冠，在各大文學獎史上是空前的（也可能絕後）。決審委員林文月對〈地上歲月〉的評語標題是〈厚實感人〉，極為中肯：

「在這篇文章裡，人和大地渾然一體，不分彼此；甚至於父子關係也質樸地建立於那一片大地之上。人從大地取得生活所需，而對於大地的感激之情，卻不必用『見外』的客套禮讚，就好比真正親愛的感情是不需表之於語言。」

陳列的「得獎感言」則是〈散文大有可為〉，氣度豪邁而誠懇：

「再次獲得首獎，當然是很歡喜的。有人會接納甚或欣賞傷春悲秋之外的題材，足證散文還是大有可為，有其積極意義。我生長於農家，農人的苦樂、農村的變貌和土地的生息，對我的感思一直有著不小的影響。那是我最熟悉的事物。有一次，隔了一段較久的時間才從北部返鄉，看著依然忙碌的父母和一些顯著的變化，我總覺得應該為沉靜的鄉間生活和大地說些話。當然，農村的種種現狀用一大本書也談不完，我也只是試著從另個角度切入，以較溫柔的文字把個人的一部分觀察和繫念表達出來而已，希望別人能通過這些較易接受的文字，感覺到一些嚴肅的問題。……」

不過，除了「人間」副刊同仁與決審委員，鮮有人知一九八一年時報散文獎過程之奇。那年共收來稿七百九十一件，初審二人一組（共四組），得兩票者才能進入複審。主辦單位於初審結束後，照例進行各項「淘汰審」；我從散文類找出四篇淘汰稿請「人間」主編高信疆先生過目，他也覺得是「遺珠」，同意直接送入複審。結果，兩篇二度淘汰，另兩篇在決審抱走兩大獎：除了陳列〈地上歲月〉，還有洪文慶〈出巢〉得優等獎。

那屆的散文決審委員是三毛、吳宏一、林良、林文月、鍾肇政。評審名次確定後，主辦單位宣布得獎者名單，五個委員一聽陳列二度得首獎都很訝異，再聽到兩大獎作品是初審淘汰稿更是震驚不已。林文月說，「怎麼會這樣？」吳宏一說，「這種事情確實不多見。」三毛說，「初審委員是哪些人嘛？」……

類似之事我之前倒遇過一次。一九七六年第一屆「聯合報小說獎」，「聯副」主編馬各邀我協助看初審淘汰稿，後來轟動一時的〈我愛博士〉就是初審被淘汰的，我請馬各再看一次，決定送入複審；決審時與七等生、鄭清文等名家之作並列「佳作」獎。作者曾台生是新人，一夕成名後以筆名「曾心儀」出版第一本小說集《我愛博士》。——如果初審沒有「淘汰審」機制，曾台生焉能以〈我愛博士〉成名？〈地上歲月〉與〈出巢〉焉能「敗部復活」？可見「初審」之不可輕忽；稍一看走眼可能「遺珠之憾」，也可能「魚目混珠」。

●

〈地上歲月〉奠定了陳列本土散文書寫的地位，他卻始終「堅持一些東西」，獲獎近十年才得十二篇作品成書；第一本散文集即以代表作《地上歲月》為名（一九八九，漢藝色研／一九九四，聯合文學／二〇一三，印刻出版）。又過了將近十年，玉山國家公園管理處想找一個作家「駐山」一年寫一本書，稿酬五十萬，我推薦了陳列。一九八九至九〇年間，他每月從花蓮到南投，行走漫遊於高山荒嶺溪澗古道之間，學習觀察珍奇的高山植物與動物，親近當地布農族理解他們的生活文化，也在花草樹木雲霧流水間思索人與自然如何共生共存如何對看對話，終以〈玉山去來〉等八章完成了氣勢磅礴的第二本書《永遠的山》（一九九一，玉山國家公園管理處／一九九七，玉山社／二〇一三，印刻出版）並獲得第十四屆時報文學獎散文推薦獎。

一個編輯人遇到好作家讀到好作品本屬平常事；一九八一年有幸讓〈地上歲月〉「出土」，一九八八年又有幸推薦他寫《永遠的山》則是奇特的緣分。當年我沒跟陳列說這些事，只默默祝福並期待著他的下一本書；時隔十餘年又有緣巧遇《躊躇之歌》才欣喜地與他分享這些祕辛。絲微遺憾的是《躊躇之歌》於二〇一三年秋出版時，距離《永遠的山》已經二十二年！——這「大隻雞」未免「啼」得太慢，難怪陳芳明《臺灣新文學史》忘了他。

如今這「慢啼者」得了「第一屆聯合報文學大獎」，恰恰印證了一九八一年他為〈地上歲月〉寫的得獎感言：「足證散文還是大有可為。」

●

然而我一直覺得〈無怨〉未了。

獄中近五年，為何只有四千字〈無怨〉？《躊躇之歌》第一章〈歧路〉結束於入獄，第二章〈藏身〉開始於出獄，之間的「牢獄歲月」恍如陷落地底不見蹤影。這個「失蹤」頗讓我不解。二〇一〇年春讀過《躊躇之歌》初稿，我曾建議他增加一章〈無怨〉補寫獄中歲月，他卻認為不宜。

「那裡面太複雜了，」他說，「要用小說的方式寫比較妥當。」

「啊──？」我大吃一驚，「你是說獄中歲月要寫成小說？」

「對啊，」他那天沒割草，語氣很輕鬆地說，「我也可以寫小說嘛，妳以為我不會寫呃？」

「你當然會寫，」我想起他翻譯的那本小說，「你會寫得像《黑色的烈日》一樣好。」

「哎喲，別這麼說啦，妳還記得那本書呃？」

怎麼不記得？

一九八一年之後，輾轉聽一些文友說他繫獄期間（一九七二──一九七六）以一種「特別的方式」翻譯了一本書；出獄後以翻譯餬口之餘，不忘整合修改那些「零碎」的譯稿並出版。──那應是陳列的「第一本書」，但僅止於傳聞未曾閱讀。

一九八三年五月，意外收到陳列寄來那本傳說中的書──《黑色的烈日》（一九七九，千乘出版社）。封面右上角的譯者是「陳麟」（隱去其本名中的「瑞」）；底下醒目的褐底反白字：「抗議小說」。再底下一段黑體字：「歷史所流經的路線有著許多迂迴曲折；現在他已跟不上這股水流，所以必須成為溺水者的屍體而被棄置於流程的轉角處。對嗎？」

《黑色的烈日》（Darkness At Noon，一九四〇）是猶太裔匈牙利作家亞瑟．柯斯勒（Arthur Koestler，一九〇五──一九八三）代表作，描述俄共革命、黨內鬥爭及鬥爭失敗者被捕入獄後的再鬥爭、猜忌、洗腦、背叛、審判、槍決……。一九九八年藍燈書屋評選「二十世紀百大英文小說」，該書名列第八。陳列當年尚難預料此事，但於獄中翻譯此書也許有意隱喻「囚房裡的囚房」、「抗議中的抗議」；多麼沉痛的雙重意象！

《黑色的烈日》前言第一句「本書的人物都是虛構的。決定其活動的歷史環境則是真實的。」第一審第一節首句「囚房的門在魯巴休夫身後砰然關閉。」一九八三年讀到這一句時，想起〈無怨〉的首句也是以「囚房」出場的。而今陳列要以「第一本小說」補寫〈無怨〉之未了，是否會再呼應他翻譯的「第一本書」向柯斯勒致敬？那麼，「囚房」的鐵門推開或者關閉之後，曝陳於《黑色的烈日》之下的，將是多少組歪曲無告或憤怒吶喊的繪畫聯作？……

我想像著，並期待著，陳列的小說。

也許，偶爾仍會打電話去。

也許，開場白仍是無可避免的那一句：

「陳列——，你又在割草啊？」

——原載二〇一四年九月十四日《聯合報》副刊

註：文章刊載該日陳列獲頒第一屆「聯合報文學大獎」，獎金一百零一萬臺幣。

梅花鹿紅色警戒

杜虹

本名謝桂禎，國立屏東科技大學熱帶農業暨國際合作系博士，任職於墾丁國家公園管理處保育研究課，長年工作、生活於大自然中。著有散文集《比南方更南》、《有風走過》、《秋天的墾丁》及《相遇在風的海角》。

風過原野，青草微動處，幾隻褐紅色底綴白斑的梅花鹿低頭啃食一地青綠，當天地間有微響便抬頭、豎耳，睜亮無邪的雙眼佇足警戒，見無欺近的危機，又低頭繼續覓食……這海角樂園般的景象，使人心底漾開一陣笑意。然而一經思索，笑意頓成煩惱。

在墾丁叢林穿梭二十年，以往於山林間偶遇梅花鹿，心底總有難以言喻的驚喜，我衷心認為，那人與鹿偶然相逢時的片刻相視，是大自然給予願親近者最美妙的禮物之一；而時至今日，每當行過草原發現數量日益繁多的鹿群時，心中卻泛起陣陣不安。這天我和部落夥伴吉成仔携帶成綑的麻繩深入叢林，就為防阻梅花鹿破壞保育類蝴蝶的幼蟲棲地。

這些在墾丁地區日漸繁多的野地梅花鹿，有著與一般野生動物不同的身世。

消失與回歸之夢

梅花鹿原為臺灣島上普遍存在的野生動物，棲息於海拔四百公尺以下的平原和丘陵間。然而歷經三、四百年的大量捕捉，及棲息環境因開發喪失，臺灣梅花鹿於一九六九年在野外完全消失，只餘被馴養在民間和動物園的族群。當年梅花鹿的原屬棲所，如今已成人們活動的土地。

一九八五年一月，臺灣政府為因應國際保育潮流，接受外國學者建議，開始進行「臺灣梅花鹿復育計畫」，以臺北動物園的鹿群為種源，於墾丁地區設置復育區，由墾丁國家公園管理處負責執行此計畫。當時學者評估梅花鹿於復育區適當的承載量為一公頃一隻。一九九三年，復育區的鹿群密度已超過每公頃三隻，鹿隻活動可達的範圍內，植物被啃食殆盡。此時，在復育區承載量、國際保育壓力及長官關切的考量之下，墾丁國家公園管理處與復育計畫的主持學者決定野放梅花鹿。

一九九四年一月二十三日，臺灣梅花鹿首度野放，儀式由當時的內政部長與農委會主委共同主持。當身負宣揚臺灣保育形象的梅花鹿自由奔躍向原野時，情境的確教人動容。然而，當時也有不少學者反對野放，他們憂心：被選為野放地的墾丁國家公園社頂地區，生長的是臺灣獨特的高位珊瑚礁森林，在移入大型草食獸且無天敵控制族群數量的情況下，將會對生態系造成何等嚴重的衝擊？

高位珊瑚礁森林

墾丁國家公園社頂地區地質以高位隆起珊瑚礁為主，這片土地自海中隆起後，綠色植物的種子便隨鳥和風來到礁岩上，並力圖發芽與生存，在這幾無土壤、難以保水又崎嶇不平的環境裡，存活之艱難不言可喻。然而置身其間，卻會發現除了偶爾一塊陡峭岩壁裸露素顏，大部分礁岩都綴滿綠色生命，植物群落以草、以樹、以藤、以灌叢的形式，發揮最大的生命韌度織成一座鬱密森林；又因為落山風，森林被壓低，林中綠意交纏，形成難以穿越的生命之牆；而迎風、背風，崖頂、谷底，裸岩、淺土等環境因子的交叉組合，更構築了多樣化的生物棲所，提供不同類群的生物立足繁衍。

這樣的熱帶森林，孕育著獨特的生態系統，生命風格篇篇皆精采，一直以來便是臺灣學術研究的熱點。而如此物種多樣共存的綠色基因寶藏中，或許也蘊藏珍貴的醫藥成分，等待人們探索。

因為藤蔓阻路，因為地面崎嶇，大型動物在礁林中活動原屬不易，然而生命存活的決心總能克服環境險阻，被野放至鬱密森林的梅花鹿克服原屬平原和丘陵的適應，在崎嶇礁林中安靜生息。而礁林南端由畜產試驗所及居民栽植的牧草地，也讓棲息於礁林中的鹿群獲得覓食樂園。在這裡，梅花鹿沒有天敵，且國家公園內禁獵，除了屈指可數的野狗咬傷事件，梅花鹿在野地繁衍安全無虞。

星月流轉，落山風去來，墾丁國家公園管理處為執行「臺灣梅花鹿復育計畫」，先後進行十四次梅花鹿野放，總計野放二百三十三隻鹿，範圍並擴及社頂地區以外的山林。至二〇〇九年，墾管處委託學者進行野地梅花鹿族群數量研究，推估數量至少八百隻以上，活動範圍多集中於社頂地區，其中礁林核心的高位珊瑚礁自然保留區，梅花鹿密度已達每平方公里九．七～四九．六隻（日本於自然保護區或重要森林的鹿隻管理密度為每平方公里不超過五隻）。

暗夜探訪梅花鹿

坐落在墾丁高位珊瑚礁森林邊緣的社頂部落，是現今與臺灣梅花鹿棲地最貼近的聚落，近年來積極發展生態旅遊事業，「夜訪梅花鹿」便是部落頗受遊客青睞的生態遊程（夜幕之中鹿群較不畏懼人類接近）。這個早年「靠山吃山」的邊陲聚落，因生態旅遊發展有了對山林不同的利用方式，也轉而巡守保護當地生態旅遊資源，深受遊客喜愛的梅花鹿，更被選為代表部落的生物圖騰。部落中人談起梅花鹿，神情都顯得親暱。

吉成仔便是這個部落的人，成長過程如礁林植物般受到這片土地的考驗與雕塑，外表可尋見強風與烈日的鑿痕，在叢林中活動宛如穿梭自家庭園；因為生態旅遊發展，他成為我在當地保育工作上最得力的助手，巡守梅花鹿則是他常規的自發性工作。

這天我和吉成仔來到一處保育類蝴蝶的幼蟲棲地，檢視了之前設置的阻鹿繩籬，發現有斷落之處，樣區內出現梅花鹿的排遺及落毛，原本豐茂如氈的蝴蝶食草，因動物活動而出現土壤裸露現象。

「下雨時麻繩含水，鹿仔一撞就斷了，換棉繩會比較好。」吉成仔說。我則堅持麻繩較天然。

吉成仔一邊換新繩一邊又說：「我們部落快要不能做山地粽了，做粽子用的假酸漿葉子都被鹿吃光了，以前牠不吃的。」三年前，鹿也不吃我們正在設網保護的蝴蝶食草（含有有毒化學物質），然而當食物日漸匱乏，鹿群也只能一再的退而求其次。

森林更新停滯

我和吉成仔快速置換受損的繩索，因為偌大山林中尚有十餘處繩籬樣區需巡視。繩索換罷，起身環顧四周，繩籬之外的林下，幾乎一片光禿，植物小苗所餘無幾，且種類單一。不遠處二隻梅花鹿自礁岩後方現踪，睜著大眼與人對望。

「真的很可愛，不過太多了。」扛著麻繩的吉成仔臉上流露出與粗獷外表不搭襯的溫柔，望著自己守護多年的梅花鹿說。

巡了幾處樣區，林下狀況均相似，繩籬之外處處裸土，令人不禁思索：原先存活於林下繁茂植物間的眾多生命，都哪兒去了？

十年之前，我開始於墾丁高位珊瑚礁森林進行稀有蝴蝶的生態調查，當時為尋幼蟲棲地，我和同伴必須披荊斬棘進入森林內部，而今森林底層已然空蕩，吉成仔調侃說：「妳現在才開始做調查的話，根本不用鑽，空空的。」

短短數年間，這片森林內部的變化，只能用「怵目驚心」來形容。生態系複雜的組成與運作猶如人體，各部組成需克盡其職發揮功能，並經由彼此間的回饋抑制、相生相剋，才能使整體健康運作。底層淨空的森林，前路如何？

棘手的覓食問題

在樣區間移動時，遇見林試所恆春工作站的研究人員，她一見我即上前說：「管理處到底打算怎樣處理梅花鹿的問題？高位珊瑚礁自然保留區裡的小苗快被梅花鹿啃光了。」墾丁高位珊瑚礁自然保留區也是國家公園的生態保護區，因為梅花鹿啃食，林木小苗無法存活，森林更新出現停滯現象，在缺乏原生樹種小苗生長的狀況下，若遇颱風等因素造成大樹倒亡，之後搶先生長的極可能是銀合歡這類強勢外來入侵種，森林的結構可能面臨改變，長期在此區進行植物調查的研究人員都顯得情急。

森林是沉默的，即使幼弱生命流失，即使組成結構受威脅，一時之間也看不見抗議的儀式；然而當村里農作受到梅花鹿啃食與干擾，居民的抗議便排山倒海而來。

臺灣梅花鹿在墾丁山林繁衍二十年，至今仍被農委會歸列為「家畜」，當地居民更存在「梅花鹿是墾管處放出來的」想法，於是抗議與求償不斷。民眾生計之事，總得優先處理，受梅花鹿干擾的牧草、農作，墾管處協助設置了保護圍籬。

「我們部落『夜訪梅花鹿』的遊程停了。」行至礁林南端畜試所牧草地時吉成仔說：「他們把牧草都圍起來了，晚上梅花鹿沒辦法進去吃草，沒得看了。」一排望不見盡處的堅固圍籬立在草地邊緣，這也意味著從此梅花鹿必須在高位珊瑚礁森林裡覓食求生。

野生鹿群何處去

梅花鹿干擾農作的問題不斷發生，甚至造成車禍事故，研究人員也陸續反應鹿群危及高位珊瑚礁森林更新。二〇一三年底，墾管處保育課長接受新聞媒體採訪時指出：臺灣梅花鹿復育的真正問題，現在才開始。

二〇一四年三月，墾管處邀集國內動、植物學者，共商現階段臺灣梅花鹿經營管理策略，在現勘之後，學者一致認為社頂區鹿群數量必須控制。長期在這座森林中從事苗木更新研究的學者更鄭重提醒：「不是災難即將發生，是災難已經發生！」

當珍貴的高位珊瑚礁森林生態系面臨無小苗可更新的危機，寄居其間的生物不知消失幾何時，管理單位自然有必要對梅花鹿族群採行人為控制措施，以保護生態系統，況且生態系統若崩潰鹿群也難以獨活。但該如何實際執行呢？如英、美、日那般開放狩獵嗎？（可以有經濟效益產生但會被指為不人道。）捕捉後結紮嗎？（需編列大筆經費，且山林野大可能無法有效執行。）驅趕、忌避使鹿群離開保留區的核心區嗎？（難道非核心區的高位珊瑚礁森林就放棄？）捕捉移送他處山林嗎？（恐將造成另一處森林的災難！）

到底消失了什麼？

在未能實際執行鹿群減量措施之前，人們也只能以各自的方法保護想保護的對象。於是我圈圍蝴蝶食草，牧草所有者圈圍牧草。

但當墾丁地區牧草地都設置了阻鹿圍籬，梅花鹿何處去呢？除了這珊瑚礁森林內部，能有何處呢？我不禁對正換置麻繩的吉成仔說：「多圍一層繩子吧，綁牢一點，我們下次換棉繩。」

叢林深處日光收得早，離開最後工作點時林中已昏暗，大地的心跳轉換不同的節奏，傳遞日行生靈將歇、夜行生靈將起的號令，蟬聲未絕處回望繩籬外的裸土——那裡，到底消失了什麼？

——原載二〇一四年九月十六日《中國時報》人間副刊

慈悲的旅程——鍾文音

淡江大學大傳系畢，曾赴紐約視覺藝術學院習畫。現專職創作，以小說和散文為主，兼擅攝影，並以繪畫修身。

曾獲《聯合文學》、《中國時報》、《聯合報》、世界華文小說獎、雲林文化獎、吳三連文學獎、林榮三文學獎等重要文學獎。二〇〇六以《豔歌行》獲中時開卷中文創作十大好書獎。持續寫作不輟，已出版多部短篇小說集、長篇小說及散文集多部，質量兼具，創作勃發。二〇一一年出版百萬字鉅作：臺灣島嶼三部曲《豔歌行》、《短歌行》、《傷歌行》，備受矚目與好評，陸續翻譯成日文版與英文版。最新散文集《憂傷向誰傾訴》。

通過吵亂無比與辦事效率低卻索簽證費高昂的印度與尼泊爾邊界之後，時間已是午後四時，天色蒙上一層灰淡的烏雲，一路穿越梯田河川山脈，古國的人生都攤在陽光下，四處有小販捧著竹編的籃子，兜售著炒花生之類的小吃。

車聲灰塵瀰漫，耳膜開始擠進人間喧語。

來到加德滿都，已是兩天之後的旅程了。

我穿過販賣藝品的長長小販以及老小乞丐後，便可見到在園內入口有座廟，牆上繪著兩個彎彎大眼睛，睨看著眾生。四眼天神廟的神眼裡黑白瞳孔如判官似的分明。

加德滿都谷地，高山環繞古城，當我氣喘吁吁地向上一路，登高爬上三百八十五級石階，欣賞過石階兩側的大石佛、象鷹等雕像，終於來到了四眼天神廟，我居高臨下地俯瞰整座山城，紅瓦赭牆泥厝襯在霧中風景裡，有著質樸堅毅的性格，紅褐色民厝聚落分布如棋盤，雲光水影環繞的梯田在霧中忽隱忽現，偶可見到如蟻的農婦扛著竹簍行過，她們的背脊彎成一張椅子似的，那個角度光是看都覺得艱辛，是什麼樣的生活重量施加在身上可以形成這樣的角度？她們讓我在旅途裡沉痛著，想起祖母那一代，餵乾的胸脯如木瓜垂落，夏日沐浴過後，光著身子時，總有孩子少年仔在背後戲謔地叫她們「老拎（奶）脯」。

事實上她們沒有想像中老，只是高原太陽曬傷了她們的眼睛，大地風霜鐫刻了她們深邃的容顏。

生活在加德滿都，日日看山，這些山是喜馬拉雅山脈群峰，高聳連天，山友神性，壯觀莊嚴。四處飄揚著五色風馬旗，藏人相信當風起兮，經文隨風飄揚，人的眼淚會送到神佛的耳膜裡，神為苦者帶來了安慰。

我的耳朵也聽著這些風聲送來劈里啪啦的旗音，但我能折射出來的卻只有滿滿的憂傷。

四周集結的環形商家，一些唱片行無時無刻不在播放著觀音菩薩願力的六字大明咒，如夏蟬般地在耳邊嗡嗡梵鳴。最後聽久了，這聲音即使在我離開後也會不斷地在腦中播送。像是耳朵裡被寄放著一枚名為慈悲的貝殼，如果我的眼淚夠多，耳朵裡面應該匯聚成一座大悲之海了。

我的慈悲是沒有根的，我知道，因為我的慾望還很自私。

佛塔四周有人在點燈，有正做著五體投地大禮拜的虔誠者。他們的身體像是彈簧，竟能無思想地上上下下，起身拍板，音聲單純。但當我靠近凝視他們的容顏時，我看見憂傷，聽見懺悔。如果是我，我應該寫出一本又一本的懺悔錄了。

曾經年輕時，如此地迷惘於紅塵煙花與山林佛家的兩端。那些匍匐於地的年輕人，讓我看見往昔自己那顆不斷奔走的狂心，想藉著慈悲旅程來收攝自己的癡心妄想。

我想起在《僧侶與哲學家》一書裡的父子對話，他們對「繞塔禮佛」與心靈描述得很詳細，書中提到繞塔有著深沉的意義：「通常走路不過只是為了盡快的到達某處，吃飯只是為了填滿我們的肚皮，工作只是為了盡力去生產等等，但是如果我們居住在一個一切活動蘊含著心靈生活的社會中，最一般的行為也都會有意義。……以佛塔為例子，西藏人認為能夠花一個小時繞這樣的一個紀念塔，其充實的效果遠勝於去慢跑。佛塔象徵著佛陀的心（經文是佛語，「經」即是諸佛密意貫穿真實意。佛像是象徵佛之身）。」

順時鐘繞佛塔行是因為身體的右邊被視為榮耀的位置，於是繞塔時身體的右邊便會一直沿著佛塔進行，此也是一種對佛陀覺者和教義的尊敬。邊繞邊轉心輪，專注於一。

化無意識為有意識的每一個日常動作，好比走路時觀想自己正在走向證悟之路，如此覺受就完全不同了。點一盞燭火時，是燃起心中的願力，希望眾生得光明遍照。甚至梳頭髮，可以想斷煩惱絲，上廁所可以想身體之臭皮囊。用早午餐前先默唸：供養佛、供養法、供養僧、供養一切眾生；用畢餐後默唸：飯食已訖，當願眾生所作皆辦，俱諸佛法。晚餐稱為「藥石」，吃晚飯前默唸：供養般若波羅蜜多。用餐後默唸：願眾生皆俱足般若智慧。如此吃飯是吃飯，但也不再是吃飯。

打開門時，我們想像打開這座門時可以打開解脫之門。這樣生活中的一切動作就有了不凡的心靈蘊藏。

屬於藏人的膜拜方式是五體投地式，雙手往前推，全身順手勢趴下，來來回回一百零八遍，即使不開悟，日日如此時時如此，也可訓練到專注力與培養恭敬心了。禮佛同時也是表達敬意的一種方法，禮佛不是對一個神的形象致意，而是對一個究竟智慧和代表慈悲喜捨的覺者的敬意。同時向智慧慈悲究竟頂禮是謙虛之舉，可以對抗貢高我慢的心識，傲慢是深沉的障礙。體會儀式動作的深沉內在意義，將使身心在禮佛唸誦中愈來愈柔軟澄澈。

在灰塵滿天的山城，我也學著放下身段，用我的雙手雙膝和額頭同時碰地時，山城行經而過的喇嘛教我如何讓我的身體和地面形成五個點，因為這五個點也意味著淨化無始劫以來的五毒：貪嗔癡慢疑，將五毒藉著身體在動作時邊作邊轉化，當我的雙手往自己的方向收回時，當願眾生離苦得樂。

當願眾生，而不是當願自己，這種無我的感覺，在我膜拜下去時，第一次有空之感，竟發生在異地的這個剎那。

這個剎那如此稀有，這個剎那如此天長地久。

在山城心情寬闊，山色如斯壯美，我幾乎快忘了島嶼戀人讓我午夜揪心的時光。往山丘眺望，蘇瓦揚布拿佛塔四眼和我的雙眼對望著，在旅館裡睡在別人的枕頭上，我總是作著奇幻繽紛的夢，夢有如一座又一座的私我神話。夜晚作夢，白日走路。我不斷地徒步數日，彷佛如此可以靜默地祈求大地，證明天地之間有愛與慈悲的存在，我披著有如遊牧民族的羊毛大圍巾，像中世紀的流浪教士，懺悔著靈肉慾望糾葛，試圖捨萬劫之愛纏。

綿延的山路上，我心靈孤獨，身影卻不孤單。

山城子民生活苦卻骨氣明亮，我看見每一條山路上都有人靠著雙腿行走，背部背著沉重竹囊，彷佛他們的身體就是他們的帝國。

登頂俯瞰山城，高低不同的美感顯現著平民與宗教色彩，在尼泊爾的廟宇行走並沒有清幽之感，非常人間的熱鬧，和山下的庶民生活氛圍並無二致。熱鬧的人性裡又有肅然的神性。

這國度的宗教性格如此熱騰騰，極生活務實性的，有點像民間信仰般，尼泊爾其實百分之九十是信仰印度教，印度教是多神教，無物不神，微物之神，在這樣的信仰理念下人們所祈所求不是超脫出塵，而是盼望生活的基本面能夠臻於和個人願望合一。

因信仰故，加德滿都的宗教建築觀之不盡，集印度教和佛教之大宗。尼泊爾靠近西藏和密教淵源深，至今仍有許多藏人在此營生，即使在印度教盛行的佛塔寺廟，卻總能見到印度教和藏傳佛教的彼此相容：一邊是印度教徒在供燈祈禱，一邊是喇嘛們在誦經和信眾們在塔外推著轉經輪，喃喃誦著六字大明咒。

我聽著聽著，那樣單調如蟬鳴的梵唱竟埋藏著奇異的慈悲力量，如果心能夠和音聲對應這份專一與寧靜的話。於是我明白這趟旅行於我有如生命這棵大樹裡的蚯蚓，它鬆開我生命的厚土，為了讓大樹挪出空間，長出新芽，等待未來茁壯。

當我結束印度旅程轉至古城時，感覺宛如從地獄來到天堂，這種感覺說的是心境，自非物質，因為尼泊爾的生活條件受限於山城發展，依然窮簡，但是這些生活在喜馬拉雅山下的子民似乎天生有一種喜悅與純樸的本性，因此即使宗教相異也感覺十分協調且文化自成一格。

在佛塔四周繞塔祈福者大多是藏人和佛教徒，但也有信印度教的當地人。在印度教裡，他們認為釋迦牟尼佛也是保護神毘溼奴的化身之一，因此在佛塔裡也可見到信仰印度教者。在此，印度教和佛教祭典經常在同一個場所出現，界線並不劃分。

在這座超過兩千年歷史的廟裡感覺自己的靈魂也已走過生生世世，輝映著寺廟的古色古香，而這裡幾乎已成了尼泊爾人的精神聖地了，充滿著非常人間的色香與生活況味。

登上博拿佛塔的上方可以遠眺雪山雪景，許多的喇嘛也手持掛著金剛杵和金剛鈴的念珠邊繞塔邊誦經，他們說相信就有力量。

在我長途跋涉的寫作裡，我非常需要力量。

這是慈悲的一趟旅程，也讓我在旅程裡，思及我是一個多麼幸運的人。隨時隨地都可以看見有人在朝聖，讓我看見物質貧窮裡的精神富裕。

我來到此地時，山城才剛結束綿綿雨季的傷害，但經過我身邊的孩子晶亮著眼睛朝我開懷地笑著，而大人則獻上一道道如刀刻的溫柔皺紋。我感激他們示現很多人間苦難讓我學習慈悲，這苦難是一種警醒。

失去很多家人的民宿主人每天總是微笑著，好像風塵不染心，苦痛如雲煙。他告訴我，訓練著把仇敵當恩人，把敵人的槍砲當禮物，把射向你的弓箭當蓮花，這就是慈悲。

燭火雖微小，卻照亮我旅途裡簡陋的心。

我的慈悲開始長出了根。

從他們彎曲與匍匐於地的身姿背影，我學了很多很多，這是我一生縱遊天下裡最珍貴不滅的記憶版圖。

——原載二〇一四年十月《張老師月刊》第四四二期

小鎮星光——龔萬輝

一九七六年生於馬來西亞，祖籍福建晉江。曾就讀吉隆坡美術學院和國立臺灣師範大學美術系，現從事文字和繪畫創作。曾獲《聯合報》文學獎、馬來西亞花蹤文學獎、海鷗文學獎等。著有小說集《隔壁的房間》、《卵生年代》、散文集《清晨校車》、圖文集《比寂寞更輕》；以及雙人合集《按鍵回轉》等。

星光照相館如今還在小鎮的老街上，像一個永恆的記號，只是淺藍柯尼卡的招牌悄悄褪了色，來往的人也沒察覺。照相館的左邊是協和布莊，右邊是益順雜貨店。雜貨店是我二叔開的，我自小時候就在這條五腳基上玩鬧，一邊和同伴追跑，一邊回頭看去，整條街卻漸漸寂寥了。星光照相館的老闆是趙永明，分明是拍照的，也不知為何我爸和二叔卻叫他「灶咖」。這麼多年了，趙永明還是一成不變的形象，一副厚框眼鏡，一件白色的短袖襯衫，長褲只遮到腳踝，腳上趿了一雙沉重的塑膠拖鞋，走路沙沙作響。每天下午，日光斜照進店裡，他就會拉一張矮木凳，一個人在店門口抽菸，一雙長腿折成一個M字。抽完一根菸，再從襯衫口袋掏出第二根，等陽光移了一些，彈指把菸蒂飛去柏油路上，才拍拍屁股回頭走進店裡。

我那時才剛到吉隆坡念書，每個月回來小鎮一趟，總要搭三幾小時的長途巴士。從巴士總站走過老街，穿越五腳基一道一道的圓拱，有時看見他還坐在那裡，遠遠叫他，那身影一瞬間像自定格的照片裡甦醒過來，挺直了背，轉過頭扶了扶厚框眼鏡，才說：「阿慶的仔？這麼大漢了。啊哈，笑一個啊。」

笑一個。那是星光照相館老闆趙永明掛在嘴邊的口頭禪，還要用閩南話來說才對。恍若他永遠都站在相機的背後，弓著腰，手指貼著快門鈕，等待將我們流動的時間按停。

我家的相冊裡有好幾張一家五口的全家福，皆是在星光照相館拍的。老舊照片都是小時候的憨呆模樣，髮型和衣著款式也過氣了，如今看起來好笑。然而那時節，每逢農曆新年之前，我父親總會帶著我們到照相館去，彷彿是每年必行的儀式。一年一張的照片，如一道戳記，記錄我們逐漸拔長的模樣。我還記得走進照相館，還要穿過一條狹窄的走道，盡頭才是攝影棚。說是攝影棚，也不過就是一個昏暗的房間，裡頭空蕩蕩的，胡亂擺放幾個玩具木馬、木吉他和假花假樹那些道具。房間中央立著一臺雙眼中片幅相機，Rolleiflex的老款式。還有一面牆掛著一屏連地的風景，要小橋流水，有；要拍畢業照的，也有。像拉窗簾那樣，只見趙永明一雙手俐落地拉動幾下，一幕異國風情的布景就徐徐降下來。而我們一家人皆穿著乾淨，頭髮油亮，站在那面虛構的鮮豔景致裡，擺著預定的姿勢。站密一點，好，笑一個。一瞬眩目的閃光，就在眼睛深處留下一枚殘影，久久揮之不去。

那已是童年回憶，大概日本傻瓜相機流行起來之後，小鎮人就不常到照相館拍照了。偶爾回到那個幽暗的攝影棚，也只為了要拍證件照而已。那背景換成了一襲淺藍單調的布幕，看看洗出來的二吋照片，鬢髮塞在耳後，已是長大而表情木然的自己。

恍惚那時候開始，星光就黯淡了。老街上的那排店屋，都是英殖民時代的建築，樓上房間，樓下營生，木百葉窗把午後陽光篩成一線一線，敷在斑駁牆上。有些店屋山牆講究，雕花別致，會在屋頂處鏤刻上一個年分的數字，鑿成時間的印痕。也不知星光照相館何時開始佇立在老街上，自我懂事之後它就一直間夾在那些老店鋪之中。每次路過那裡，我會在照相館的門口停一停，隔著一片玻璃，看櫥窗裡的相片。照相館的玻璃櫥窗向著大街，一片豬肝紅色的絨布上掛滿了人物的照片，有全家合照、結婚照、畢業照，還有一些妝扮的少女特寫，長髮長裙，各種姿態，像瓊瑤小說裡頭的角色。想來這些照片都是趙永明的得意之作，放在店門口招徠生意，卻擺了十多年從不替換。相紙因為日曬微微發黃了，然而照片裡的笑容皆不曾隨著時光老去。

星光照相館門口的那一大片玻璃，日經月累添上了一層灰濛。時光敷塵，怎樣擦洗都洗不去了。我經常看見趙永明坐在店口抽菸，也只是點頭打個招呼。一直要到我高二的時候，和班上的同學吳四通一起迷上了攝影，才和趙永明熟絡起來。

那是我的九〇年代，小鎮街道上的車子還不太多，老街場猶綻放著最後的繁盛。許多年後，馬路改了道，新發展的社區蓬勃又熱鬧，老街一比就老了。曾經在照片中定格的小鎮已不若眼前物景，就像老家相冊裡的全家福也從來沒有真正把童年時光留住。我總是又踱回老街，想找回那些熟悉的風景，那些面孔、氣味和光度。星光照相館如一個記憶的浮標，好像它從來都不曾依時光而改變。我當然還記得，我的第一臺相機就是在這裡買的，單眼全手動的Vivitar V2000。那年我十七歲，第一次擁有那麼貴重的物事，把相機小心翼翼掂在手裡，有一種沉重的感覺。鏡頭映著紫藍色的折光，往裡頭看，如探勘一個深邃無底的深井。每一次按下快門的那刻，都相信自己就此凝固了眼前正恍恍流逝的一瞬之光。

那時我和我的同學吳四通天天放了學也不回家，就踩著腳踏車在小鎮裡四處蹓躂。我們手裡捧著照相機，拍市街路人、屋簷藍天、流浪貓狗……最後連電線桿也拍，眼睛貼著狹小的取景框看出去，一隻一隻的燕子站在電線上，襯著夕陽的逆光，如五線譜上的音符。每一張相片都是我們眼光曾經凝望的小鎮細節，然而我們其實並不真切理解我們正在掠捕什麼，一座小鎮的懷舊風華，抑或是我們自己揮霍無度的光陰？倒是因為買底片、洗照片都跑到星光照相館去，和老闆趙永明混熟了。有一次，我和吳四通到店裡去拿洗好的照片，趙永明卻把我們叫住，搖頭晃腦說：「我看你們拍的這些，都還不太行啦。」他說著，還把我們的照片排排擺在櫃臺上，摘下老花眼鏡俯身仔細端詳。吳四通不服氣，眼睛吊著半天，趙永明也沒搭理他，自己就在喃喃自語：「嘖嘖，這景幾十年了啊，可惜構圖走位了……」我從來不知道趙永明他從我們胡亂拍攝的照片之中看見了什麼，也不知道他每天蹲坐在店門口抽菸的時候，目睹老街一日一日頹敗，是帶著一種怎樣的心情。倒是我從趙永明身上陸續學會了許多攝影的基本技巧，卻和他一樣，很久之後才明白了把時間按停的虛妄。

許多年過去，我已經在吉隆坡定居、工作，有一次回老家整理房間舊物，才在一個小紙盒裡重新發現了那些少年時光亂拍的照片。照片湊成一疊，也沒悉心夾在相簿，卻只是草草用一圈橡皮筋綑住。日久那橡皮筋都乏力了，稍一拉扯，就斷成寸段。我手裡掀翻著那些照片，往日回憶翩翩，想起我和同伴穿著白色校服在小鎮裡穿梭遊蕩的情景。照片裡多是無人的空景，只有一張，以透視構圖拍下了老街的一景，畫面中間偏左有一個人，仔細看，卻是趙永明微駝的背影，似他正悠閒走在店屋外的五腳基，彷彿還聽見拖鞋沙沙的聲音。想來這帖照片是趁他不注意的時候，自他身後偷偷拍下的，看不見容貌，徒留一個定格的姿態。

然而時間不曾真正停留在精密的暗箱裡。模仿人類眼球構造的照相機，留下的仍然也僅是回憶的光霧而已。由始至終，我們都沒有留住時間。少年時光拼貼的小鎮之景，如今好些昔時景致都已經不存在了。那是時代的尾巴，後來竟連底片相機都一下子被數碼相機取代了。而我那臺高中時代的照相機，被我長年丟在抽屜，鏡頭因為保養不當而發了霉，鏡面邊緣長滿了糾結一起的白色菌絲。

其實只要找個師傅把鏡片整個拆出來，洗一洗應該就可以再用了。我卻沒有再回到星光照相館去，那時趙永明已經不在了，而我也已經不再玩底片相機了。有一年同學聚會，我的昔日同學吳四通從美國回來，搭著我的肩膀，不知聊起什麼，問我還記不記得星光照相館的老闆趙永明。我說當然記得。我還記得趙永明替大明星白光拍照的事。

我和吳四通在星光照相館瞎混的那時，趙永明曾經給我們看過他珍藏的一張照片。那張照片從來沒有掛在門口的玻璃櫥窗上，卻被趙永明用黑色卡紙裱了起來，塞在櫃臺底下的抽屜裡。那是一張黑白半身照，洗成十二吋大小，一個柳葉眉長細眼睛的女人，臉頰有些豐腴，看起來三、四十歲的年紀，富麗的模樣。「她是誰？你的舊情人？」吳四通抬起頭問，卻被趙永明掃了一下腦勺。趙永明費了許多唇舌，向少年的我們解釋誰是白光——那個遙遠年代的女神、一代妖姬，然而始終因為時間真的相隔太遠，無從對焦，而讓我們如此貼近那張微笑的臉孔，卻陌生又模糊。

那張照片是趙永明拍的，幾十年前的往事，然而我卻沒聽父親或二叔說過白光來過我們的小鎮。據說白光在五、六〇年代息影之後隱居在馬來西亞，或許趙永明說的都是真的。一直到這麼多年以後，他讓我們看那張陳舊照片的時刻，一雙眼睛隔著眼鏡的鏡片仍閃爍著一種懷念而寬慰的微光。我想像那時趙永明當正年輕，也有他珍惜至今的回憶吧。趙永明把他的老花眼鏡摘下來，手掌抹了抹臉。而我們從來不知道那些陳年往事，信守的承諾，皆如光中之塵，也無從追問，昔時一位女明星的倩影為何偶然留在這裡。

就像從來不曾有人在意，這座小鎮曾經悄然閃爍過一瞬耀眼的星光。

趙永明過世之後，也不知道那張他珍藏多年的照片最後流落何處。那時我已經離開小鎮，轉眼經年，我們的同學聚會在互搭著肩膀，對著鏡頭微笑的大合照之中結束。才是午後，我陪著吳四通走一回老街，他還背著相機，想拍一拍街場的風景。再次一起走在店屋的影子底，我們竟像遊客了。日光斜斜照在那些生鏽斑駁的鐵門上，一扇一扇沉重的摺門不知什麼時候被貼滿了大耳窿、養寶男丹、水電抓漏的廣告貼紙，層層疊疊，怎麼樣也撕不掉了。

走過那一條長長的五腳基，老店鋪大都關門歇了業，白灰圓柱上仍鏤刻著那些褪色駁落的名字，日下光影分明：華記冰室、欣榮、裕成……再經過協和布莊就是星光照相館，只見半片店拉上了鐵捲門，原本是玻璃櫥窗的那另一半店面，卻分租給別人賣手機。門口站著幾個外勞，正在向一個金髮阿飛討價還價。頭頂那幅「星光攝影」的招牌竟然還沒拆下來，任由它日曬雨淋，慢慢褪去了原有的顏色。我走在前頭，腳步驚醒一隻老狗，它豎起耳朵看了我們一眼，又倒頭睡了。吳四通在我身後，突然對我喊：「喂，笑一個啦。」愕然回過頭，一瞬的光，才發現自己已經定格在那框時間靜止的畫面裡頭了。

——原載二〇一四年十月二日《聯合報》副刊

內褲，旅行中

——陳栢青

一九八三年生。豐原人。臺灣大學臺灣文學研究所碩士。甫自菲律賓退役歸來。曾以筆名葉覆鹿出版小說《小城市》。

飯店送回的洗衣袋裡，夾著一件他人的內褲。

多上的茶點會讓人以為是招待，錯送的餐點真想揩個油縱然不下筷但沾點味道總可以吧，「還是我點的那道好吃」，這樣舔著唇回味，心裡又飽了幾分。多領收的薪水倒願意爽快繳回去其實只是怕從下月扣。但是，多出來的內褲呢？

那讓整袋衣物都變得可疑起來。只是把衣服洗乾淨似乎猶不足以匹配「專人洗衣」這個服務項目，尚需搭配以壓出折線的褲緣、噴上香精的領口、連每一條乍看一模一樣的白襪子都能找到另一半細心配成對，渾似從來沒分開過似，這一切井井有條，乃至用封口機特意把洗衣袋袋口膠熔起來似乎象徵「還原為出廠狀態」，卻因為一條闖入的內褲，被打亂了秩序。

當然，它現在是乾淨的了，一如袋子裡的有機棉T或是絲質手帕，以純白顏色透露原本舒適的材質。但連這個乾淨都頗為可疑，它為什麼，不，憑什麼這麼乾淨呢？那代表這一條內褲，和袋子裡其他衣服是一機洗的？眼前頓時閃爍起核災似警示燈，像發現汙水浸漬或病毒會自我複製，那讓之後每次抖開衣服都變得小心翼翼，看見絨褲上躺著帶捲的黑線頭，也以為是誰的體毛，「被汙染了」，「會不會帶進什麼？」，小小內褲變得比襯衫肩寬比西裝褲腳長比罩衫還飛揚更蓬鬆，這一會兒，不是洗衣袋挾進內褲，而是內褲挾持了整個洗衣袋，此刻內褲癟癟的囊袋正鼓脹到能罩住一切。

他人的內褲遂成為洗衣袋裡的刺客。那一整天，喔，也許時間要拉得更長些，從那一天算起，到癟下的洗衣袋復鼓成圓為止，每一次更衣，都會重新想起這件內褲，根本沒穿上，卻又好貼身。日日跟著。

旅行開始以後，生活裡這樣的事情越發多了。機場裡為錯過的廣播暗自驚疑，都過三條街了，猶然掛慮此前經過的欄杆旁有位皮衣男子深長的凝視。才一個轉彎呢，抬頭且望見銅牌刻著地圖上未標示的街名，心頭炸開了攔幾個路人再三確認。餐館裡反覆用熱水沖洗刀叉，拿著紙巾一次一次擦著玻璃杯邊緣。諸如此，旅行意味一場冒險，但這連遭逢危險都談不上，一切僅僅是洗衣袋裡陰錯陽差混進來的內褲，是我們不安的小小總和。

說到底，內褲之於旅行，是大件事。

行李重量是論斤計，旅行時攜帶的衣物最要精打細算。上衣可以少帶，交錯搭也足以用配色瞞天過海；一個星期套同一件牛仔褲是灑脫不羈，披件風衣就走足夠成為個人專屬特色，但七天穿同一件內褲代表什麼？只有內褲必須跟著日子數，內褲的問題在於它還不夠「內」，固然有推出緊身褲型，還有一線牽少布料號稱「隱形款」，但始終還是隔了一層，它是屬於身體之「外」的，看不見，卻必然會意識到它的存在。無法減量。不重，也沒那麼輕，累積起來，依然在行李裡占個位。

一趟旅行，究竟該帶多少件內褲？以一天一件計？那僅適合把行李箱當成洗衣袋的短程旅行，帶出去乾乾淨淨，帶回來團團圓圓，怎麼捲再怎樣塞也無所謂，機場下地直接推回家中洗衣間，「振保改過自新，又變了個好人。」但如果旅行時間再拉長些呢？直到你把第一套西裝送飯店乾洗，或向櫃檯詢問自助洗衣店位置，口袋裡累積大量硬幣，坐在某個玻璃透亮並充滿鬧烘烘機器聲響的熱房間裡，好艱難的把投幣換來的洗衣粉跟著舀進去，空坐在那，且驚訝發現有一個行程是哪裡也不去偏偏轉轉轉的，那竟然讓你有點想起自己的人生……

凡此種種，或者你真可以什麼都不在乎，就像小說或電影裡描述那樣，紅白塑膠袋拎著再自帶一把牙刷就走天涯，那代表你開始不穿內褲，或者，這就是「紙內褲」的誕生，一種脫了就丟的即時與便利，那真正是一種剝脫，或說涅槃。行李隨著旅行日數越輕，內褲數量只少不多，身體從拘束中離開。如果在長途旅行時因為頻繁的換機以及時差少眠而失去時間感，那望一眼旅館的垃圾桶吧，從累積的紙內褲屍身，便足夠感覺出這些日子的輕與重。但更多時候是，一旦你開始注意內褲夠不夠，要不要再洗一次從頭穿，那時便已經從旅途上偏離，生活的氣味如大霧瀰漫在亦日益散亂的房間裡。內褲中怒意昂藏的，不盡是尺寸，而是時間的重量。要命的是，它總是勒得那麼緊。

也曾經上網，以「內褲」加「旅行」作為關鍵字搜尋，在兩萬筆原汁內褲交換、七千筆各國獨家販售內褲品牌之介紹中，不同的旅遊達人曉示相同的技巧，紙內褲當然是有內褲困擾的旅行者們之首選，但旅遊達人說，如果你不喜歡穿紙內褲，就要從日常開始累積。亦即是，日常生活裡穿破的內褲不要丟，脫了線的、鬆緊帶失去彈性的、乃至被洗出洞的染出紅黃汙漬的，甚至是過了季或僅僅是為購買當下審美品味感到疑慮的，在把它們丟入垃圾桶前，不如先丟進行李箱，旅行便成為一場漫長的內褲丟棄之旅，原來內褲也有自己的旅行，奇怪的是，內褲不停重穿，日子再三重複，一旦上路了，重新穿上它，復想起過了今天，這條內褲就不在了，說到告別這檔事，就連內褲都變得饒有餘味，讓人依依，也是一一不捨。但仔細想來，如果有天是因為一件內褲，才回憶起一趟旅行，那固然有些傷感，但如果經歷一趟旅行，能回憶起的僅僅是一件內褲，大概更讓人傷心，生命可能不如一行波特萊爾，有時僅僅是一件內褲。

所以，問題來了，洗衣袋裡多一件別人的內褲固然讓人感到不潔，但一切算得剛剛好的旅行途中竟少了件自己的內褲，這更令人不安。

少了一件內褲，並不意味我就要穿上這件多的，生命裡總有無法平衡的時候，床邊挪出一個位置，身邊剛好多一個人，恰好的殷勤，足夠的善意，補上他，卻不見得剛剛好。失之東隅，為何就要收之桑榆？質量上守恆，情感收支上未必平衡，偏偏我們總在追求補償，很多時候，那就是旅行的原因，為了一次傷心的分手，或是為了在旅途中來上一次傷心的分手。

上一次旅行的時候，你穿我的衣服，我借搭你的褲子，牛仔外套平均出現在你的和我的那時還稱「我們的」照片裡。就算洗髮精沐浴乳水乳交融都混著隨便拿了，只有內褲是分開的，一人一袋，摺得嚴嚴妥妥，分裝各自行李箱中。有時候覺得慶幸，畢竟自己還保有那麼一些。有時則不免傷悲，再怎樣貼近的，終究也是有隔。這一隔，也許就再不相見了。偶爾會夢見我仍然在那間小套房裡為你洗貼身衣物，你叼著牙刷推門進來，嘴裡講話不乾不淨，暈黃燈光下漂浮著泡泡香味倒是清清爽爽，偏偏就是這一段，甜蜜的時候談起來可以笑笑說因為我甘願，分開以後則順勢成為抱怨的諸多小理由之一，這麼久以後猶自滲著水掛在我心頭，不乾，也不甘。

如今旅行已經成為生活的調劑，期待一場邂逅，想像日曬的沙灘或是紫色花束圍繞的花田，腦海裡勾勒機場科技感濃厚大廳裡拖著行李箱帥氣踩一雙靴子往前蹬，其實只是想在一個語言完全陌生，沒有人認識我而我也不認識任何人的地方徹底讓身形瓦解，「如果我不是我」，這樣子想像的本身，意識已經自己出去遠行，回到十八歲選填志願的晚上，如果我勾選這個而不是畫那個，或鄰近二十歲那個下雨的午後，是要繼續下去還是換個跑道，又是誰在我二十二歲的街口說，「有一天你會後悔，現在沒跳上我的摩托車後座」，但如今都要三十了，此前信誓旦旦以為是生命轉捩點的，也不過是高速公路上收費站，過去了還會有。畢竟衣服可以更換，旅行最帥氣不就是空一個行李箱，路上隨買隨穿，誇下豪語說會把它裝滿再回來，但現實仍然像是你在日常裡囤積下來的脫線內褲，破出小小的孔洞，留下一點顏色，依然束縛著你。乃至於，忽然之間，站在飯店裡好滑腳的浴室地板上，你竟然捨不得丟掉它了。「畢竟還能穿嘛！」也不知道是念舊，還是多少恐懼著「如果下水泡泡因此溼了身」、「如果明天猛然大雨呢」，忽然擔憂一天必須用上兩件內褲，因而對那最痛惡的，乃至想把它拎到再不會重來之異地用力向前拋去的，竟也起一絲憐惜之心。那時終將發現，沒有什麼真的會被丟掉，脫不掉的內褲，小心翼翼的自己，現實在哪裡都夠分量甸甸壓垂下來。孫悟空逃不開如來佛的手掌，我則逃不出一件內褲。

而如今，甚至又多了一條內褲。

旅行還在繼續，我經常凝望著丟在櫥櫃一角的內褲思索著，倒不是還回去就能解決一切，質問櫃檯為何多一件內褲是容易的，但要別人歸還內褲，可就是大問題了。誰會還呢？大概已經被當成垃圾處理掉了，就算有人真拎著我的內褲到櫃檯質問了，飯店廣播：「拾得豹紋綴金邊three gun三槍牌內褲一件，邊緣略帶黃漬。請失主至櫃檯認領。」我又真會出面嘛？那本來不就是想丟掉才帶來的？又要怎麼跟別人解釋內心一番糾結，畢竟，連自己都理不清了啊。說到底，拿回來，我也是不會要的。誰又知道那件內褲和誰的衣服一起洗過了，更曾遭遇過什麼，就算是髒掉的內褲，原來也比什麼都純潔，談起尊嚴什麼的，被狠狠踐踏過了，痛著，擲多遠還是苦哈哈願意撿回來，卻只有內褲，說不要，真的就不要了。這麼貞烈。

行李箱裡少了一件內褲，旅行卻不能短少一天。就到街邊商店買一件海灘褲穿吧，外褲連著網狀囊袋，也不用再穿裡褲了，內及外，外及內，這樣害羞的坦坦然，好新鮮的刺激。我想，自己是從那一刻，開始真正的旅行的。

——原載二〇一四年十月八日《中國時報》副刊

本文獲第三十七屆時報文學獎散文組首獎

南風起——鍾喬

本名鍾政瑩。臺灣苗栗客家人，於一九八〇年代中期，參與《人間雜誌》，從事報導文學與詩歌寫作，受教於陳映真先生，並書寫散文及小說。

一九九〇年代起，投身民眾劇場的編導，並成立「差事劇團」至今。

出版詩集《靈魂的口袋》等共四冊；小說集：《阿罩霧將軍》；散文集：《靠左走——人間差事》等。

編導作品計有：《潮喑》、《敗金歌劇》、《浮沉烏托邦》……帳篷劇演出。並在社區／社群／災區／學校進行社區劇場工作坊。

陳文發／攝

1

怎麼也沒想到，事隔將近三十年，自己又會投身到這片西海岸的村莊來；上回，剛服完兵役的青年，卻已有多少的文藝浪漫想像，因為，《人間雜誌》的關係，由陳映真親自指揮，要我與攝影蔡明德來完成一篇「鹿港反杜邦」的報導。那是創作生命的啟蒙期——因為，報告文字、報告攝影及現場的環境運動——點燃的是底層鄉民對跨國汙染的抗爭。這樣回想，當然會與老左派的反帝世界觀及社會階級觀，產生具體的聯結。這聯結，從青年到至今初老，竟然從未斷裂；當然，很多回處在矛盾、掙扎或企盼更新的糾纏中……。但，還是回到了最初的那個現場；只是，至今猶困頓於意識型態到底能安頓或催化多少創作能量的情境中。

就以這樣的反思，做為一項文化行動的端始。擺在桌燈下的是，鐘聖雄和許震唐合作的報告攝影集《南風》。掀開扉頁，四個端正的字：「獻給故鄉」。這樣的用字或用語，顯得老派了！卻在潛移中揮發著切中命題的意涵。這意思是說：三十年過去了，鹿港在昔日發生的問題，不曾因為時間的元素而有所改變，只是環境汙染的源頭，有所不同了！重要的卻是，這一回的現場，雖相同是在彰化，卻由古鎮鹿港再往南移動一些，在濁水溪出海口的北岸，一個荒涼得幾乎無人聞問的小漁村——臺西。當你抵達，不免會依著攝影集所出示的圖像，循著矮矮的河堤攀上去，眼前是烈日枯水期下泥濘與雜芰蔓生，放眼望去，河床彼岸偌大的六輕工業園區，像一頭伏在河海出口的、被整段整段地切割出功效的工業怪獸，噴著帶著各類毒性的濃煙。

三百九十八支巨型煙囪，隔著六公里的濁水溪，陰天時，在一片灰濛濛的未知中，繞向天際；晴天時，直逼著你噴出濃煙，絲毫都不客氣地，就那麼遠遠地傲慢著……。現在的重點是西南風，特別對於臺西村的鄉民而言，因為，春、夏之際，吹西南風是季節之常，四百位老齡化的居民與些些學齡兒童，眼睜睜飽受空汙之苦！時間一旦漫長，這二十多年來，出海捕不到魚，種西瓜只開花不結果，於是成了生計的挑釁；這當然要命，沒得收成吃什麼？生計如何是好？但，有更要命的是：空汙的災害既及於土地及海洋，豈有饒過人的道理！這就是「吹南風的時陣……」的話，從村民口中吐出時，我們必須聆聽下去的故事：一張張黑白顯影的照片，說著一段段因各種癌症而死亡的村民史。我們的眼神就凝固在那每一個剎那的瞬間，決定性的瞬間……。

然而，壓迫者（無論六輕或睜著瞎眼的政府）的詭辯都只有：「並無法直接證明空汙便會導致癌症」。科學的弔詭，還是由握有科學資本的一方來決定其發言權！難道不是嗎？否則，已有諸多癌症的案例，為何都不被直接證實六輕汙染的危害呢！一個村落，就在濁水溪乾旱的河床旁，荒涼地被棄置，被這世界每時每刻所堆積起來的虛幻繁景，推向死滅的邊境。

前往臺西，若沿海線行駛，必會路經彰濱工業區。回想一九八九年《人間雜誌》停刊後，已有超過二十五年時間，並未從事報導工作。那一年，因為陳映真先生的引介，有機會在南韓的一項民眾戲劇工作坊中，步入這條從亞洲第三世界出發的劇場運動。在那裡，找到了延續並銜接人間報導的路徑！當然，劇場與報導是截然不同的兩個藝術創作領域。然而，在民眾劇場的勞作中，有幾項特色卻是與報導工作精神相通的。其一，現場性。這在報導上是指鏡頭或文字，如何從工作者親臨的現場中被生產出來；在劇場中，則是身體如何在民眾生活的現場，經由導引而被表現出來。其二，參與性。真正的報導，從來都是參與式的觀察；這在劇場裡，也是對於民眾身體如何參與表演空間的考驗。其三，見證性。報導者是為民眾揭發被害狀態的人；劇場人則是如何導引民眾以他們的身體表達被壓迫狀態的人。最後，干預性。這是指報導或劇場都有揭露人在社會矛盾中，如何從沉默的文化中轉醒過來的性質。

如此的角度看來，民眾劇場與報導都是有指向性的創作。亦即，它們都有一種從社會弱勢或邊緣出發的社會觀；也有共通的世界觀，概括而言是一種有第三世界傾向的世界觀。大體上，是在這樣的前提下，報告這非虛構的文學與劇場有了相遇，碰撞出了「證言劇場」的火花！

2

「證言劇場」對於年邁且許多不識字的村民，當然不是一件容易的事！但，也可以單純回到被迫害者的親身見證上，來看待這件事情。可以說，這是最初且唯一的動機。接下來，需要的是時間積累下，所留下的刻痕。這一天，我們依循慣例，搭乘好友顏山揚的座車前往，同行的，除了年輕紀錄片工作者蔡承哲及他的攝影助理外，還有多年好友蔡明德，我們稱他：「蔡桑」的報導攝影工作者。蔡桑笑了起來，當車馳疾行在高速公路上，從後座，我望見他熟悉得令人想念的笑容。窗外是河海大排，大排的另一側，偌大的、見不著底線風景的彰濱工業區，廠房與倉儲林立中，就是不見美商杜邦公司的廠區。蔡桑笑了，我也笑了。這「笑」，也不無複雜的內裡，因為，我們曾經在三十年前的一九八〇年代中期，經由報導的介入，經由與民眾的共同學習，經由在第一線抗爭的弟兄們，寫下了戰後臺灣，以民眾為主體的反跨國公司汙染入侵的首要篇章：「鹿港反杜邦運動」。

「蔡桑，乾杯！」我心頭默唸著。回想著匆匆便消逝而去的三十年時間。時間內外，他不擅言詞性格中表現出來的、對於攝影之於底層生命的直擊，以及直擊之後，必然歷經的掙扎、困惑……還有，最重要的，甚至不需多一句言說的堅持及信念。「要按怎講……要講啥咪……」蔡桑的口頭禪。這話說出了口，背後卻是他素樸的攝影左翼觀點，倘若說是陳映真人間精神中，馬拉松接力賽程的一棒，理當一點也不誇張！在這樣子隨興聯想的片刻中，便也感受到山揚決定走海線前往，自然有他不經言辭解釋的安排在內的！是啊！這是他的返鄉之行。他出生在這片漁村，歷經年幼喪母的傷慟往事，那年他才十歲，懵懂的青少年時光，隨著窗外逐漸凋敝的農村景象，在他內心深處蒙上一層灰暗的陰影！山揚，沉默的男子，多年來默默在舞臺後方協助友人干預現實的社運及文化抵抗，是這樣，我們再度共同登上他領航的返鄉之行，自然備感意涵非比尋常。

返鄉。一個逐漸失喪聲息，一個在濁水溪出海口，噤默地用一雙雙不知如何吶喊內心憤懣的眼睛，凝視著這兀自在肥大發展中剝落農漁老民的家鄉。當我們抵臨，都像陷落在地層下陷困絕中的失鄉遊子。我們在無法順遂地按著課程想像進行社區劇場。這卻一點都不打緊，因為村莊內在裡，穿梭著從《人間雜誌》的時間那頭捎來的訊息及信念：「因為，我們相信，我們希望，我們愛。」（陳映真——人間發刊辭）

便是這樣，有了以社區劇場轉化為「證言劇場」的想法與作為。

3

村子裡荒涼得有些零亂的景象，少說也有二十年時日了！夏日酷暑，一條轉彎進村子的馬路，沿著圳溝經過土地公廟，而後，在另一座小小的廟口，做出了區分的轉折。因為，這廟前廣場面對著村民活動中心，是村民黃昏時前來聚會的戶外聊天場所。儘管天氣燠熱無比，「證言劇場」今晚的練習，從活動中心移往小廟前的香爐遮棚下。天色暗了下來，留在身體上的汗水記憶猶新：是午後二時，烈陽下，在春財的養殖池旁，和他談去年臺灣鯛魚價下殺，收成賠了百來萬的艱苦；是脫了鞋，一腳一腳踩在地瓜田裡的燙熱。這種田野身體的記憶，三十年前，在「鹿港反杜邦」的現場，較多是取得報導的第一手資料；現在，卻是一種與底層民眾展開對話的自然反應！

廟前棚下的日光燈亮了起來，夜色轉涼。村民帶來的農作耕具，被轉作舞臺上角色練習的「物件」。乘西瓜籽的耙簍、左手操作的割草刀、出海時的竹簍便當盒、一把刀子、一部相機與一支扁擔……活生生的一段又一段的真實故事。見證的，不是虛構的劇場情節又或演員的演出；就只是生活、生命本身讓沉默多時的老農民們，共同說出了：「自從六輕來了以後，我們如何失去生存機會」的見證。

春財，四十來歲，輪到他見證時，他手上無一物，卻帶來了身體的「物件」。他撩起舊舊的汗衫說：「我帶了這隻新鮮的海蜘蛛……」先是好奇的睜著眼，而後，我細心地看：是一道道像蛛網般張開的手術疤痕，在他的胸腹間，留下深深的烙痕。木訥地，他接著說：「我這個傷疤已經陪了我五六年了，一開始是感覺身體疲憊，然後暴瘦，去到小診所檢查，他只開一包藥，說吃一個月就會好。但人家都建議我去大醫院做檢查比較保險，才發現是肝癌第二期，醫生說幸好發現得早。我覺得多多少少與六輕有關係，因為我從未離開過家鄉。而六輕來了之後，一年當中大概有四個月，只要吹起南風就會聞見臭味，而後是空氣中的落塵或酸雨。」

4

這是廟口的一場「證言劇場」的練習。晚上十時，練習告一段落，在相約明日見的招呼聲中，人漸散去。留下孤單廟宇門上的兩個守護神，神采飛揚，怒目相視，面對的是河堤外、濁水溪對岸燈火通明且冒著濃濃煙霧的巨獸：六輕。

當南風吹起時，我們像是又回到人間的現場……。

——原載二〇一四年十月十日《中國時報》副刊

以跳水的姿勢騰空——包子逸

曾獲時報文學獎散文評審獎、林榮三文學獎散文二獎、梁實秋文學獎譯文首獎。

作品散見副刊、《最後一本書》、《新世紀》、《現代詩》、《掌門詩學》、《新地文學》、《風球》、《放映周報》等報章雜誌。

從事文化研究。偏愛詩與散文，攝影與繪畫。

喜歡溫暖的幽默，常在荒謬中發現真理。

他們都說嬰兒天生會游泳，畢竟每個人都在母體沉潛過幾個月，在赤裸裸面對人世之前。游泳的天分因此是慢慢被遺忘的，因為疏於練習，如慢慢脫落的純真；當我們學會用肺葉呼吸，當陽光和雨水都能直接灑在我們身上，就像上岸的人魚，一旦沒有後路地邁向這個龐大複雜的世界，有些本能便臍帶般漸漸乾枯，被歲月摘去，從此必須辛勤垂釣，才能重獲一些原始的能力。

我在鄉間度過十分野性的童年，想泅水直接進水渠或河裡就行了。後來搬到臺北，城裡的玩水程序很拘謹，家中浴室又沒有浴缸，偶爾在弟的保母家頂樓，和一群孩子擠在不比人孔蓋大多少的充氣泳「池」戲水，與其說是在泳池，不如說在泳池的想像裡。

人和自然漸漸疏遠的程度，和城裡泳池漸漸密集的程度對等。到底是因為失去了才想擁有，還是相反，我已分不清楚。

火車曾一次又一次載我穿越北國郊區小鎮，路過許多尋常人家後院。冬季的後院泳池覆上一層罩布，上面積滿腐敗的落葉和殘雪。水花四濺的夏季永遠太短，連接夏季與夏季的是悠悠的等待，秋霜與寒冬。多半空無一人的泳池，無效的時間如此漫長，如伸出手而無人接去的刪節號，使得那些忍耐著空虛的凹穴，深深的，像疲倦的眼窩，有望穿秋水的模樣。

在向前疾駛的火車上，倚在窗口望著連綿的後院風光，那些覆著罩布的泳池，經常使我感到過客特有的寂寞。

想起來，南國熱帶海邊度假村倒是從不打烊，像捨不得閉上的眼睛。寧靜無波的泳池在海的面前，顯得特別居家。為了隔絕來來去去潮浪似的，旅人性質的無常，它們促銷一種輝煌的占領：海景是我的，沙灘與泳池都是我的。

如果候鳥不需擁有一棵樹，為什麼人們需要擁有一座泳池呢？如果他們的愛連一個季節都填不滿，親近都是如此短暫。

我家老公寓旁有座名為「自強」的公共泳池，幼時爸爸偶爾會帶我去這裡泡水。最初大人連泳衣都沒替我準備，我是打赤膊進泳池的，那是一段多麼不拘小節的時光。因為是個孩子，所以裸一點沒關係（很快地，女人的赤裸就要像肉牛可食區塊圖鑑，漸漸依照部位切割出輕重不一的恥感——裙子短一點吧，媽媽要斥喝：「邪門！」的那種恥感。有些部位甚至比別的部位值錢些。）

成年後，喜歡浪跡到自然深處的朋友，多多少少都嘗試過裸泳；也許趁著夜色正濃，也許答應了野性的呼喚，在一個沒有人看見的地方。回歸到初生狀態的自然中，有些人因此感到裸的珍貴，忽而感動，彷彿意外撿到一顆遍尋不著的鈕釦。

能打赤膊進泳池的兒時，我家附近還有許多茂密竹林。童年結束後不久，所有竹林都消失無影，彷彿幾個響指之間，有人連夜施展幻術，把稻草紡成金紗，把竹林織成百貨公司鋼梁，大樓頂層鑲入泳池，都市裡的泳者從此可以在半空中潛水——地表越來越擠，突飛猛進也是求生幻術。

聲勢凌厲，都市叢林竄起的速度和西北雨讓人溼透一樣快，無論怎麼跑也躲不了。地景風雲變色，彷彿不小心觸倒的骨牌，廢墟忽焉繁華，或者逆向進行，風景從記憶中撕裂，長出一張陌生的臉。

整座城都變了，我家旁邊的「自強」游泳池卻在時代洪流中不動如山，和名字一般堅忍。「保證自強、不強免錢」，我想像它的廣告詞像補習班招生那樣豪氣，插圖是一位剛上岸，渾身晶晶閃閃流淌超人光芒的泳士。如同這個城市不斷出現的教誨之名，比如「莊敬」，比如「忠孝」、「自強」，也飄散著淡淡的漂白水氣息。

更衣室出口喜好砌一方水池，游泳前必須涉水而過。小池大概有淨身的象徵意義，近似「你好乾淨，走出這裡你就變得好—乾—淨」的催眠儀式，讓泳客集體幻想汙穢將成功拘留在方格內。然而誰都明白控制的虛妄，真正的骯髒危險多半狡猾且神出鬼沒。我總覺得那池子有沼澤的氣味，有鱷魚潛伏的恐怖感，冰涼混濁，像千萬人的腳臭在我跨進去的那一秒，隨時要從水面下襲擊，吞沒我的腳。

公共游泳池的幼童池多半形狀不成體統，慈愛地允許胡鬧，恰似我們晦澀又開闊的青春；另一端，長方形刨器般的標準泳池內，成年泳士從一個點衝鋒至另外一個點，籠裡焦慮的徘徊的獸，在岸與岸之間折返，以被框住的自律。極少人在方形泳池裡操作叛逆的游泳路線，這得感謝救生員維持秩序，不時吹哨子警告——當然不是夜店嗶嗶、嗶嗶嗶的那種妖嬌吹法，救生員的哨音聽起來特別凌厲，有生死一瞬間的雷擊感，如劈上講臺的藤條，或牛仔振臂激射而出的套索。

救生員的警哨有時讓我想起朋友喬治。他是天才型的樂手，自由穿梭在各種音樂類型和樂器之間。幻想中，只有像他這樣特別野性的人，才有本事把哨子吹出華麗如魔笛的樂章，讓整個泳池……不，整個城市的人都隨他出城。

然而喬治是和世界格格不入的孤狼，不喜歡和人群攪和，偏偏他的工作是正經八百的婚禮樂手，必須消化大量的耳鬢廝磨與人際宣言，演奏罐頭一樣的甜膩情歌，控制煽情的濃度。當年搞搖滾樂團的時候，他每次表演都自備沙灘躺椅，從頭到尾都以曬太陽的躺姿刷電吉他。音樂是他的救生筏，而生活是惡水。喬治報名過救生員訓練班，但最後一次見到他的時候，聽說救生員資格考沒有通過，他面無表情地說，教練罵他：「救人姿勢不正確，還沒把人救活就先把人勒死啦！」

關於游泳，我爸和我媽分別擁護兩種教育態度。母親遵奉的是嚴格的科學精神，所以平時特愛做西點，因為好吃的甜點需要非常多次反覆練習，材料的比例、每個環節的時間都必須精準，那是零點幾克和幾分鐘的講究，必須跟上腳步，抹上一層厚厚的耐性與恆心，否則理想的成品就「不對」了。

父親喜歡大火快炒的風格，他的泳技是從河裡學來的，是噗通跳進水裡，從狗爬式莫名演進而成。無視狗爬式的前進能力，我媽不喜歡這種不正統的學習，崇尚師承正典，用正確姿勢踢腿換氣，我懷疑她有本戰略祕笈，詳載吸入肺部的正確空氣量，或鼻孔露出水面的正確高度。

從搖搖擺擺的水母漂開始，我的性格便在父母兩個極端的括弧中間，漸漸找到自我詮釋，培養出一種水性。

小時候游泳毫無畏懼，長大了倒是漸漸長出了戒心，並非遭遇了無數水下的偷襲，體驗過踩空的失措，而是慢慢認識了真正的黑暗與死亡，知道死亡可以那麼近而且深沉，如黑潮能挾持最強壯的人遁入沒有回頭路的海溝。

擅泳的人告訴我，在水裡碰到溺水的人千萬別讓他抓住，否則兩人會一起沉落；最理想的營救方式，是趁機過去從背後踢他一腳，或非常多腳，讓他漂近岸邊。要如何找出有效空隙，在水中以連環無影腳使目標物安全著陸，想到那個畫面我就感覺腦子抽筋。

某年夏天，我在看臺高處等弟弟下課，遠方有位泳技不錯的小孩不知為何突然在池邊溺水，像暴雨中的蝴蝶……失去方向的孩子在無所依附的流水中和命運撲打，在生死交關的漩渦中，終於掀開一張「機會」的牌，岸頭施捨似的，放他回來。

上岸後的孩子坐在池畔哭得很傷心。那小小的手，以及孩子肩膀劇烈抽搐的畫面如一隻萎頓的幽靈，從此潛伏在腦海的陰翳之處，在我疲憊而脆弱的時候，動搖我，使我覺得危險。

有差不多五年的時間，我經常前往一處隱匿在林深之處的湖泊游泳。北國的林相鬆散整齊，不似南國的糾葛蕪雜。疾步到湖邊至少要一兩個小時，路上難得碰到其他山友，靜謐小徑偶見蛇蛻下的舊皮，或無人光顧的豐碩野果，連最膽怯的野鹿也敢駐足注視像我這樣的外來者。

我總是抱著外來者的心情走在荒郊的小路上，走在異地，如此我的感官特別敏銳，且奇異地感到融入。那些直挺的寒帶林木，彷彿梳子的尖端，整理我的心緒，使它柔軟。

林深之處有一面湖做的鏡子，光可鑑人。

加入湖裡的小魚游泳，我喜歡懶散且寧靜的仰式，在清澈得讓人感覺薄脆的湖面如葉漂流，看浮雲變幻。仰泳的時候耳朵在水面下，可以聽見遙遠另一端的細微水浪聲，或者水鳥溫柔的振翅，還可以聽得見自己的心跳，撲通撲通，好像聽見自己的靈魂，聽見梭羅的警告。

也有害怕的時候。突然間雲動得太快，使人暈眩；忽而來到湖心，終於發現岸邊已經太遠。或者水中倏然拱起巨大圓弧的鋼色獸脊，湖面如沸水震盪，從中裂開……水怪驀然探首，在頰邊噴吐溼氣……還好這種事並沒發生。但是啊，「有怪獸！」的雜念會在平和的漂流中如水蛇般閃現，明明知道是虛無，還是莫名一凜。

無論如何，游回岸上的時候必須壓抑緊張，以免緊張鐵鍊似地綑住手腳，使岸邊感覺特別遠，特別難以靠近。

在深不見底的湖面我選擇背水而行，但在泳池我喜歡潛水，雙手合十向前瞬間墜入池底，划動臂膀製造出一個人的洋流，熨斗般貼地滑行，感覺背脊上的水壓，輕柔地擠壓我的胸腔，以身體裡所有的氧氣和力量支持自己專心向前，只是向前，不必費心於八爪章魚或小丑魚的龐雜交際，單純在那無邊的空洞之中，專注地，存在。

游泳是一種孤獨遊戲，難以報隊。以往學校規定每個人必須在泳池內橫越一定的長度，作為畢業的要求，我們的游泳課就是克服這段距離的相關訓練，縱使很多女生都假裝月經來潮，長時間在岸邊納涼。

我不確定當時的訓練完成了什麼樣的使命，如果有一天我們都被野放到荒島，大家能否克服泳技的差異，合作無間？那些永遠學不會換氣快要腦缺氧的同學，那些連漂浮都有困難的同學，還有那些在乎自己胸脯太大以至於無法專心上課的同學，後來都如何了呢？或許有些已揚帆出海，在太陽眼鏡與防曬乳底下過著乾燥無憂的生活。

在這個世界裡泅泳過久，心態上也會長出那種蒼白無力的皺褶。在我需要額外一點慈悲的時候，我喜歡選個遠離塵囂的高處看夜景。

兒時我有兩個幻夢，一個是能夠在一大片華麗的風景正上方盪鞦韆；另一個是遇到人潮洶湧的時候，以跳水的姿勢騰空，魚一樣擺擺手便從群眾上空優美地溜走。看夜景的感覺是這兩種幻夢的結合。

我的阿嬤曾在後院的睡蓮大水缸養小魚，上次回鄉時我問她魚怎麼不見了，那時天氣暖暖的，陽光披在彼此肩上，她站在水缸旁露出迷惑的表情，眼神探照燈似地搜索池水，「唔知走到哪去了喔。」她用客家話吶吶地說。玻璃水面下似乎什麼也沒有，只有她自己的臉影。

我站在世界的邊緣，在情感的岸上，也常有這樣的心情。

——原載二〇一四年十月十四日《中國時報》副刊

本文獲第三十七屆時報文學獎散文組評審獎

捉鰻栽——吳松明

一九六二年生，童年在東北角海邊的澳底度過。

一九九一年自文化大學美術系西畫組畢業，一九九二年底開始獨立繪畫創作至今。

一九九九年去德國 **Aachen** 市路易美術館的藝術家工作室創作四個月，二〇〇〇年去巴黎國際藝術村創作一年。

閱讀是畫圖工作的主要隨伴，並由圖畫產生我的文字。

自費編輯出版圖文集《臺北移民》、《夢的遠足》、《龍眼樹下》、《微小的事物》。第一本散文集《丹裡的肖像》由我們出版社在二〇一四年出版。

回老家過農曆新年，屋外像往年那樣一直下大雨，門前的山脈和田野一片蒼茫冷淡。好幾天的時間裡，被大雨關在屋裡，我只能在房間裡看閒書。不過，這次過年，終於把海明威那本小說《老人與海》看完。

翻開這本我在高二上學期買來寒假讀的英文書，我還是得從頭開始看起，看著前幾頁的空白處有許多查過生字的字跡，可是故事還沒翻到老人出海捕魚，書裡就找不到查字典的跡象了。顯然，那時我的英語程度還不足以看完這本書，而我也不想透過翻譯本輕易知道故事內容，想起那時自不量力的樣子，自己也想笑。這本書後來一直放在老家的書架上，現在我打開書，發現紙張裡的文字已經夾雜許多裝訂書針的鐵鏽，每翻一頁就掉下一頁，看到故事的結尾時，書的內頁和書皮似乎彼此毫無關聯地脫開解散了。此時把這本書啃光，倒覺得自己像是那條咬光魚肉的鯊魚。

然而，故事的結尾如大家所知，老人憑著經驗和耐心釣到一條比船還長的大魚，他終止了八十七天出海沒釣到一條魚的霉運，像一支球隊終止漫長的連敗窘境那樣。老人在心裡盤算著這條大魚的重量，再想起一磅魚肉的價錢，可惜沒有一支鉛筆可以算出結果，當然這是個巨大的收穫，可是巨大的危險也尾隨而來，鯊魚在回途中出現，一次又一次來咬光魚肉，最後，老人疲累地划槳拖著魚骨頭在夜裡回到港口。此時，這條有著美麗尾巴的巨大魚骨頭的形象在我的腦海裡很鮮明，使我想起不久前，我在老家聽到有人在夜裡的沙灘上捉鰻魚苗被海浪捲走，在海中漂流很久，身上的肉大概都被魚吃光了，最後只剩一把白骨被海浪送回港口，家人從骨架僅存的短褲認領回去，想到這樣的情景，同樣令人遺憾感傷。

聽到這樣的事是在公車上，那一天，我一大早從老家搭免費的社區小巴士去貢寮鄉公所辦事，車上沒幾個乘客，而且都是熟識的老人，他們聊著在寒流來襲的冷天裡去澳底海邊捉幼鰻的事，交換了彼此知道的捕獲情況，不用留意我也聽得很清楚，看到他們喜孜孜的表情，顯然都賣了好價錢。我也很訝異，現在一尾小小的幼鰻已經賣到將近兩百元，我記憶中一尾才一、兩塊錢的印象，那是多久以前的行情？

這個記憶，應該是靜止在我爸媽不再去海邊捉鰻栽以後，也是我買這本《老人與海》的年紀。我記得核電廠預定地在那年開始要徵收土地，我們的村子大部分都消失不見了。雖然我家剛好沒被徵收，但住在核電廠的圍籬邊，鄰居都搬走了，生活一點也不熱鬧。自從那片沙灘也要動工蓋核電廠的碼頭以後，就不曾再見到家家戶戶肩扛漁網提燈經過我家門口，趕去海邊捉鰻栽的景象了。

澳底石碇溪的出海口那片廣闊的沙灘，就是大家去捉鰻栽的地方，原本是一條長長的沙灘，經過鹽寮，福隆海水浴場是這條金色沙灘的盡頭。夏天，金色沙灘在豔陽下很耀眼，海藍的海灣內映著天空的雲朵，和徐徐的波浪紋路交織在一起，沙灘上湧入戲水的人潮。冬天，東北季風吹上海灘，浪潮不停地在蒼茫的海灣內翻騰，發出轟轟的浪聲似乎要吞沒一切。然而，在寒流籠罩的冷天裡，白天，仍然有不少人站在暗礁上釣魚，似乎不怕波浪的威脅。晚上，鰻魚的幼苗隨時會湧進海口，大家都知道要去海灘等著捉鰻栽，這時看到許多燈火聚集在天空暗藍的沙灘上，像一片熱鬧的夜市。

我們家在石碇溪的中上游附近，門口對面的山腳下有一個小埤塘，水面露出一根柱子當水閥，偶爾讓水流到底下的田地。有一天下午，那還是我當小學生的周末假日裡，突然聽到那個埤塘正在洩水，從來沒看過這個埤塘水乾見底的樣子，我和玩伴們馬上想到魚王的出現而紛紛奔去看熱鬧。我們越溪趕到時，埤塘已經變成一片混濁的泥水窟，許多無處可躲的大魚小魚紛紛暴露水面，在沒剩多少水深的地方翹頭擺尾，看到這個場面興奮不已。水窟裡有很多人拿水桶、畚箕或撈魚網來捕魚，大人們個個爭先走到身陷水塘深處的地步抓魚，而我們小孩只能走到雙腳深陷的泥水裡找魚。

除了抓魚之外，我也突然發現有許多東西在腳邊的泥沼裡鑽動，還以為是大泥鰍，後來意外發現有大尾鱸鰻。看到渾身都是斑點，像手腕那麼粗大的鱸鰻，令人興奮得雙手發抖。聽到大家圍捕時的驚叫聲，這是從未見過的場面，而我在溪邊和水溝裡釣到的白鰻也不足為奇了。我雖然驚喜地摸到好幾條，只是都從我的手指間溜走，然後眼看著被別人抓走。我也以為那些擱淺在泥水裡的魚無處逃竄很好抓，可是我再怎麼搜捕也抓不到一條，也許突然出現那麼多魚，看到那麼多人伸手搶奪，讓我一時心慌發抖而無法專心抓住任何一條魚。到了天黑，大家收拾漁獲高興地離去，我卻帶著一身泥巴兩手空空回家。不知為何，即使我在埤塘裡沒捉到一尾魚，但是大鱸鰻彷彿還在我的腦海裡鑽動。

我開始有老家抓鰻栽的印象，應該是去埤塘抓魚之後。那時，每到歲末寒冬，只要看到漁撈網紛紛擺在門口，就知道捉鰻栽的季節到了。接著每天會聽到誰家一夜抓多少鰻魚栽，誰家賣了多少鰻栽苗的傳聞。聽到這些在海灘上令人興奮的暗夜奇蹟，我們的院子裡也跟著擺出捕鰻工具，在冬天的寒夜裡，海水最冷的時候，我的爸媽也跟著眾人去海邊捉鰻栽。

車上那幾個老人去海邊捉鰻栽的經驗豐富，我還記得他們以前經過我家門口的模樣。那總是在天冷的傍晚，爸爸在外頭做工回來吃飽飯以後，也像他們那樣背著電池，提水桶扛著重型的拖網出門。媽媽等我們放學回家，晚餐安頓好了才去海邊。她穿上厚重的雨衣和雨鞋褲，斜背著一個透明塑膠罐裝魚苗，手上除了那根自己縫製的三角形撈魚網，還有一根竹竿綁著燈泡當探照燈，她背著一顆有點重的方形蓄電池，足以使燈泡照亮水面一整夜。

每次在海水漲潮的時候，大量的新生鰻栽乘著一波波的潮水湧入河川，這個時候，從溪口到海邊，已經有很多人在那裡等著用漁網攔截圍捕。媽媽這時候若不是站在河岸邊伸長燈火探照水面，尋找細小透明的鰻栽，便是到出海口的礁岩這邊，她得小心站穩，等著大浪帶著鰻魚栽沖進漁網裡，整夜像這樣一次一尾、兩尾地撈著。男人們通常都聚集在淺水灘那邊，用肩膀拖著半月形的漁網下水，和洶湧而來的大浪迎面相撲。對我而言，沒經歷過在海水裡找鰻栽的場面，是否像大家在埤塘裡搶魚那樣？我總是這樣想像著。

即使到了我讀國中的年紀，爸媽還是不曾要我跟去海邊幫忙。若爸爸晚上自己去海邊捉鰻栽，媽媽會擔心，若爸媽都去海邊，那麼，即使我在睡夢中，也會聽到他們推門回來的聲音。我知道，若他們早早回來，通常是天氣惡劣，不然就是在漁網裡找不到鰻栽。若是在三更半夜，甚至到清晨才聽到推門聲，通常是抓了很多鰻栽回來，他們會坐在廚房後邊安置鰻栽，然後在我模糊的意識裡會聽到一個數完鰻栽的數字。有時也會聽到他們熬了整夜捉不到幾尾回來的哀嘆聲，但無論如何，聽到他們在廚房低聲說話，我才放心地再睡一覺。

抓回來的鰻栽都放進一個大水盆裡，一早起來，總是先蹲在水盆邊探頭，聞到一點海水的味道，有時水盆裡沒看到幾尾，有時一下也數不清。起初，我以為水裡有許多小黑點和細髮游移著，仔細看清楚，原來那是幾近透明隱形的鰻栽身體上的脊椎和眼睛。看著這些小鰻栽在圓形的水盆裡游來游去，顯得很嬌貴，過幾天就會有人來收購。來買鰻栽的人拿著小撈網伸進水盆小心撈鰻栽，然後一起張大眼睛數著一尾、兩尾……無論家裡有十尾、二十尾，或者一、兩百尾，鰻栽一尾只賣兩、三塊錢，最後總是會得到一個結果，這也算是我們家在冬天裡從海灘上獲得的奇蹟吧！

媽媽最後一次去捉鰻栽是扛著爸爸使用的那把半月形拖網，她第一次拿重型漁網迎著海浪往淺水灘拖去，以為這樣可以捉到更多鰻栽，可是遇到連續幾波大浪來回衝擊，腳還沒站穩，再一波大浪撲來，身體被像一道高牆倒塌似的海水灌倒，喝了幾口海水，眼看又一波大浪要來，才驚慌地逃離沙灘，媽媽從此再也不去海邊捉鰻栽了。許多年過去，媽媽做的那把三角撈魚網不知道放在哪裡，我也幾乎忘了爸爸那把半月形拖網鐵架還放在倉庫裡。然而，海潮帶來許多捉鰻栽的奇蹟，也帶來一些悲傷，曾聽說那夜晚的白浪像張口的拖網那樣，捉鰻栽的人一不小心就會被撈走，這已不是罕見的意外事了，至少，住在我們家門前不遠的那戶鄰居，是像這樣失去他的太太。

媽媽最後一次去海灘被大浪趕回家，是在冬天的深夜。而我，最後一次去海灘，是去游泳被水母趕上岸，那是在我還當學生的暑假裡。沙灘築起核電廠的碼頭防波堤以後，像是無法靠近的禁區，我再也沒去過那裡，也幾乎忘了捉鰻栽這回事。只是回老家偶然知道現在還有人在捉鰻栽，才忽然想起那個沙灘的存在。

儘管那裡再也不是原來的風景，心裡卻期待寒流來臨，找一個晚上去那裡看看有人捉鰻栽的海口夜景？農曆年剛過，我在一個偶然的晴天裡去海邊。從老家走到海口其實不遠，到海灘得經過水泥築起的河堤步道和拱橋，這還是第一次對這種景觀感到如此陌生。我往出海口望去，核電廠碼頭和堆滿消波塊的防波堤占滿我視線，眼前只剩一點點沙灘，白色的浪波緩緩上岸，沒有人影，有點冷清，只有小草和樹葉在微風中晃動。沙灘上有臨時搭建的帳棚和暫時擱置的拖漁網，捉鰻栽的地方現在只剩這個範圍？二十年前，我曾帶著油畫布來海邊寫生，秋天的海風撲面，灰雲在海面上翻攪，讓眼前即將消失的海景顯得更加憂鬱，雖然那時我的繪畫能力還不足以表現那種情狀，至少還有一張圖畫可以看看當時的樣子，只是，印象中那美麗的海景再也看不到了。

此時，望著風平浪靜的海口，想起小鰻栽還是會在冬天的寒夜裡來到，即使有無數的漁網攔截，他們要通過電廠區那段截彎取直用水泥造成的大水溝，繼續游到內陸河川變成一條大鰻，最後再游回大海，要在生命的終點前產卵繁殖。我現在才知道原來鰻魚要在水裡悄悄地完成這種美妙的生命循環，也讓當初站在海邊的那種惋惜感更加具體。

站在海邊面對著可能運轉發電的核電廠，想像一下電廠排放的核廢水一直注入三貂灣內的海水裡，這種惋惜感又會變得更加強烈？將來還能看到在退潮裸露的岩石上彎腰埋頭採海苔的婦女，礁岩上站滿了許多拿竿釣魚的人們，去福隆海水浴場戲水的人潮？還能再看到海上夜晚的漁火，以及在海邊捉鰻栽的夜景？

——原載二〇一四年十月二十六日《自由時報》副刊

刨冰港灣

黃信恩

醫學系畢，現事醫療。作品以散文為主，曾獲《聯合報》文學獎、時報文學獎、梁實秋文學獎等獎項，並入選九歌年度散文選、天下散文選等。散文集《體膚小事》（九歌）獲文化部第三十八屆金鼎獎文學圖書推薦獎。

這是一座適合刨冰的城市。

當渡輪靠岸，鐵板降下，一輛輛機車率先衝出，人群接著也上岸了。燒酒螺、花枝丸、烤黑輪，嘴慾仍在手中的塑膠袋與竹籤上纏繞著。小孩嘴角還殘留烤小卷的醬汁與芝麻；男人打了飽嗝，滿是海鮮快炒的油腥味；婦人拎著一袋魚脯與烏魚子。旗津那頭的故事仍未散去，耳際便飄來刨冰機運轉聲。店員戴著乳白手套，芭樂、西瓜、鳳梨、香蕉、芒果，切切剁剁，紅黃綠橘，鋪置碗中，覆了冰，再鋪一次。接著淋果醬，澆糖水，煉乳從冰峰處擠下，成為最後奔流的甜蜜。

海之冰、大碗公、福泉、陳家……濱海一路上，曾幾何時冰店雨後春筍地開。刨冰一盤端過一盤，人群從店內坐到騎樓，把溽熱逼退到路央。店內摩肩擦踵，總是盛況，也總是潮溼。吊扇呼呼地轉，庶民百姓潮男靚女，掏出衛生紙擦著汗，也擦著滴融的冰。

這是鼓山渡船頭，我來此吃冰已好幾次了。有回和朋友一起來，為要歡送小Q赴倫敦深造。選擇如此餞別方式，理由無它，只因我們臆測：人在溼寒的英倫會想念的，大概是高雄的刨冰。

說來奇怪。在我們的童年裡，渡船頭的記憶只有港灣、渡輪與夕陽。那時似乎不流行吃冰。關於冰，我們僅知七賢路上有阿婆仔的李鹹冰。海之冰崛起得太突然，多年以後，竟成為我們指認高雄的方式。

這裡最具名氣的該算是海之冰。據聞故事發軔於八〇年代左右，當時僅是簡單的冰店。九〇後，老闆娘退場，女兒們接手。

那時，常有中山大學學生運動後，相約來吃冰。然而膨脹的胃袋不安於一碗冰，學生要求續冰，或者更大容量，以抗衡城市慣常的高溫。有次，一位海洋資源（海資）系的學生突發奇想，要求店家以裝載水果的大臉盆盛冰。他原想惡整同學，但店家不拒，應著要求竟做出大碗冰。

哇！學生們驚呼，蔚為系上新聞。可加倍加量、想像無限的刨冰開始傳開。海資冰！海資冰！學生們叫著，恍若系冰，成為標誌。不久冰店有了新命名：海之冰。一種標榜專為團體打造的大碗冰，開始風行。

二人份、五人份、十人份，甚至二十人份的巨型刨冰都有。因此，你能想見，口涎、融冰、果醬、糖水、煉乳，緊密地在碗底攪著，舀著，恍如一種間接接吻。如此，感情不會斷。

我曾與朋友點過十人份的水果冰，但那終究是做個樣，我們仍用母匙，各舀所需。這太不熱血了，在瘋癲之際，仍放不下衛生的顧慮。

而歡送小Q那次，我告訴自己要突破，禁用母匙，讓四面八方各馭其匙，挖鑿桌上冰山，直到飲盡碗底融冰為止。但那天我們原欲去海之冰，未料爆滿。枯等不到多人桌位，只好另擇附近冰店坐下。

這間店我消費過幾次。它有一定的點冰程序。顧客先拿menu紙張與筆，畫記冰品項目，然後結帳。但今日生意同樣大好，menu紙張耗盡。所有顧客必須在收集同伴交代的冰品後，來到收銀臺前拉雜雜地點著，演練短期記憶。

「可以幫我做十人份的水果冰嗎？」我問。

「沒有。下一位。」

「可是menu上有啊！」我納悶。

「大碗公只有一個，被用了。下一位。」

我回到原桌，重新調查各自喜好。

「我要兩碗芒果冰加冰淇淋、一碗花生牛奶冰加布丁、一碗紅豆牛奶冰……」我頓了一下，「抱歉，還有一碗情人果剉冰。」

店員似乎有些不耐，眼神裡滿是厭煩，冷冷地複誦了剛才點叫的品項。

我聽著，心裡也盤點著，似乎漏念了一項。

「還有一碗紅豆牛奶冰啊。」

「你可不可以一次講完？這樣我很難做事。」

我沒回應。事實上，被她這麼一說，我也猶豫起來：到底剛才有沒有點過紅豆牛奶冰？

我感到自己被逼退到一種臨崖的處境中。這種平日看似輕易的點餐，此刻如此讓人患得患失。說過了什麼，遺漏了什麼，重複了什麼，面對收銀臺前即將定案的帳單，竟讓人感到無比焦慮。

「多少錢？」

她講得非常小聲。

「抱歉，我沒聽清楚。多少錢？」

她大聲起來：「你要我講幾次？可以專心一點嗎？」

很快地，冰來了。但我食慾驟減，翻騰於胃的不是消化液，而是怒火。我質問自己：沉默什麼？有理虧嗎？要嗆回去的，不吃也罷。

我和朋友說明剛才的遭遇，他們要我息怒，並說人一忙，情緒難免上來。

獲得一點解釋後，我終於吃下第一口冰，但一股急凍往上顎衝去，我的鼻腔開始發疼。這種感覺已很久沒有了。事實上，我愛吃冰，但不能快。因為一快，鼻腔與前額便感劇疼。

我們聊了一些近況後，話題轉往童年。不知不覺，竟翻出那些早已不復記憶的舊帳：誰會偷文具店的筆、誰暗戀誰、誰在安親班老師的綠豆湯倒入去漬油、誰遠足總要家長跟且無法獨立洗澡……

「你在紀念冊上寫什麼？」小Q突然問我。

我愣了一下。經她提示，才勾起心中塵封的小仇小恨。

小Q是那種常把「老師說」、「告訴老師」掛在嘴邊的孩子，彷彿行事典則均以「老師說」為法源，沒得商量。有次班上繳交美勞作業，我晚一天交。她見了就說：「遲交，跟老師說。一定要扣十分！」

那時畢業前，流行人手一本私用紀念冊，請朋友寫下基本資料，送幾句「勿忘筆中人」、「惜緣」之類的話。而我就在某本冊上的基本資料那頁，寫下「仇人：小Q。」

想來也很訝異，小小年紀就把仇恨張揚在外。

「童言無忌。我都忘了，你就別計較。」我說。

很快地，冰吃完了。我們打住聊天，環顧四周：期末考all pass。退伍紀念。到此一遊。老婆好愛你。徵男友。毛毛生日快樂。牆上、桌上、梁柱上，甚至天花板，處處是字跡塗鴉。北中南東，高中二技大專，護校警專軍校，系隊營隊社團，幾連幾旅幾梯。立可白、簽字筆、麥克筆，粗粗細細，昭告擁擠的青春、遠途的跋涉，或是不渝的愛戀。慶功、告別單身、失戀萬歲、考後發洩，或者無所謂的純饕餮均歡迎。然而在轉角還有留字：徵炮友，這是飽暖思淫慾嘛！

我們想留幾句給小Q，卻沒空白處了。

然後這麼一別就是數年過去。

這些年來，我仍不時經過渡船頭。這港灣總有人在吃冰。事實上，這裡的刨冰是無四時的，僅分兩季：芒果季與草莓季。人潮亦是。但這是一種不均的二分法，僅有十二月到二月，人潮才稍退去。

刨冰店接續開張、換裝或改革口味。不安於無味的RO逆滲透冰塊，甜而復古感的黑糖剉冰來了；而改良刨冰刺碎口感，柔滑的綿綿冰、雪花冰也來了；再不久，日系的宇治金時、抹茶冰也來了；然後臺南五妃廟口豆腐冰、澎湖仙人掌水果冰也來了。而基本款的紅豆牛奶冰與八寶冰仍在，守著不少戀舊的胃。

有天，我收到簡訊。小Q回臺，邀吃冰。我微笑，待了倫敦幾年的她，想吃的還是刨冰。畢竟，英倫適合吃冰的季節太少了。但這次成行的人少了。婚姻、孩子、事業等因素，把邀請化為一句句簡單的抱歉。

我們照例來到渡船頭，刨冰盛況依舊。這回我們少了幾年前一起揮汗吃冰的狂熱，偏好空調與寧靜，選擇稍遠處一間新開幕的韓國連鎖咖啡店，點了刨冰，沁涼地聊著。

比起臺式刨冰，韓式刨冰顯得粗碎許多，必須拌著紅豆攪，然後含在嘴裡融，無法貪快。我嘗一口，鼻腔發疼的感覺又來了。

我們聊到上一次的吃冰，他們問我是否還記得那位口氣莽撞的店員？坦白說，我未曾遺忘。想起那付錢還受屈辱的瞬間，仍有些怒氣。只是淡淡的，雲煙一場。

「愛記仇。」小Q說完，又開起我在紀念冊上寫仇人的玩笑。我想著眼前的朋友，我們彼此指摘過、告狀過，但童年所憎所惡，不過午後陣雨，明日又是藍天。有過的稜角，醒來後如此遙遠。多年後，我們還是出席彼此的關鍵時刻。

彷彿時間一直在修復。我們莞爾彼此的稜角，歸咎給童真，像口中粗碎的刨冰塊融了，少了刮傷力，拌著煉乳與糖水，成了回甘的滋味。

而我們真的會遺忘彼此不堪的過去嗎？那些以為忘的，其實記著，忽遠忽近，若即若離。那是忽略。而童年會是一個和解的好理由。

——原載二〇一四年十月二十六日《聯合報》副刊

一九六二年生於臺南市，東吳大學中文博士，逢甲大學中文系專任教授，近年致力於臺灣當代散文研究。作品曾收入九歌《評論三十家：臺灣文學三十年菁英選》與《一〇一年散文選》。評論集《鳶尾盛開》曾入圍二〇一〇年金鼎獎文學類。著有《未竟的探訪——瞭望文學新版圖》、《五十年來臺灣女性散文·評論篇》、《狩獵月光——當代文學及散文論評》、《臺灣當代女性散文史論》、《胡蘭成、朱天文與「三三」——臺灣當代文學論集》、《鳶尾盛開——文學評論與作家印象》、《春風夢田——臺灣當代文學評論集》、《荷塘雨聲——臺灣文學評論集》。

愛玉——張瑞芬

金黃薄脆的初秋，一種諸事都延宕了的燥熱延燒著，周末下午突然想起做愛玉，趕忙燒水放涼，耐心候著。做愛玉第一步，很多很多乾淨的白開水。

很多時候，總是快來不及才後悔，不急需了更不甘心。兩年前七月溽暑時做愛玉，是我人生猶幸福，努力減肥且想多寫的時候。偶然發現此物有飽足感，高纖低熱量，風風火火急電臺南老父：「我買不到愛玉籽啦！幫我買。」老父風風火火（父女一個樣），步履蹣跚地去很奇怪（我終生不知在哪裡）的店買來「輕秤，但貴得要死，一斤八百」的許多毛球果，曬乾後在一大紙盒中，老花眼小湯匙細細剔那難搞的帶毛籽粒。「舞幾落天，」最後整整郵寄了八小袋沉甸甸的補給來。那八袋，目測每一袋足可做十幾二十次的分量，倒不知總共到底花了老爸多少錢。

那一向我幾乎天天做愛玉。那透明凍子可輕易用紅茶綠茶調出深淺不一的色澤，羊脂瑪瑙，瀲灩如玉。往往在死寂冒煙的下午從冰箱取出時，經過一上午的靜置，玻璃樂扣輕輕舀起幾大匙柔滑琥珀光，那凍子顫巍巍的軟腴膠質還巴著鐵湯匙和玻璃盒邊緣。用利刃在白蘭地胖酒杯裡搗爛成一堆極細的碎琉璃，斟上冰的蜂蜜檸檬紅茶，半圓檸檬薄切片完美鋪頂，書房裡捧上這滿滿一杯，就連最不堪的下午也能抵擋了。最奢侈的時候，圓柱形玻璃杯裡做的甚且是極品現泡高山茶或普洱茶凍，介於水和固體之間像雲霧，美極了，那不是喝，舌尖一頂就化成滿口柔馨的遠山煙雲。那年夏天我困擾著，一個字也寫不出，發燙的牆壁與冷氣轟隆抗衡著，孩子在暑輔班，晚飯還沒主意，待會兒回來綠豆湯加愛玉先打發他們半飽。整個世界咬牙苦撐，像顫顫巍巍的凍子，看上去是美，也有一點凶險。

如今，在一切都搗爛而失去秩序的現在，四樓書房窗戶看出去仍是舊時模樣。燥熱的我一如以往發著愣，乾渴的鳳凰木枝椏上，紅花已不剩半點，迎面一堵呆若木雞的灰黑住宅大廈和殘破的藍天。這臺中市南區，二十年前一片荒莽農田，如今在捷運巨龍和重劃道路包夾下成為水泥森林，蛙雀俱不見，窗對面張起一面「鳳止高梧」的工地牌匾，不遠處還有一棟大廈叫「高巢」，不騙你它真的燙金高懸這兩字在大理石無恥的壁面上。我仍然一個字也寫不出，這夏天卻再沒有孩子可以回來，冷氣換了分離式靜音，陰森幽悄，在這種情形下，想到再做愛玉。七包愛玉籽剩在冰箱裡，仔仔細細打著牢靠的結，穿越了兩年時空，依然一點沒壞。我幾乎可以想到兩年前父親騎腳踏車到郵局的佝僂身影，一定是大同路上臺糖門市旁那郵局吧！路面蒸騰冒煙，前面還蹲個戴棒球帽賣烤番薯的老頭。

梭羅說砍柴可取暖兩次，一是劈時一是燒時，愛玉（「枳仔」）這東西，作和吃也是不同心境。

小時候傍晚逛民族路夜市，見人潮圍著攤販那一大圓桶黃澄澄的愛玉冰或楊桃冰，冰霧繚繞中有香蕉油的香甜，常把我饞得流口水。父親從不讓我們吃，他說那不衛生，諸如這種「不衛生」以致我一輩子沒吃到的，包括沙士果汁汽水可樂罐頭果醬棉花糖花生醬。有這種農化系畢業，在臺糖研究所檢驗一輩子農藥和化學添加物的父，超市十元一盒的愛玉或仙草，登登馬上換算魔鬼終結者的紅外線數據，色素糖精洋菜粉防腐劑也，送我且不要，何況買乎！因此我遠距離囑他買野生愛玉籽，他倒是欣然從之。潔癖之人，專做難搞的吃食，龜毛之人，注定徒勞的人生。有點像《紅樓夢》第三十五回賈寶玉被打後，大夥問他想吃點什麼，寶玉趴床上說：「也倒不想什麼吃，倒是那一回做的小荷葉兒小蓮蓬的湯還好些。」

小荷葉兒小蓮蓬，說的簡單，大概只比茄鮝少一步，真如鳳姐說的，口味不算太高貴，只是太磨牙了，巴巴的想這個吃。自己洗愛玉看似不難，其實是招險棋，想怡情慢活，實則每一步驟都講究時間掌控和細節拿捏，一步即成死所。不想吃糖精色素防腐劑的結果，是燒好一堆開水放涼就去掉半天（市售礦泉水保證嗚呼哀哉），洗愛玉前要先讓清洗籽實並浸水片刻，手和器皿必須絕對清潔，否則會破壞酵素鏈結，無法結凍。用紗布口袋或絲襪（是的！）裝一把愛玉籽，在大量開水中費力揉捏到手瘦，像起霧一樣感受著水中膠質一點點黏稠起來時，就要趕快過濾倒入玻璃器皿，靜置冰箱過程不可晃動。然後是洗手洗鍋洗紗布口袋，洗廚檯洗滴溼的地板，沒完沒了的收拾。最前功盡棄的是想減肥卻加入蜂蜜粉圓綠豆紅豆，想吃一碗卻往往做一大鍋，那夢幻光影只一兩天就可打回原形，疲軟成一汪水，又回到了粗礪的現實。

八袋只用掉一袋，就是這樣來的。我並不知道，那年夏天是我最後享有的幸福。像雪夜拜別賈政前的寶玉，被人驕寵著，有黛玉為他哭腫了眼，那貴公子捱了打在床上喊痛，還有興致折騰別人：「也倒不想什麼吃，倒是那一回做的小荷葉兒小蓮蓬的湯還好些」。（我要愛玉籽啦！很多很多就是了！）

然而厄運迅速掩至，像一個不講道理的出題者，包藏著可怕禍心的來了。跨越了焦土烈焰般的二〇一三年春夏，我完全失去了一個寫作者內心的平靜，那潑水在地瞬間蒸發的惡夏，日與夜輪流掐住我的脖子，幾百個日子的夢魘熬煎，我折騰得變了形，走了調。紅的白的，BZD，Ativan，Xanax，Lexotan，Stilnox，在夢與清醒的交界，二〇一四年大暑又至，我成了無父之人。而我的愛玉籽還沒有用完，已開始了茫茫無憑依的漂流。

我曾好奇估狗過愛玉這東西，古稱薜荔，僅臺灣有，又名「澳澆」、「枳仔」、「草仔籽」，連雅堂《臺灣通史》中就曾記載山行之人如何見水面成凍，掬而飲之。桑科無花果屬，靠愛玉小蜂在植株間穿梭，僅見嘉義新竹南投中低海拔山中。買的時候還須注意未熟或過熟果，須帶皮且顆粒密度高，採運艱辛，曬乾費時，價格高昂，且揉漿揉到手瘦，無疑非常難搞之物（你為什麼不能超商十元買了算了啊），像我始終不明白的父親一生。

正如房慧真的名言：「我的父母養我至今，終於將我養成一具怪物。」但也只有怪物才能養出怪物。沉默無色無味，無明無相，純天然無添加，老講錯話，驚人的無社交能力。他院子裡套袋的瓜瓜果果，我的文章，都是自閉症兼自大狂。欲潔何曾潔，世上真有完全無添加之物嗎？真理和謊言，哪個更友善一點？

於是我想像八十四歲病床上還在看報紙的老父，走在東京神保町簡直是個日本人。一輩子罵我「買那麼多書要做啥」，結果辦喪事那幾天我在家裡，天寒地凍叮咚一聲郵差按門鈴喊「張××掛號」，文藝春秋一本，且不放心地問我是誰，怕我偷看了似的。

「買那麼多書要做啥」，這回換我自問。我仍然一個字也寫不出，但我還有七袋愛玉籽要流浪。父後七月，我的漫長暑夏還未結束，或許這酷熱火宅，永遠也沒有結束的時候。

——原載二〇一四年十月二十七日《聯合報》副刊

看不見的城市

——鄭雅芬

就讀國立臺北教育大學語文與創作學系碩士班，目前任教於臺北市萬福國小。曾獲臺北市語文競賽教師組作文第一名、演說第二名、臺北市國民中小學相聲比賽「優良劇本獎」。相信字句裡的光與熱能燃亮人間最溫柔的本質。散文作品：〈溫柔的偏執〉、〈紅豔青春〉、〈記憶那一場皓雪〉、〈難忘《青蘋果》〉、〈果香〉、〈尊重與傾聽〉、〈心靈捕手〉、〈玻璃鞋〉、〈麻油酒蛋好滋味〉、〈綠奈的回憶〉等散見於各報。

這裡不是邊界，是邊界裡的城市。從四樓的遠窗眺望出去，那無聲無息中隱去了的半邊天，不時提醒著我這一點。

新學期的開始，上班的路線和以往並沒有什麼不同。這座川流不息的城市、這條綿延詩意的木棉花道、這彎河堤輕攬的岸邊小鎮，是我生活了近四分之一世紀、工作了十數載的地方。在此之前，遊歷過的城與鎮，都成了生命裡泛黃的點。於此之後，空間裡的人、事和氣味，都化為了流動的線條，漸次在我記憶的層板上，書寫出鮮明的刻痕。

牽著女兒一雙柔嫩的小手。鵝黃色鑲赭紅條紋的制服在湛亮的日光下一上一下活潑跳躍著。身旁急馳而過的二九〇路公車，引發了我的好奇。

抬起頭，越過了兩條飛揚的麻花辮，才發現不知何時開始，超市旁原本狹隘幽闇的樓間小徑，已拓成了筆直的單線車道。二九〇的路線我是再熟悉不過的了，副線的調整，想必是近來才有的變動吧！

站牌新穎的俏立在社區公園對街。後方襯著甫落成的，涵蓋羅斯福路五段西側綠帶與溪洲街間三塊街廓，劃分為三大基地的眷村改建建案。九月的麗日下，有一派新鮮燦亮的氣息。

新學期、新支線、新大樓。這座走過了五十個年頭，被眷村簇擁著的邊城，在擺盪的光陰裡逐漸老去，滄桑的容貌抵擋不住時代急驟湧至的浪潮，幾經掙扎後，那一大片古樸而斑駁的建築，終究告別了舞臺，在城市的一隅永遠地消失了……。

學校周邊環繞著三個眷村，沿著堤岸河道迤邐開展。最初，在民國四十九年時由竹籬笆搭建而成。期間曾因颱風來襲而改建過，直至民國五十五年才正式翻新為二層樓的平房式建築迄今。眷村得天獨厚地坐擁二座休閒公園和一間市立圖書館。薄暮蒸融之時，伴著稀微的天光，我時常攬著母親的手在公園與公園間接縫的早市裡逡遊。

一籠籠青菜水綠綠地擺列在柏油路旁、籃球場內生意人以透紅繩網恣意圍兜成小型的五金商圈、黧黑精壯的肉販在明快的手起刀揚後，扯起嘹亮的嗓子俐落叫賣……。五花八門、人潮雜沓的市集裡，人聲與氣味，摻雜成一股濃烈而懷舊的情調。

我最鍾情的，還是停放在公園邊角，中古發財車裡以木盤分類盛置，方整羅列的白豆腐、油豆腐，和著一桶桶鮮煮熱豆漿飄散在空氣中的甘醇味兒。

眷村裡老一輩的人，似乎對破曉之際這樣的喧囂並不感到過於張揚與嫌惡。總是潛在一片鬧聲中，安適地搬出一張躺椅，瞇著眼、搖著扇，眉間清淺的笑意在晨光的雀躍裡有一股恬適穩當的自在。

早市的喧譁極其熱絡，而展演的時間也極為短暫。不消幾個鐘頭，日正當中之前，一切便已歸於寂靜亮潔。幼時我總認為這是場偉大的魔術。因為亮相與謝幕反差如此之大，而其間過程卻又如此緊湊高明。

鬧市裡的眷村，既不浮華亦不素樸。在我眼中，有一種特別淘氣的活力在。而這種與眾不同的活力，絕大部分應該是來自於眷村裡的孩童與長者。

因為公園就緊密連結在生活圈之中，所以居民們遊憩運動的空間十分廣袤，舒展筋骨的時間也十分自由。下班後沿著公園旁的紅磚道散步回家，我時常會忍不住流連在細葉榕沁涼的濃蔭下。透過絲絲氣根輕曳串接而成的簾幕間，靜靜觀看相約在涼亭下時而對奕時而談心的老人。或是溜冰場上戴齊了護具，一步一步小心翼翼，蹣跚學滑的孩子。橙金遍灑的餘暉裡，所有的動與靜，交融成一種平衡的美感。

這些老與少，在幾畝空間之中，自成一種醉人的氛圍。河堤上架高的環快道路，鎮日呼嘯而過的車流，似乎怎麼也無法撼動這塊靜謐的小天地。

然而文明之所以詭譎，就在於它總是標榜著現代化、高雅的旗幟，溫儒地撲滅一切看似不合時宜的舊制。無論這些所謂的陳舊與蕭條是否與腐敗和破落畫為等號……。

霎時間湧上心頭，莫名的悵惘，很快地便被公車身後揚起的乳灰色輕煙，無聲無息地捲帶走了……，我沒有再細索，也不忍再深究下去。

如果說老眷村選擇在城市的一隅，以新生的方式，永遠地消失了。那麼，與眷村相依傍的校舍，或許正是這座邊城裡殘存的「斷片」吧！帶著一身蕭條和薄弱的幾近凋零的自信，孤立在繁華之外的寂寥裡。成為邊界上倖存的引路人，遙指並見證著那一去不再復返的榮光……。

璞玉樓、蒼松樓、堅石樓、修竹樓，校園裡的四座擎天立柱，撐起了環河道內的榮景。一個年級七班的奔流熱絡，猶然留存在未遠去的記憶裡。但不知自何時開始，班級數開始無預警地急遽縮減。空置的教室一處接一處孤立在角落。四座矗立在朗朗晴空下的校舍，像是海市蜃樓，更像是被拋擲、遺落在都市之外——恍如一夢，無邊的荒城。

措手不及的戰爭降臨。逼使這裡毫無防備的每一個人，將最原始的記憶不斷刮除、不斷重寫。一向友善親愛的同事淪落在減班超額的失序角力裡。人與我之間，皆害怕成為最終不得不流亡離校的「他者」。在逃避放逐與被迫放逐的遊戲裡，切割了往日如膠似漆的情感聯繫。二樓校史室富麗的圓桌前，輪流進行著一場又一場無情的比序。

邊界上的悲鳴只如一陣遙不可觸的輕煙。在競逐與獵殺的遊戲規則中，先殘忍地較量，再撕裂地道別。而這一切除了自身，都決絕的不會引起外界任何溫熱同情的目光。

一個，接著一個。曾經參與過這個城市，最興盛、崢嶸光景的成員。一個，接著一個哀傷地謝幕，無限依戀地轉身離去。如果這是一場命定的流放，那麼看不到終線的焦慮，成為了還身陷其中的我們，心中無盡煎熬的刪節號！

少子化的現象，是這個世代裡無可迴避的常數。眷村裡的孩子在光陰裡長成、離去，思鄉的背影如今看來猶然朦朧而美麗。校園裡的孩子在歲月裡茁壯、遠走，高飛的姿態在長空中一閃一爍，凝結成天邊不可撫觸而晶亮的星。

有人出走，有人重返。來來去去的行旅中，唯一不變的是這些佇立在河堤岸邊的堡壘。焦心地粉刷著自己青春不再的容顏、急迫地重整起新穎時尚的風格。在凜冽的氛圍裡始終帶著一抹若有似無、清淺的笑意，盼著舊日的繁華再現。哪怕是一次又一次徒勞無功後的遍體鱗傷……。

人口的斷層，讓連結過去與更遠古的過去記憶，只能倖存在少數住民的腦海裡。歲月無情，更無情的恐怕卻是人對於往事刻意的疏離吧！

曾經，在最顛躓的時刻，眷村的改建讓我們堅信學生的歸流是必然可期的局面。曾經，在最慘澹的時刻，校舍的翻新與組織的重整讓我們相信所有的努力會匯聚、綻放出足夠的光與熱，讓外界看見這份篤實的存在與光耀的新生。

如今，完成了從裡到外，徹底的變革。逝去的已然逝去，離開的似乎也沒有再記得止住腳步，回眸細望，回應故鄉一雙雙熱切等待的目光。這些歷時數載，聲勢浩大的工程，果真悠忽而過？

留也留不住的人與事，從來就不是機關算盡後就能盡如己意。至少，至少回憶還在，我還在。它們還很鮮明地在我心房上縈營，封存並汲取著養分。

面對不確定的明天，或許尚有一支筆的力量，可以書寫出這塊土地上，來自遙遠的邊界裡，微弱跳動的故事……我將目光遺留在遠方的晴空之中，默默祝禱著！

——原載二〇一四年十一月五日～六日《人間福報》副刊

宛如白鷺鷥——簡媜

宜蘭人。臺大中文系畢業。曾任職聯合文學、遠流出版公司，現專事寫作。曾獲中國文藝協會散文創作類文藝獎章、梁實秋文學獎、吳魯芹散文獎、中國時報散文獎首獎。自詡為「不可救藥的散文愛好者」。著有《水問》、《只緣身在此山中》、《月娘照眠床》、《夢遊書》、《胭脂盆地》、《女兒紅》、《紅嬰仔》、《天涯海角——福爾摩沙抒情誌》、《好一座浮島》、《微暈的樹林》、《老師的十二樣見面禮》、《吃朋友》、《誰在銀閃閃的地方，等你》等。

1

「昔人已乘黃鶴去，此地空餘黃鶴樓。」我踏入臺大醫學院校園，腦中浮出這兩句詩。微風早晨，六月將盡。

其實，在門外踱步一會兒，才下定決心似地進來的。剛才，從臺大醫院捷運站出來，經過巴洛克風的醫院舊館，熙攘人潮已撩起記憶的漣漪，我的腳步沉了；過馬路迎向新館，知道再拐個彎就到醫學院，越發有一股風急葉落的感觸；急的是三十多年光陰何等無情，落的是無辜的人於今安在？因而，忍不住要放任地嘆息，彷彿這一嘆能把那一片枯葉喚回來，彷彿時光也肯協商，還給我一小段意猶未盡的青春。

首次帶我進醫學院校園的人懸壺濟世卻擋不住命運的折磨已提早離席。昔年圓拱門二號館的楓樹紅葉落在水窪上的景象還存在腦海，年輕時即使面對秋凋，心仍是滾燙的，因為還未認識歲月這名敵人。如今，眼前滿是初夏時節澎湃的綠意，卻有秋涼感慨，因為跟歲月交過手、領受了傷。隔了三十多年，今天是第二次踏進楓城，若我當年預知第二次踏入時將是沉甸甸的緬懷與喟嘆，年輕的我是捨還是不捨？

2

進入基礎醫學大樓，高挑且空蕩的大廳，恰好與嘈鬧的醫院現場形成強烈對比。這是學習生死課程的堂址，宜於靜謐，因為安靜才能練習聆聽每一個困在生死夾縫裡的人那微弱的呼救聲。

一面牆，掛著「無我之愛」四字，列出近三百位大體老師姓名。我仰頭誦讀，彷彿讀著敦煌石窟眾佛的世間小名。

我以為我來早了，一抬頭，看見蘭姑與穎弟夫婦、鳳妹夫婦都在，一早從羅東趕來的隆叔隨後也現身。姑媽說：「謝謝你們特地來觀禮，他一定很高興。」他，我的姑丈謝幸治，是大體老師。今天是臺大醫院為本年度十六位大體老師舉行入殮儀式並安排次日火化事宜的日子。

我們不是最早到的一家，大廳四周休憩區，已有多人或走動或交談。從穿著打扮看，都是尋常百姓，甚至比等待百貨公司周年慶開門的人更接近庶民模樣。也因此，我首先感受到每一位大體老師的護法家人的聲情面貌，感受到尋常中有一股不尋常的心靈力量，在布衣裙釵之中流動著。

承辦小姐一一呼點家屬，每一家由兩位醫學系學生負責引導，其中一位捧著花束，這是幫家屬準備的，做為儀式中獻花之用。

3

兩年前，被罕見疾病折磨了四年的姑丈，有一天對蘭姑提出器官捐贈與大體捐贈的想法。七十四歲的他不是虔誠信徒，一生風起雲湧，走著一條令家人追趕不及的險路。然而，或許如他一般任心揮灑、曠放豁達的人才能輕易跨過一般人難以跨越的觀念障礙。盛年時，他曾言，死之後無須以繁文縟節著辦，「人死有什麼？剩一個空殼而已。」想必「一個殼」的信念並未被頑固的「類澱粉沉積症」所阻塞，他在病情風平浪靜、意志完整清晰的時候，先後簽了「預立選擇安寧緩和醫療意願書」，又堅持簽下器官捐贈與大體捐贈兩份意願書。對一個談笑間能揮手相贈五花馬、千金裘的人，捐一個空殼，比主婦剝一支帶泥筍殼容易多了。

簽署四個月後，他的病情猝然生變，理應就醫卻忍著病痛不就，家人朋友合力要抱他出門，虛弱的他還用一隻手抓著沙發不放，或許是想用最自然最輕省的方式蛻化吧。因肺炎引起肺部積水，醫囑需抽水，動刀前再照片子，竟然無水了，免去一刀也保全了捐大體的條件，只能歸諸因緣殊勝或是意志堅定。倒數計時前兩天，他已無法言語，但意識清楚能以點頭搖頭表達心意。監測機器立在床邊，死亡陰影洶洶然湧入森冷的病房，令人不禁想起那兩份捐贈文件的真實性，考驗來了。蘭姑心中忐忑不安，病床邊再度問他，簽署的捐贈意願書可以反悔，「你後悔嗎？」

他搖頭。

再問一遍：「你．後．悔．嗎？」

搖頭，他用力搖搖頭。

倒數九小時。穎弟火速自美國趕回，幾夜不眠，一張蠟臉、兩隻火紅倦眼完全無法接受父親垂危的模樣；數月前他回來探望時父親還能一起出遊，應允他要努力復健，有一天到舊金山參觀兒子任職的皮克斯公司。此時，困惑、憤怒、悲傷與恐懼同時扼住他的情感與理智，他對那兩份捐贈文件起了激烈的推翻念頭；無法接受父親將離去，更不能想像一個做兒子的要把父親送上解剖臺被千刀萬剮的事實。這想法讓人發狂！那些刀，那些將劃在父親身上的刀，已預先劃在兒子身上。他揣測父親是被誘導，並不「真的清楚」捐大體的意思，更不相信父親要這麼做。母子之間起了一層濃霧。他必須抵抗，為正在大口喘息已無法言語的父親抵抗所有逼進的利刃。倒數五小時。

抉擇，有千斤之重。我與他坐在病房外，七月熾烈的陽光自窗口照進來烘熱了坐椅，高壯的他如暴風中即將拔根的小樹，根本不是天地的對手。我看著他從小長大，能理解對年輕的他而言，第一次與死亡交手竟需同時面對父親將逝與捐大體兩道難關，這絕對會讓人崩潰。「……想到爸爸不能入土為安……」他喃喃低語，如無助稚子，陷入痛苦深淵。

我告訴他：這是爸爸發下的大願，不是一般人做得到的。我們做子女的雖然千般萬般不捨，但是必須把自己的感受放到一旁，如果爸爸值得我們為他勇敢，就要勇敢地幫他完成人生最後一個願望，這也是我們回報他、盡孝道的方式。民間舊觀念所批判的不孝、不能入土為安將導致家道衰敗，或是無關緊要的人隨意批評做兒女的殘忍，都是無稽之談，你都要拋棄。爸爸的境界已經超越這些了，我們怎麼可以把他拉下來？再者，如果今天你違背他的意願，將來想起來會懊悔，而這種懊悔永遠沒有彌補的機會！

他從小是個能修復缺憾、選擇以敦厚寬闊的心靈處世的人。父親在他的成長過程常常缺席，然而他並未落入怨尤，反倒流瀉一般耳聞的受寵兒女也給不出的親情。一席話後，內心風暴歇息，他一腳跨越俗世格局，天地頓時清朗。回到病房，他想單獨與爸爸說話。眾人退出，我在門口，見他坐在床頭，深情地望著父親，伸出手臂環抱他，另一隻手掌一遍遍撫梳他的額頭與髮，溫柔且堅定地在垂危父親的耳邊說：「爸爸，我們都很愛你！爸爸，我們都很愛你！」

這是兒子的勇敢。任何一個即將燭滅的人，能依偎在兒子臂彎裡被溫柔地以愛語撫慰，都會無憾的。黃昏，姑丈安詳而逝，如願成為大體老師。

當遺體送到臺大醫院，家屬得以最後一次瞻仰遺容時，穎弟與他的太太佳兒都說：「爸爸的臉好像在微笑。」

含笑離去的父親，如願之後綻放的笑意，在生死茫茫兩岸之間，回頭一望，送給愛兒的靈魂馨香。

4

臺大醫院誠摯且詳盡的說明讓家屬立即卸下種種疑惑；他們應能明白每一具躺在推車上的不僅是軀殼更是家屬心中永遠的摯愛，每一個踏進來的家屬都掙扎、征戰過了，希望能獲得尊重。是以，他們以迎接一位老師的規格對待被送來的大體。

經過一年藥物處理後，第二年新學期開始，姑丈與其他十五位捐贈者，將上解剖臺擔任醫學系解剖課的大體老師。

開學後，十三位被分配到姑丈這一組的醫學系學生想來拜訪，欲了解老師生前的故事。蘭姑約他們在咖啡廳見面，她從這些知禮、活潑、聰敏的孩子身上再次印證姑丈的布施具有崇高的意義。臨別，學生問：「謝媽媽，您還有什麼話要對我們說？」蘭姑說：「你們好好學，謝老師在天之靈會保佑你們，將來都成為有醫德又有醫術的好醫生。」

捨與受是可以建立溫情聯繫的。因著這群習醫孩子來訪，蘭姑再次卸下悲懷，感受到異乎尋常的溫暖。她相信這些學生會認真學習，她也相信大體老師啟用那一天，若姑丈有靈，必會感到光榮。

5

教室外布告欄上，慎重地掛著裱框的每一位老師的照片與生平介紹，顯示出院方誠意。這也是一種潛移默化的生命交流，醫者，心中若沒有人，終究只是一門炫技之事。

靜肅中，百多位家屬依序跟隨引導學生步向教室。寬敞的大教室極冷，解剖臺上躺著全身裹緊白布只能分辨身形的大體老師，其兩側站著該組學生，身穿白長袍肅然而立，師生皆白。

宛如聖潔的白鷺鷥。十六隻昂然飛行的白鷺鷥，抖落季節光影、飛過俗世牽絆，選擇棲息在捨身樹上。

每一家家屬被安排到大體老師前，入坐。在我們正前方，有三臺解剖臺，我悄聲問蘭姑，哪一個是姑丈？她指了中間那一臺，說：「他以前躺在床上睡覺就是這樣子。」我不禁默然，記憶的力量真是刻骨銘心，即便只有身形、背影，唯有至親才認得出自己的家人。

一股深沉的哀思籠罩整間教室，家屬們肅坐，各自望著至親的大體，悄悄低頭以面紙揑住鼻翼、擦拭眼角，謹慎地不碰破情感的甕。忽然傳來一陣哀傷的低泣聲，一位坐在輪椅上被推進來的老婆婆沿途哭泣著。是老妻還是白髮母親呢？無論何者，那位純潔的白鷺鷥老師，必定是老人家的至親至愛啊！

對家屬而言，今天是延後兩年才舉行的入斂典禮，迎回捨身教學的親人的大體。這兩年來的等待與追懷，又豈是言語能道盡？是以，實踐「無我之愛」精神的布施者是偉大的，而做為護法者的家人，其勇毅亦非常人。

典禮在莊嚴肅穆中進行，院長、所長、系主任、任教教授依序向家屬致誠摯的感謝。隨後，數位代表醫學系、牙醫系與解剖研究所的學生誦讀〈致大體老師的一封信〉。由於是對老師說話，人的情感自然流露；回想第一次上課時，掀開白布，何等驚恐緊張，深怕劃錯一刀，經過八個多月相處，又如何在老師身上學會每一條血管神經、每一塊肌肉骨骼。這些，「都是老師您無私的奉獻，我們才能學會基礎醫學這門課。」

一位學生哽咽地讀著感謝信，臺下亦有同學紅了眼眶，那真摯的情感讓人感受一切的付出都有了代價；這代價不是要回到家屬身上，是因其真摯誠懇而使解剖臺上躺著的白鷺鷥與坐著垂泣的家屬願意相信，是的，願意相信站在這間教室的白袍學子，將來戴上聽診器時，都記得前人奉獻，都聽得到病人心聲。

整個儀式不假禮儀社之手，全由學生親自為大體老師入斂、獻禮，大信封裝著的感謝信也慎重地放入棺內，伴他們化塵。每一位大體老師的家屬與學生在這一刻成為「親戚」，原先的哀傷情緒轉為家人般親密，一齊為他們畫下無比圓滿、充滿榮耀的句點。

禮成，退出。有位學生知道我，前來合照，照完之後一回頭才知背景是無我之愛那面牆，我不禁浮出一絲意念自問：「願意把名字寫在上面嗎？」經此一問，方知捨身大愛之殊勝之艱難。

6

次日透早至二殯舉行火化儀式，全體學生提前到齊，列隊恭迎十六輛靈車。當禮儀師呼喊某某老師抵達，已成為「親戚」的家屬與學生上前行禮，「請老師下車」，由學生捧照、扶靈進入火化場。致祭典禮畢，家屬至休息室等待火化後撿骨，學生亦不解散，一起等待老師們化塵歸來。

撿骨時，家屬先撿，再由學生們依序持長箸撿一塊老師的骨骸放入骨灰罐，鞠躬致意。末了，家屬捧著靈骨罐，學生與家屬相互鞠躬作別。淡淡的依依不捨與說不清的謝意，在懷中的彷彿有知的靈罐裡，在作別的那一彎實實在在的鞠躬裡。

「謝媽媽，我們以後可以再聯繫。」一位很有禮貌的學生撥開人群跑來對蘭姑說再見。我笑著對他說：「以後去找你看病。」他惶惶然搖頭：「不要不要，做健康檢查就好啦！」顯然已對自己的職業有了禮貌性的敏感。

「做個好醫生！」我說。

7

「以後去找你看病。」我說。三十多年前，圓拱門建築如今改稱為醫學人文館的二號館，片片楓紅落在水窪上，雨過之後天色灰青，秋意已深。年輕的楓城之子談解剖課感觸，談詩與畫，談生命的脆弱與困惑，口若懸河，但當我說這句話，他竟惶然疊聲地回答：「喔，不要不要不要！」不要替我看病，還是不要我生病？

他自己竟早早病去了。

生與死之間存在著什麼？是醜陋的世間還是綿延的善念，是化不掉吞不下的憾恨還是依隨時間而翻飛的情懷？無論是什麼，當化塵化土時刻來臨，誰能不從呢？

姑丈的靈骨順利地晉入風景優美、俯瞰淡海的塔位。之後，我獨自上樓，尋找故人。

當我終於找到他的塔位，才完整地想起昨日徘徊在醫學院外面遲遲不忍踏入時盤旋在心中的詩，「昔人已乘黃鶴去，此地空餘黃鶴樓。」我伸手摸著他的名字，念給他下一句：

「黃鶴一去不復返，白雲千載空悠悠。」

——原載二〇一四年十一月十六日《聯合報》副刊

散戲——黃錦樹

Ng Kim Chew，一九六七年於馬來西亞柔佛州，一九八六年到臺灣留學。臺大中文系畢業，淡江中文所碩士，清華大學中文博士。曾獲中國時報文學獎等。現為國立暨南大學中文系專任教授。著有小説集《夢與豬與黎明》（九歌）、《刻背》（麥田）、《土與火》（麥田）、《南洋人民共和國備忘錄》（聯經）、《猶見扶餘》（麥田）等。論文集《馬華文學與中國性》（元尊）、《謊言與真理的技藝》（麥田）、《文與魂與體》（麥田）等。

母親的日記

家裡書櫥裡找到一本當年寄回家的《日本名家小說選》（楊夢周譯，註記購於一九八八年八月五日，即大二暑假時），裡頭收了夏目漱石隨筆式的小說〈書信〉。〈書信〉開篇即提到，有兩個法國小說家先後用了同一個技術要件——發現一封信——來開啟小說，而〈書信〉這讀起來很像是散文的小說，它的樞紐也是一封信。夏目反省說，那相似、甚至同樣的文學程序，其實經常發生在我們的經驗世界裡，因此它和許多人的人生故事有直接的關聯，就和吃飯穿衣那樣是自然事實。所以那手法的相似不能說是襲用。那毋寧是人生的一部分，人生的摺痕。

日記其實也是類似的物件。它們都在訴說個人的祕密。

母親的喪禮辦完後，子女們整理她的遺物，意外的發現未曾上過小學、應該是不識字的母親寫下的若干個句子。在一些廢紙片上，或在她孫女遺棄的小學練習本裡。有的是純粹的習字，抄寫報紙上的句子。有一張紙寫滿所有兒子媳婦女兒女婿內外孫的名字，大概她一開始即以兒女的名字為練習，那是她最深的掛念。有的句子並不完整，大概是某些關鍵字想不起來，沒頭沒尾的突兀中斷了。

之所以說是日記而不是札記，原因在於，母親註記了詳細的日期，年月日，星期幾，那占了不少篇幅。最長的一則據說是寫著她對某個離婚媳婦的連串抱怨。這一則我還沒親眼看到就被撕掉了，也許是某位姐姐「為尊者諱」了吧。

完整的句子有的寫著她的願望，希望哪個孩子回來看她；哪個孩子哪天回來看她，她很高興之類的。有一張字條，寫著每個孩子過年給她多少紅包錢；但最觸目驚心的是，寫著哪個孩子跟她借了多少錢，但沒註記還期。哥哥們看了不禁驚叫：我們都還了啊。

大家這時都想起，常被晚年的母親問到哪個字該怎麼寫，被要求一筆一畫寫得大大的給她看；而她最早的日記寫於二〇〇九年，但以二〇一一年為最多。二〇〇九年杪她中風，此後就沒能恢復到原來的狀態，而是一直壞下去。其後數年，在大腦逐漸退化中，在一步一步失去自己的生命終途之旅中，勉強以漢字寫下零碎的想法，那是她與自己的生命搏鬥而留下的斷簡殘篇，缺乏細節。諸如：

二〇一一年三月十三日星期日
明天起做一個快樂的人　年二月初九

二〇一一年三月十六日星期三
金錢買不到親情

二〇一一年八月二十一日星期日年七月廿二日
今天四姑姑來我家我高興
七月廿二日我孩子

二〇一一年八月二十二日星期一年七月廿三日
我沒有朋友很孤獨

因住得遠，我一年至多還鄉一趟，有時甚至數年也沒有一趟。

或許是出於什麼神祕的直覺，二〇〇九年我動念攜子返鄉，純粹是投重男輕女的母親之所好（因此被妻子念了好幾年），帶兒子回去給她看一看、抱一抱、親一親、摸一摸。那是我最後看到她完好的樣態，幾個月後她就中風了。雖然不算嚴重，但也許復健做得並不是那麼積極，或因腳多年積累的靜脈曲張、風溼等宿疾，以致走路非常吃力，行動範圍就被禁錮在家屋之內。發病前她還能騎著腳踏車到處跑，買買東西、找找朋友什麼的。

其中的轉捩點據說是因為賣地。原屬於她名下的一小片土地，卻賣出一堆官司，人歿後官司還在。姐姐說，她因被發展商告而驚恐、而多日難眠，腦血管就爆了。官司的始作俑者（我家的肚腩冠軍出的餿主意）卻一直置身事外，沒事人似的，麻煩事由他弟弟、我最小的哥哥承擔去。

之前每年拿到年終獎金我都會挪出一部分寄回去，但賣地之後她就要求我們別再寄了。從兄姐口中拼湊得來的是個我並不認識的母親，把錢看得很重，甚至懷疑長期照顧她的子女意圖不軌。探望得少，她抱怨孩子不孝；探望得勤了，又懷疑子女別有所圖。這令我懷念當年那總是為錢發愁、打滾在貧窮線上，因而異常勤奮的母親，她和我們幾個較尾端的孩子相濡以沫的日子。猶如我懷念那塊被她賣掉的漂亮的地，平坦以致一覽無遺，在那裡工作，用目光即可遠遠的相互照應。那裡有太多我們共同割膠的回憶。

也許大半輩子窮，窮傷了，鬱結成病。也許那是腦退化的徵狀之一，疑神疑鬼，得到的錢大疊留在手邊，每日掏出來細數；還有她數十年收藏的金飾，東藏西塞的，怕女兒媳婦竊取。後來卻被一位印尼女傭捲摸走，不告而別。以致她逝世後，只留下大量空的盒子和單子。

與舊衣服為伍的，最珍貴的原該是那些我們不同時候留給她的異鄉的生活照，一本本厚厚的相簿。讓她想念孩子時可以翻看。有些照片，身為影中人的我們自己都忘了。

那些日記，只有極少文字和我有關，譬如這兩則算是最完整的：

二〇一一年八月六日星期六
黃錦樹回來媽媽高興
媽媽看看

二〇一一年八月九日星期二　年七月初十
今天黃錦樹回家
媽媽看看錦樹高興
明天要回家今天錦樹
八月十日新加坡
年七月十一日

有一種牙牙學語的拙稚意味，絕對的素人，筆畫也是，就像幼兒園或小學低年級孩子的練習寫字。字用得很少，句子每每單調的重複，且常見漏字、不合語法、錯亂剪接。但即使如此，在不足之餘，也會看到明顯的過剩，譬如「年七月初十」這農曆的標註。譬如寫孩子的名字應不必帶姓，自稱可用第一人稱之類的。這無疑是「活人書寫史」的活生生見證。誇張一點說，它或許也體現出馬華文學的基本困境——那是與一個龐大的符號世界艱苦搏鬥而勉強留下痕跡的殘缺的華文。

二〇一一年暑假我專程返馬探望她們，三個悲傷的女人。幾個月前二姐夫猝逝，二姐幸福的婚姻生活突然結束，還好很快從宗教那裡找到精神寄託。二嫂癌末病危，已經站不起來，生活無法自理。幸虧有強悍的小女兒，雖已為人母、帶著三個稚齡女兒，還能全天候的照料她。母親中風後恢復中，暫住三哥家。那時她頭腦還清楚，但對從印尼嫁來、非常能幹的三嫂產生種種誤會（中風前兩人曾經情同母女），關係十分緊張。

我待的時間很短，因為返鄉其實滿無聊的。翻到我該年八月回鄉時寫的零碎日記，我八月四日抵達新加坡，借住中學同學黃君的家，五日即搭他的車子回到居鑾，借住二姐家，當即借了機車去探望她。

我寫下：

「媽有許多抱怨，把一個金戒指退回給我。人瘦了，更其衰老。牙齒所剩無幾，非常沒安全感。」

八月六日。沒寫到去探訪媽媽，只寫到探訪二嫂，但一定先過去看了，因為有寫到想隨三嫂進園去而不果，而去了百貨公司買衣服，以及到處找公共電話擬打回臺灣卻找不著，已經沒什麼人用公共電話了。一直逛到南峇山腳去，順道探望在那裡擺攤賣水果的三姐，問問家裡的事，她的版本。

八月七日。

「去三哥家看媽媽……擬去巴剎走走，過舊橋走到二英里，在馬來甘榜裡亂繞。馬來人種了不少閉鞘薑。到巴剎時發現包包不見了，瘋狂回去亂找。裡頭有護照、記事本、車票，找不到麻煩就大了。且已忘了（去時）走的是什麼路。繞了一個多小時，回到三哥那裡，發現包包在那裡，媽說她在等我繞回來。放下心頭大石。」

猶記得那時心裡的恐慌，重複的走過每一處疑似走過的地方，在馬來人的村莊裡反覆繞來繞去，仔細瞧有沒有掉在哪裡路上。越過幾道木板橋，照面是榴槤樹低矮的垂枝，掛著一顆顆炮彈狀多銳刺的綠果，沉墜墜已接近成熟。閉鞘薑枝梢開著朵朵清麗的白花，花心帶著一抹黃。一處林子中有房子似舊家，鐵皮、木板牆、五腳基，年輕的馬來女人側坐在門洞裡輕輕搖盪著紗籠床，哄著孩子睡覺。

如此亂逛，難免引來不少懷疑的目光。已是異國之人，護照如果掉了不知有多麻煩，少不免要趕去吉隆坡臺北駐馬辦事處補辦證件，買的廉航機票又不能延期。

一身汗重返時，母親淡定的說：「我看你物件放這裡一定會回來拿。安怎去阿呢久？」（怎麼去那麼久？）

因為覺得無聊，對母親反覆的抱怨感到不耐煩（那時她懷疑同住的兒子媳婦意圖謀其財時），八月八日遂北上吉隆坡，一晤有人出版社年輕作家群。因自己沒出書，從臺灣帶了多本黎紫書的《野菩薩》分送給他們。

九日一早返居鑾，黃昏又去看母親。頻頻喊頭暈，腳軟，虛弱而悲傷。問我明年何時回來，我說八月。九日我就假道新加坡回臺灣了。

其後三年的暑假，都藉到吉隆坡開會的空檔回居鑾探望母親。也都來去匆匆，頂多逗留一夜，有時只待數小時，明顯感覺到她的退化。二〇一二年七月五日夜裡返鄉，「媽已不太認得我。」她盯著我看了很久，次日早上才把我認出來。「原來是阿財。」開心的笑出來。我的乳名是狗的「菜市場名」，僅限家人叫喚。二〇一三年七月十六日午，「母親衰老甚多，一再喊頭暈，物件（不知放去哪裡）找不到。」十七日，「早上起來，母親竟忘了我是她兒子還是孫子，一再問我到底是兒，還是孫。」

但我淩雜的返鄉日記其實沒多寫母親，而母親被空白淹沒的日記當然再也不見我的名字。

今年七月二十七日返家，母親緊緊抓著我的手放在她心口，目光淩厲，看不出還認得出我。哥哥說，誰來看她都是那樣的。之前還會打人、咬人呢，照顧的印傭飽受淩虐。但她已失去說話能力，喉頭有時會發出野獸般的淒厲嚎叫，眼神驚慌。

早兩個禮拜返鄉、被母親拉著要她陪伊睡的妹妹說，那幾個不眠之夜母親一再驚醒，恐慌的囑咐她關好門，說外面好像有陌生人在走動。身為女人的恐懼。好像回到住在膠林裡時時刻刻戒備著的暗夜，烏暗暝。多年的憂懼成傷，即使結痂了也還是會痛。

摔斷腿，開刀後，就更加速退化了。終至耗盡力氣，撒手迎來生命的句點。

不知是〇九還是一一年，有一次她突然問我：還有寫故事嗎？大概久不見我在大馬報刊發表文章。五哥每看到我的文章，會特地把副刊撕下留給她。

年輕時得文學獎，她是高興的，不迭的稱頌。我還曾特地捧著沉重、金燦燦的銅製雛鳳獎盃回去給她，讓她放在神檯下的櫥子裡當擺飾。小說出版了，也會帶一本給她當擺設。

念個博士學位，她也是高興的，頗引以為榮吧。畢竟兩代沒讀到書。她也曾說過我們的成材是她此生最大的成就之類的話。也曾因此把我的存在做為她多子的重要辯護。我是她的第十個孩子。我之前有九個，之後還有四個。兄姐們資質均佳，但除了重點栽培的大哥，和讀書的意志特別堅定的小哥之外，其他七個都被犧牲掉了。

她的自辯我深不以為然，〈如果父親寫作〉即是個抗辯。

葬禮

依母親清醒時的交代，她要請福建的師公，還要同時做功德；要依福建南安的禮俗，因此勞師動眾的從蘇坡請來這八個人的道士班子。

四代大母。六支招魂幡，四個亡者的名諱。但其中有兩支是「失其名姓的」，你不得不佩服道士們，這樣也能超渡。超渡是一種謀生之道。最胖的哥哥說：如果不做，萬一他們來討呢？恐懼。愚昧。

一命，二運，三風水。只有風水有利可圖。

葬禮套餐。

掛軸上的諸仙，四隻眼的、三隻眼的，騎龍騎鶴的，都古裝打扮。那些法器、道袍、道冠，都遙指古代，一如那想像的陰間，都是古代世界的投影。三百年前。五百年前。一千年前。劍是雄兵的時代。那是過去，來不及隨時代更新的，想像的諸神諸仙和死後的世界。

道士披上黑的或華麗的道袍。酡紫，嫣紅，不知是綢緞還是塑膠製的；繡著許多鳳鳥祥雲。頭戴蜜餞色的塑膠髻。

道士且唱且舞，有時還像雄雉那樣旋轉狂舞，恍如有神降臨。

服色與順序嚴格區分了輩分、尊卑。當然是男尊女卑，男先女後，男左女右。於是不斷的跪、拜；三跪三拜、四跪四拜；上香。聽不懂的喃喃唱辭，隱約有一個敘事來填充時間，亡魂過了一山又一山、一殿又一殿。喧鬧的鼓、鈸，幽咽的二胡。道士時而高喊「囝來！」，「查某囝免！」。絕對的父權中心。

一向重男輕女的母親，也許最愛看的就是這樣的大戲。鬧熱！於是那個多年難解的謎突然你懂了——何以要生那麼多小孩——尤其是男丁，不就是為了這一刻嗎？兒子的隊伍就可以站兩排，加上女兒、媳婦，黑衣服的就五排了，再加上藍衣服的內外孫、綠衣服的曾孫們，就是個相當浩大的隊伍了。一如大多數墳頭橫批寫著的：丁財兩旺，最世俗的期望，多子、發達。身為兒女，怎能免於這場最後的孝順大戲？

但其實沒什麼觀眾。

「燒香請老母來吃！」道士喊道。供品上蒼蠅紛飛。

（醫生說，力氣耗盡之後就是臥床，有的可以躺上一兩年。妻說，她外公外婆就是那樣，一直昏睡著，再也沒醒過來。銀髮姑姑說，如果吊水，還可以活一段相當長的時間。不能走，活太老就沒意思。比母親還年長一歲、頭髮猶黑，還有能力割膠的二姑說。）

於是重複的跪、拜，三跪九叩，出殯，安置靈位。燒紙錢，庫金，轎子，車子，電話，靈屋——紙紮的江南大院，有庭臺樓閣，但南洋的房子早已是另一副模樣。金山銀山，燒掉的卻是她賣地的錢——她預留一大筆錢來辦這一切。

我可以想像她微笑著坐在一旁觀看的樣子，猶如她身體還健康時參觀他人的葬禮時，頻頻呼喊：「精采！精采！」「足好看！」。

第三及較小的孩子們，長年陪她在膠林吃苦。割膠、撿柴、載香蕉莖、倒餿水、擔驚受怕……因此對她依戀很深，有一種近似革命情感的情感連結。但精明的母親把這一切生活窘局，歸咎於父親的「袂賺」（不會掙錢），丁旺但無財。於是一直以來孩子都心向著她，長期接受她的論述，從她的眼光看事情。其實也一同吃苦的父親即被刻上失敗者的烙印。他於是隱退到邊角上，沉默的咀嚼自己越來越黯淡的影子。

即便是葬禮，她要求給自己的規模也遠大於父親當年。即使人不在了，強烈的補償心理仍一直延續著。

盛大的一場戲，可惜主要的觀眾同時是我們這些演出者。四代大母的子孫。

對兒子強烈的愛，根深柢固的男尊女卑，都讓她的媳婦吃盡苦頭。

但母親其實也愛笑，當她心情放鬆時。

即使是不怎麼好笑的事，母親開懷大笑的樣子，會讓你看了會自然跟著笑，就好像那其實原本就該是件很好笑的事。

不笑是你的損失。

道士要求隨著高喊：發啊！興啊！旺啊！

興和旺恰是我大哥二哥的乳名，母親最愛的兩個兒子，早已旺成富豪。

但他們已成年的兒子並不成材，財旺丁弱，寵溺之故。

反而是自私的二哥美麗的小女兒成長成幹材，有條不紊的總攬喪事的大小事務，那是這場葬禮大戲唯一令人欣慰之事。歹竹出好筍。

孝子們不吃素，嗜肉，一如往昔。燒豬、大包、糯米雞、咖哩雞。

中風。糖尿。肥胖。最年長的兩個孝子已無法跪拜，只能端坐椅子上，拿著香發呆。

於是最卑劣最歧視女性的四子常跟著喝斥：「查某嘜來！」（女兒莫來）

拒絕守夜，但抱著香爐速速離去，以搶先奪取來自死者的風水之類的想像的利益。

樹倒猢猻散，他嘴裡一再重複叨念。

是的，住得遠的好處是，不想見的人可以多年不見。以後也不會再見。

道士歡快的數著大疊鈔票。新鈔，有一股濃烈而逼真的錢香。那迥異於紙質低劣如廁紙的金紙銀紙。

儒家古訓：生事之以禮，死葬之以禮。祭之以禮。但我自己在臺灣的家不拜神，無祭，彷彿化外之人，異教徒。且隻身返鄉奔喪。

前幾年返鄉，母親認真的要求我從家裡的香爐分些灰過去，好安個神位。和我一樣留在臺灣的弟弟就是那樣做的。我知道她非常在意香火。那是漢人男尊女卑的論述基礎之一。

但我從小就不是個聽話的兒子。

對我而言，死了就是死了，形神俱滅。

我完全不相信道士那一套。行禮如儀，不過是拿香跟著拜而已。壽終老死，理所必然。鋪張不過是便宜了殯葬產業，有時還對生者造成莫大的生存壓力，在臺灣看多了。那又何必呢？

但死者其實不曾完全死去。在姐姐妹妹的某個神情，笑容，眼角，說話時的某個動作，還可以看到母親依稀歸來。猶如五哥發現自己越來越像那我未曾謀面的祖父，他留下的唯一照片，是衰老的遺容。他們都以另一種方式活在我們身體裡，肉身的記憶，遺傳。

最後的儀式：把那盛放在餅乾桶內的「庫金」灰燼從橋上連著鐵桶擲入河內。儀式前母親最自私的兒子再度嗆姐妹們：查某嘜來。

淺淺的流水。河上淺灘有數隻流浪狗垂首覓食。他說，聽朋友講，橋下沙裡藏著隻千年老鱉，有桌面大，顧河的。

禮竟。道士喜洋洋的與孝子們逐一握手，「如果哪天還需要什麼服務，別忘了打我手機。」節葬。節用。

那鋼鐵的架子、木頭鋪面的橋，二〇一一年我迷不知途時反覆騎機車咣噹咣噹的經過，驚慌的尋找我以為遺失，但其實並未遺失的，異國之人的身分證件。

妹妹感嘆說，回來沒幾天，感覺卻好像過了很久很久。

是的，漫長如二、三十年，我們離鄉日子的總和，壓縮。卻又好像十九歲時做了個離家的夢，醒來時青春已逝，父母俱亡。

留在家裡的一本高中時代的相簿，是我早已忘卻了的，但扉頁有我當年飛揚跋扈的字跡。裡頭曾經喜歡過的女孩都老了。花期已過。結子或不結子。

我們身上都有了枯枝敗葉，疤記，癭結。

於是就像楊德昌電影《一一》結束時，那稚齡孩子在葬禮上念給亡逝的奶奶的信的結尾說的：我覺得自己也已經很老、很老了。

——原載二〇一四年十一月二十日～二十一日《聯合報》副刊

結婚座

楊隸亞

東海中文系，國立成功大學現代文學研究所碩士，曾獲《聯合報》文學獎散文評審獎、林榮三文學獎散文首獎、懷恩文學獎等獎項。即將出版個人散文集、小説集。

我的辦公桌，是一組長形的雙人座位，與其說書桌，卻更像火車、客運、地鐵的運作形態，凡是坐在隔壁的同事，短至三個月，長達兩年，都在中途紛紛拉起響鈴，靠站下車，離職或結婚去了。她們的打卡出勤表最終成為一張單向車票，毫不留戀地棄置在公司的紙類回收桶。

會計小姐叫這個位置「結婚座」，每有新人報到，便阿姑講史般敘述歷代順利出嫁的女員工，接著喊出自以為得意的口號：「下一站，幸福！」

蘋果是此刻坐在我隔壁的新人，說起來也約莫有半年左右的時間，細心的態度讓她相當順利地通過試用期和考核期；而她的臉頰，不知為何總是無時無刻散放粉紅色調的光彩。

我和蘋果常共度午餐時間，公司附近有家餐館叫紅樓，裡面卻一個女性員工也沒有，清一色穿著背心汗衫的年輕男子們端送小菜和湯碗，挺著大肚腩的老闆從廚房走出來，光禿頭頂，虎熊之類的動物腰背，他揮舞菜刀，用粗糙低沉的嗓音叫我們自己找座位，蘋果抖著手推動木頭椅子，而我站在門邊踟躕不肯入座，暗自以為這家店是否遭到強盜搶劫。

幾次，我想起店名和員工的不協調感而噗哧發笑，蘋果問我笑的原因，我表示紅樓裡面至少該有林黛玉那樣一臉素淨的老闆娘吧，她聽了以後說我思想太落後，紅樓為什麼一定要配女員工呢？也有可能是小三薛寶釵捲款潛逃，老闆娘離家出走，導致賈寶玉頹喪發福、無聊度日，最終移情轉性，搖身一變成為專門招攬猛男的中年歐吉桑。

八〇後出生的蘋果，短短五分鐘內改寫了我母親、母親的母親那一代視為經典的愛情故事。

我們還為小三究竟是寶釵還是黛玉爭論整個下午，她認為第三者的真正定義是在感情關係中不被愛的那一個，被排除在愛情的範圍之外，即是小三。她定格於空中的雙手，妖魅地指點戀愛迷津，而我隱約覺得和蘋果共事，似乎是一場災難的開始。

小型公司的員工旅遊，從來沒有跨出臺灣的地圖，遊覽車的四個輪子在島嶼上到處爬行，穿越幾個名稱陌生的收費站，夏季墾丁，冬季太魯閣，始終抵達不了姐妹們口中的理想聖地；有些城市的氣氛太過羅曼蒂克，並不適合和同事一齊前往，她們內心倒也十分明白。

旅行中的夜晚，總有一段奇異的時刻，坐在光亮熱烈的營火旁邊，平常打招呼問好都有些困難的同事，姿態也變得柔軟客氣起來，甚至為對方盛裝熱湯吃食，我很清楚這只不過是暫時的風景，即使眾人牽起手對海洋或山谷吶喊不見不散，隨著太陽升起、假期結束，這些聲響如同無法播放的黑膠唱片再也聽不見旋律，也像一齣散場的新浪潮電影，細節與結局的真相藏在難以被記起的回憶岩縫。

黑暗裡，敷著白色面膜的幾個女生向手機彼端的情人通話，我則專心清潔帳篷內部，為火堆補充木柴枯枝，事實上連蘋果都發現我的手機很少響起，她說我使用的是大嬸方案，在超市的折扣時段打開計算機，跟每日睡眠計時的鬧鐘功能。

我不置可否回應，在報表檔案以外，私生活仍脫離不了數字的運算，也是某種形態的始終如一。固定的餐館、通勤路線、健身中心、休息時間，蘋果指著結婚多年的經理跟依偎在旁的妻子與家眷，示意我的作息和中年人毫無相異，再指向枕頭邊裝滿雙份黑輪和甜不辣的碗公，叫我女子漢。

女子漢，一個融合陰性與陽性意識的詞彙，如飛翔穿梭於性別疆界的跳傘員，因測量失誤，最終迫降於尚未開發的荒原。

確實，我是公司內唯一扛起鋁梯去換燈泡的女性，和男性組長各自推著一臺疊滿印刷品的貨推車也手腳麻利、毫不遲緩，至於電腦主機和抽屜縫隙偶爾竄出的蟑螂，拿出衛生紙單手一拍，跟其他人在網路購物商城拿出拍賣槌子下標項鍊洋裝般輕鬆且毫無負擔。

我只是不想活得那麼狡猾。

充滿雨水的季節裡，密集的報表檔案就像發霉的牆壁令人感到鬱悶喪氣，睏意像屢屢靠岸的海浪，規律拍打著疲憊的神經，在下一次呵欠來襲前，我伸出困惑又顫抖的食指，指向蘋果的社群頁面，詢問那些畫面為何總是跳出許多全新的演藝資訊、舞臺劇節目，連歌手尚未發行的單曲也能順利收聽。她走到我的電腦前，「卡通漫畫俱樂部、美食團購、臺北文昌宮點燈電子系統……」，以俏皮的語調刻意字正腔圓地唸出我常瀏覽的幾個粉絲團。

窗外突現的閃電與雷擊使蘋果反射性將身體靠近座位內側，空氣中充滿著一種水果般新鮮甜膩的香氣，我意識到這是自她臉頰或耳朵部位所飄散出的氣息。

在香氣瀰漫的幾秒鐘裡，我隱約感到自己似乎並不介意被洩漏私人嗜好，而她提醒我不要小看虛擬的網路世界，在雲端光纖以外，系統其實不停地記錄使用者的習慣。

就像搜集暗戀對象的個人檔案，她說。

那刻我恍然大悟，這是一個種瓜得瓜的程式系統，它已自動過濾個人毫無興趣的菜單，提供自己喜愛的佳餚；蘋果回到隔壁座位整理起她的長髮，不禁慶幸她沒再將滑鼠游標向下滑移，虛線以下的四個大字「月老銀行」，差點就從縫隙中流竄出來。

我並不是那種需要依靠神明指示人生去向的類型，對於月老銀行也始終把它當作凡爾賽玫瑰之類的動畫，誰叫他們總是以漫畫般的夢幻造型做為訪客首頁呢。雖然這個組織在街頭發放宣傳單，上面印有實體公司地址，媒體也不乏討論介紹，理應未與歛財詐騙勾結，但我始終以為在月老的笑臉後頭，肯定隱藏著謎樣的社交陷阱，那只是張虛假的面具，掛著月老、邱比特、維納斯……等等的暱稱，在虛擬的姻緣銀行裡，他們化身理財專員為曠男怨女服務，如同販售投資基金，將手邊的案件標的暗暗推向一知半解的顧客面前，而女神跟俊男尚未降臨，顧客的帳戶已被提領一空，留下無法兌現的愛情合約。

學生時期的交往對象，婚前在社群上傳的貓狗、美食、戀人的照片像被清潔隊或搬家公司一掃而空，換成懷抱嬰兒和對方家長切蛋糕的全家福，影像一旁則標明簡短的文字描述：「可喜可賀」，網頁下方有將近百人給予關注和讚的鼓勵，我則回應：「看來你們適合跟公婆一起住。」自此，我們就鮮少聯繫了。

業務組鑽研起女人最理想的結婚年齡，究竟該落在哪個歲數區間，她們搬出美國調查、英國研究、澳洲分析：最終還是回到臺灣輿論的原點，而我一邊按著遙控器看午間新聞，聽她們幾句不離買房、婆媳、懷胎三大話題，預備拿出抱枕，從這群近似雞鴨的鳴叫裡逃開，午休顯然是結束辦公室話題最好的方法，電燈熄滅，雙眼閉上，她們也安分地回到各自的小方格內老老實實待著，即便在關燈之後的寧靜裡，偶爾會傳來一陣密集的悶笑聲，我倒也不那麼在意。我總是將臉深深埋在印有卡通圖案的柔軟抱枕裡，那些聒噪的言語聽來便顯得模糊又遙遠，有時就像小丸子的心事一樣，幼稚與不可取。

公司的地下室，光線非常幽暗，無人使用的蒸飯箱是被遺棄的寵物，孤單地蜷縮在樓梯轉角，從日到夜默默感受香菸的煙霧氣息與伴隨菸事散開的八卦流言，有回我從櫥櫃搜索著拖把和水桶，準備替打翻咖啡的蘋果清潔善後。幾個男同事聳起雙肩，圍繞成群的發出笑聲，我聽見幾個年輕女員工的名字，他們似乎以通訊錄名單玩起「瘋狂二選一」的遊戲。

一陣渴意自乾燥的喉嚨深處傳開，我拿起拖把，逃難似的搭乘電梯往上層移動。地下室是充滿祕密的洞穴，在布滿灰塵的牆面，能挖掘出人的心思和心眼，平常隱蔽的悲哀或快樂，以及個人取向也在嬉鬧中過分輕易的流瀉出來。

跨年夜裡我獨自搭乘捷運去看煙火，列車上的隔壁座位持續到終點站都空蕩蕩的，情侶們寧可拉著手或搭肩靠攏，也不選擇坐在陌生人的旁邊。

廣場前擠滿販售消夜的攤販和席地而坐的市民，幾組家庭的嬉鬧聲跟食物的味道混合在一起，那些夾雜挨罵與歡笑的聲音，使我想起童年時期母親強迫自己吃下苦瓜、青椒等號稱健康的蔬菜；她從不給予心理建設的時間，命令表情痛苦的我趕緊將食物吞下，我只好想像它們滑過食道時轉換成別的味道與形狀，此後，也一直努力嘗試，去切斷名稱和恐懼感之間所有的可能連結。

關於切斷的故事，聽說在危急狀況下，蜥蜴或蚯蚓可憑藉切斷尾端來延續生命，牠們割捨身體某一部分的重要特徵，以生物的演化邏輯來說，似乎十分合情合理。是夜的夢境裡，母親化身斷尾蜥蜴從家屋逃出，我在黑夜裡撿拾起被遺棄原地的尾端，而那尾巴卻違反生長秩序和生物原理，遂自變長變大，映現出一張父親愁苦的臉。我掀開棉被自汗水裡甦醒，卻從鏡子內窺見自己哀戚的表情。事實上，母親留下的並非可怖的獸類尾巴，而是衣櫃內許多款式淑女的裙裝，那些我從不曾穿上身的裝扮，源自對她日日年年的思念。

再度光顧紅樓餐館，是和會計小姐、資訊人員一起，店內已不見飯麵滷味等中式菜點，強盜般外型的老闆隨店家招牌消失去向，同店址重新裝潢成便便體驗館，並非販售人類或貓狗等實體糞便，而是將焗烤、燴飯、義大利麵等餐食裝載在馬桶造型的容器內。我們坐在吧檯旁的位置，隨意點了份海鮮焗飯，上餐時才發現服務生穿著純白色的蓬裙，是個看上去未滿二十歲的年輕少女，她的雙頰也是粉紅色的，但那抹暈紅顯然是腮紅下手過重的結果，和蘋果截然不同。

離開吃大便餐館，不，便便體驗館時，會計小姐不停在我面前描述資訊人員的戀愛經驗，讚美他的單純與老實可靠，並以勸告夾帶些許威脅的口氣叫我不要活得那麼神祕，逞強的性格無法獲得任何好處，偶爾和大家打成一片不是也挺好的嗎。其實我對他並不是那麼反感，如果他能不把從鼻孔抽出來的手指直接塞入耳朵縫隙的話，至少可以介紹給我的表妹或者新來的另一位女同事。他們還可以一邊體驗大便餐點一邊約會。

這些話終究沒說出口，被逆流的胃酸吞噬，再度下滑回到體內的某個角落。

不久的以後，蘋果也離職了。

過年後，我前往烘爐地拜拜，向神明求發財金，在抽籤詩的籤筒旁發現她，問我租屋處的詳細地址，要寄婚禮邀請卡來。

雙人座位即使相交相連，也無法綑綁彼此的命運，終究是不交心的緣分。彷彿小學時期被隔壁同學以鉛筆畫下分隔線，你一邊，我一邊。

桌前的報表檔案仍如山丘般連綿不絕，在業務人員的喧譁聲裡，我打開月老銀行的社群網站，試圖搜尋像蘋果一樣散發粉紅色光芒的物件。她的打卡出勤表、員工餐廳剩餘的兌換卷、相約去過的咖啡店名片，都安靜地躺在我的抽屜裡層，如墳墓之中永不甦醒的睡眠，一個深深的黯淡的夢。

出差回國的經理帶來日本蛋糕卷，大家一窩蜂湧向門口迎接熱騰騰的手信，而我還留在座位，坐著搖晃的椅子，進行著不知終點與去向的旅程。

——原載二〇一四年十一月二十五日《自由時報》副刊

本文獲第十屆林榮三文學獎散文獎首獎

一九八五年生，交大材料所博士，現任研究職。曾獲林榮三文學獎、《聯合報》文學獎、教育部文藝創作獎。

冷熱體事

——

黃胤誠

立夏一過，氣溫驟升，緊接是止不住的漏水問題。

實驗室的冷氣年久，積勞成疾，老早失了調溫功用，噪音挾著漏水淅淅瀝瀝淋淋漓漓，漬水滲在牆上透在心底，浸著潤著有如積習，無奈並且難耐，夥同眾人拆開內機，只見時光積塵，一徑向源侵蝕的陳跡填溢，笑是黃河之水天上來，心緒也好似泥濘的下游時淤時漫。

旱澇並行的日子，大夥揣摩出一疏通法是仰飲那水：使著嘴巴的力氣，將排水管連同冷氣機內淤塞的髒汙吹出來——或吸或吐，嘗得滋味的人總不願多提，日子一久，疏濬的念頭便比老排水管還弛。後來是因實驗機台過熱頻頻故障，不得已才找指導教授商量，指導教授同意汰舊，只是換新還待經費著落。而期待無疑使人耐旱，等待汰換的念頭等過了炎夏，等過秋冬，等到眾人淡忘，等到氣溫喚著記憶回升，等到水患又挾著情緒暴漲。

冷氣報廢那天從系館至回收場的路上滿是汙痕，沿途的拖磨、傾軋，時間的腐味，浮浮然如臨溝淘洗的雞腸子，童年的殺雞印象，幼時我詫異那小小肚腹的藏汙納垢，問長輩氣味何來，他們只道溝裡的魚嗜吃糞便。

當時我疑惑溝裡何以有魚，現在的我毫不懷疑冷氣機內的藏汙納垢皆是平常呼息。

●

新冷氣裝修那天適逢學校畢業典禮，上午八點來校，整條大學路攤販滿溢，夾道慶祝的旗幟與鮮花也像氾濫，而我已對氾濫疲軟。大學畢業典禮辦理的時程總是早過真正的畢業考，這排場對研究生並無實質意義，只稱對熱鬧有說不上來的厭倦。

抵達實驗室發現數架鋁梯已搭在門前，冷氣行老闆站在梯上，頭沒在天花板裡。明明是約九點的，我懷著複雜情緒上前開門，聽聞我呼聲，老闆忙從鋁梯下來，嚷著：「同學你來啦不好意思星期六還要你來學校……」

我赧笑著，沒多搭話。我與冷氣老闆算老交情了，這要歸因系館初建冷氣承包商行事草率，六年來系館冷氣不知修過幾回，問題如出一轍，想老闆修得慣常，幾次問他是否願意擔任系館冷氣維修特約，他總擺了擺手，轉身又蹲回他的工作裡，迴避姿態如此生硬，某方面我跟老闆可能是同類人：謹慎卻也容易心焦，熱心工作，對人則有點兒彆扭。

冷氣裝修是勞力事，維修內機事小，幾樣零件檢查即知端倪，具危險性是外機，跨梁做工是常有的事。老闆工作總是親為，身旁跟著幾名外勞，像協助也像見習，一種純粹勞力的需求：聽話、實幹、身手矯健——常看他們抽了一根麻繩束在腰上，便手腳利索地爬出窗外。

攬著天光與地氣，我常想那乾黑枯瘦的身形想必是曬出來的，或者，是陽光把他們熨成了同一種人，這認知十分粗糙，一如他們被賦予的工具性，一如我只通稱他們外勞，沒能認識各人的性格與國籍。

而這些年來外勞面目屢見更迭，不知是這工作危險性太高抑或老闆使喚的音量太難忍受，烈日挾著酸雨，羞辱斥責有之。老闆求好的性格使他標準極高且吝於下放，行且多勞，也造就了他的多疑敏感，旁觀老闆的行事作風我只感到分工之累，不完全交付的信任總像監督，總也生著氣焰。

然而熱浪一退，老闆態度又是那麼和氣平緩。

難耐的溫差，僱傭與要求，專業與金錢的梯度關係。

而這看季節臉色的工作是那麼理所當然地隨溫度興旺，冷縮熱脹的工作量與經營處境。想他們鎮日與冷氣機為伍，冷氣帶來的靜涼感對他們而言是那麼稀罕，甚至只代表完工的意義。

看他們焊管牽線忙進忙出，我只旱渴地杵在一旁掛念未完的論文，一個字兩個字地泌著汗，體膚的薄沁感，老闆工作只著一條棉衫，反覆搓洗乃至破損、沉濁，透汗的絲質可見。這歲月洗曬的白薄棉衫，爸也穿著的，高中前我同樣穿這內裡，是大學住宿後自覺獨異才替換，淘汰的舊衫充當抹布，意外地實用。此等體膚衣物是小處，只是這小處總也平實標誌了什麼，教人隱隱歸類其異同。

想起上回修完冷氣，館舍技工發現儲藏室的榔頭與螺絲起子缺了幾支，埋怨大概是冷氣老闆順手錯拿回去，冷嘲熱諷一陣，嘴上說罷了，表情卻是鄙夷。

那席話也沁著我，畢竟是我介紹冷氣老闆給技工認識。

感溫生活，孰高孰低，物理說法是各人受熱後的膨脹係數不同，如何緊密的生活隨溫度消長，時間一久，相逢處總也生了隙罅，緊接是止不住的漏水問題。

後來我在隔壁實驗桌上發現零散的工具，向技工解釋是同學們疏忽忘記歸位，技工聞言，似又不以為意。

一道壁癌滋殖的牆。此後我與技工相處也生了隔閡，即使別人眼中的他是那麼安分負責，一如冷氣老闆做事認真，對待員工的態度卻是那麼嚴苛。

不同以往陣仗，老闆此次帶的人手極少：兩個新面孔外勞以及一名少年。少年十來歲年紀，膚色白皙，簡單恤衫黑框眼鏡，不做粗工打扮也不似學徒氣質，但看他使工具的模樣知他底子厚，唯舉措尚存一份恣意，也許正是如此，老闆將他拴得緊，岸濤般催來喚去，少年聞浪只是靜，心緒彷彿退到了海天遼遠的邊上，情態如風，細波如鱗。

我懷著親近的心情想同他說上幾句，但少年察覺我靠近，瞟我一眼，即漂走了。這溫差也像隔闋。但想抵達實驗室後我的一舉一動他皆盡覷，或我才是被觀察的人。不知如何是好我只站在原地，勉強擠了笑問要不要幫忙，少年才終於正眼看我。

「你是博士生吧？」他漫不經心地問。

突來地喉頭乾澀，我點了點頭，關於這問句背後的可能看待我已太過清楚，本能的抗拒感，長處體制裡，我已對這環境與身分充滿了疲倦與失望。少年似察覺了我的冷卻，一晌無話，話題再啟難掩刻意，他談及實驗室迎門處的魚缸。

「你們為什麼在實驗室養魚？」

我看向那缸從我入學就在的懨懨的魚，千頭萬緒浮沉無依，只囁嚅答了：「門面吧。美觀，招財。」語畢才覺表淺茫然無以澄清，我才好像有點理解那些魚，理解觀賞養殖一如那些庸常問句：讀博士喔幾年級幾時畢業以後怎麼打算……虛懸，實在，難遣的漏水問題，想起去年暑假回家衣服還沒換下即被爸喚去幫忙油漆頂樓。

那時爸也問什麼時候能畢業呢？想想又過了一年。

無分晴雨室內室外的漏水問題似成了常態，家屋老舊，逢雨就漏，頂樓漆漆補補地一塊白一塊綠，怎麼也遮不住底層的水泥灰。去年新上的防水漆是希臘白，確實是一提及希臘就能聯想的那種白，可惜背景不是蔚藍的海，洗塵即花去我們整個上午，而後復上底漆，反覆堆疊至漆從透明漸生潤澤，油漆工作持續了數天，曬傷的皮膚則像防水漆一層層褪到了換季。

為了管線牽連方便，新冷氣內機就安裝在實驗室進門處、魚缸的上方。少年提醒我：冷氣這般直吹魚缸魚會死的。我愣了愣，只漠然想魚缸有保溫棒，那些魚能在自我空間活得很好——牠們向來是吃自己糞便長大的——完全地自足，我忽然有點羨慕。

牠們能否嗅覺自己呢，觀賞養殖及其將被取代的位置。

新駐的冷氣機。

甫報廢的冷氣外機原本安裝於系館頂樓，只是連年陽光曝曬，裸露的管線已成隱憂，獲悉新冷氣外機又將放在同樣位置，遂起意與老闆討論移裝他處的可能性，然而口頭的調度總是容易，考量水電牽連與日照方位，空間利用的剩餘價值，只感疏漏之隙猝不及防，安身之隙周折難覓。

難辨是空間或心理上的，談論位置總也伴隨了自知與索求，關於新的進駐，我不禁暗忖這門面內外的適溫與安排有多少私心，討論許久，末了我們決定將冷氣外機以支架固定在四、五樓交界的磚牆，那是方圓十尺內唯一實心並且背陽的牆面——實心並且背陽，乍聽真像某種堅定意志，即使明白實際上只是夾縫與妥協。而如何將冷氣外機垂放至那交界處尤其棘手：四、五樓交界處並無立足之地，當冷氣外機從頂樓垂降下來時，需要一個人吊在五樓外牆接應。

五人左右環視，靜默。許久，少年率先出聲。

老闆聽了，二話不說解了腰上麻繩拋向少年。

我詫異少年的自發，更詫異老闆的平靜，詫異事必親為的老闆怎會把工作拋了出去，我以為他腰上的繩索從不會卸下。

沉默在少年腰際打了一個又一個繁複的結，難抑的懸心感，當少年從五樓窗臺跨出去，我的後悔縛得更緊了。將冷氣移位是我的提議。心似針炙的沙灘，明明不懸吊在外我仍感立足艱難，只一併抽了麻繩跟在外勞身後，以同樣繁複的綑綁方式吊起待置的冷氣外機。如果外施之力終要反饋己身，如果與人齊力能夠平抑我的忐忑。

頂著烈日，冷氣機在老闆指令聲中從頂樓緩緩垂降，想像那重量繫於腰際，懸於高處的拉扯感，我看見少年張開了雙臂，準備擔負的姿態是那麼坦然包容。彷彿佇足海天遼遠的邊上，他晃著、蕩著，屏息如浮舟，起落在繫放間，麻繩勒得我掌心辣疼，也想出一份力的念頭，當我真正緊握，只顯得稚拙而薄弱。

那承擔並非出於表現，亦不同我總想填償什麼的心理。

縛以同樣的方式起手，一口氣緊緊揪著，溺水般地沉重，意志的沙攥在手裡、心底，積聚而細瑣。在老闆的指令聲中，少年穩穩接住冷氣機了，載物的舟倏沉，繼湧而上的熱難辨是淚或汗，深深的窒息感，正當力拔的情勢，我才發覺炙掌的疼痛已使我力竭，恐懼與無助緩緩從我麻痺的手指漫了上來……霎時間老闆搆著窗整個人前傾了出去，奮力伸長了雙手，緊緊抱住少年的腰。

夏日的風那麼懾人。

似是察覺我的心思，也那麼像是解釋，後來老闆抹著大汗說：「想說星期六不用去學校，就叫他來幫忙啦。」眼神流露難得的溫煦。

中午問他們四個便當好嗎，老闆只客氣道老闆娘會送來，已經在路上。

午後他們將拆封的紙箱攤平，隨意在走廊席地、靠著牆平靜閉目。請他們進研究室稍息，他們只稱自己渾身汗垢，怕髒了室內桌椅，執意不肯進來。

完工已然近晚，遍地清掃過的痕跡，老闆將遙控器與保證書交給我便匆匆離去。再進入實驗室，索然的涼意，索然的魚依然安於牠們的恆溫，彷彿變動不曾來過。我刻意調低了溫度。隨著扇葉擺動，新機獨有的塑膠味混著空間殘餘的汗酸，長久積鬱全隨新設的排水管線緩緩嘔了出來——旱潟時也曾想過將排水管直接引入魚缸——排水與源流，時間的腐味，身畔的魚依然無知優游，理解其奢侈，想起那個少年，不知道今年夏天頂樓的漆還要不要補強，我起意打了通電話回家。

——原載二〇一四年十一月二十六日《自由時報》副刊

本文獲第十屆林榮三文學獎散文獎二獎

我的理髮師父親

姚秀山

一九八二年生。命中缺木，父母賜名蔡琳森。中文系畢業後，輾轉游離各種行業，現從事出版工作。

這輩子，第一個替我理髮的人，是我父親。

他十一歲輟學，投靠從事理髮的舅舅，在彰化臺糖附設理髮廳學徒。學徒，每天掃地、清洗毛巾、磨剃刀、替人洗頭擦髮，沒做好，頭上一個響栗。

父親說，自己學徒那家店好，夠安穩，安穩就是好。它有固定客源，臺糖員工與員工眷屬那時輪班入來修理門面，夠他們店裡整日忙活了。一間店，七個師傅，七隻剃頭椅，十幾把剃頭刀。學徒會得到一把師傅汰棄的舊剃刀。它上了年紀，世故冷靜，但本性剛烈。溫柔細膩，但充滿危險。父親說，日本製的，米色塑膠握柄。它是隻身一人、離鄉打拚的父親最美的初戀情人。一得空閒，父親就讓情人舔嘗自己的膝蓋頭。父親的膝骨是突的，像兩座執拗堅篤的山丘，刀鋒走山坳，走出一條一條血路，傷了，改走另一座山頭，傷口數日就會癒合。刀拿穩了，開始替自己修面。更穩了，開始替顧客修面。

剃刀會咬人，也會調教他輕狂不定的手。理髮師傅的手是刀刻塑出來的。剃刀是主子，手是奴隸。父親不懂黑格爾，也沒聽過黑格爾，但他知道，他得當自己的主子。他知道，拿得了這把刀，吃得了一世飯。剃刀的刀柄要以拇指與小指掐撚，要夾得夠輕、夠緊，刀才會安穩，安穩對刀口上吃飯的人來說最要緊。另外三隻指頭要離得遠遠的，好替刀開路，讓刀走斜鋒，雙指間的軋草機呈四十五度角，拿刀的人得耐心看管它，像凝視一扇半掩的門。像獨自守住一個祕密，一個欲蓋彌彰的祕密。

推剪，他們管叫手推子。手推子要以四隻手指與拇指的指腹協力壓制，手得逼迫自己成為森嚴的法西斯，拇指得堅貞不移，以免動搖。剪子就相反，拿剪子上工，拇指搖身一變，成為革命游擊隊首領，靈敏是速度和節奏的要訣。

小學時，替我理髮的人，是我父親。

男同學有齊瀏海，有中分頭，有旁分蓋耳，我是三分髮針貼頭皮，被取笑了，覺得難堪，回家便向母親說情，父親聽見了，儼然表示沒得商量，短髮清爽，安穩，短髮夠乾淨，那是正經的模樣。父親理髮的作業時間比誰都長，他專注細部修飾，其他師傅不是這樣。父親撿髮尾的時候，幾乎會把自己的臉湊到我後腦勺上，我能感覺他的目光匯聚在我後頸上方，我能聽見他凝屏呼吸壓抑的力道，我能聞到他間斷弛緩吐氣的氣味。他說，你乖，你別亂動。他說，你得有些耐心。他說，就快好。按捺不住，頭上就挨一個響栗。

他說，彼當年他學徒。整整三年半，天天豆菜配飯，臺糖福利社一天伙食才五塊錢，供三頓餐，便宜。店家供宿，不支薪。只有年前，老闆派紅包給眾員工壓歲，學徒得六十塊錢，加上一件卡其襯衫。他會穿上不合身但嶄新的襯衫獨自進戲院，鎮日看日本電影，然後返家過年。

三年半出師，他穿上理髮師傅的白大褂，月薪四百二十元。彼當年，一碗陽春麵才兩塊。他說，自己的第一個客人是個孩子，也才你這般大。

然後入伍當兵，從軍兩年，待軍中的理髮部，替老芋仔軍官剪髮還有榮譽假。退伍，父親返回彰化頭社張厝老家開自己的店，三坪店面兩張椅，理髮、修面、刮鬍子加洗頭，一共才收八塊錢。莊跤人儉省，理髮的間隔長，頻率低，才四個月，父親就把店收了，接著受僱蘭州街的一間家庭理髮店，月薪五百塊錢。兩年後換東家，店面在雙連，再兩年，民國五十八年，他才敢去迪化街的大型理髮廳蹲，同樣供宿，薪水三千元，店面就在永樂市場旁，生意好，一間店養十三個師傅，十三隻椅，上工得按排序，輪班按順位，得要會巴結，會看人臉色。父親說，一待就是五年半。

中學時代，替我理髮的人，是我母親。

母親效率快，髮型可磋商。父親只能站在一旁，抱臂監督，以家父長與老師傅的倨傲姿態，從技術與道德層面下指導棋，同時遮掩自己被嫌棄的快悒。

一樣是理髮師傅，父親講來講去都是他那些工具，母親的故事是人情。父親是輪廓，母親是細節。父親是髮叢面前一張臉，母親是表情。

母親說，她本來蹲的店在松江路文主公廟那兒，就在康寧大廈旁的巷弄裡，後來轉去廈門街，不久，老闆將店頂出去，父親正好是新頭家。母親本想離開，但父親恰巧是同鄉，母親的姑婆嫁給父親的伯父，兩家又是姻親。此前，父親還曾跟母親的大姐相過親，婚事沒成，倒成了情面。人情壓力讓她留了下來。幾次收工，這位同鄉頭家兼姻親會約她一起看電影，她都藉故拒絕。我問母親為什麼拒絕？母親說，我不想嫁給理髮的。

我不知道，後來父親、母親為何還是在一起。後來他們結婚，在文昌街以二十萬頂下一間店。我問母親，哪來二十五萬？母親說，去跟會。新店面，房租每月九千，店面加倚家共十三坪，店後頭是菜市場，有人潮，還請了八個員工，擺上八隻椅。兩年多，厝主欲將房租漲足三萬元，他們才結束營業。

母親說，我就是在文昌街這間店裡懷上了你，你是在這間店彼陣落塗的。積蓄不增，一切都得從頭來過，「從頭來過」對他們來說有兩個意思，他們夫妻輾轉流徙到蘆洲，開了婚後第二間店。

我是在這間店長大的。小時候，我記得拉哩歐裡卡式唱帶的日本演歌，搭上電推剪哇哇叫喊個不停，但母親說我記錯了，她說，那是我長大以後的事，電推剪吃電，電多貴啊，你小時候我們罕用。

小時候，我記得店面的地磚，黑白分明，像極父親的倫理觀，非黑即白，清清楚楚的二元論，對的，錯的，沒有灰色地帶。他說自己不菸不酒，不賭不嫖，那是對的。黑白拼色磨石地磚，像極長大之後看的電影《春光乍洩》，張國榮演的何寶榮跟他異國的戀人在布宜諾斯艾利斯的舞廳Bar Sur黑白地磚上大跳旖旎的探戈舞步，但我家的店裡沒印象誰跳了舞，父親、母親的腰板子僵挺，兩雙腳慣性久久凝然佇立，不換不移，腿肚摸上去像洗衣板。他們的身軀不靈敏，他們生來是用手指頭仔跳舞的那款人。

小時候，我記得自己家跟同學家不同。我家門前掛了一隻轉不停的燈筒。我常發獃望著它旋啊旋，我跟自己說，紅色最美，我是旋轉的紅色，母親是白色，哥哥是藍色。父親沒有顏色。

小時候，我記得自己問父親，你為什麼是理髮師？為什麼世上會有理髮師？他說，他們的祖師爺是八仙裡的呂洞賓。他說，明朝皇帝朱洪武癩痢頭，誰替他剃頭他都不滿意，剃髮師一個一個被殺，祖師爺呂洞賓為免無辜濫殺，遂化身理髮師，替朱洪武剃頭。所以，理髮師的技術最重要，技術好，什麼都安穩。小時候，父親在我心中就像布袋戲裡的呂洞賓。呂洞賓手持拂塵，肩背寶劍，父親的拂塵幻化為刮鬍刷，寶劍演變成髮剪。但呂洞賓無法解釋三色燈筒，念書之後才知道，那是為了紀念二戰時期一位愛國的法籍理髮師。

從小，家裡有另一套語言在流轉，在來來去去的師傅間的流轉，像洗頭槽的水，開開闔闔。那是理髮同業之間的黑話，讓顧客聽得見、聽不懂的切口。「掐蕊」意指「固定的客人」，「落容」意指

「修面」，「落頷容」意指「刮鬍子」，「採井」意指「清耳垢」，「醜路挲」意指「奧客」，「卡仔」意為「錢」，「落塌卡仔」即師傅之間詢問該收「多少錢」……

母親說，你出生那時，蘆洲猶原是莊跤所在，店面加徛家攏總二十八坪，月租只七千，生活開銷低。一切都好，就差沒生意。一間店，兩隻椅，沒有其他員工，就我的父親加母親。母親說，開始，店裡除了兩張理髮轉椅，只有一份日報，其他什麼都沒有。客人不上門，夫妻每天開店就燒錢。母親接了家庭手工，沒客人就在店裡做塑膠花，一天才能折滿一公斤，賺一百塊；或是釘雨傘釦，一臺釘釦機，弄到滿手傷，做到夜深，熬夜忙活也才湊足四十塊。沒收入，連長途電話也不敢打，房裡頭，夫妻擠一張單人鐵床架，鋪草蓆。外公北上探女，替甫出生的我算命，他說，這孩子命帶財庫，別操煩，生意會有起色。後來果不其然，除了一份日報，他們又添購一臺二手拉哩歐，再來店面裝潢，用的是便宜的夾板牆，花六萬，再來又買電視機，再買電扇，最後裝一臺二手冷氣機。燠夏，店裡不燒燜、不無聊，客人才進得來、等得住。母親說，彼當年蘆洲還沒鋪電話線路，店裡有電話是很久以後的事。

●

大學時代住校，終於得以脫離家裡森嚴的髮禁，我刻意好久不返家，從升大學的暑假算起，耗時一年半，將一頭長捲髮攢存到腰際，加入吉他社團，吉他彈得不怎樣，至少模樣看起來頗Queen。過年回家，父親慍色難抑，不顧場面大聲斥責，他說，那一整頭看起來親像脚仔仙，不受教。

當年，我熱戀油漬搖滾，精神原鄉遠在西雅圖，靈魂父親是卡特．柯本，我心想，自己也只願活到二十七，隨時都可以拿把獵槍轟掉自己腦袋，頭髮當然不必剪、不必整理。父親有個多年老顧客是于右任的學生，賜字給父親，父親將墨寶掛上店頭牆面，一掛二十年，左聯「免禮脫帽進來」，右聯「打扮從頭做起」。他說，你變鬼變怪，這種變法（變「髮」？），恁爸看袂落去，我是做剃頭的，你是我後生，我的人客看到怎麼想。

後來索性不回家，穩定最好。

時代在變。舊的從前都是新，每次，父親還是說他舊的那一套。他說，以前理髮廳都用搪瓷缸煮毛巾，沒什麼毛巾保溫箱。以前的剃頭椅不懂轉向，只有靠背能躺能立，硬挺挺，不亢不卑。

替顧客吹髮，用的是鐵皮熱風吹風機，那時還沒有冷風塑膠皮、出風分段數，一切靠技術。那時更沒有康禮士牌刮鬍膏，刮鬍膏得用肥皂慢慢打成泡，手腕得快轉巧勁，肥皂泡才會細緻又綿密。替顧客披領巾，綁圍布，在客人嘴上敷蓋一條溫熱溼毛巾，修剃臉部各處，得適應不同角度，運走各式刀法，順行、逆行、正刀、反刀、立刀。客人躺平就睡，一睡也才十分鐘過去，醒來時，神清氣爽，像足足睡飽了十個鐘頭，舒服如同一宿眠夢雲絮裡。替客人洗頭，當年哪有什麼洗髮精，用的都是水晶肥皂、南僑肥皂，洗頭有前俯衝洗，有後仰抹洗，端看剪髮程式與需要適時作判斷。指抓手路與頭部按摩的運用也複雜，推、抓、按、振動、交叉、叩打、揉搓，手指的力量運用和泡沫控制裡也看得到技術，髮面油脂要洗盡，頭髮吹起來型才會挺，頭皮也不能洗太乾，否則像扒去一層皮。白髮染黑髮，兩種藥劑要下對劑量，得看準人客的髮質，抓準它吃色的效能。各種拿捏之道，靠的是經驗。

大學畢業後，當兵退伍，出社會，替我理髮的人，是外面髮廊的設計師。一個旋轉門過去，時代變了，歐美與日系新式髮廊開始大量進駐島國，所謂家庭式的理髮廳日趨沒落，轉眼就要被時代淘棄。年輕人在裝潢富麗的美髮店、美髮沙龍捨棄了他們的頭髮，在此之前老早已經捨棄了我的父母。我記得，我家曾是蘆洲生意最好的理髮廳之一。從前要出門，得穿越客滿為患的廳堂。那些人客或站或坐，擠在店內，一扇厚重的玻璃推門是家的盡頭，上面就紅漆寫了「家庭理髮」，盡頭之內一片烘熱，有人會議論政治，有人滿嘴談論自己孩子，有人談景氣說生意，那些叔叔伯伯會像父親、母親問我多大歲數、問我多高、問我成績，有時會從客廳闖入內室尋便所，從走廊經過我的房間，侵占我的私領域。這些外人落髮尖銳如針，找上我的衣服，找上我的手掌，刺入肉裡，否則就像鋪爬客廳地板的黑毛氈。有天我發現，反反覆覆滿地掃不盡的落髮終於結束了。返家見到父親乾晾著剃頭椅，坐在電視前看政論節目，罵政府。我還記得，那是家裡汰換過的第四臺電視機。第一臺黑白電視機在小總統死後沒多久壞了，李登輝上臺後是彩色的。

時代變了。母親最後學會的是打薄剪和電捲棒。我想跟父親說，時代變了，他沒跟上時代。變了的世界很新穎，很豐滿，很精采。與復古油頭結合的英倫龐克頭，日系傑尼斯款的長髮或厚瀏海，歐美雅痞式龐畢度頭，韓系的男士經典復古鮑伯頭。捲髮拉直的離子燙，解構頭髮纖維的玉米鬚燙，蓬鬆立體的空氣燙。歐美曾經風行的挑染，會讓髮量看起來更深厚的片染，女明星引起風潮的豔彩粉筆染。這些，父親全都沒跟上。

父親沒跟上的，很多。父親沒跟上科學研究，他剪了五十年頭髮，不明白頭髮是角質，鹽鍵和氫鍵造就頭髮的強度和彈性。他不知道，頭髮其實也是皮膚，他的手因為碰太多洗髮精與染髮劑而潰爛。他好議論時政，但沒跟上他活過的時代，他不懂歷史，不清楚自己在史冊中無法尋獲攸關自己的寥寥數行。他過著那種在幾枚銅板間攪和的生活，他毫不轉圜仇視指派給他的敵人，與自己的孩子共處時，見證自己脆弱的權威隨歲月悄悄崩毀，滿口他的孩子不願聽的話，聽不懂他的孩子說的話。

父親書念到五年級，錯過了許多。他識字不多，從前總愛拿報紙找我問字，問這個字怎麼念，問那個字什麼意思。大學時，我讀廢名寫〈理髮師〉，「匠人手下的剃刀／想起人類的理解／畫得許多痕跡。」，又讀瘂弦寫〈三色柱下〉，「總是這樣的刈麥節／總是如此豐產的無穗的黑麥／總是於煙士披裏純的土壤之上／收割，收割／南方的小徑通向耳朵」。原來不文的父親是個匠，瀕臨詩意的匠。我曾經有股衝動想跟父親這麼說。那次返家，走到家門，玻璃店面裡一個客人也沒有。父親開著電視，坐在理髮椅上打盹，我仰頭看見門口那只老舊燈筒，兀自轉個不停。

——原載二〇一四年十二月十二日《中華日報》副刊

本文獲第二十七屆梁實秋文學獎散文創作類評審獎

父親的歌——徐國能

一九七三年生於臺北市，東海大學中文系畢業，臺灣師大國文博士，現任教於臺灣師大國文系。曾獲國內文學獎多項，著有散文集《第九味》、《煮字為藥》、《綠櫻桃》、《詩人不在，去抽菸了》、《寫在課本留白處》等；童書《字從那裡來》、《文字魔法師》。

1.

沈從文《邊城》裡對湘西民間歌唱的描寫很生動，原來那些山涯水邊的人，都是天生的歌唱家。一九五三年香港將這部小說搬上銀幕，片名就叫《翠翠》，由初入影壇的林黛飾演女主角翠翠，電影中的主題曲〈熱烘烘的太陽〉是這麼唱的：「熱烘烘的太陽，望上爬唷、望上爬，爬上了白塔，照進我們的家。我們家裡人兩個呀，爺爺愛我，我愛他呀！」父親做泥水、做木工心情好時，也會哼起這條歌，也許歌詞中「燒茶」、「擺渡」這些意象，就是他舊日的故鄉印象吧！

從小父親就和我說，他是生長在洞庭湖畔的，我知道他十三歲就離家投軍，半生戎馬，一直到老才有機會返鄉。兒時偶然也聽著父親用他帶有鄉音的國語唱著早已不流行的老歌：「淡淡的三月天，杜鵑花開在山坡上；杜鵑花開在小溪畔，多美麗啊～像村家的小姑娘、像村家的小姑娘……」

他說這歌叫〈杜鵑花〉。

杜鵑花我看過，春天時。臺北市到處都開滿了這種花朵，紫紅、純白、淡粉，盛開時春光是最明媚的；可是父親的歌不是詠歎春天之好，那朵杜鵑花是「遙向著烽火的天邊」，是啊，中國的近代史記載的是多少戰火焚燒著中華大地，多少流離失所的苦難歲月，多少人青春的夢碎與無盡鄉愁。

〈杜鵑花〉這首歌是民國三十年時，大學生方健鵬（筆名：蕪軍）的短詩，那時他將詩作寄給臺灣籍的作曲家黃友棣，黃友棣先生對詩中描述大時代的情感非常欣賞，便為此詩譜曲成為流傳甚廣的愛國抗戰名曲，歌曲中描述了戰爭毀壞了平凡人原本幸福的生命，也寫出了對抗戰勝利殷深的盼望。

戰爭是什麼我們這一代從不清楚，兒時在王鼎鈞、張拓蕪、田原、王藍這些老作家歷歷如繪的筆下看見了一些陰影。傷亡、饑饉、逃難、躲轟炸這些意象，對我們而言是遙遠的文學或電影題材，但至今還活存在父母輩的記憶中。他們終生節儉，很可能是因為曾經在烽火中飽受物資匱缺之苦；他們對黃金、美鈔有一種特別的感情，那不是貪財，而是「逃難時可以換一張船票」的安全感。有時我看到臺北的杜鵑花，不免想起父母輩和苦難中國共度的一生；有時在校園中，看到學生浪漫地將落下的杜鵑花排成愛心型，便不禁想到這闋也激勵過一代年輕人的歌曲。

算來將近七十多年過去了，烽火已熄，歷經戰火的飛機大砲都成為展覽的骨董了，許多當年的戰士都已白髮蒼蒼，有些甚至已長眠於杜鵑的花季中了。幸父親仍然硬朗，偶爾還能哼起這少年時在軍中學會的歌曲。歲月悠悠，在這輕盈的旋律中，我想當年那一叢烽火下的杜鵑花，也許仍然開在山坡上小溪旁，迎風搖曳，而這是犧牲了多少人的青春、幸福，甚至是生命所換來的和平歲月，我們又怎能不對此而嘆呢！

2.

父親在中年時信了基督教，還頗為虔誠，清晨起來會念一段《聖經》，每個周日都去教堂聚會禮拜，甚至還會要求我們大家一起去，對於想要在星期天多睡幾十分鐘的我來說實在是很痛苦的事。

教會裡除了禱告見證，唱詩歌也是重要的活動，我還記得有時晚上出門，父親騎著老舊的腳踏車載著我，一面配合著齒輪嘎嘎的聲響，他便一面有韻地唱起：「向前走呀努力向前走，前進莫退後。手扶著犁向後看的人，不能進神國……」詩歌的旋律很簡單，他唱兩遍我也記熟了，但歌詞是什麼意思我卻感到茫然。「扶犁」這件事在現代社會已經消失了，從沒下過田的孩子很難想像那是什麼情況，而我本以為天國之門是為眾生大開的，為什麼「手扶著犁向後看的人，不能進神國」呢？這些年才明白，原來「扶犁」要保持向前的專注，倘若一面扶犁還一面左顧右盼，那麼所耕種出來的壟畝必然歪斜不正，因此這首歌是要信眾保持勇往直前、義無反顧的求道之心吧！

稍稍長大後，我發現和父親一起聚會的教友，大多是社會裡貧寒的一群苦力，有些在夜市擺地攤、有些是從事疊磚敷泥的工人、有些開計程車、有些則是以裁縫維生的寡婦，每個人身後都拖著一大家子，辛苦地在社會最底層勉力前進。我不知他們信教的目的為何，但我想宗教裡講的天國、講的救贖，對他們而言可能是勞苦生命裡唯一的光與愛吧，在那樣清貧的年歲裡，除了一步一步向前走，沒有別的選擇；而能在人生最後，看見天國之門為他而開：「凡勞苦擔重擔的人可以到我這裡來，我就使你們得安息」（〈馬太福音〉十一章二十八節），那應該是終於可以含淚微笑的時刻了。

我想我的父親也是如此，微薄的退休俸無法養家，他騎著老舊的腳踏車載著扶梯、水桶等一大堆工具去遙遠的地方為別人修房子，將磚頭一塊一塊挑到樓頂，揮動油漆刷塗飾每一面破舊的牆，辛苦攢得的錢連在路邊買個饅頭吃都要猶豫再三，「向前走呀努力向前走，前進莫退後」其實就是他的寫照，人生裡只有勞苦的重擔，哪裡有退路呢？現在的我已擁有非常多了，不再憂愁吃穿，有時甚至還能得到些許別人的敬重，這些或屬上帝的憐憫，或者應該是上一代遺留給我的德惠，他們辛苦犁過的田，如今長成了我們這片金黃的稻穗。

我現在也常騎著腳踏車，匆匆趕路或悠哉漫遊，偶爾我會想起兒時坐在父親腳踏車後面聽到的歌聲：「向前走呀努力向前走，前進莫退後。手扶著犁向後看的人，不能進神國」，隨著那齒輪的旋轉慢慢前進；這些時刻，我總會盼望那些社會上勞苦擔重擔的人，真的能在慈愛的光裡，卸下那塵世所有的辛苦與憂患，在清涼的水邊暫時安歇。

3.

父親七十歲以後竟也迷上了流行歌，散步時將姐姐的錄音帶式的隨身聽放在口袋，耳機掛在耳中，邊走邊唱，非常能自得其樂。那時他特別喜歡香港歌星羅文的〈塵緣〉：

塵緣如夢　幾番起伏總不平
到如今都成煙雲
情也成空　宛如揮手袖底風
幽幽一縷香飄在深深舊夢中
繁花落盡　一身憔悴在風裡
回頭時無晴也無雨
明月小樓　孤獨無人訴情衷
人間有我殘夢未醒
漫漫長路起伏不能由我
人海漂泊嘗盡人情淡泊
熱情熱心換冷淡冷漠
任多少深情獨向寂寞
人隨風過　自在花開花又落
不管世間滄桑如何

一城風絮　滿腹相思都沉默
只有桂花香暗飄過

這是羅文八〇年代的作品，旋律悠揚，詞也寫得相當好，古雅之中蘊含著現代的風味。這首歌之所以能引起父親的共鳴，我想特別是其「漫漫長路起伏不能由我，人海漂泊嘗盡人情淡泊。熱情熱心換冷淡冷漠，任多少深情獨向寂寞」這幾句歌詞的感慨吧。那個戰亂、流離與貧困的年代，誰能左右自己的命運，而一生漂泊在外，人情的冷暖應該也嘗了不少吧。

記得兒時有一位跟著父親做粗工的工人，大家都喚他老黎（也許是老李），他不識字，也不太會說話，總是打著赤腳。過年時還會來拜年，有時硬要塞給我一個紅包，裡面只有幾十元，父親總會把錢掏出來硬是塞還給他，因為這個無家之人其實是相當貧困的。父親有一些老友偶爾會登門拜訪，他們會帶一紙盒的雞蛋當伴手禮，大概是嫌白色不吉利，雞蛋上面還鋪著一張紅紙。他們多會在我家吃一頓飯，喝兩杯酒。這些老戰友除了敘舊，常常是來借錢的。有時母親還會送他們一些舊衣，我知道要將縮衣節食省下來的幾千塊借給這些並無能力償還的人，其實是很掙扎的，但父親大多都會請母親多少拿一些錢出來，他們大都含淚道別，要我好好念書，孝順父母，行出門外就再也不會出現了。

世上許多人被貧窮所折磨，受人冷眼與譏嘲，在社會中默默生，默默死。他們飽嘗炎涼的悲歡愛恨，掙扎地成為一個莊嚴生命的過程，似乎都沒有受到任何的在意與理解。我的家庭或曾接待過這些生命，或也曾受到這些生命的款待，也許這種流落他鄉的互助，是父親他們那個時代僅有的真情，可除了他們，社會上誰又看得起父親這樣，一介退伍老兵，一個滿身泥灰的工人，或是一個鬢髮已白，為人看大門的管理伯伯呢？

人情冷暖，衷情無訴；花開花落，世間滄桑。記憶是舊日僅存的暗香，時光流去了這一代人的辛酸，也帶走我的童年。經常我想到這些面孔，那人子襤褸獨行的路途，是何等崎嶇；經常我想到父親所唱的歌謠，他隨著耳機裡的音樂哼唱這首歌，但他聽不見自己走調的歌聲，其實是充滿嗚咽。

——原載二〇一四年十二月十四日《聯合報》副刊

附錄

一〇三年年度散文紀事

杜秀卿

一月

・一月一日，作家趙文藝過世，享壽九十八歲。趙文藝，一九一六年生，曾任教臺灣師範大學、中國文化大學等校，著有散文《萬里前塵》、《寄我歸心》等數種。

・一月六日，作家白先勇獲第三十三屆行政院文化獎。白先勇於一九六〇年與歐陽子、王文興、陳若曦等創辦《現代文學》，扮演六〇年代啟蒙文學思潮的重要刊物，先後出版《臺北人》、《孽子》、《樹猶如此》等長短篇小說、散文集。

・一月七日，二〇一四臺北國際書展大獎得主記者會公布六本獲獎的年度之書，非小說類之一為陳列散文集《躊躇之歌》。

・一月二十八日，第五屆桃城文學獎公布得獎名單，散文組：第一名鄭立名，第二名鄭禎雄，第三名蔡欣佑，優選李德材、施淑姿、萇瑞松，佳作五人。

二月

・二月十日，作家郭嗣汾過世，享壽九十五歲。郭嗣汾，一九一九年生，寫作歲月橫跨七十餘年，創作多元，涵括小說、散文、戲劇等出版總計近六十部。

三月

・三月三日，作家、大地出版社創辦人姚宜瑛過世，享壽八十七歲。姚宜瑛，一九二七年生，一九七二年獨立經營大地出版社，與純文學、爾雅、洪範、九歌並稱「文學界五小」。創作早期以小說為主，晚年散文則抒情真摯。

・三月三日，九歌出版社舉行「一〇二年度選新書發表會暨贈獎典禮」，年度文選分別由柯裕棻、紀大偉、王文華主編散文、小說與童話，「年度散文獎」得主吳明益〈美麗世（負片）〉。

・三月四日，《不枉此生：潘壘回憶錄》舉行新書發表會。潘壘，一九二七年出生於越南，本書不只是個人傳記，亦是文學史、電影史與臺灣近代文化史。

・三月九日，《孟祥森／孟東籬作品精選集》（共七冊）新書發表暨紀念茶會假水牛書店臺北店舉行。孟東籬（一九三七～二〇〇九）曾在花蓮鹽寮海邊築茅屋而居，被認為是臺灣實踐環保生活的作家代表。

・三月十日，《二〇一三臺灣詩選》、《二〇一三飲食文選》舉行新書發表會及年度詩選贈獎典禮，年度詩選由向陽主編，年度詩獎得主為席慕蓉；年度飲食文選由焦桐主編。

・三月十二日，作家韓濤過世，享壽八十八歲。韓濤，本名韓務本，一九二六年生，創作以散文為主，著有《韓濤文選》、《沉思錄》、《濤聲隱隱》等。

・三月十九日，第七屆阿公店溪文學獎公布得獎名單，大專散文：第一名呂令佳，第二名顏正裕，第三名楊凱婷，優選四人；高中散文：第一名吳俊賢，第二名劉奎佑，第三名張念慈，優選六人；國中散文：第一名李宜縈，第二名杜怡萱，第三名徐智湞，優選八人；國小散文：第一名鍾富芃，第二名陳姿蓉，第三名劉宇哲，優選十人。

・三月二十一日，第十六屆臺北文學獎公布得獎名單，散文組：首獎黃佩玉，評審獎王子丹，優等獎解昆樺、齊悅；文學年金類入圍：譚劍〈當代臺北觀光指南、傳說與變形記〉、唐墨〈黑色折傘〉。

四月

・四月九日，由臺灣文學館主辦之二〇一三年度臺灣文學學位論文出版徵選名單揭曉，趙偵宇〈日治時期臺灣現代散文研究：觀念、類型與文類源流的探討〉等共七名獲選。

・四月二十七日，第十六屆菊島文學獎舉行頒獎典禮，散文類社會組：首獎吳麗卿，優等王威智、黃秋容，佳作三人；高中組：首獎陳冠吟，優等劉雨潔、陳書慧，佳作四人；國中組：首獎吳開陽，優等蔡睿峰。

・四月二十八日，作家張春凰逝世，享年六十一歲。張春凰，一九五三年生，著有臺語散文集《雞啼》、《夜空流星雨》，臺語童話《臺語世界童話三六〇》等。

五月

・五月一日，作家周夢蝶過世，享壽九十四歲。周夢蝶，本名周起述，一九二一年生，著有《孤獨國》、《還魂草》、《風耳樓墜簡》等詩文集，作品深受佛經影響，以禪意入詩。

・五月二日，第五十五屆中國文藝獎章得獎名單揭曉，王盛弘獲散文文藝獎章。

・五月二日，一〇二年閩客語文學獎得獎名單揭曉，閩南語散文類社會組：第一名蘇世雄，第二名陳文偉，第三名鄭雅怡；教師組：第一名陳利成，第二名楊允言，第三名楊麗卿；學生組：第一名周華斌，第二名劉承賢，第三名陳怡伶。客家語散文類社會組：第一名劉玉蕉，第二名陳美蓉，第三名彭瑞珠；教師組：第一名梁純綉，第二名張馨如，第三名徐姿華；學生組：第一名黃士蔚，第二名徐子涵，第三名左春香。

六月

・五月五日，作家李渝過世，享年七十一歲。李渝，一九四四年生，創作始於一九六〇年代，是作家也是藝術史學者。

・五月三十日，「無障礙閱讀推廣首部曲——文學與劇場」系列活動改編康芸薇同名原著之舞臺劇《我帶你遊山玩水》舉行首演，臺北、臺南共演出五場。

・五月三十日，作家王怡之於美國過世，享壽九十九歲。王怡之，本名王志忱，一九一五年生，為作家王藍胞姊，散文多寫故鄉回憶、教學生活所感。

・五月三十一日，第三屆臺中文學獎舉行頒獎典禮，散文類：第一名王天寬，第二名呂政達，第三名佩妮誰，佳作四人；報導文學類：第一名從缺，第二名余益興，第三名林巧翎。

・六月十二日，二〇一四客語文學創作獎公布得獎名單，散文組：第一名張新香，第二名劉俊合，第三名廖惠貞，佳作徐子涵。

・六月十三日，第十一屆浯島文學獎公布得獎名單，散文組：第一名薛素蓮，第二名林志剛，第三名顏湘芬，佳作五人。

・六月二十日，第十七屆夢花文學獎得獎名單出爐，散文：優選曾谷涵、蘇暐勝，佳作四人；報導文學：優選鍾志正、錢群星，佳作三人；母語文學優選王碧雲（閩南），佳作七人。青春夢花：國中組優選十六人，高中組優選四人。

・六月二十三日，第十八屆國家文藝獎公布得獎名單，作家王鼎鈞以「持續創作六十多年，寫作類型包含詩、散文、小說、傳記，內容反映時代，具歷史視野、文化反思與社會關懷」獲獎。

・六月二十八日，第三十二屆華文學生文學獎舉行頒獎典禮，高中組散文：郭又瑄、盧奕婷、陳沛甯、簡均安、陳顥仁、蔡易澄、魏苡安、劉明潔、余彥柔、蔡憲榮、陳禹心、饒彥霏、趙晗青；國中組散文：桂子恆、李加翎、蕭遙、盧冠宏、李心妤、蔡育璋、黃小芸、彭曉慧。

・六月三十日，第一屆聯合報文學大獎公布得獎者為陳列，近三年內作品《躊躇之歌》，評審推薦代表作《地上歲月》。

七月

・七月十六日，作家黃美之過世，享壽八十四歲。黃美之，本名黃正，一九三〇年生，創作以小說和散文為主，著有散文《傷痕》、《不與紅塵結怨》、《歡喜》等。

・七月十九日，第三十八屆金鼎獎得獎名單揭曉，文學圖書獎為唐諾《盡頭》、李渝《九重葛與美少年》、東年《愚人國》、李志銘《單聲道》；特別貢獻獎由郝明義獲得。

・七月二十一日，第一屆愛的行動文學獎得獎名單揭曉，散文組：首獎葉衽榤，二獎陳郁閔，三獎蔡欣佑，佳作十人；小品文組共十五人獲獎。

・七月三十日，第十六屆磺溪文學獎公布得獎名單，散文類：首獎曾昭榕，優選吳俊霖、陳志勳、林佾靜、陳文偉、張俐雯、蔡坤霖；報導文學類：首獎從缺，優選張欣芸、白棟樑、許育勝。

八月

・八月二日，第四屆臺南文學獎公布得獎名單，成人組臺語散文：首獎陳正雄，優等陳金順，佳作三人；報導文學：首獎從缺，優等蔡文杰、楊安琪，佳作四人；青少年組小品文：第一名趙擘，第二名郭奕萱，第三名潘丁菡，佳作三人。

・八月十七日，第十三屆蘭陽青年文學獎舉行頒獎典禮，散文類：首獎陳品文，優選林柏均、曾貴麟，佳作五人。

・八月二十九日，第十六屆南投縣玉山文學獎公布得獎名單，文學貢獻獎鄧相揚；散文類：首獎曾昭榕，優選林鴻瑞、陳義棟、劉美雪，新人獎林雁珊；報導文學類：優選陳葚慈、劉美雪、張欣芸。

九月

・九月五日，第五屆臺灣原住民族文學獎公布得獎名單，散文組：第一名鄧惠文，第二名陳宏志，第三名李迎真，佳作二人；報導文學組：第一、二名從缺，第三名吳永昌，佳作余淑釩。

・九月十一日至十月十二日，「二〇一四向楊牧致敬」系列活動分為專題展覽、研討會、紀錄片、詩歌展演四大主題，假國家圖書館舉行。

・九月十二日，桃園縣第十九屆文藝創作獎公布得獎名單，散文類大專成人組：首獎林佑軒，貳獎陸怡臻，參獎林媽肴，佳作三人；高中組：首獎康倩瑜，貳獎徐滋妤，參獎張硯傑，佳作三人；國中組：首獎張紋萍，貳獎袁楷柔，參獎謝伯恆，佳作三人。

・九月十五日，第四屆新北市文學獎公布得獎名單，成人組散文類：第一名邱匡瑜，第二名呂政達，第三名林育靖，佳作三人；成人組小品文類：第一名徐培晃，第二名盧慧心，第三名劉碧玲，佳作三人；青春組小品文類：第一名胡書懷，第二名陳佳鈺，第三名劉十賢，佳作六人。

・九月十七日，二〇一四馬祖文學獎公布得獎名單，青少年書寫組：評審獎易易、林翔翾；故事書寫組：首獎陳長柏，優選張劭筠、浮華，小品文組：首獎趙浩宏，優選洪國恩，佳作撒比那、賴揚霖。

・九月二十五日，教育部文藝創作獎舉行頒獎典禮，教師組散文類：特優翁淑慧，優選黃森茂、翁毓卿，佳作廖紋伶、陳曜裕、鄧慧恩；學生組散文類：特優詹佳鑫，優選李彥瑩、陳少翔，佳作李秉樞、廖宣惠、謝光輝。

・九月二十九日，作家趙雲過世，享壽八十一歲。趙雲，一九三三年生於越南，創作除散文、小說外，在美術教育與兒童文學也有所專精。

十月

・十月二日，第三十七屆時報文學獎得獎名單揭曉，散文組：首獎陳栢青，評審獎包子逸、楊婕；新詩組：首獎從缺，評審獎王聖豪、吳鑒益、張春炎；小品文組優選十人；書簡組優選十人。

・十月二十二日，二〇一四書寫高雄文學創作獎助計畫揭曉得獎名單：史美棣《美國大兵與我的母親》、梁明輝《大樹的辦桌》、張簡士漳《最後一隻牛》、崔舜華《南城豔調・書寫高雄》、林韋助《幽波》。

・十月二十五日，二〇一四後山文學獎公布得獎名單，社會散文組：第一名梁玉琴，第二名鄭韻潔，第三名吳金龍；高中散文組：第一名馮紹堯，第二名林佳縈，第三名王晨翔；國中散文組：第一名古子明，第二名潘宇歆，第三名劉明珍。

・十月三十一日，二〇一四臺灣文學金典獎得獎名單公布，圖書類散文金典獎陳列《躊躇之歌》。

十一月

・十一月五日，一〇三年高雄青年文學獎公布得獎名單，國中組散文類：首獎林昀，優選陳冠仰、金郁恩。高中組散文類：首獎郭家瑋，優選劉郁珊。大專成人組散文類：首獎高幸佑，優選林惠淳、朱容瑩。

・十一月十四日，第三十七屆吳三連獎舉行頒獎典禮，文學獎得獎者蔡素芬、林文義。

・十一月十五日，第十屆林榮三文學獎舉行頒獎典禮，散文獎：首獎楊隸亞，二獎黃胤誠，三獎曾谷涵，佳作二人；小品文獎共十人。

・十一月十八日，二〇一四打狗鳳邑文學獎公布得獎名單，散文類：首獎鄧慧恩，評審獎少凰，優選獎郭惠貞。

・十一月二十日，學者、作家漢寶德過世，享壽八十歲。漢寶德，一九三四年生，著有《漢寶德談美》、《築人間——漢寶德回憶錄》、《漢寶德談文化》等。

・十一月二十四日，第三十四屆行政院文化獎得獎者公布，由漢寶德、齊邦媛、余光中獲獎。

十二月

・十二月一日，第九屆懷恩文學獎得獎名單公布，社會組：首獎張雅芳，二獎莊明珊，三獎王傳明，優勝五人；學生組：首獎陸怡臻，二獎黃子揚，三獎蔣方怡，優勝五人。

・十二月七日，作家吳晶晶過世，享年五十四歲。吳晶晶，一九六〇年生，創作以散文為主，著有《人生絲路》、《活出自己》、《陽光心事》等。

・十二月七日，第四屆全球華人華文文學星雲獎舉行頒獎典禮，文學星雲獎貢獻獎得獎者為香港作家西西；創作獎第一、二、三名從缺，評審獎許舜傑、林恕全；報導文學獎第一名蔡適任，第二名黃奕瀠，第三名石麗東；人間佛教散文得獎者共十人。

・十二月二十日，第二十七屆梁實秋文學獎舉行頒獎典禮，散文創作類：優等獎張簡士湋，評審獎李會展、蔡琳森、邱匡瑜；翻譯類譯詩組：優等獎鄭愉蓁，評審獎喬向原、張芬齡；翻譯類譯文組：優等獎溫丹萍，評審獎蔣俊潔、劉懷昭、彭湘閔、何立行。

・十二月二十三日，金石堂「年度風雲人物暨十大影響好書」舉行頒獎典禮，出版風雲人物為初安民，作家風雲人物為駱芬美，十本影響好書與散文相關者有《在印度，聽見一片寂靜》、《浮光》。

・十二月二十六日，第二十六屆開卷好書獎得獎名單公布，中文創作類由張贊波《大路：高速中國裡的低速人生》、駱以軍《女兒》、劉克襄《四分之三的香港》、顧玉玲《回家》、馬世芳《耳朵借我》、吳明益《浮光》、黃崇凱《黃色小說》、王定國《誰在暗中眨眼睛》、田中實加《灣生回家》獲選。

· 十二月二十九日，第五屆桐花文學獎公布得獎名單，一般組散文類：首獎林彰揚，優等鄧慧恩，佳作四人；客語組散文類：首獎葉國居，優等吳餘鎬，佳作二人。

· 十二月三十日，「第十三屆文薈獎——全國身心障礙者文藝獎」舉行頒獎典禮，文學類大專社會組：第一名璞玉瑄，第二名吳雅蓉，第三名陳傑閔，佳作三人；文學類學生組：優等王柏皓、柯菲比、梁家瑄、游高晏、蒙建安、林奕佐。

九歌文庫 1183

九歌103年散文選

Collected essays 2014

主編	阿盛
執行編輯	張晶惠
創辦人	蔡文甫
發行人	蔡澤玉
出版發行	九歌出版社有限公司 臺北市105八德路3段12巷57弄40號 電話／02-25776564・傳真／02-25789205 郵政劃撥／0112295-1
九歌文學網	www.chiuko.com.tw
印刷	晨捷印製股份有限公司
法律顧問	龍躍天律師・蕭雄淋律師・董安丹律師
初版	2015（民國104）年03月
定價	400元

書號	F1183
ISBN	978-957-444-987-3

（缺頁、破損或裝訂錯誤，請寄回本公司更換）

本書榮獲臺北市政府文化局贊助

國家圖書館出版品預行編目資料

九歌103年散文選 / 阿盛主編. – 初版. --
臺北市：九歌, 民104.03

面； 公分. -- (九歌文庫 ; 1183)

ISBN 978-957-444-987-3(平裝)

855 104001517